故事会

2008 · 25

（总第 406-409 期）

合订本

STORIES

故事会文化传媒有限公司　出品

（00146）

图书在版编目（CIP）数据

2008《故事会》合订本.25/《故事会》编辑部编.
上海：上海锦绣文章出版社，2008.3
ISBN 978-7-80685-964-3

Ⅰ．2… Ⅱ.故… Ⅲ.故事－作品集－世界 Ⅳ.Ⅰ14

中国版本图书馆 CIP 数据核字（2008）第 020117 号

责任编辑：朱　虹
封面设计：李宝强

故事会 2008 年合订本 25

（总第 406-409 期）

《故事会》编辑部　编

上海锦绣文章出版社出版

地址：上海绍兴路 74 号

网址：www.storychina.cn

中国图书进出口上海公司发行

地址：上海市广中路88号

电话：36357888

字数 280,000

ISBN 978-7-80685-964-3／G・084

406

2008
SEMIMONTHLY
上半月版

1月

STORIES

欢迎登录本刊主办的"故事中国网"（www.storychina.cn）

百姓话题

2008 年 1 月
上半月·红版

主 编：何承伟
常务副主编：吴 伦
副主编：姚自豪（上半月·红版）
副主编：夏一鸣（下半月·绿版）
本期责任编辑：吕 佳
电子邮箱：lujia411@yahoo.com.cn

红版发稿编辑：
姚自豪 郑继文 周 吟 叶小萌（见习）

特约编辑：
范大宇 崔新三 申之珉

美术编辑：李宝强
电脑制作：郭瑾玮
通 联：归依玲

本社办公室电话：021-64375030
上半月刊编辑部电话：021-64332325
下半月刊编辑部电话：021-64336469
（上海市绍兴路 74 号 邮编：200020）
主管、主办：上海文艺出版总社

制作、发行总监：张 凯
电话：021-64313938
广告业务：上海故事会文化传媒有限公司
广告总监：张 淮
广告业务：021-34010383
广告投诉：021-64333738
广告经营许可证
沪工商广字 3100320050022 号
发行：中国图书进出口上海公司

广播站故障

老王负责管理村广播站。这天村里的青年小强来了，要求为同村的恋人小花点播一首祝贺生日的歌曲。

到了小花生日那天，老王却怎么也放不出音乐，眼看太阳就要落山了，他一着急，播出了这么一段话："各位父老乡亲，这里是村广播站，今天是小花的生日，咱村英俊青年小强在这个特殊的日子里，为她点播一首《祝你生日快乐》！由于广播设备老化，歌曲无法播出，请小花听到广播后自己唱一遍，谢谢！"

（朱吉祥）

（本栏插图：包丰一）

原因

老付有磨牙的习惯，这天晚上，他吩咐妻子在他嘴里放片梨，以防止磨牙，接着便放心地睡去了。

第二天一早，老付醒来发现嘴里没梨，便叫醒妻子，生气地说："我不是让你在我嘴里放梨吗？"

"你还敢说！昨晚那一斤梨都被你吃掉了，我还补了两斤馒头！"

（佚 名）

"公益"广告

前几天，在全市最繁华的商业区，突然立起一块广告牌，上书十个大字"工作忙，莫忘回家看爹娘！"

这可是整条商业街上唯一的一个公益广告啊！经过的人都禁不住多看几眼，每看一次，心里就会产生一种温暖的感觉。附近一些老住户还纷纷打电话给报社、电视台，称赞此举乃是文明之举、高明之举、智者之举！

一周后，那块广告牌旁边又立起一块新牌子，上面也写了十个大字："看爹娘，莫忘拎袋红砂糖！"

（钱国洪）

聚　会

大学毕业后不久，同学们商量着聚会，可大家平时都分散各处忙于生计，聚会的地点选在哪里，意见很难统一。最后还是班长提出：地点定在动物园。大家问为什么，班长叹了口气，说："只有在那里，才能感觉到自己还是个人啊！"（佚　名）

购　物　袋

在拥挤的超市里，一位顾客买了一大堆东西。营业员装完东西把购物袋递给这位顾客，这时，袋子的底部突然漏了，里面的东西掉得满地都是，顾客抱怨起来。

营业员解释说："这些购物袋是不如以前的结实了。以前的购物袋都是在人们走出超市后才漏的！"

（孙开元）

家中的权力

有个汉子，常在人前炫耀自己是家里的一把手，掌握着三把钥匙，老婆无权过问。邻居听后笑着问他老婆："他说的是真的吗？"

他老婆说："一点不假。我家有四把钥匙，他拿着三把：一把是开猪圈门喂猪的，一把是开鸡窝门喂鸡的，一把是开厨房门做饭的，只有一把存放现金的保险箱钥匙由我掌握，他从不干预。"（言　力）

送什么

教师节前夕，老王买了张贺卡让读小学的女儿送给老师，哪料女儿死活不愿意："去年我也是送贺卡，今年还这样，没新意！"

老王问："那你们同学都送什么呢？"

女儿噘着嘴说："娜娜送了一束花，说是自己种的，强强送了一幅油画，说是自己画的，老师都高兴地收下了，还夸奖他们心灵手巧呢。"

老王听完，沉思了半晌，说道："要不，我们送你老师两百块钱，就说是自个家里印的？"

（王　斌）

帮助回忆

年过七旬的老爸记忆力逐渐减退。

这天，小区里举办义诊活动，老爸兴冲冲地去参加了，过了两个多小时才回来，儿子赶紧上前询问结果如何。老爸说："专家让我吃一种药，说能增强记忆力，可我只记住了这种药名称的后半截，把前半截给忘了。"

儿子急忙说："没关系，我略懂医药知识，您告诉我后半截名称，我帮您回忆前半截，一会儿就能想起来了。"

老爸想了想，说："我只记得这种药名的后两个字叫'胶囊'。"

（一泓秋水）

等老公回来再说

周末，同事们到小芳家玩。参观厨房时，大家发现角落里放着一个塑料盆，盆里撒了一些米，盆边有个小碟，里面盛了些水。显然，这是给宠物吃的。同事想了半天也想不出什么宠物只吃米，难道她家养了只小鸡？可又没见着啊！

看同事一脸困惑，小芳抿着嘴笑起来："这是给老鼠吃的。前几天家里进了只老鼠，老公出差了，我根本不敢捉，又怕它饿了乱咬东西，只有先养着，等老公回来再说。"

（树　花）

第三个包子

一次姥姥家里做包子，由于家里人多，口味不一，便包了三种馅。出笼后，小外孙顺手就拿了一个，他妈妈瞪了他一眼，于是小外孙把包子掰成两半，给姥爷一半，给姥姥一半，他妈妈看了很高兴。

小外孙又拿了一个包子，掰成了两半，给小姨一半，给小姨夫一半。大家都说："这孩子真懂事！"

这时，只见小外孙又拿了一个包子，嘴里还嘀咕着："我就不信这第三个还不是茴香馅的！"

（格永泉）

高 寿

一天深夜，三个伙伴跟跟跄跄从酒馆出来。半路上，三人要小解，便把车停在了公路边，下车一看，这里竟是一片墓地。"快来看呀！"一个伙伴指着一块墓碑喊道，"这个人叫迈克，他活了87岁。"

"那算什么！"另一个伙伴叫道，"这人叫杰克，去世的时候都90岁了。"

这时，第三个伙伴也惊呼起来："快来看这个人，竟然活了280岁！"另两人一听，赶紧都凑了过来，说："快看看他叫什么名字。"说着从兜里掏出打火机点亮，三人定睛一看，只见石碑上写着："距省城280公里。"

（魏　欣）

重唱

有一个专管文化工作的领导，到一个剧团去检查工作。

剧团团长陪同他到了排练场，台上正在排练四重唱。领导坐下来一听，生气地说："真是乱弹琴，人家几百个人都能唱得整整齐齐，他们四个人四个调，一点都不齐，这是唱的什么歌？"

团长连忙说："这是重唱。"领导听了说："对，是应该重唱，太不像话了！"

（佚　名）

防诈骗

小马最近时不时听见老人被骗的传闻，他想到了自己的母亲，因为母亲最容易轻信别人。于是，小马赶紧回家告诉母亲要小心骗子，说完他还不放心，对母亲说："要不然，您把存折交给我吧，省得哪天不小心被人骗去。"

母亲警惕地看着小马，说："交给你？那和被人骗去有什么区别？"

（樊拥军）

本栏欢迎来稿，读者、作者可将有新鲜感、有精彩细节的笑话佳作投寄给我们。来稿一经采用，最高稿费为一则100元。本期责任编辑电子信箱：lujia411@yahoo.com.cn。

"新一千零一夜" 的故事

2007年底，国内几个网站上有人发了一个内容相同的帖子，说了这样一件事：一家拥资数十亿的集团公司的王姓董事长在一次外出洽谈业务的路上出了车祸，董事长身受重伤，虽经医生全力抢救、悉心治疗，无奈终无回天之力，现在半身瘫痪，终日卧床。董事长大脑无损，思维清晰，但整天无所事事，性情大变，不是长吁短叹、以泪洗面，就是怨天尤人、训斥叱骂，亲朋好友为此十分担忧，为了能使董事长的心情好些，这才在网上发帖高价招聘"陪聊"人。

到底有多少人看了这个帖子后去应聘了，没人知道，但确实有这么一个人，他去了。这人姓席，四川古蔺县人，他按照帖子上所说的联系方式，先打了电话，作了初步确认，然后便乘火车风尘仆仆地来到了这个城市，他到达董事长家的时间是2007年12月20日下午三时左右。

董事长的夫人在自家别墅的客厅里接待了席先生。

落座后，席先生矜持地一笑，对王夫人说："我祖籍四川，四川是爱摆龙门阵的地方，我从小就学会讲故事了，而且我的经历、阅历、资历使我相信自己能胜任'陪聊'的工作——我上过前线摸过炮，当过医生卖过药，贩过古董烧过窑，办过公司上过报，小饭店里掌过勺，旅游景点抬过轿，火车站上贩过票，在公司垮后我还上过崂山想当道士，从青岛到家乡的一路上我是当乞丐讨饭回来的……"

王夫人打断了席先生的话，说：

"你看过《一千零一夜》吗？你能像那个宰相的女儿桑鲁卓那样每天讲一个好听的故事、最终感动国王山努亚、使他在杀了一千多个女子后放弃了杀戮的念头吗？哦，我的意思是，我家先生在听了你的故事后会心情愉悦、身体渐渐康复起来吗？"

席先生笑了，他笑得十分轻松："王夫人，我可以保证我讲的每一个故事都是好听的，但有一点我必须向您说明——你们的招聘启事说录用的人每天陪聊一小时，这一小时的薪金是200元，但是，王夫人，容我说一句实话，我一个人没有这么多好听的故事，所以，虽然我每天只陪聊一小时，但我得花七个小时的时间到社会上去搜集各种传闻逸事，恕我直言，这一小时200元的薪金是低的。"

王夫人一怔，她想不到眼前这人尚未被录用就讨价还价起来了，再一想，有道是"便宜没好货"，敢于讨价还价的人，或许正是肚子里有货的，于是，她也就没有见怪，问："那你想加多少呢？"

"一小时500元。"席先生察言观色，接着说道，"货因人而异，东西卖给不同的人自然会有不同的价格，如果我的故事讲给普通人听，或许一小时只收10元钱，甚至权当茶余饭后的谈资而分文不取，但对您家先生而言，那就完全不同了。当然，您可以先'试听'，我先讲一个故事，您觉得

好听，我再给董事长讲；您如果觉得不好听，我马上就走，您看怎么样？"

王夫人沉吟了片刻，点了点头，于是，席先生就讲起了这么一个故事……

不能丢掉的桶

有个火车站上的接车员，叫常洪，一到春运，那就是他最忙的时候。

这年又到春运了，这一天，常洪照例在站台上接车，一列开往广东的列车一到站，那洪水般的人流就挤得他几乎站不住脚。人流中有一家子特别引人注意：夫妻俩带着两个孩子，那男的傻傻地抱着一只空桶一个劲地往前挤，他的女人手里牵一个孩子，背上还背了个小的，被人群挤得晃来晃去，直打趔趄，可那男人根本不管女人、小孩，只是把那个空桶抱在怀里，就像抱着什么珍奇的宝贝似的。常洪再仔细一打量，原来那是个建筑工地上常见的涂料桶，平日可以用来盛水，翻过来还能当凳子用，用完一桶涂料就有这样一个空桶，工地上到处都是。常洪奇怪了：他干吗连老婆孩子也不管，却把这个不值钱的东西当宝贝？有你这么做男人的吗？常洪看不下去了，迎上前去，冲着那男人喊道："这都什么时候了，能上车就不

错了，快把那桶扔了，带着你老婆孩子上车去！"

那男人听常洪这么一嚷，先是一愣，随即把那桶抱得更紧："不行不行，这桶我得带着。"

这时，女人背上的孩子哭起来，另一个大一点的孩子也被人流挤得松开了手，害怕地哭喊起来。常洪连忙帮那女人拉过那个大一点的孩子，挤着、护着，把那女人推到了车门口。很快，那女人带着孩子先挤上了车，那个抱着空桶的男人也拼命往车上挤，终于也挤了上去，可就在他挤进车门的一瞬间，他抱着的那个涂料桶却突

然从他的怀里滚了出来，那桶"咕噜咕噜"在人群的头上打了几个滚，接着便滚到了车下，只听见那男人"哎呀"一声大叫，转眼间便和老婆、孩子一起被人流挤进了车厢……

车门被重重地关上了，开车的哨音也响了，那些没有挤上车的民工都放弃了努力，无可奈何地等着下一列车。

车子眼看就要开动了，突然，常洪看到有个人从窗口里跳了出来，那人跳下后就回过身来，飞快地从窗口里接下两个孩子，这时，列车已经在慢慢开动了，就在这个时候，一个女人也跟着跳了下来，男人慌慌张张地伸手去抱，两人一起摔倒在站台上！

不用说，这几个人，就是刚才那一家子。常洪气坏了：这一家子真是太没素质了，竟然做出如此危险的事，不过他又觉得很奇怪：刚才费了九牛二虎之力才上了车，现在竟然又跳了下来，这是为什么？常洪走上前去，指着那男人的鼻子，生气地骂道："有你这样当男人的吗？你自己不要命，连老婆孩子也不管吗？"

那男人朝常洪看了一眼，不吱声，却四处张望，突然，他看到那只桶滚在站台下，便不顾一切地跳了下去，把桶捡了起来，又像宝贝一样抱在怀里。

常洪气坏了：跳到站台下，这多危险呀！这时，那女人走过来，说：

常洪听到这里，眼里湿漉漉的，心里酸酸的，他打定了主意：一定要帮这一家子挤上下一趟车……

"同志，是我们不好，我给你赔不是了……我们是为了这只桶才跳车的，你别小看了这桶，它是我男人去年一年的血汗啊！"

几句话把常洪弄懵了：一个大活人一年才挣一只桶？这是怎么回事？

这时，那男人把怀里那只桶翻了过来，常洪一看，只见桶底上写着："今欠王大壮工钱8000元整，张二牛，2006年12月5日。"那男人看了看常洪，低着声音说："去年年底结工资时，包工头说没钱，要等开年后才能发。我们让他写个欠条，手边没纸，他就从地上拿起这只桶，随手写在桶的底部，就算是欠条了，我们这是带着桶去要去年的工钱呢。"

王夫人听完这个故事，很久没有说话，显然，这个故事让她听出"味"来了，但她似乎还想考考席先生，便问："你把这个故事讲给我家先生听，想让他明白点什么呢？"

席先生说："我想，董事长听了这个故事，能领悟到的，会比我想告诉他的还多。"是呀，王董事长和这民工的一家子比起来，他已经拥有很多很多了，如果他的身体渐渐康复了，那他拥有的将会更多更多……

《不能丢掉的桶》作者：张世辉

（题图、插图：安玉民）

征稿启事

"新一千零一夜"是本刊"红版"新推出的栏目，希望广大读者能喜欢。"红版"编辑部热忱欢迎作者惠赐原创佳作，要求：1.题材不限，能以较新的视角反映生活，立意独到；2.核心情节新鲜、奇巧、生动；3.篇幅在2000字左右。来稿可从邮局寄发，也可发电子邮件，请在信封或电子邮件的主题栏内注明"新一千零一夜"字样。红版编辑部各编辑邮箱见第14页。

保密 | 有种美德叫

去年夏天，做了整整十年刑警的周队长，接手了一件看似并无新意的侦破工作。

从案发现场来看，这是一起强奸未遂杀人案，受害者的内衣被撕烂，身上有挣扎打斗的伤痕。经过初步调查，最大的犯罪嫌疑人是附近三中的男老师雷磊。案发时间是晚上8时到8时30分，那时候雷磊本应在学校值班，可有人证明，那段时间他不在办公室，与作案时间恰好吻合。

和所有嫌疑犯的初次口供一样，雷磊坚决不承认自己是杀人凶手。当周队长问他案发时间在哪里时，他没有编造任何理由为自己开脱，而是一本正经地说："这是我的个人隐私，与案子无关，所以我没有义务告诉你们。"审问无果，在没有搜集到证据的情况下，警察只好将雷磊释放。

这件事迅速地传开了，雷磊平静的生活掀起了轩然大波。相爱多年的女友找到雷磊，面对女友的追问，雷磊仍是不肯说出自己那半小时的行踪。女友流着泪说："只要你肯说出来，哪怕这事是你做的，我也可以考虑原谅你，但你如果不说，我们之间就永远结束了。"

雷磊的眼圈红了，却仍不松口："我不能说自有我的苦衷，请你相信我，我真的是清白的！"女友绝望地把订婚戒指扔在他身上，掩面而去。

雷磊去学校上课，那些曾经仰慕

他的学生全都惊恐地绕道而走，像躲瘟疫一般。而更大的打击还在后面，到了办公室，雷磊发现自己的位子已经被别的老师坐了。校长语重心长地对他说："我们这是学校，让一个强奸杀人嫌疑犯站到讲台上，学生和家长都不会答应。既然你说自己是冤枉的，那为什么不肯说出当时去了哪里？这样不明不白地兜着，谁能相信你？"

一夜之间，雷磊失恋又失业了。因为他没有做出一个合理的解释，强奸杀人嫌疑犯这顶帽子紧紧地扣在了他头上，不少人心里都已经认定雷磊就是凶手无疑，只需等到证据出现。

证据还真的陆续找到了。在雷磊宿舍前的垃圾箱里，警察发现了受害者的内裤；在受害者房间的衣柜上，警察发现了雷磊的指纹。于是，雷磊被重新传讯。

对于这两条新证据，雷磊竭力为自己辩护："第一，内裤要么是别人嫁祸，要么是凶手逃跑时顺手丢的，因为我的宿舍离案发地点很近；第二，因为住得近，我与受害者经常碰面，也互相认识，案发前两天她请我帮她把衣柜换个位置，所以我留下了指纹。"雷磊对警察拿出的所有证据一一强硬反驳，可是当周队长再度问起他案发时间的去向时，他又缄默了。

雷磊收押期间，周队长一面带领同事加快进度寻找更有力的证据，一面对雷磊展开了心理攻势，他警告雷磊："你现在说出来还属于自首，可以从宽处理，一旦等我们找到证据，你后悔也来不及了。你要知道，如果证据确凿，零口供也一样可以定你的罪！"

这段时间，雷磊是有过动摇的。一次，他主动向周队长要烟，可撞上周队长的目光后又缩回了手。还有一次，他在半夜里突然对值班的警察说要见队长，值班警察刚要去传话，他又急忙说："算了，算了。"从这两次

之后，他反而镇定下来了，一副视死如归的样子。

就在警察把全部目标都锁定在雷磊身上，一门心思想早日结案时，却又意外得到了一条重要的线索。受害者的家人在收拾遗物时，发现了一张录有男女偷情资料的光盘和一个新存折。警方审讯了那对偷情男女，才得知受害者本是宾馆服务员，她利用工作之便偷录了光盘，多次对当事人进行敲诈，在最后一次谈判中双方起了冲突，当事人失手掐死了受害者，并制造了强奸未遂的假象。

真相大白，雷磊被无罪释放了。可是周队长心里的那个结更加解不开了——雷磊为什么宁愿冒着被判强奸杀人罪的风险，也不肯说出他那晚去了哪里？到底是怎样一件事让他这样不惜一切、守口如瓶？

雷磊仿佛看穿了周队长的心思，他笑了笑，说："案子结了，现在我可以告诉你了。"

原来那天晚上，雷磊正在办公室值班，他班上的一个女生羞怯地把他叫了出去。那女生马上就要去外地参加高考了，临走前，她鼓起勇气向雷磊表达了爱慕之意，希望雷磊能等她大学毕业。为了不伤她的自尊，雷磊用了足足半个小时，给她讲了一些人生道理，绕了个大圈子，婉转地谢绝了她。

"你现在明白了吧？"雷磊接着说，"如果我告诉了你，你们就会传讯我的这个学生，而她正处于紧张的高考前夕，这样势必会给她造成很大影响。而且这个学生性格孤僻又脆弱，还曾经有过一次自杀未遂的记录，如果这件事被公开，我担心她受不了这样的舆论压力……"

刹那间，周队长对这位年轻的教师肃然起敬，多年来他破案无数，自认没有撬不开的口，可是这一次他不得不承认失败了。因为这不是一次普通的审问，而是一场灵魂的较量。雷磊之所以紧闭牙关，只因为他一张口，教师对学生的那份呵护和关爱就会从口中流失……

（作者：蝶舞沧海；推荐者：紫檀木）

（题图、插图：安玉民）

红版编辑部各编辑邮箱：

吕　佳：
lujia411@yahoo.com.cn；

叶小萌：
xiaomeng.ye@gmail.com；

郑继文：
zjw002@vip.163.com；

周　吟：
keyin118@163.com；

姚自豪：
yaobianji@126.com。

说大事、小事,普通人的身边事
讲闲话、实话,老百姓的心里话

"幸福是什么"

的 18 种说法

　　幸福是什么? 回答这个问题,100个人会有100种说法,我问了18个人,他们是这么说的:

　　1. 幸福就是你喜欢的人也喜欢你;

　　2. 幸福就是夕阳下相互搀扶蹒跚的身影;

　　3. 幸福就是在寒冷的冬至和老公一起回婆家,吃上热气腾腾的饺子,一家人有说有笑;

　　4. 幸福就是每天早上能多睡两分钟而又不误车,然后能到公司的食堂里吃到包子和豆浆;

　　5. 幸福就是365天不生病;

　　6. 幸福就是我想上茅房,就一个坑,我蹲那了;

　　7. 幸福就是回家时刚一按门铃,心爱的人就戴着围裙来给你开门,手上还沾着好些面来不及洗;

　　8. 幸福就是结婚纪念日的时候能和爱人到自己喜欢的饭店吃自己喜欢的东西,而且儿子没有在饭店尿湿裤子,让我们能好好吃饭;

　　9. 幸福就是在天气转凉的夜里,一个为你盖上薄被的男人;

　　10. 幸福就是缺钱买房时中了500万元大奖;

　　11. 幸福就是下班骑车至楼下,一抬头就碰到自家阳台上那一束期盼的目光;

　　12. 幸福就是早上醒来,看到一抹阳光恰好落到枕边,可以不用急着起床,躲在被窝里听着妈妈在厨房里轻手轻脚地忙碌;

　　13. 幸福就是小时候妈妈新买的一个蝴蝶结;

　　14. 幸福就是毛毛雨中我们合打一把伞……

你看，这么多人，说了这么多不同的看法。我听到过一个故事，有点意思，它是这么说的:有一只小狗，它问妈妈"幸福在哪里"，妈妈想了想，说:"幸福就在你的尾巴上呀!"于是，小狗就追着自己的尾巴跑啊跑，在原地一直转着圈，跑了很久，小狗茫然又委屈地问妈妈:"为什么我找不到自己的幸福呢?"妈妈笑着说:"是呀，幸福是追不到的，可是只要你朝着自己的方向努力，幸福就会跟着你了呀!"

是的，只要你心里想着幸福，努力追逐着幸福，这种过程，就是幸福。好，我们接着说——

•第15种说法•

幸福就是在股市里捞到第一桶金

冯大庆是炒股高手，入市十年，他投入的十万本钱翻了十倍不说，几次股市低迷都没被套牢，人称"冯百万"。这天是周一，股市一开盘，冯大庆就被股迷们众星捧月一般簇拥着进了证券交易所的大厅，大家听着冯大庆高谈阔论……

开盘不到一个小时，电子墙上一片红，股民们一个个喜滋滋、乐陶陶，正在这时，营业大厅里走进一个二十岁出头的姑娘，她挑着一副担子，一头是一个编织精美的大竹筐，另一头是一个大号的铁桶，她走进大厅后便放下了担子，看着人头济济、热气腾腾的场面，她也禁不住欢呼雀跃起来:"涨了，涨了!"

冯大庆认识这个姑娘，便笑着给大家介绍:"她叫黄小敏，不是炒股的，是在我们胡同口卖小吃的。"

这时候，股市指数"噌噌"一个劲儿往上涨，到中午休盘，大盘上涨一百二十点，一下子，人们纷纷涌向冯大庆，有的夸他，有的谢他，这时，冯大庆开口了:"大家都赚钱了，想必肚子也都饿了，我们就来照顾照顾这个小妹妹的生意吧。"于是，大家笑着闹着，"呼啦"一下，把黄小敏的小吃挑子围得严严实实，这个拿点心，那个盛汤，没多长时间，就把小吃挑子里的东西拿了个精光，自然，黄小敏的钱兜里装得鼓鼓的。

股市风云多变，有涨自会有跌，第二天，大盘猛跌，到了中午，谁都不想吃饭，这时候，黄小敏"哗啦"把小吃挑子打开，高声喊道:"各位大哥大姐，股市涨跌很正常，别灰心，都过来喝点汤吃点点心吧，昨天你们已经多给我不少钱了，今天就不收大家的了!"

黄小敏这话让人心里一暖，何况大家也真的觉得肚子饿了，就围过来一齐吃，当然，炒股的人毕竟是"瘦死的骆驼比马大"，谁付不起一顿饭钱?吃完喝完，人们还是照常付钱。

就这样，黄小敏在这里做了一年生意……

六月初，大盘调整，股市出现了

空前的下跌，不少股票一天一个跌停板，到第四个跌停板，连炒股高手冯大庆都一下子蔫了，他总共损失了180万！

这天，黄小敏又来到了证券交易所，出乎意料，这次她没挑小吃挑小子，一进大厅，她就兴奋地喊道："各位大哥大姐，感谢大家的帮忙，小妹我的兴隆酒家今天正式开业，中午，小妹请客，希望大家都去呀！"

这么一说，大家全都愣了，还是冯大庆脑子转得快，一下听明白了，他啧啧赞道："股市卖小吃，咱们小赔她小赚，咱们大赢她大赚，整个股市，谁是高手？不炒股比炒股的赚得还多，黄老板，你才是真正的高手哇！"

● 第16种说法 ●

幸福就是让孙子体体面面上大学

9月份，靠山屯老王头送孙子来武汉上大学，祖孙俩走得急了，到了武汉，学校还没开学呢，于是就在学校附近找了家小旅店，那旅店是老式民宅改建的，房间不大，大都是一个房间一张铺。办住店手续的时候，老王头对服务员说，办一个二楼有阳台的铺。办完手续，老王头领孙子去吃饭，吃完饭，老王头把住店的手续交给孙子，孙子一看只办了一张铺，就问："爷爷，你住哪？"老王头对着他耳语几句，孙子惊叫起来："你怎么

能……"没等他说完，老王头一下捂住了孙子的嘴。

这天晚上，老王头一个人围着东湖转，一圈、两圈、三圈，那东湖好大，几圈转下来，估摸着人们也该睡觉了，老王头这才来到孙子住的小旅店，一个窗户一个窗户地察看，突然，一个阳台上露出了一个脑袋，老王头认识这脑袋，就轻手轻脚地走了过去，从围墙上爬上了二楼的阳台……

大约过了半小时，老王头还没有睡着，突然，服务员用钥匙打开了门，从外面一下子进来了仨警察。老王头见来了警察，不知出了啥事，有点慌，

警察问老王头："你是这个房间的吗？"老王头不吱声，警察又问："你办了住宿手续吗？"老王头还是不吱声。

这时候，服务员告起了状"这老头我一看就不对，他给别人办手续，要二楼还必须有阳台，但半夜里倒爬起墙头来了！"

服务员刚说完，老王头的孙子恼火了，他对警察说"我是武汉大学的新生，带的学费都是乡亲们赞助的钱，可我爷爷说，我如今是大学生了，是村里的第一个状元，要讲究点排场，非得让我住旅馆，我……"

老王头见孙子这么说，老脸挂不住了，拉开嗓门对服务员大声说："别闹了，你就说吧，我睡一宿阳台你管我要多少钱？"

能要钱吗？在场的人知道实情后，全都心里酸酸的……

•第17种说法•

幸福就是交一个真诚相待的好朋友

有个人叫李德林，人到中年，日子过得捉襟见肘，现在他急需两万块钱，和朋友合伙做一笔生意，如果成功了，他的后半生就可能咸鱼翻身，可是，上哪弄这两万块呢？李德林翻来覆去，大半夜睡不着觉，等到睡着了，又做了一个梦：梦里，他向自己的好朋友林军借钱，没想到，林军不但不借给他，还狠狠地把他推倒在地

上……第二天醒来，李德林就觉着后背隐隐作痛，想到梦里的情景，心里十分纳闷。

巧的是，这时，林军打来了电话，关切地问李德林有没有什么事，是否平安。李德林笑着说："咱老百姓，能有什么事呀？我只是昨晚睡觉睡得不舒坦，后背睡痛了……"

电话那头的林军说："德林，你今天不也休息吗？我一会儿就过来，顺路捎点酒菜，咱俩好好喝几盅。"

不一会工夫，林军就赶了过来，两人摆上酒，边喝边聊，说了一会闲话，回忆起小时候在一起的开心事。那时他们两家是邻居，李德林家日子过得好些，所以大都是他们帮助林军

家，现在，林军倒是有钱了，两万块钱对他应该不算什么，可李德林不愿意求人，加上昨夜做了那个古怪的梦，他更是抹不下这脸，开不了这口。

这时，林军开口了："德林，你有心事吧？"李德林支支吾吾地说："没……没事。"

"你缺钱吧？"

李德林一惊"你、你怎么知道我缺钱？"

林军一下脸红了，说"昨晚我做了一个梦，梦见你向我借钱，我不愿意，还打了你一枪，梦醒后越想越不对劲，梦里的情景就像真的一样，这才一大早就给你打电话……"

李德林听了惊奇得张大了嘴巴，久久说不出一句话来：两人昨晚做了相同的梦，怎么会这么神奇呢？是巧合，还是所谓的"心灵感应"？难道是上天在指点我们：在这世上，有着比钱更宝贵的东西……

林军乐呵呵地说："德林，说吧，你需要多少钱……"

就这么着，李德林向林军借了两万块钱，就是靠了这钱，李德林做起了生意，日子渐渐红火了起来，当然，这一对朋友也就成了生死之交。

•第18种说法•
幸福就是亲手给丈夫织一件厚厚的毛衣

村子里有一对盲人夫妻，丈夫叫阿文，妻子叫阿缅，虽然日子过得很艰难，但两人却十分恩爱。冬天到了，屋子里很冷，很多时候，两人就手握着手，相互温暖对方。于是，阿文想为妻子买一件毛衣，阿缅想为丈夫买一件毛衣，但他们都舍不得为自己买，最后，商量来商量去，夫妻俩决定一人买一件。

第二天，夫妻俩拿了200元钱，手牵手地走进了一家毛衣专卖店，毛衣很快选好了，是那种高领的款式，摸在手上，厚厚的，柔柔的，穿在身上格外暖和，可一问价格，一件就要100元钱。阿缅有些犹豫了，忙问店主："还有便宜的吗？"店主是个很会做生意的中年女人，立即说道："有啊，最便宜的只要30元，别看它便宜，款式一模一样，质量也不错，不信你摸摸。"说着，她就取出一件递给阿缅，阿缅仔细摸着，也是高领，同样是厚厚的，柔柔的。

阿缅一时拿不定主意，一旁的阿文却说："就拿贵的，一人一件。"阿缅想了想，说："好吧，听你的。"

回家的路上，两人说说笑笑，两件新毛衣，让他俩的身子暖暖的，心也暖暖的。

第二天，阿缅乘丈夫不在，独自一人去了那家毛衣店，把自己那件100元钱的毛衣退了，换一件30元的，然后高高兴兴地回了家。

冬至过后，一场寒流袭来，气温

骤然降了十多度，以后几天，气温仍然很低，阿缅觉得还能扛过去，可阿文却不同了，他把家中的旧衣服全加在身上，还是冷得直打颤。阿缅有些奇怪，按理说，丈夫应该比她暖和，因为他的毛衣是100元的，而她的毛衣是30元的呀！

阿缅多了一个心眼，第二天早上趁丈夫还没起床，她把毛衣换了，穿上了丈夫的，这一穿马上就发现了问

题，丈夫的这件毛衣居然一点也不暖和，这让她百思不得其解，于是决定去找店老板问个明白。

阿缅独自来到了毛衣店，女店主见她脸色不大对劲，抢先说道："我知道迟早有一天你会来的。"

阿缅气愤地说道："知道就好，你以为瞎子就好糊弄？我丈夫那件100元钱的毛衣怎么还比不上我这件30元的？是你卖错了还是我们买错了？"

店主犹豫了一会儿，终于说道："我没卖错，你也没买错。"接着，店主说了事情的原委：阿缅夫妻俩买回毛衣的第二天，阿文一大早就来找店主，他说阿缅是个好妻子，老惦着家，老盘算着家中的柴米油盐，阿文估计阿缅会来毛衣店，把她那件100元的换成30元的，所以阿文央求店主，把他那件好毛衣换成便宜货，等阿缅来换时，不动声色地仍然给她换件好毛衣……店主说到这里，眼窝都湿漉漉的了，她说："你们夫妻，是我见过的最恩爱的夫妻。"

阿缅回到家里，什么也没说，但她心里却暗暗发誓：一定要学会织毛衣，新年很快就要来了，她要做的第一件事，就是想方设法买几斤好毛线，亲手给丈夫织一件厚厚的毛衣！

《幸福就是在股市里捞到第一桶金》、《幸福就是让孙子体体面面上大学》作者：孙彦军；《幸福就是交一个真诚相待的好朋友》作者：于文君；《幸福就是亲手给丈夫织一件厚厚的毛衣》作者：王国玫。　（题图、插图：刘斌昆）

一颗鹿心

□ 张国心

鹿 心

人生在世,最难受的事情之一,就是听说自己的亲人得了重病,石大国就赶上了这样的事。

那天,石大国在街上听人说,县农业局的局长王一患了心脏病,他心里就"咯噔"一下,王局长虽然不是石大国的亲戚,却是石大国的大恩人呀!石大国原来是村里最贫困的一户,自从县农业局"下挂"他们村以来,在局长王一的扶持下,他建了养鹿场,只几年的工夫就脱贫致富了,他从心眼里感激王局长。这会他听说王局长病了,就想要报答他的恩情,

他决定杀掉自己的一头鹿,送给王局长一颗鹿心,因为鹿心和朱砂一起蒸着吃是治疗心脏病最好的偏方。

石大国回到家里就开始霍霍地磨刀,把一把尖刀磨得寒光闪闪。他握着刀进了鹿圈,可是,当他看到那些欢蹦乱跳的鹿时,却怎么也下不了手:这些鹿都是他辛辛苦苦养大的,每头都值几千元,怎么能说杀就杀呢?他犹豫起来,但他马上又骂起了自己:没有王局长,能有这些鹿吗?你石大国可真是个忘恩负义的小人!想到这里,他恶狠狠地抓过了一头两岁的鹿,挥起了尖刀……

就在这个节骨眼上,一个人站在鹿圈边,大声喊道:"哎,石大国,你怎么要杀鹿呀?"

石大国抬头一看,是村里一个叫小二黑的人,小二黑这几年在城里不知干什么发财了,难得回来一次。石

大国收起了尖刀，来到小二黑跟前，把事情一五一十地说了一遍，小二黑一听，说："你可真是个石头心眼，你要送人家鹿心，不见得非要杀鹿啊！"

石大国说"笑话，不杀鹿上哪去找鹿心？"

"可以去买啊！"

"到哪里去买呀？"

小二黑拍拍胸脯，说："这事你就交给我，别人买要三百五，你买就算你三百！"

石大国听了好开心，扔掉了尖刀，把小二黑拽到了屋里，请他喝了一顿酒，临走时，把三百元钱塞给了

他，千叮咛万嘱咐，一定要快，晚了的话，说不定王局长的病就大发了。

小二黑果然讲信誉，没几天就把一颗鲜红的鹿心送来了，石大国一刻也没停留，打一辆出租车就进了县城。他来到了王局长的家，把鹿心交给王局长的爱人。石大国是个实在人，他告诉王局长的爱人：不是他家杀了鹿，这鹿心是他托朋友买的。回来的路上，石大国的心情非常愉快，因为他总算报答了恩人，一颗鹿心虽然只值三百元，但那代表了自己的一片真心啊！

可是，第二天，王局长就叫人给石大国送来了三百块钱，还有一封信，信上说："谢谢你的关心，鹿心我留下，但钱我得还给你，希望你以后精心管理，让鹿场早日发展起来。"手握这钱和信，石大国可真是不知说什么才好……

猪　心

石大国一直惦记着王局长的病，也真想知道王局长吃了鹿心有效果没有，这天，他进城要去看看王局长，可还没走到农业局，就碰到了村里的一个人，那人告诉他，小二黑出事了，怕是性命难保。小二黑帮过自己的大忙，石大国就临时决定先去医院看望小二黑。

石大国买了许多水果，提着大包小包进了医院，见小二黑脸色紫青，

人事不省，医生正在实施抢救，他默默地走到走廊的一头，坐在凳子上。此时，他的心情非常沉重，这好好的一个人，怎么说不行就不行？他的对面还坐着几个人，正在小声地议论着什么，开始，他并没有在意，可听着听着他就有些坐不住了：

"昨天晚上进来的那个人，你知道是谁吗？他叫小二黑，开了个鹿产品商店，这小子，一肚子黑心肠，他卖的鹿茸、鹿心、鹿鞭，都是假的，就说那鹿心吧，他在屠宰场花五块钱买一个猪心，就敢当鹿心卖，你猜卖多少钱，一个三百五十元！"

"你怎么知道的？"

"我儿子是屠宰场的场长，去年一年这小子就在屠宰场买了一千个猪心，你说黑心钱他赚了多少？"

"听说他是走路时被掉下来的树枝砸伤的。"

"那是报应，知道不？人不报天报！"

石大国再也听不下去了，想不到送给恩人王局长的鹿心竟会是猪心，天理难容啊！他把手里的水果全都扔到了窗外，一路小跑出了医院。

回到家，石大国找到了那把磨得锋利无比的尖刀，冲进鹿圈，抓到一头鹿，二话没说，就把尖刀扎进了鹿的胸膛，三下五除二把鹿开了膛，摘下了一颗仍在颤动的心，拿着这颗鹿心就往县城跑。到了王局长的家，见

了局长爱人，他开门见山地说："我石大国混蛋，上次送给王局长的不是鹿心，是颗猪心，都是我的朋友骗了我！不过你放心，这颗可是真的，我刚刚杀的鹿，你看，这血还没凝呢！"石大国把那颗血淋淋的鹿心捧在王局长爱人的面前。

虽然损失了几千元钱，可石大国找回了比钱更重要的东西，他一点也不后悔。

人 心

石大国没想到，自己刚到家，王局长随后就开车跟来了，他见到石大国后批评说："老石，你怎么能随便杀鹿呢，这些鹿你是费了多大的劲才养起来的，它们是你的命根子呀！"

石大国愧疚地说："王局长，上回我送给你的是一颗猪心，我于心不忍啊！"

王局长紧紧地握住石大国的手，说："老石，你的心情我理解，真的谢谢你，不过，我要告诉你，上回你送给我的不是猪心。"

"不可能，小二黑那小子拿猪心当鹿心卖，一年能卖一千多个，我托他买的那个也肯定是颗猪心。"

"我不知道小二黑是谁，但那真的是一颗鹿心，猪心和鹿心的颜色、形状都非常相似，但动脉血管是有差异的，我是农业大学畜牧系毕业的，我是内行，我吃了你送的那颗鹿心，

心脏病的确有了好转。"

听了王局长的话，石大国目瞪口呆。

王局长接着对石大国说："我带来几位宾馆采购部的同志，你这鹿是新杀的健康的鹿，鹿肉鹿筋鹿肝肺什么的，宾馆都收购去，损失的那部分，由我补齐。"石大国当然不答应，可王局长却严肃地说："这是原则，不能商量，我大半辈子清清白白，心里坦坦荡荡，你不会眼看着让一颗鹿心染污了我的人心吧？"

听到这话，石大国不能再争执什么了。王局长留下钱后走了，石大国

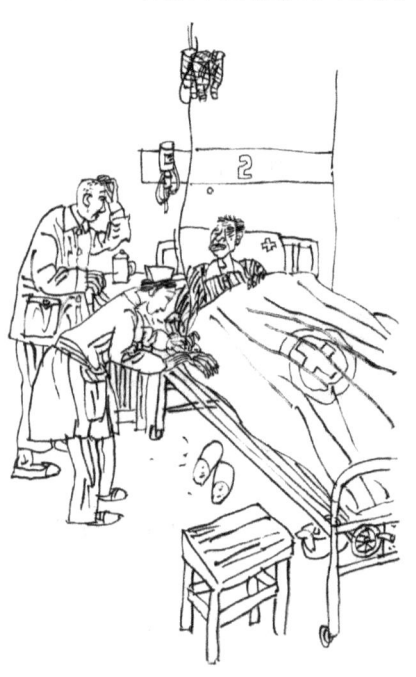

长吁短叹，坐立不宁：他杀鹿取心本想报答王局长的扶持之恩，没想到竟让人家自己掏了腰包，他越想越过意不去，一夜也没睡着觉，暗下决心：怎么也得想法子把这笔钱送回去。第二天一大早，他就去了县城，顺便先去了医院，昨天错怪了小二黑，今天要再去看望看望这小子。进了病房，小二黑已经醒了过来，医生们都说，他这种情况能活过来，简直是创造了全世界的奇迹。

小二黑见了石大国，握住了他的手，气息微弱地说："是你救了我一命呀，谢谢你。"

石大国不明白是什么意思，就问："怎么是我救了你一命？"

小二黑说："我在昏迷的时候见到了阎王，阎王说，'你拿猪心当鹿心卖，人心坏了，本应将你押进地狱，可念你还卖过一颗真鹿心，暂且饶你一死'，就把我送了回来……大国，你知道不，那一颗真鹿心，就是我卖给你的那颗。我原本也打算卖给你猪心，可后来一想你是养鹿的，怕骗不了你，反而不好，就忍痛花二百八十元买了一颗真鹿心……要是没那颗真鹿心，阎王是不会放我回来的！这人哪，真不能做亏心事啊！"

石大国听了这话，很有感悟，他出了医院，没有再去找王局长还钱，而是头也不回地回了家……

（题图、插图：魏忠善）

不请自来的大师

□ 张开山

耿老太太活到八十多岁寿终正寝，临终时儿孙绕床，可她却仍然没有合上双眼，为啥？因为耿老太太知道，自己这一死就给孩子们留下了一个大难题。

耿老太太一生坎坷，她二十岁上嫁给了李军，生了老大、老二两个儿子，谁知老天不作美，"文革"中李军病死了，为生活所迫，耿老太太又改嫁给了耿峰，五个月后就生下了小红。耿峰是个真男人，对待小红如同亲生，老大和老二的生活费他也包了，感激得耿老太太直落眼泪。以后她又为耿峰生了老四、老五两个儿子，这两窝孩子虽不是一个姓，可好得如同亲兄弟一般。两年前，耿峰因病去世了，临走时含泪拉着耿老太太

的手说："我先一步到阴间地府，你死后可千万要来呀！"

耿老太太明白耿峰的潜台词，他是怕耿老太太死后去找李军，让他做个孤独鬼，可耿老太太心里也苦呀，她和李军是结发夫妻，死后若随了耿峰，那李军不是更加孤独？耿老太太无从选择，只能把难题留给了孩子们。

山雨欲来风满楼，两窝孩子在母亲的灵堂内就吵了起来：老大和老二主张母亲必须和李军葬在一起，老四和老五坚决反对，他们说，母亲嫁给耿家后，就和李军没了关系，母亲不和耿峰埋在一起，天理难容。

哥儿几个针尖对麦芒，谁也说服不了谁，他们就想起了远在美国的小红，马上给她打电话，问她何时回来，

站在谁一边。小红听了兄弟们的话，在电话那头什么也不说，只是哭，哭得死去活来……最后她告诉兄弟们，老板太苛刻了，居然不给她假，如果自行回来，就会马上失业，她无法回国参加母亲的葬礼了，只能拜托几位兄弟，至于母亲葬在谁家，她全听兄弟的，自己没什么意见。

既然小红不能回来，更不肯投票，这哥儿四个就更脸红脖子粗了，话越说越僵，大有一拼到底的架势。正在这时，门铃响了，进来了一个中年男人。哥儿几个一看，谁都不认识他，老大忙问："你找谁呀？"来人一脸肃穆，说了声："请节哀，我是专门来为你们母亲办丧事的大师。"

大师，什么大师？你是从哪儿蹦出来的？母亲去世了，你是怎么知道的？面对一家人的责问，大师微微一笑，说："我是个葬礼师，能通鬼神之道。令堂去世后托梦给我，怕你们哥儿几个为了葬礼而闹意见，就让我来帮助办理她的丧事，你们家的事，我全知道。"

此言一出，哥儿几个全不信：母亲要托梦也该托给自己儿子呀，哪会去找这么个外人。老四性子急，就往外推那中年男人："现在大师多如牛毛，八成是骗子，我们哥儿几个不傻，你还是到别人家去行骗吧。"

大师不肯走，看着老四说："你在家排行是老四吧，但要是光从耿家来论，你还是老大。你女儿在天津上大学，你妻子有糖尿病，我说的对吗？"听大师这么一说，老四倒吸了一口凉气，他说的全对呀，这是怎么一回事？

老二有点迷信，怕大师真有来头，就忙问："你要真是个大师，知道我的情况吗？"大师看看老二，说："你开的大酒楼月收入十多万，可多一半被你的情人阿丽要走了，你不怕媳妇却怕阿丽，因为她在外面偷偷给你生了个儿子。"大师的话一出口，老二差点没背过气去，他怎么连自己的私事儿也知道呀？太神奇了！

老五觉得新鲜，就问："那你知道我妈活着时最爱吃什么？"大师说："你是老五吧，你妈妈最爱吃的是茶叶蛋，可你的钱包不争气，又想尽孝心，所以就总是自己做茶叶蛋给你妈吃。"大师说完这些，哥儿几个你看看我，我看看你，全晕菜了。

这大师太神了，神得让人心里发毛，老大知道天下没有免费的午餐，大师肯定是冲钱来的，家里这么乱，可别让外人钻了空子，想到此，老大就问大师："你给我们办丧事要多少钱？钱多了我们可出不起。"

大师伸出大小拇指，比画着说："我不要多，六百元就成。"哥儿几个互相看看，价格还算公道，老大便做主点头答应了，他接着问大师："你既是大师，知道我们为什么争吵吗？"

大师说："令堂说了，你们哥儿几个一不贪钱，二不抢房产，都是为了各自的父亲。为了不让你们闹意见，令堂说了，决定让你们抓阄，放上两个骨灰盒，一个放她的骨灰，一个放别的女人的骨灰，看谁运气好了。"

哪找别人的骨灰去？大师告诉他们，现在社会上不缺无主的遗体，只要和火葬场的人搞好关系，找个女人的骨灰不难，这样办，可以让没有与母亲合葬的父亲在阴间也不孤单。

这个方法虽不是万全之策，可对于双方来说也算是公平了，于是大家就同意了。大师又说，为了公平起见，装骨灰时哥儿几个谁也不能去，要由他和火葬场的人来装，装完了拿出来，由哥儿几个选择。大师说得头头是道，哥儿几个也无话可说，事情就这么定了。大师把自己的名片留下一张，说火化那天他再来，就走了。

夜里，大师接到了老四的电话，老四说，只要大师肯帮忙，把哪个盒里是母亲的骨灰告诉他，他愿意给大师一千元钱作为好处费。大师想了想，就说："念你一片孝心，我就答应了，可你不能和别人说呀，否则就毁了我的名声。"

火化的那天早晨，大师还没走到耿家门口呢，老四就在那里等着了，他将一千元钱交给了大师。大师告诉他，等到取骨灰时，自己让火葬场的

人抱着耿老太太的骨灰盒出来，自己抱着的那个是假的。老四千恩万谢，恨不能给大师磕头了。

一行人来到火葬场，乘人不注意，老大又凑到大师身边，往大师兜里放进了一千元钱，然后冲他一眨眼睛，大师明白，也笑了笑，没有说话。火化很顺利，装骨灰时，大师和火葬场的一个工作人员进去了，让哥儿几个在外面等着，工夫不大，大师在前，工作人员在后，一人抱着一个骨灰盒出来了，将它们放在了桌子上。大师摸了摸自己抱出来的骨灰盒，深深地看了老大一眼，说："一切全办好了，现在开始抓阄了，你们谁先来？"

哥儿几个都想先来，工作人员说："按规矩先由老大来。"此话一出，老大和老二走上前来，他们左看看右看看，最后老大抱起了大师拿出来的那个骨灰盒。他们挑的时候，老四的心提到了嗓子眼，心想要是他们挑到了真的，自己就是拚命，也要把母亲的骨灰抢回来，可一看他们挑的是假的，他心里那个乐呀，但脸上还是装做不高兴的样子，抱起了另一个骨灰盒。

埋葬了母亲，老大和老四都给国外的小红打电话，告诉她葬礼办完了，他们没有打架，是母亲派来个大师帮忙，向着自己的父亲，所以一切挺顺利，让她安心在国外工作。

小红放下电话，已是泪流满面，她打开电脑，登陆了一个网页。小红在国外生活了多年，不能经常回国，就在这里建了一个网上公墓，来祭奠自己的生父和养父。她把公墓搞得很别致，一家人的生活照片全贴上了不说，更把家里几年来发生的一切全写在了这里，让她的两位父亲共享家里的快乐和忧愁。现在母亲的葬礼顺利办完了，她伤心地写道："妈妈，今天你已到了天国，也就会来这里和爸爸在一起了。听大哥说，有个大师是你让去的，妈妈你可真伟大，大师办得很好，兄弟们没打架。妈妈，你就在这里安家吧，我保证把家里发生的事都告诉你。妈妈，现在我可以告诉妈妈

一个秘密了，我的左腿在半年前就被压折了，现在还不能坐飞机，所以我才没能来参加你的葬礼，妈妈，你可要原谅女儿呀，我是怕你伤心，才一直没敢告诉你的。"

小红写到这里再也写不下去了，看着自己失去的左腿，失声痛哭起来，当她哭够了，抬起头来一看，有人竟在网上给她留言了："尊敬的女士你好，我就是那个大师，你母亲的葬礼办得很好，你就放心吧，我在这里请你原谅，我偷看了你在网上的亲情描述，利用这些我冒充了大师，我也是为了生存，真的对不起了。我把你母亲的骨灰偷偷地一分为二了，给了你的兄弟们一人一半，他们却都以为自己拿到的才是母亲的骨灰，为此分别多给了我一千元钱，这些钱我拿着有点不踏实，但又不能退给他们。要不你给我个账号吧，我把这些钱寄给你。急盼你的回复。"

看完这些，小红乐了，原来大师这么好当呀，但她不恨大师，不但不恨，她还要感谢他，是他帮助了他们一家，让一家人没有因为办丧事而生分了，这就足够了。

小红把大师的留言删除了，并在网页设置上加了密码，这下谁也别想再进来了，她要单独和父母倾诉感情，不想被人打搅。她又写道："亲爱的妈妈，我要告诉你……"

（题图、插图：谢　颖）

恐怖的邀请函

□ 赵忠华

王刚大学毕业，找工作接连碰壁，索性做起了"啃老族"，整天呆在家，时间一长就感到了无聊，他从网上订购了一个高倍望远镜，无聊的时候就架起望远镜，对面楼里的男男女女仿佛就在眼前，看得特清楚。

有天晚上，王刚通过望远镜看到了有趣的事情：对面六楼的一个房间，晚上十一点左右就有两个女孩跳舞，只是窗户上挂了一层薄薄的窗纱，两个女孩美妙的舞姿若隐若现看不清楚。而且两个女孩只在晚上跳舞，白天从来不跳。

一连好几天，王刚看得入了迷，这天吃了晚饭，王刚关上房门，又对着六楼架起望远镜。到了11点，两个女孩准时出来跳舞，王刚正看得上瘾，两个女孩忽然停止了舞蹈，猛的拉开窗帘，两张披头散发、布满血污

的脸立刻出现在王刚眼前，王刚看得目瞪口呆，接着出现了更恐怖的一幕：只见一个女孩右手抓住左胳膊，一下子把左胳膊扯了下来；另一个女孩把腿高高地跷起，用力一扯，居然扯下半条腿。两个女孩，一个举着胳膊一个举着腿，不停地朝王刚挥舞……王刚吓得眼前一黑，瘫坐在地上，等王刚回过神来，再通过望远镜望过去，对面已经拉上了厚厚的窗帘，什么也看不到了。

王刚吓得浑身打哆嗦，窥探别人，竟然看到了女鬼，还是两个！

那晚以后，对面六楼的窗帘再也没有拉开过。煎熬了两天两夜，王刚实在受不了了，这天早上，王刚决定到对面问个究竟，他战战兢兢来到六楼，鼓足勇气敲了几下门。门开了，一个老太太探出头来，对着王刚上上下

下地打量，问："你是张英和张丽的朋友？"王刚这才知道两个女孩的名字，急忙点头称是，老太太让王刚进了屋，房间里拉着厚厚的窗帘，阴森森的，客厅的墙上挂了一张大大的合影照，两个身穿舞蹈服的女孩，笑得春光灿烂。王刚正看得出神，老太太在旁边絮絮叨叨地说起来："两个孩子是双胞胎，都喜欢舞蹈，谁能料到，大学毕业出去旅游，就出了车祸，车从山上掉了下去，一车人都摔得血肉模糊，不成样子……"

老太太嘶哑的嗓音在房间里回荡，照片上的两个女孩瞪着双眼直直地看着王刚，王刚吓得大叫一声，转身就跑。

王刚一口气跑回家，心还怦怦地跳个不停：两个女孩死了，自己真的见鬼了！这两个女鬼会不会缠住自己？王刚一整天失魂落魄，不知道如何是好。到了傍晚，忽然听见敲门声，王刚小心翼翼打开门，门口站了个八九岁的小女孩，手里拿着一封信，说："两个姐姐让我给你送一封信。"说着把信递给王刚，蹦蹦跳跳地走了。

王刚把信撕开，里面是一张慈善晚会的演出票，票上画了两个披头散发的女孩。王刚有点摸不着头脑，这难道是两个女鬼派人来送的？思前想后，王刚决定去看一看，反正演出现场这么多人，两个女鬼也不能把自己怎么样。

按照票上的地址，王刚来到了剧场，现场人山人海，热烈的气氛让王刚稍微放松了些，他左顾右盼，希望看到跳舞的女孩，可又怕看到她们恐怖的脸。

演出了几个节目，忽然，舞台上出现了那两个女孩熟悉的舞姿，王刚心里"咯噔"一下。这时，主持人上台说：张英、张丽是双胞胎姊妹，都是学舞蹈的，可不幸出了车祸，姐姐张英断了一条腿，妹妹张丽断了一条胳膊，都成了残疾人，可她们两个自强不息，不但找到了适合自己的工作，业余还坚持练习舞蹈，给大家奉献精彩的节目。观众听了，舞台下立刻响起雷鸣般的掌声，王刚也激动地鼓起掌来。

节目演完了，王刚买了两束花去后台，给两姐妹道歉，张英和张丽都已经卸了装，假肢就摆在身边。两人见到王刚窘迫的样子，都爽朗地笑了。张丽笑着说："我们晚上练跳舞，经常发现对面楼上有镜片的反光，以为是个大色狼，就和奶奶商量了，想吓唬他一下，没想到吓着了你，奶奶怕你出事，才让我们给你送去了演出票。"

王刚听了，激动地说："我要向你们学习，明天就去找工作，再也不做这种无聊低级的事情了。"

（题图：顾子易）

一夜惊魂

□ 焦松林

近年来城里时兴原生态旅游，紧挨着太湖的牛东镇一时游人如织，镇上的居民都围绕着旅游做起了文章。吴德龙也不例外，只是他一不扯旗拉客开酒店，二不配喇叭背台词充导游，这些，他都缺少条件，因为他是一个瞎子。吴德龙雇了几个工人，开始改建自己家的牛栏：工人们在他的指挥下清洗牛栏，铺杂草，加铁栅栏，上锁……村子里的人好奇，问他在做什么，他瓮声瓮气地答道："建宾馆。"问的人一惊，以为他精神出了问题，没敢接下句。

吴德龙的儿子吴斌不以为然地劝父亲："爸爸，你应该歇歇，这样累下去也没什么收获。"

吴德龙听得懂儿子的潜台词，翻了翻他那白白的眼球，答道："你懂什么？这个牛栏能起什么作用，你以后会明白的。"见父亲态度坚决，吴斌就不说话了：早年父亲为了养家，只身跑到山西挖煤，后来煤矿出了事，父亲的眼睛也在事故中失明了，这才回到家乡。也许父亲的生活太无聊了，才改建牛栏消磨时间，自己又怎么忍心阻止他呢？

眼见着到了"十一"黄金周，这天晚上吴德龙把儿子叫到身边，神情凝重地说："这牛栏宾馆已经全部完工了，接下来就要发挥作用。这些年来，用我的赔偿款，你也做上了买卖，发了家致了富，这回，你得让爸爸玩一回。"说着，他叫吴斌打字，由他口述，写了一份广告，广告内容是这样的：树顶旅馆、舰艇旅馆，也许都被你一"网"打尽；洞穴居所、沙漠露营可能你也屡见不鲜；但还有一种另

类的旅游住宿体验，刺激新鲜，是你从未经历过的，如有兴趣，就请到太湖边的牛东镇来吧。

吴斌写着写着，心里一个劲地纳闷，父亲什么时候知道了这么些奇异的旅馆？看来他这回开宾馆还真是上了心。广告写完，吴德龙叫儿子把广告发到几个他指定的网站上，吴斌不好违背父亲的心意，毕竟，他现在所有的一切，全是父亲用汗水，不，用

血泪挣来的。为了让父亲开心，破费些又算得了什么呢。

广告刊出不久，果然来了几拨爱玩新鲜的驴友，他们在吴斌家的牛栏宾馆住了以后，啧啧称奇，回去就在网上写了不少点评、宣传，这样一传十、十传百，这个独特的原生态宾馆还真在网上有了点小名气。全镇的人谈论起来，都觉得吴德龙这个在矿下逃生的中年人果然有点道道。

吴德龙却并不满足于此，他对儿子吴斌说："现在做什么都需要炒作，开宾馆也一样，如果能请到一位名人来我们这里住一晚，宾馆想不火都难。"吴斌觉得有道理，一时却想不出到哪里去找这个名人。吴德龙笑笑，说："我倒知道一个人，他是个生意人，最爱新鲜刺激，他还是好几家旅游网站的贵宾用户呢。"说着吴德龙拿出一张名片，交到儿子手里："你按这上面的电话联络他，就说我们宾馆请他来免费试住，住得好，请他回去给我们宣传宣传。"

吴斌半信半疑地接过名片看了看，只见这个老板姓赵，名字前有一大串头衔，除了董事、经理什么的，还有一个头衔是市旅游协会的理事。吴斌打了电话，没想到赵老板已经从网上知道了这个独特的牛栏宾馆，听说吴斌请自己免费入住，就一口答应了下来。

这天傍晚，赵老板按约来到了镇

上。吴德龙叫过儿子吴斌，说："这个客人就交给你了，他要问什么，你就按我平时教你的说。"说完就走进了自己的房间，关上了门。

吴斌招待赵老板用过酒菜后，天色已一片漆黑，吴斌便领着赵老板往牛栏那边走去。吴斌走在前面，赵老板跟在后面，借着微弱的灯光，赵老板看到牛栏挺大，四面都是高高密密的铁栅栏，不禁奇怪地问："这栅栏是做什么用的？"

吴斌笑道："我们要保证客人的安全，再厉害的小偷，他能在一夜之间锉开这个？"说着，吴斌拉开铁门，让赵老板走了进去，牛栏里伸手不见五指，吴斌递给赵老板一个手电筒，向他说了声"好好睡吧"，就低着头走了出去。就在赵老板撤手电时，他听到铁栅栏"咣当"一声响，接着，就是清脆的上锁声。

赵老板用手电在牛栏里照了照，只见这牛栏内有50多平方米，地上铺着厚厚的褥草，四壁也被刷得干干净净。他好奇地四下打量着，正要躺下，突然听到边上好像有动静，用手电一照，果然，隔壁的房间里有人住宿，两个"房间"之间只隔了一道铁栅栏。

赵老板调亮了手电，把那人的脸照得分外清晰，赵老板愣了一下，不禁脱口而出："是你？"

住在隔壁的正是吴德龙，他不知什么时候也来到了牛栏宾馆，只见他半靠在铁栅栏上，说："赵老板，你果然来了。我的宾馆，就是为你开的啊，今晚我可要为你亲自服务了。"吴德龙的声音有些激动，赵老板突然感到一阵巨大的不安，他强作镇定地说："原来这宾馆是你开的啊！你想想，要不是五年前我赔了你十万块，你哪有今天？做人可得凭良心。"

吴德龙点点头："是啊，所以我得报答你。你当矿主压力大，当年就喜欢玩刺激，越刺激越好，现在这脾气果然还没改。我特地为你开了这个宾馆，把广告发到你常去的网站上，再派人去请你，今天你果然来了！"

吴德龙的话说得客客气气，赵老板却越来越不安了，他忐忑地说："我、我不住了，让我出去……"

吴德龙笑笑，说："哦，对不起，我刚刚把外面的门关上了。这里除了最里面的一道铁栅栏，外面还有三道院门呢，你以为这就是普通的牛栏？不，那样对不住你这位尊贵的客人。"吴德龙说着，划亮了一根火柴。他的身下，是一堆堆厚厚的褥草。

"你，你要干什么？"赵老板"腾"的一下扑了过来，可他只能从栅栏里伸出两只手来，根本够不着吴德龙。

"别叫。"吴德龙脸上现出一丝诡异的笑容，"我这里荒凉得很，院门一掩上，根本不会有人听见，可以说是另一个世界了。"他说着，手中的火柴

就落到了地上，褥草堆里顿时冒出一股青烟，一阵风吹起了吴德龙的头发，那灰白的头发似乎一根根竖了起来。赵老板再也忍不住了，他双腿一阵发软，"扑通"一声跪下来了："吴大爷，我错了，你让我出去吧。"

"不，赵老板，节目还刚开始呢。你的脚底下，是一整块铁板，火一燃起来，铁板就热了。难道你不觉得这样很刺激吗？"吴德龙慢条斯理地说着。赵老板忽然想了起来，五年前的那起煤矿事故，和眼前的情况是多么相似啊：六个矿工在井下，他自己则

在矿井的另一端，那里是他悄悄观察矿工作业的地方，被他用铁栅栏拦住了。当时，矿井下轰的一声巨响，紧接着，一阵热气四处喷泄，他自己慌忙避了出去，等声响过去了，他又小心翼翼地走了进去。当时，吴德龙是那六个矿工里唯一能说话的人了，他拼命哀求赵老板，赶紧救地上躺着的那五个人出去，那五个人已经奄奄一息了。赵老板摇摇头，他不能那样做，这五个人送进医院，不知要花掉他多少医药费，只有让他们死了，一次性支付他们家属一笔钱，才可以一了百了。吴德龙似乎也曾把手握在铁栅栏上，拼命地向他挥舞着，央求着，哭诉着……

赵老板还沉浸在回忆中，只听吴德龙又缓缓地开口了："不用怕，其实有些事想明白就行了。现在，火已经烧起来了。你的左面，是赵小若，他是湖北人，对，想起来了？他是个孤儿，想在你的矿里挣钱娶媳妇呢，现在他快不行了，这里面缺氧，他的额头也负了伤。你的右面，是刘大嘴，对，他的老婆很漂亮，你还说过这是一朵鲜花插在废渣上，现在他也捱不了多久了，如果他死了，你是不是可以借着机会去见见他老婆？还有李麻子、小东北、湖南佬，他们都躺在你脚底下，热得不行，呼吸困难，很刺激是不是……"

吴德龙有些癫狂了，他一个劲儿

地说着，赵老板此时恨不得能堵上自己的耳朵，他仿佛又进入了那个矿井，只是，当时他能掉头就走，现在，他是插翅难飞。他瘫坐在地上，接着突然意识到地上已经开始发热，又一骨碌爬坐起来，嘴里一个劲儿地喘着粗气。

吴德龙继续说道："他们都还没死，只是紧紧地拉着我的腿，我想救他们出去，可做不到。他们叫我爸爸，不，爷爷，祖宗……这里面，只有赵小若没有孩子，他想要娶个媳妇生个孩子，传宗接代，其他的，说出不去也没关系，只要能见见自己的老婆孩子，哪怕就是死，也心甘了。我该怎么办？我的呼吸也很艰难，我也活不下去了，我的老婆早就死了，如果我再死了，我的儿子就成了孤儿，我不能死，不能死……可眼前这帮人，该怎么办啊？"这时候，吴德龙的叙述已经成了说他自己的故事，说的就是当初在矿井里的情况。

与此同时，赵老板感觉到脚下越来越烫，出于求生的本能，他开始摸着栅栏向上爬。栅栏仿佛也开始发烫了，他看了一眼脚下，仿佛看见那五个人挣扎着、哀求着，双手高高地向上方举了起来。他好像还隐约听见了他们的求救声，微弱却又清晰。他想捂住耳朵，闭起眼睛，可他又得往上爬。赵老板觉得，此时，他唯一能做的，就是抠掉自己的眼珠，只有这样，

他才能看不到这一幕人间惨剧，否则，他只要是人，他这一生就逃脱不了恶梦的追随。

想到这儿，赵老板再不犹豫，他跳下栅栏，双手用力地往自己的眼球上按去，一阵锥心的疼痛，他一下子晕了过去。

等赵老板再一次睁开双眼，他发现自己躺在病床上，一个护士吁了口气："你终于醒了，乡下的牛栏宾馆，诱发了你的恶梦吧？"

赵老板摇摇头，这时，他注意到病房门口坐着吴德龙和他的儿子吴斌，他挣扎着走向了吴德龙，双膝跪了下来，忏悔道："对不起，我永远也赎不了自己的罪。谢谢你，还为我留了一条命。"说着，赵老板脚步踉跄地走出了病房，头也不回地离开了。

吴德龙那已经瞎了的双眼中，流出了两行泪水。当初他在井下，实在看不下去同伴的惨状，缺氧和闷热又使他渐渐神智不清，癫狂中，他挖去了自己的眼珠。凭着求生的意志，他坚持到了被解救的那一刻，可事后，赵老板凭着他的社会关系，用钱摆平了一切。所以，吴德龙一直等待着，他想将自己痛苦的记忆移植给赵老板，那是对他最好的报复。其实，昨晚他铺的大部分干草都是潮湿的，根本燃不着，至于那滚烫的铁板，则来自牛栏下安放的能调节温度的电炉……

（题图、插图：魏忠善）

追寻最大的

仇敌

□ 郭　选

包里至少有二十万

天刚蒙蒙亮，爸爸就把我叫醒，催促我去参加一家医药公司的招聘。说实话，我游手好闲惯了，对刻板单调的上班生活不感兴趣，但看到爸爸讨好地为我找衣服挤牙膏，殷勤地为我热牛奶煎鸡蛋，又有些不忍心，于是很不情愿地起来了。

我睡眼惺忪地来到街上等出租车，恍惚中看到在我旁边站着一个中年人，似乎也在等车，他手里提着个大包，包的拉链没拉严实，敞着半边口。我不经意地瞥了那包一眼，顿时吃了一惊，眼睛也立即明亮起来：只见那提包内，一捆捆都是崭新的人民币。我粗略估计一下，至少有二十捆，那就是二十多万元哪！看到这么多钱，我的心竟莫名其妙地狂跳起来。

我的口袋里只有几十块钱，这次即使找到工作，每月也不过挣个千儿八百的，多少年才能攒到二十万？有了二十万，我就能潇潇洒洒过一段日子，在朋友面前扬眉露脸，还可以作为启动资金，干一番事业。想到此，那一捆捆百元大钞也仿佛在向我挤眉弄眼，逗得我心里像炭火烘烤一样炙热难耐。

抢劫！这两个字蓦地从我的脑海里跳了出来！以前我跟着几个哥们混的时候，也小打小闹地干过几次，最近老爸回家后管得严，我和那些哥们都断了联络，现在还真有点手痒。

我向四周瞅了一下，街上冷清清的，只有我们两个。我估摸一下，中年男人矮我半头，又没有我年轻，肯定不是我的对手，何况我还打过一年多的沙袋。我只要左手抢过他的提包，右手狠狠一拳打在他太阳穴上，足可把他打昏，然后我撒腿就跑，这一带的大街小巷我非常熟悉，转眼间就能逃走。

机会是如此难得，我用眼角的余光斜了中年男人一眼，发现他神色安详，没有丝毫警惕。我不由暗暗握紧了拳头……

"嘎吱"——就在这时，一辆出租车不知道从哪里冒了出来，停在我面前。"帅哥，坐车吗？"司机热情地喊道。

"哦、哦——"我似是而非地答应着，身子却不由自主地钻进了车里。

车开出去好远，我回头看看，见那中年男人上了一辆面包车。我摸摸自己的额头，不知怎地竟渗出一层细汗。

他就是我们家的死敌

晚上回家，我忍不住把这事告诉了妹妹，末了感叹一句："多好的机会啊，我没把握住……"

不一会，爸爸叫我，一见面，他就神色严肃地问："今天早上你遇见的那个人是什么模样？"

看来快嘴的妹妹把事情报告给了爸爸，这一顿剔骨剜肉的批评是少不了的。别看爸爸平时劝我走正路、找工作时苦口婆心，关键问题上对我却是严厉有加，半分不让。我不得不详

细描述了那人的模样，在我描述时，爸爸还煞有介事地拿着笔在白纸上勾勒着。我说完了，低下头，准备接受他的训斥。

可是，爸爸破天荒地没有怒吼，半晌，才轻声说了一句："难道是他？"

"谁？"我赶忙问。

爸爸没有回答，只是对着画像端详、摇头、叹息，最后默默走进房间。从爸爸怪异的举动中，我隐隐感到，今天遇到的那个人不简单。

第二天，爸爸一大早就出去了，直到天黑才回来，一副忧心忡忡的样子。他把我叫到卧室里，掩上门，声音发颤地说："果然是他，他真的找上门来了！"

在我眼里，爸爸是个铁骨铮铮的汉子，从来没有怕过谁，能让他如此恐惧的人，必定不是等闲之辈。我追问道："他到底是谁？"

爸爸神色凝重地说："他叫谭雨，是爸爸审判的最后一个案子的原告……"爸爸当了几十年的法官，口碑一直不错，可快退休的时候，爸爸接了一个案子，起因是原告借给好朋友——也就是被告二十万元做生意，被告却恶意不还，原告无奈，告上了法庭。一个夜晚，被告来到我家，递上一个装有五万元的信封，爸爸一时贪心收下了，接下去，爸爸便以证据不足为由，判原告败诉。

原告收不回借债，家产荡净，妻离子散，愤怒的他决心报仇，他不停地上告，直到有一天，一辆警车把沮丧的爸爸带走了……

爸爸感慨道："他就是我们家的死敌，他曾发誓说，是我毁了他的家，他也一定要让我们家破人亡。虽然我现在已经出狱了，也为自己的错误付出了代价，但在他看来这是远远不够的，他还要害你，这太过分了呀！"

他怎么害我了？我有点不明白。

爸爸解释道："一个人提着几十万，在早晨冷清的街头，不把钱包得严严的，而是故意让人看见，这合不合常理？"

爸爸这么一说，我也觉得当时的

情景确实有点怪异。接下来爸爸的话更让我大吃一惊，据他讲，白天他拿着那幅画像，找了一些老同事共同辨认了，大家一致认定那个人就是当年案子的原告谭雨，谭雨之所以那样做，实际上就是设一个陷阱，目的就是诱使我去抢他的钱，他一定早有安排，我只要一动手，他准有办法抓住我……

"你知道抢劫几十万是什么后果吗？很可能要判死刑的啊！"爸爸激动地说道。

我顿时后怕得浑身发凉，幸亏当时出租车来得及时，否则我现在可能已经被关在大牢里，戴着冰冷的手铐痛哭呢。可我想了想，又心有不甘地说道："看起来他不是我的对手……"

话未说完，爸爸就打断我说"你千万不要小看他！他力量大得惊人，又执拗得很。他这次失败了绝对不会甘心，肯定还会再想办法，你以后要多加小心哪！"稍一停顿，爸爸又说道："我老了，以后全靠你自己了，我们全家也靠你了，可是……唉……"

我明白爸爸那一声长叹的含义，他是怪我太不争气了，他一直希望我走上正道，可我……看着爸爸担心的样子，我陡然觉得自己是到了改变的时候了，我暗暗发誓，以后一定要好好做人，干出一番事业来，只有那样，才能打败这个仇敌！

我认真地准备了应聘，终于加入

了医药公司。此后的日子里，我处处留意，却始终再没有找到谭雨的一点蛛丝马迹。

每个人最大的仇敌

转眼间八年过去了，我也因为工作勤奋，升为医药公司的副经理。接到任命的那一天，我高高兴兴地回家报喜，爸爸听了，脸上只掠过一抹笑意，转眼间又愁云密布，担忧地说："我有一个预感，我们的那个仇敌谭雨，又快要动手了，我几乎能看见，他正在某个角落里策划方案呢！"

我感到一丝寒意，这么多年来，我处处谨小慎微，时时严格要求自己，为的就是不落入谭雨的陷阱，没想到这样的日子还没有结束。

爸爸还要说什么，门铃响了，进来的是个光头，他一进门就大大咧咧地喊："哎呀，老弟，升官了咋也不对你老哥说一声，嫌你老哥无用是不是？"

此人我认识，绰号叫齐大头，名义上是一家医药厂的业务员，实际上干的是贩卖假药的勾当。我与他素无交往，也没有什么好感，于是不咸不淡地招呼了几句。

齐大头丝毫不在意，仍然扯着嗓门说道："等有了机会，一定要摆上几桌给老弟庆贺一下，今天老哥我是顺道来看看，啥也没买，在门口见有卖西瓜的，就捎来两个，给你解解渴吧。"他把提着的两个西瓜往桌子上一放，转身就走，等我提上西瓜追上去，他已经下了楼，两个西瓜也不算行贿，我只好作罢。

爸爸接过西瓜，抱着一个左看右看，然后用力往桌子上一磕，"砰"的一声，西瓜裂开了，哗啦，里面竟流淌出一堆炫目耀眼的珠宝首饰。妈妈、妻子和妹妹本来都在卧室里，听到外面的异常响动，都走了出来，看到满桌金光闪闪，她们都惊叫了起来。

爸爸又拍拍另一个西瓜，把它切开，里面露出一个塑料包，撕开包，一张支票赫然呈现在大家面前。

"十万元，哇！还是美金呢！"妹妹惊喜地叫起来。我当然了解她的心情，妹妹一直梦想到美国留学，可是缺少资金，这笔钱，说不定能圆她的出国梦呢！

妻子和妹妹都殷切地看着我，只要我点一下头，这一切就都属于我们了。我征询地望望爸爸，他却没有丝毫表示。妈妈看出了我的犹豫，用商量的口气说道："按说这钱不该收……只是我听人说，这个齐大头在医药行业很有势力，得罪了他，万一以后……"

说实话，这些东西确实有巨大的吸引力，然而这时，一个名字突然闪现了出来："谭雨！"这会不会又是他设下的陷阱呢？想到这里，我顿时清

醒了过来。我当即说出了自己的想法，马上打电话，请我们公司里的纪检书记来一下，说明情况。

妻子和妹妹都失望地回房去了，妈妈也去做饭，只剩下我和爸爸坐在那里。一阵沉默之后，爸爸忽然爆发出开心的大笑，拍着我的肩膀说："好儿子，你终于打败我们的仇敌了！"

"谭雨！真的又是他？他在哪里？"我吃惊地问。

爸爸颇有意味地笑笑，说："谭雨谭雨，说白了就是贪欲啊！贪欲不就是每个人最大的仇敌吗？"

我愣住了。

爸爸止住笑，说："那年你在应聘路上看到巨款，动了抢劫的念头，不就是贪欲在作怪吗？"

我仍然有些迷惑："那个中年男人……"

"那只是个普通的大大咧咧的商人，我编了那样一个复仇的故事，为的就是吓吓你。"

"编？"我还是不明白，"您是说，根本就没有原告复仇那件事？"

"不！这件事的确是有的，只不过，这位原告早已不在人世了……"

爸爸出狱后，曾去看望当年的原告，想请求他的原谅。当时原告已经贫病交加，临终前，他拉着爸爸的手说："我不怪你，我想通了，害了我们大家的，是贪欲！我因为贪图朋友许诺的高利息，把一生的积蓄给了他；他因为贪图钱财，把友谊良心抛弃了；你也因一时贪念，付出了沉重的代价……"

爸爸当然理解这个代价有多沉重：不但自己一世清名被毁，锒铛入狱几年，更令他伤心的是，本来学习成绩优秀的我，在他服刑的那几年，结交了不良少年，成了不务正业的小混混。

爸爸从记忆中拉回思绪，看看我，欣慰地说："现在你终于打败了他，不过你要记住，一有机会，他还是要来的！"

我深深地点点头，就在这时，又响起了敲门声，我赶紧去开门……

（题图、插图：谢 颖）

最后一座冰雕

□ 于 强

初恋纯如雪

欣茹是个美丽的大三女生，快放寒假时，在学校组织的冰雕大赛上，她看见一尊冰雕的鱼美人，光彩夺目、鹤立鸡群，正在赞叹，突然发现其他同学都捂着嘴，冲她意味深长地微笑，她这才注意到，鱼美人的脸竟然是按照自己的面庞雕刻的！欣茹感到耳朵根子都发烧了，心里却甜蜜又疑惑：是谁在跟自己开这么大的玩笑呢？

冰雕的基座上有参展人的姓名，

欣茹一看，上面赫然写着：李振轩。这不是艺术系那个才子吗？等欣茹气冲冲地跑到艺术系，找到那个李振轩，还没开口，李振轩就举起双手投降："我坦白……"看到一脸阳光般灿烂笑容的李振轩，欣茹的气竟然莫名其妙地抛到了九霄云外。

不久，欣茹就成了李振轩的女朋友。

大学毕业后，李振轩专心搞起了冰雕创作，而欣茹放弃了几家南方企业的邀请，留在寒冷的北国，陪着李振轩，过起了清贫的日子。

一晃两年过去了，两人的生活不但没有好转，反倒出现了情感危机。原来，冰雕是一种季节性的艺术，而且有地域限制，虽然艺术价值很高，却没有多大的经济价值。李振轩把所有的热情投入了冰雕创作，却得不到多少人肯定，除了在冰雕大赛上一展身手外，他几乎没有任何用武之地。为此，李振轩的情绪变得越来越焦躁，动不动就把正在雕刻的冰块狠狠敲碎。欣茹劝他，如果冰雕没有发展前途，不妨换个思路，做石雕试试，谁知李振轩却大怒："你懂什么？这是艺术，怎么能随便换材料，又不是在市场上卖菜。"

有了第一次拌嘴，吵架成了两人的家常便饭。欣茹受不了了，想想李振轩连送给自己的玫瑰都只是冰雕的，一气之下，干脆提出分手。李振轩惊呆了，问："为什么？"

欣茹气昏了头，冲他大喊"为什么？你怎么不问问自己？你能给我什么？你能放弃冰雕，和我去南方吗？你能给我一个有安全感的家吗？你能给我一辈子的幸福吗？"李振轩张了张嘴，却说不出反驳的话，他颓废地坐在了椅子上。

两人最终决定平和地分手，不过李振轩提出，希望欣茹能陪他爬一次苏梅尔雪山。自从恋爱后，去苏梅尔雪山旅游就一直是他们的梦想，但由于经济窘困，一直未能成行。看着李振轩那近乎哀求的眼神，欣茹心一软，答应了。

雪山风景壮美，可两人的心境却都十分黯然，爬山时，李振轩始终默不做声，欣茹也赌气不说话。来到飞虎峰后，天色逐渐暗了下来，起了山风，两人该下山了。谁知就在这时，他

们脚下突然开始颤动起来，然后一阵"轰隆隆"的声响仿佛从地下传来。

"雪崩！"两个人的脑子里同时闪现出这两个字。果然，几秒钟后，整个苏梅尔雪山开始颤抖，飞虎峰上的积雪狂泻而下，李振轩拉着浑身发抖的欣茹刚跑了几步，就被雪流裹挟着冲向深渊……

雪崩持续了好几分钟，等周围的一切平静下来，欣茹发现她和李振轩竟然没受什么伤，只是随着雪流掉到了雪谷里。不久，天上飘起了大雪，暮色降临，在寒风中，两人冻得瑟瑟发抖。他们的背包和登山工具都丢了，只有在这深深的雪谷里等待救援。

李振轩看了一眼周围的地形，突然抓起了欣茹的手。"你要干什么？"欣茹一甩手，气呼呼地问。"你不想在这里冻死，就跟我走。"李振轩冷冷地说着，抬腿就走。欣茹犹豫了一下，紧紧跟了上去。

背叛冷如冰

找了好久，两人才找到一个可以容身的洞穴。洞穴里要暖和许多，缓过气来的两人开始琢磨着怎么求救，手机在雪崩时丢了，信号弹在背包里，也丢了，他们既没有食物，也没有衣物御寒，如果救援队不尽快赶来，他们只有死路一条。难熬的一晚过去了，第二天，雪更大了，四周全是白花花的雪地，两人尝试着要爬出

雪谷，可没爬几米，手脚就冻麻了，只得赶快回到洞穴。一连两天过去，丝毫不见救援人员的影子，苏梅尔雪山实在太大了，他们两人又藏在洞内御寒，就算有人走过隐秘的洞口，也不一定能发现他们。

欣茹绝望了，她感到全身如同掉进冰窖，又冷又饿，忍不住"呜呜"哭了起来。谁知道，一旁的李振轩并没有过来安慰，他看了看自己身上的羽绒服，那衣服上不知何时已经拉破了一条大口子，突然，李振轩的眼睛里闪烁出一种奇怪的光芒，他黑着脸走到欣茹面前，命令说："把你的羽绒服脱下来。"

"什么？"欣茹张大了嘴。李振轩不耐烦地重复："快把你的羽绒服脱下来给我，我快冻死了。"

欣茹简直不相信自己的耳朵，这个曾经发誓要用生命保护她的男人，竟然在这个时候，要抢夺她唯一的御寒衣物！

欣茹愤怒地说："我凭什么给你？如果不是你，我也不会在这个鬼地方。"可李振轩却强行撕扯着她的羽绒服，欣茹的心简直快痛碎了：当年自己放弃工作，跟着李振轩留在北方，北方那特有的严寒让她得了重感冒，这件漂亮又保暖的红色羽绒服，正是李振轩攒了好几个月的钱，为她买的新年礼物，当时李振轩还说，只有这纯正的大红色，才配得上她。没

想到现在……欣茹一边想，一边眼泪直流。李振轩却像没看见一样，很快撕扯下了红色羽绒服，然后赶紧把它套在了自己身上。由于衣服太小，他穿在身上的模样非常滑稽。欣茹流着泪，愤怒地瞪着他。

李振轩却若无其事，把自己那身撕破了的白色羽绒服丢给欣茹，说："我要出去看看，你想活命就老实呆在这里。"他走后，欣茹伤心地痛哭起来，她哭的不是现在面临的绝境，而是恋人的背叛。什么爱情，什么誓言，在绝境面前都是假的，剩下的只有赤裸裸的自私。

欣茹恨死李振轩了，不想穿他的

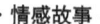

破衣服，可过了一会儿，实在抵不住严寒，只好捡起那件破了的衣服穿在身上。时间一个小时一个小时过去了，饥寒交迫的欣茹逐渐昏睡了过去。

欣茹再次醒来时，眼前还是一片雪白，不过眼前已经不是雪地，而是医院里的白墙。医生告诉她，她在雪谷被困了好多天，如果救援队再晚一点发现她，她就没命了。欣茹不想知道那个负心汉怎么样了，复原后她很快出了院，换了手机卡，谁也没告诉，独自去了南方。几年后，她认识了一个不错的男人，结婚后不到两年，就生下了一个可爱的宝宝。如今欣茹的生活非常幸福，丈夫很爱她，宝宝也十分可爱，事业又顺水顺风，有时她回忆过去，不禁骂自己当初怎么那么愚蠢，竟然会爱上李振轩那样的男人。

真爱重如山

那天是节假日，欣茹和丈夫抱着孩子去逛街，走过展览馆，里面正举办摄影展，欣茹就和丈夫饶有兴趣地走了进去，转悠了大半天，丈夫去吸烟区了，欣茹就抱着孩子来到了一组名为"世界天灾摄像集锦"的展区。展区里都是人们在火灾、洪水、地震、海啸等天灾中，抢拍下的一些惊心动魄的照片。

看着看着，欣茹来到了一幅奇怪的照片前，照片上的景物非常特别：在茫茫的雪地中，立着一尊丑陋的人形冰雕，更可笑的是，人形冰雕的手里还挥舞着一件红色的衣服，模样要多奇怪有多奇怪。这时，围过来几个人，也对这幅奇怪的照片产生了兴趣，于是讲解员就过来给大家讲解。欣茹正要支起耳朵听，却见丈夫远远地朝她摆手："时间不早了，咱们该回家了。"

欣茹只好抱着孩子，和丈夫走出了展览馆。身后，讲解员对观众讲解起那幅古怪照片的来历："……那是苏梅尔雪山的一次大雪崩，有一对恋人被困在了雪谷。当时一连几天降雪，搜救队根本找不到他们留下的踪迹，就在大家快绝望时，有人看到在一片白茫茫的雪谷里，有一点红色，搜救队赶到后，发现那竟然是一个挥舞着红色羽绒服的男人。原来，那个男人为了拯救他心爱的恋人，一直站在雪地里，挥舞着显眼的红色羽绒服充当求救信号，给搜救队指明他们的方位。"

有参观的人忙问："他们最后得救了吗？"

讲解员笑着说："女孩得救了，但是那个男孩在雪地里站了五天五夜，早已冻成了一座冰雕，这幅作品就是当时救援人员拍摄的。好了，咱们现在看下一幅……"

（题图、插图：谭海彦）

生死镖

□ 周晓军

无意接镖

明末年间世道纷乱，替人保镖送货的镖局生意大好，其中又以四方镖局最为出名，因为四方镖局里有个白四方，他是镖局的顶台柱，在他手上从没有失过一趟镖。

这天，镖局里来了一位特殊的顾客：前任知府周大人居然亲自前来托镖！

周大人进镖局后使个眼色，示意跟来的家丁退下，白四方会意：对方有要事相告了！于是也叫手下散去，周大人这才低声讲出缘由：他想请四方镖局走一趟镖。

白四方听了周大人要托镖的物件，不由皱皱眉，拒绝了："这不合规矩！这趟镖您还是另请高明吧！"说着大手一挥，正想叫"送客"，周大人看准时机，"啪"的把一个牛皮信封硬塞进白四方手里，深深一拜，说："请先生就当是为了天下苍生吧！"说完，拔出匕首就朝心窝捅去！

以白四方的身手，要躲开牛皮信封、夺掉匕首本不在话下，只因为周大人好歹是前任知府，不好太下他的面子，再者被他说的话分了神，他自尽又是拼尽全力的，又快又狠，因此一下没拦住，周大人就一命呜呼了。

这么一来，周大人的镖就成了"生死镖"！

原来镖局有一个规矩，只要手里接过了托镖人的东西，托镖人又就地自尽，那镖局就无论如何也要办好事情，保住这一趟镖。不然的话，不仅镖局老大要偿还性命，镖局也不能再办下去。一趟镖就已经赌上生死，故称为生死镖。

白四方掂掂手中的信封，无奈地摇摇头：看来，这趟镖是不得不接了！

初次交锋

第二天，白四方挑出了镖局里最精壮的武师，远远打出旗帜，左边"四方镖局"苍劲有力，右边"生死镖"浑厚深沉。这个气势明摆着：我们这趟镖是要拼命啦！这也是在警告绿林好汉，别打这趟镖的主意。

不知不觉，镖队已经来到黑风岭的势力范围。说起这黑风岭也是大有来头的，寨主周铁胆艺高人胆大，不仅洗劫往来镖队，前段日子还把朝廷的税银都抢去了！

镖队行进到山路的一个转弯处，一个农夫打扮的汉子骑着毛驴就要抢在镖队前头转弯。"慢着！"白四方吆喝一声，几下雀跃就把在前面几丈远的汉子扯了下来，冷冷道："好一位驴夫啊！奔得这么快，要去报信做埋伏吗？"那汉子跟着镖队有大半天了，正欢喜没人察觉，哪料被白四方一语道破，惊得脸色苍白，不敢应答。

"回去告诉你们周寨主，还是别打这趟镖的主意了，看看，是生死镖！滚吧！"白四方说完，双手一用力，把汉子向空中扔去。这一下动了真功夫，那汉子就算不断条腿，也要废一只手了。

这时，只见远处飞来一条黑影，轻轻托住汉子，平稳着地。众镖师这才看清楚，那人顶多也就三十出头，一副飞扬跋扈、不可一世的模样。

白四方微微一笑，朗声道"兄弟可是周铁胆周寨主？好俊的功夫！"

"废话！既然知道是我的地盘，还敢伤我的弟兄？"周铁胆一句话气得在场十几位老镖师牙关咬紧。白四方远远看去，周铁胆身后的人数和自己一方差不多，不知道还有无后援，万一打起来，不知多少兄弟的性命要丢在这里！他略微沉思，道："那好极了！周寨主这么爱护兄弟，必定不愿有人流血，那双方都别动手！就我们俩来过过招，周寨主赢了，这镖自然双手奉上，要是……"

"要是输了我就是乌龟王八蛋！"周铁胆果然浑身是胆，见面三句不到，也不等白四方讲完，挥舞一柄铁锤就奋身杀来。白四方也不含糊，提起胡刀招呼着。你砍我抢，两人就这么动起手来。

白四方的招数熟练深沉，周铁胆则刚猛迅疾，可谓平分秋色。两人从中午战到半夜，又从半夜打到中午，一天一夜都没停歇。

白四方毕竟年纪大了，渐渐有些吃不住，动作也迟缓起来。周铁胆看准时机，使出生平绝技一击，"咣啷"一声，白四方胡刀脱手！

"白四方，果然厉害！"周铁胆得意洋洋道，"还没有人和我交手那么久呢！哈哈，这镖我是吃定了！"

"等等！"白四方脸色苍白，缓缓说，"今天我身体不适，十五天后，再来领教！到时你未必能赢我！"

周铁胆讥笑道："那刚才定的规矩岂不是……"

白四方听了，默不做声，捡起地上的胡刀，"咔嚓"一声，把自己的一条右臂直削下来！众人不禁哗然。

"哈哈！有意思！弟兄们，把镖队财物全部搬走，没有我的命令不准动！"周铁胆心里是这样寻思：白四方没了一条手臂，根本不是自己对手，十五天后，定要他心服口服！

转眼之间，十五天之期已到。四方镖局的镖师纷纷担心起来，白四方右臂的伤势还没完全康复呢。可白四方却反复嘱咐，说自己已有全盘计划，要大家不可轻举妄动。

果然，两人一比划，左手用刀的白四方处处避让，直被周铁胆打得上气不接下气。一个下午过去，白四方的左手挨了铁锤重重一击，胡刀也断成了两半！

白四方气得直打哆嗦，抓起断刀递给周铁胆，道："再给十五天！"

"好！"周铁胆意气风发，手起刀落，把白四方的左臂也劈了下来。这下变故，不止震惊了四方镖局上下，连黑风岭的人也简直不敢相信！两只手都没了，还比什么？

白四方咬住牙关，缓缓吐气，才没昏厥过去，他低声道："下回我们只比拳脚！"

"这个当然，哈哈哈……"

镖师们这才恍然大悟：莫非白四方说的全盘计划就是牺牲他自己？有了这两次断手的痛苦，就算输了，四

方镖局还不至于叫人看扁!

折躯求胜

约定的日子说到就到,镖局上下暗暗打定主意,今天是最后一战了!只要白四方一输,就算豁出命来,大家也要奋战到底!

两人一交手,白四方便一味后退。周铁胆见此情景,干脆不躲不让,一下就冲上前来,白四方看准时机,跟着上前一脚。听声辨劲,周铁胆知道这脚非比寻常,待要后退躲避,自己向前的冲劲还没消!情急之下,他向白四方肩头按去,顺势反手一掠,想按住白四方的双肩,把他摔倒。哪知道白四方肩头空荡荡的,毫不受力!周铁胆大呼上当,趁此机会,白四方毫不含糊,转身就是一脚。

"啊!"周铁胆直直地向后飞去,跌跌撞撞几下,硬是没爬起来,他呆呆地看着白四方,一句话也说不出。

白四方长叹一口气,缓缓走近,问:"你是不服气输在我手上?"

周铁胆重伤之下,一时说不出话来,只眨眨眼睛,作为回答。

白四方叹道:"我出的招数,是早年在一本典籍中看到的,那是一位断了双臂的武林奇人自创的,这一招,只有抓住对手双肩才可破解,但对手既然双臂齐断,自然无处下手。这招可谓是武学中的必胜之招,但又有谁肯为了这胜利,自断双臂呢?"

原来,第一次交战,白四方已看出周铁胆功力很高,自己并无把握制服他,才想出这么一个苦肉计,折断自己双臂,诱使对方轻敌,然后使出必胜的招数,将他一举制服。

见大事已成,白四方不禁仰天长啸一声,随后吩咐手下:"把周铁胆押进囚车,解送京城!"

"不!这不合规矩!"周铁胆喷出一口鲜血,愤愤骂道,"我和你有什么大仇,居然设计来抓捕我?"

"我和你倒没有什么,只是不久前你劫去朝廷税银,害得你父亲周大人身败名裂!好端端的一个官宦子弟,为何洗劫商队、洗劫官府,就连穷苦百姓也不放过?"白四方声色俱厉地责备道。

周铁胆还想狡辩,白四方示意手下展开牛皮信封,正是周大人的亲笔密信。原来,周铁胆自幼聪慧,只是心高气傲,为了磨练他,周大人专程送他去学艺,哪知周铁胆学会武功后竟然干起了打家劫舍的勾当。眼看周铁胆如此堕落,周大人绝望之下,用自己的性命委讬白四方把儿子送去官府,总比让他继续害人好!

当初周大人托的镖,就是他的儿子——周铁胆这个大活人啊!

从此以后,江湖上感念白四方的仗义,即使他不在队中,四方镖局也再没有失过一次镖。

(题图、插图:黄全昌)

令人吃惊的

预测

[英]罗勃·伊斯特威

乔治是个地道的足球迷，有一天，他在删除垃圾电子邮件的时候，看到这样一个邮件标题：令人吃惊的足球比赛预测。他好奇地点开了邮件，里边写着：

亲爱的球迷，我们知道你凡事不会轻易相信，可我们确实已经设计出绝对准确的预测足球比赛结果的奇妙方法。今天下午，英国足总杯将进行第三轮比赛，对垒的是考文垂队和谢菲尔德联队，我们预测考文垂队将会取得胜利。

乔治看过后，轻蔑地一笑，没有当回事。晚上，他收看电视里的比赛直播，考文垂队果然势如破竹地赢了。

三个星期后，乔治又收到了那个人发来的一封电子邮件：

亲爱的球迷，你是否还记得，在上一轮足总杯比赛中，我们事先准确地预测了考文垂队获胜？今天考文垂队要和米德尔斯堡队交手了，我们的预测是，米德尔斯堡队获胜。请你密切关注比赛结果，看看我们的预测结果是否准确。

那天下午，双方打成了1比1平局，考文垂队本来很强，却完全没有发挥出来。而在第二个星期举行的加赛中，米德尔斯堡队却以2比0的比分胜出。这回乔治有点惊讶了。

过了几天，那个人的电子邮件又来了，这次他预测米德尔斯堡队将在第五轮比赛中失利，特伦密尔队将会打败它，结果果然如此。

而在四分之一决赛之前，那封电子邮件又告诉乔治：特伦密尔队将老老实实地输给陶顿亨队。事实果然如

此。

四次预测，四次全都说中了！

接着，那个人在新电子邮件中对乔治说：其实，我们买断了一个数学家最新的研究成果。现在你大概相信，我们确实很有把握，能够料事如神。在半决赛中，伊普斯维奇队将会打败阿森纳队。

乔治是个不服气的人，他通知了许多朋友，下午一起看球赛直播，并且计划在伊普斯维奇队输掉后，回信去大肆羞辱那个信口开河的家伙。但是伊普斯维奇队在落后的情况下，奋起直追，最后竟以2比1获得了胜利。太不可思议了！

第二天，那个不可思议的邮件又来了，这回信里说：

亲爱的球迷，你已经体验了我们神奇的足球预测，现在你信服了吧！我们已经做出了五次正确的预测，五发五中，你一定会同意这绝非运气，尤其是所有的冷门我们都猜中了。现在我们和你做一笔特殊的交易：在一个月的时间内，我们将为你预测比赛结果，你只需支付200英镑，然后发一封电子邮件，把参赛的两个队告诉我们，我们就会将预测结果通知你。我们殷切地盼望收到你的订单。

200英镑的要价确实不低，但如果能事先知道哪一个队会赢，就完全可以从彩票商的手中赢来20万英镑。

当然，乔治也怀疑过，发邮件的是暗地里操控球赛的财团，或者是黑社会，但是这一切都与乔治没关系，只要预测结果准确就行了。于是，他掏出了200英镑。

很快，乔治就收到了对方的预测结果，他根据这个预测往赌球公司下了一大笔赌注。但这次，比赛结果却和预测完全相反，乔治输了个精光。

乔治想破了脑袋也没想明白这究竟是怎么回事，直到发邮件的这伙骗子落入了警方手中。事实上，这些人的手段是这样的：一开始，他们向球迷发了8000封邮件，一半预测甲队获胜，另一半则预测乙队获胜，于是就有4000人左右得到的预测是准确的，另一半人则会把它当成一个笑话忘掉。

下一次，他们只给得到"正确预测"的4000人发送邮件，一半预测丙方获胜，另一半则预测丁方获胜……依此类推，所谓的预测者总是给得到"正确预测"的那部分人发送新邮件，最后，根据概率，剩下250人左右收到的预测结果便全部是正确的，他们当然会认为这个预测绝对灵验。其中假如有50人掏出200英镑，对于骗局的策划者来说，就是一笔很可观的收入了，因为他们除了发电子邮件，不需要任何本钱。

（推荐者：郝英子）

（题图：安玉民）

终极考验

□ 贺清华

临终遗愿

埃韦伦是位事业成功的女性，她在莱茵市拥有一座私人医院，但她的性格里有个致命的弱点，那就是多疑，她经常无故怀疑别人对自己不忠诚，这伤了很多朋友的心。丈夫逝世以后，埃韦伦的脾气变得更加古怪，动不动就怀疑儿子摩根在打自己财产的主意，为此母子俩经常吵得面红耳赤。在又一次激烈的争吵过后，摩根愤愤地宣布，自己不要母亲一分钱，同时和她脱离母子关系，到大洋彼岸的另一座城市谋生去了。

如今，埃韦伦老了，还患上了晚期肝癌，医生说她的生命不会超过半个月。想到自己即将离别人世，埃韦伦突然万分想念儿子摩根。

这天，埃韦伦在病榻前把一张小纸条交给了自己的情人霍夫曼，纸条上面写有儿子的电话号码，她用虚弱的声音对霍夫曼说："请你跟我儿子通个电话，告诉他，他的母亲就要死了，如果他能回来向我认个错，跟我和解，我就把医院作为遗产留给他；如果他不肯，那么医院就是你的了。你能做到吗？"

霍夫曼庄重地点点头，说"您放心，我马上就去办这件事，没有什么事情比这更加重要了。"

埃韦伦微微点了点头，说"我相信你对我的忠诚，请不要让我失望。我已经把这事写成遗嘱放在我办公室的保险柜里，到时候，我的律师会向大家宣布。"

霍夫曼握着小纸条匆匆退出了病房，按着小纸条上的电话号码，他很快拨通了大洋彼岸摩根的电话，他在电话里只和摩根谈了一分钟，摩根就爽快地答应三天后飞回莱茵市来看自己的母亲。

三天以后，霍夫曼开着一辆小车来到机场，他在出口举着一张报纸，报纸上大大地写着"摩根"两个字。因为他不认识摩根，他是摩根离家出走以后才被埃韦伦从外地聘来医院的，他的医术非常精湛，医院里所有的医务人员都信服他，埃韦伦的肝癌就是他第一个查出来的。同时，他也是个颇有心计的人，他知道埃韦伦是一个人生活，就总在生活上无微不至地关心她，很快赢得了她的芳心，两人过起了同居的日子。

一会儿，一个四十来岁的中年人提着行李箱走过来，说："您好！我就是摩根。"

霍夫曼听出来了，这声音就是三天前自己在电话里听到的，他赶紧说道："我是霍夫曼，您好！"

两人礼貌地握了握手，霍夫曼领着摩根往机场外走去，摩根有些迫不及待地说道："霍夫曼先生，您说我的母亲非常想念我，她真的愿意跟我和解、不计前嫌吗？"

"是这样。"霍夫曼边走边说，"她的确是这么对我说的。"

摩根又问："现在我母亲身体怎么样？"

霍夫曼笑着说："还好，您回来得很及时。"

摩根听了，露出了欣慰的笑容。

杀人灭口

两人上了霍夫曼的小车，小车很快驶离机场，向医院开去。路上，摩根一边兴致勃勃地看着窗外的风景，一边滔滔不绝地说着话。在一个三岔路口，前面亮起了红灯，小车停了下来，霍夫曼从身上掏出一块手帕，突然捂住了正在看风景的摩根的口鼻，摩根圆睁双眼来不及惊叫就昏了过去。从车窗外看进来，摩根就像累了，正靠在座位上休息一样。

霍夫曼拿开手帕，耸耸肩，说："对不起，摩根，手帕里放了麻醉剂，你的话太多了，我想让你休息一下。"

红灯灭了，绿灯亮了，霍夫曼一打方向盘，小车朝着与医院相反的方向驰去，一个小时后，小车驰进了一座深山。霍夫曼停下车，从后座拿过一个医用小皮箱，从里面拿出药水和针管，给昏迷的摩根打了一针。这一针下去，摩根就永远地睡着了，再也醒不过来了。接着霍夫曼把尸体丢进一个深涧，连同那个行李箱，最后他开着小车若无其事地回到了医院。

此时，埃韦伦已经处于弥留之际，她在病床上最后一次睁开眼睛，满怀希望地看着霍夫曼，霍夫曼轻轻摇了摇头，那意思是：摩根还没有到。埃韦伦轻叹了口气，流下一行热泪，无奈地闭上了双眼。埃韦伦死了。

埋葬了埃韦伦以后，医院所有员工及埃韦伦仅有的几个亲属朋友聚集到了埃韦伦的办公室，律师和两个公证员打开了办公室里的保险柜，取出了里面的遗嘱。

律师手拿遗嘱缓缓地念道："我很难过，我就要离开这个让我万分依恋的世界了，这是自然法则，谁也躲避不了。离开之前，我最想念的是我的儿子——摩根，我不知道这些年他过得怎么样，不知道他是否愿意跟我和解，不知道他是否会在我死后回到医院。为此，我郑重声明：一、如果我的儿子摩根回来了，并向我认错，那么，摩根将继承我的一切，包括我的私人医院。二、如果我的儿子不愿意回来，那么，我的情人霍夫曼先生将继承一切，是他对我的忠诚赢得了这一切。立遗嘱人：埃韦伦。"

念完，律师和两位公证员小声交流了几句，然后，律师高声喊道："摩根，摩根先生来了吗？"

站在人群最前面的霍夫曼听了，嘴角露出一丝不易察觉的冷笑，他像其他人一样，装模作样地往后看去。人群经过一阵小声喧哗之后，很快安静了下来。

律师再一次叫道："请摩根先生到前面来。"

还是没有人应声。律师无奈地耸耸肩，转过身又和两位公证员小声交谈起来。

霍夫曼轻舒了口气，满意地低下头，他等着律师叫自己的名字。律师终于转过身来，大声说："摩根先生既然没有来，按照遗嘱，那么请……"

就在这时，一群警察闯了进来，他们径直走到霍夫曼面前，其中一个胖警察严厉地说道："霍夫曼先生，你涉嫌谋杀史密斯先生，我们要逮捕你。"

谁更忠诚

霍夫曼一听，大吃一惊，他很恼

火警察在这个关键时刻来打搅自己，他有些气急败坏地叫道："警察先生，请不要在大庭广众之下诬蔑我，不然我要到法庭去控告你们。我根本就不认识什么史密斯先生。"

胖警察冷笑道："你当然不认识史密斯先生，你如果认识就不会谋杀他了。史密斯先生是大洋彼岸的一名私人侦探，一个星期前，他接受了埃韦伦女士的委托，对你的忠诚进行一次严峻考验，那就是，由史密斯先生冒充她的儿子摩根和你通电话，然后从大洋彼岸乘飞机到莱茵市和你见面。可是，和你见面之后，史密斯先生就失踪了，他的助手联系不上他，就到我们警察局报案。当然，他还提供了你们的通话录音。巧的是，有人在市郊深山里发现了一具尸体，我们立刻赶了过去，从尸体的衣兜里找到了身份证明，他正是史密斯先生。经法医检查，在尸体的手臂上发现了针眼。这一切不是你干的，又会是谁呢？"

霍夫曼一听，不由大惊失色。他万万没料到生性多疑的死鬼埃韦伦会让一个私人侦探冒充儿子，以检验自己对她的忠诚度，更悔恨的是，他把那个自称摩根的人抛下深涧之前，为什么就没检查一下这个假摩根的衣兜呢？他浑身哆嗦地被警察戴上了手铐。

这时，一个满眼是泪的中年人跟跄地走进了办公室，有认识他的人当场惊呼道："摩根——"

摩根悲伤地喊道："我妈妈怎么了？她还活着吗？我接到妈妈的电话，想了几天几夜，她终究是我的妈妈呀，有什么事情不可以商量呢？所以，我回来了，我回来向她道歉，她还活着吗……"

（题图、插图：佐　夫）

您手中有没有得意之作？本刊辟有二十多个原创性栏目，如中国新传说、我的故事、情感故事、16岁故事和中篇故事等；您读到或听到什么有趣事可以和大家一起分享吗？3分钟典藏故事、第一推荐和快乐辞典等都是本刊推荐性栏目。热忱欢迎来稿，本期责任编辑信箱：lujia411@yahoo.com.cn。

这是一个古老的传说：渔夫无意中救了魔鬼，魔鬼为表示感谢，允许渔夫实现三个愿望……看完故事，也许每个人都会忍不住想一想：如果我遇上这样的机会，会选择什么样的愿望呢？

三个愿望

□ 老 三

老雷的第一个愿望

老雷四十挂零，是个工人。他的儿子小雷十二岁，是个初一学生，爷儿俩都喜欢钓鱼，这不，星期天一大早，他们就骑车来到一处僻静的海边，架竿钓起鱼来。

钓着钓着，老雷的鱼钩被水草缠住了，他用力把钩提上来……就在这一刹那间，老雷赫然发现带上来的水草里竟缠绕着一个古瓶，那古瓶有一尺来高，灰褐色，沉甸甸的，说不清是什么材料制成的；瓶口用一个古铜色的塞子紧紧塞着，瓶子里会装着什么宝贝呢？

老雷小心翼翼地拔出了塞子，一股黑烟从瓶中缓缓冒出，那烟雾渐渐扩散、变幻、凝结，最后竟然变成了一个三丈多高、面目狰狞的巨人，老雷和小雷吓得魂飞魄散、瘫倒在地："妖怪啊……"

那魔鬼说："你们不要怕。我是4235年前，大禹治水时的一个魔鬼，因为兴风作浪，为害百姓，大禹把我捉住，打入了瓶中。我曾经发誓，只要谁把我放出来，我就满足他的三个愿望。现在，老雷，你把我救出来了，你提你的愿望吧，我将满足你。"

老雷镇定下来，心中暗喜，他想都没想，脱口而出："我要500万！"

老雷说了第一个愿望后，他根据魔鬼提供的一组号码去买了彩票，果

然中了500万。第二天，老雷来到单位，刚走进车间更衣室，班长就气势汹汹地叫住了他："老雷，昨天你他妈的干啥去了，假也不请？你想下岗是不是？"

昨天老雷干啥去了？他去彩票中心领大奖去了！老雷对眼前这家伙烦透了，一个小小的国营工厂金工车间生产二班的班长，牛得了不得，老雷想：从前老子怕你，是怕下岗，现在老子有钱了，还怕你个啥？于是，老雷冲上前去，把多年来积聚的怨气、怒气全集中在右手上，狠狠地抽了班长一巴掌，班长被抽愣了，抽傻了，抽晕了，捂着腮帮子，呆若木鸡。

老雷今天来，是来交辞职报告

的。他原打算先和车间里的工友们告个别，但班长既然这副德行，这个告别仪式也就免了吧。他把自己更衣箱的钥匙从钥匙环上摘下来，扔到了地上，再把辞职报告扔到了班长脸上，轻蔑地说道："这是我更衣箱的钥匙，箱子里那些工作服、手套、肥皂、饭盒什么的，全赏给你了，我的辞职报告，你交给车间主任吧。"说罢，他仰天大笑，扬长而去。

步行回家的路上，老雷照例要途经"伊甸园夜总会"，以往，老雷只往里面匆匆地瞟一眼，想象着里面令人眼热心跳的场景，可是今天，他决定去里面开开洋荤，他有钱了嘛！结果他这一进去，一直到第二天上午才出来，他心满意足地领教了什么叫一掷千金、花天酒地……家里那个黄脸婆老雷是不打算要了，儿子嘛，让他跟妈过，自己多掏点钱供着他就是了。

于是，老雷不顾老婆的哭闹，坚决离了婚。不久，他迷上了"伊甸园"里一位程姓小姐，两人开始同居。

这天早晨，老雷从梦中醒来，习惯地伸手去搂身边的美人，不料胳膊却伸展不开，他猛一睁眼，这才发觉自己的手脚被人捆上了，程小姐和一个小伙子正立在床前，冲他冷笑。

老雷颤声问程小姐："他是谁？你们想干什么？"

小伙子亮出了一柄匕首，得意地说："我是她的男朋友。雷先生，马上把你的银行账号、密码全告诉我，等我把你的钱取出来，就饶你一命！"

老雷当然不肯，于是小伙子立刻变了脸，开始上刑，直打得老雷遍体鳞伤，老雷终于撑不住了，含泪交出了密码。小伙子很快取了一部分钱回来，装在一只密码箱里。为了免除后患，小伙子准备灭口，他拔出了匕首，一步步朝老雷逼近……

老雷的第二、第三个愿望

这时，老雷绝望到了极点，也后悔到了极点，他哭叫着："该死的魔鬼啊，都是你害了我！我要是不贪那500万，也不会惨死在这里啊！魔鬼啊，救命啊，我不要这该死的500万了啊……"

喊着喊着，忽然间，老雷又回到了海边，现场仍然只有他自己、儿子和魔鬼，难道经历的那一切只是南柯一梦？

魔鬼哈哈大笑着，说："老雷啊，你要500万，我满足了你，这是你的第一个愿望；后来你又不要了，求我救你命，我又满足了你，这是你的第二个愿望。现在，三个愿望，你已经用去了两个，只剩下最后一个了，说吧，你的第三个愿望是什么？"

老雷从震惊中逐渐清醒过来，他一字一顿地说："我的第三个愿望，是要让你重新回到这个古瓶中！"

魔鬼惊慌至极，立刻赔起了笑脸："老雷、雷哥、雷叔……雷大爷，求求你了，换一个愿望不行吗？我、我、我……我不想再回这个瓶子里呀！"

"不行！"老雷斩钉截铁地说道，"我要你立刻回到这个瓶子里！"

老雷话音未落，魔鬼一声哀号，顷刻间变成了一股黑烟，钻入了瓶中。老雷迅速地捡起那个古铜色的塞子，将瓶口紧紧塞住，骂道："可恶的魔鬼，你敢戏耍老子！魔鬼就是魔鬼，永远只会害人，我要把你丢回到大海里去，让你永生永世不见天日！"

魔鬼在古瓶中痛哭流涕地哀号着，震得古瓶"嗡嗡"作响，这使小雷非常于心不忍，他拦住了正要往海里投瓶的父亲，说："爸爸，放这个魔鬼出来的不光是你，还有我，所以，魔鬼也应该满足我三个愿望才公平。"

"孩子，你不知道，这个魔鬼……他不是个好东西！"老雷当然不好意思把他得到500万元后的所作所为告诉儿子……

小雷的三个愿望

小雷没听老雷的，他趁老爸不留神，一下子拔出了瓶塞，于是，那团黑烟立刻又冒出了瓶子，化身为身高三丈的魔鬼，魔鬼怒吼着："我要杀了你！"说着就要冲老雷下毒手，老雷绝望地把眼一闭，叫道："儿子啊，你可害死爹了！"就在这时，小雷高声

喊道："慢着！魔鬼，你要讲信用，救你出来的是我，你也要先满足我三个愿望才行。"

魔鬼住了手，说："哼哼，老雷，等会儿再收拾你……好吧，小雷，现在你讲你的第一个愿望吧！"

小雷说"你这个样子太难看，太吓人了，我要你变成一个慈眉善目的神仙。"小雷话音刚落，原本凶神恶煞般的魔鬼，转眼间变成了一团和气的神仙。

小雷紧接着说："你的样子已经像神仙了，但心灵也要像神仙，我的

第二个愿望，就是要你从今往后不再作恶，要慈悲心肠、乐善好施、救苦救难。"

魔鬼摇身一变，立刻成了一个真正的神仙，就像年画上慈祥的菩萨一样。

小雷一笑，问："神仙，现在，你还要杀我父亲吗？"

神仙连连摇头，他说："小朋友，谢谢你把我从魔鬼度成了神仙。我已经是神仙了，当然不会再杀人了。"

这时，小雷开口说道："我的第三个愿望是……"

神仙打断了小雷的话，善意地告诫他"小雷，你只剩下最后一个愿望了，难道你不打算为自己要点东西？比方金银财宝，往后你念大学、成家什么的都用得着。"

小雷说"我不要那些，我有一个同班同学，叫小强，他的淋巴癌已经到晚期了，我要你治好他的病。"

神仙点头答应了，他随即合掌默念了一阵咒语，说："小强的病已经好了，你放心吧。现在，我要飞往南海去了，小朋友，谢谢你，是你救了我，救了你同学，也救了你父亲。"

神仙驾起祥云，朝大海深处飞去，天空中传来了他的最后一句话："小雷，那只古瓶是名贵的古董，把它献给国家，你将得到500万元的奖励……"

（题图、插图：谭海彦）

神秘莫测的盗墓组织,危机四伏的地下世界,惊心动魄的冒险生涯……"摸金门"专盗大墓,入门者永远不知道,自己将要面对的是什么……

摸金门

□芦宏伟

1. 江湖上的"摸金门"

清朝顺治年间,盗墓之风猖獗,盗墓者不但挖盗那些富贵人家的墓,竟连达官贵人、皇亲国戚的墓也盗,朝廷非常恼火,花了大量财力人力去抓捕这些盗墓贼,却因为盗墓贼行事隐秘谨慎,始终没抓到其中的重要人物,伤不到他们的元气。

在盗墓贼中,一些散兵游勇成不了气候,但有一个号称"摸金门"的盗墓团伙却很厉害,摸金门专盗大墓,手段高超,几年的抓捕,朝廷也仅仅知道摸金门的老大被称为"黑老大"罢了。

摸金门厉害,想加入的人自然很多。姜四哥是摸金门的一位小头目,这段时间,他认识了一个叫王二的年轻人,王二恳求加入摸金门,姜四哥看他聪明能干,心里已经允诺,表面上却故意刁难,不肯答应。

这天,王二又找到姜四哥,跪地恳求,求姜四哥引荐加入摸金门,姜四哥看着王二,眼珠子转了几转,忽然笑了:"想进门,要看看你的手艺,城南三十里有座青竹峰,峰下有片乱坟岗,乱坟岗东南角有座没了坟头的土坟,你去把它刨了,若是刨出了好东西,就算你给黑老大的见面礼,若是屁都没刨出来,这事儿只好算了。"

王二一听,脸露喜色,正要离去,

却见姜四哥摘下脖上一根金灿灿的项链，说道"盗墓这行，乃是跟阴阳两界打交道的营生，最易遇见不干净的东西，这条项链也是古墓中所得，称为'镇神项链'，为古时异人打造，盗墓离不开它，你戴上它吧。"王二一听，惊讶地说"镇神项链我早有耳闻，这太贵重了，我收受不起啊！"姜四哥却呵呵一笑，亲手为王二戴上了项链。

王二跟姜四哥说好了，自己将会在当晚三更时分到达乱坟岗动手。果然，当天晚上，王二准备好盗墓所需的各种东西：铲子、耙子、起子、小刀片、匕首、手套、小锯子、绳索、药丸、散毒香、糯米、黑驴蹄子、桃木剑、火折子等等，这些全是盗墓的专业装备，每件都各有用途，缺一不可。临行前，王二又喝了半碗烈酒。

乱坟岗上阴风阵阵，王二到了岗上，定了定方位，来到了东南角上，找到了那座平头的土坟。他脚下草丛齐膝，"沙沙"作响，还有老鼠蛇虫之类窜来爬去，让人心惊肉跳！

王二动手之前心里打起了小鼓：这乱坟岗上葬的都是老百姓，盗这样一个平头坟，里面能有什么值钱货？当然了，也有一些墓穴里有值钱的东西，只是为了防止盗墓贼，墓主故意把坟头弄得平常无奇。

王二开始动手了，他先在坟头边点上散毒香。散毒香专解尸毒，尸体或多或少会含有毒素，称为"尸毒"，尸毒轻则能使人迷乱发狂，重的能当场要人性命，所以要点燃散毒香解毒，还要在香头上空搭一片树叶，防止有人看到坟上点有香火，而且仅点散毒香还不够，盗墓人的嘴里还要含一粒解毒丸。在这次请求加入摸金门前，王二曾得高人指点盗墓技术。

点好散毒香，口含解毒丸，王二便拼力用铲子刨起了土坟。盗墓这个行业，比任何盗贼要求都高：力气要大，如果力气弱了，一个坟头刨到天亮，那怎么行？还要身手敏捷、有真功夫，不然遇上官兵追捕怎么办？最重要的还有一点，就是在盗墓过程中，随时都有可能遇到未知的危险……

一顿饭工夫，王二便刨开了坟头，一口朱漆大棺材露了出来，看棺材完好，朱漆未见丝毫脱落，显然这是一个新坟。王二戴上手套，拿了起子和匕首，很快取出棺材钉。掀棺材盖又是个力气活儿，王二看似书生般文弱，力气倒是不小，只见他双手抓紧棺材一头，发一声闷喝，缓缓地将棺材盖挪了开来。

棺材盖刚打开，王二便屏住气息，将头移在一边，原来，此时棺材刚开，里面尸气最重，要先避开这股尸气才好。紧接着，王二再次发力，将棺材盖一点点挪开。

此刻，是盗墓者最紧张的时候，

因为此次出手收获如何，通常便在这一刻全明白了。说来也怪，刚才月色还亮堂堂的，现在月亮却一下子躲进了云层，四周一片黑糊糊的，棺材里到底是什么情况，王二可看不到了。

王二不敢将手伸进棺材去摸，他打着火折子，朝棺材一看，虽然早有心理准备，但火光一闪的刹那间，王二心里还是一阵狂跳：他看到了一张暗青色的死人脸，是一具男尸，看样子刚下葬不久，棺材内还没有腐烂的尸臭味儿。王二镇静了一下心神，跳进棺材，单膝跪在尸体旁边，然后将怀中的绳子取出，绳子两端早已打好了两个圈。王二低下头来，把一个圈套在自己脖子上，一个圈套在死人的脖子上，接着，王二一挺身子，脖子上的绳套便带动尸体，尸体上半身斜竖了起来。

也就在这个时候，王二做出了一个十分怪异的动作……

2. 墓穴边的决斗

就在这时，王二伸出右手掌，对着死人的脸，左右开弓，两边各狠狠打了九个耳光，这九掌有个名目，称为"阳九绝魂掌"，取意为《易经》的乾卦上定的阳九之数，意思是我九巴掌打得你魄散魂飞，打得你不敢缠老子！老子今天扒你的墓，掀你的护身顶板，也是你生前造下的孽，你活该遭此一劫，看你服不服……

一般的毛贼，撬了棺材拿了东西就会跑，专业盗墓者认为他们做事没一点章法，成不了大器，盗不了大墓。真正的专业盗墓者，有一整套严密的盗墓规矩，像"阳九绝魂掌"，便是专业盗墓者的做法。其实从心理学讲，这只是一种自我安慰罢了。

二九十八掌打完，王二只觉得手背手心又疼又麻，同时，他也看清了那死人抿着嘴唇，看样子嘴里什么东西都没有。王二不由一阵失望，盗墓者都知道，讲究的人家，在死者下葬时，亲属一定会让死者嘴里含上一样东西，一般的人家会让死者含上一个小小的金元宝，规格最高的是死者嘴里含一块"玉蝉"，即玉制的蝉，其次是含一块普通的玉器，眼前这个死人紧抿着嘴，分明什么东西也没有。

王二再拿火折子去照棺材里面，只见棺材内零散地有一些手镯戒指类的银器，一件值钱货也没有。在墓葬风俗中，有个基本的"衔口垫背"的习俗，除了嘴里含东西外，死者身体下面会铺上金银珠宝或者银饼，于是王二抬高了死人，从死者背部摸到他小腿那儿，可也没摸到什么东西。

看来，就剩下最后的希望了。王二取下尸体脖子上的绳套，一手抓住他的右肩膀，一手抓住他的腰带，用力一掀，让尸体背朝上脸朝下，然后用匕首割断死者的腰带，伏下身来，

小心翼翼地去脱死者的裤子。

原来，从极古的某个年代，便流传下一个下葬的风俗，那便是在死者肛门内塞一块玉，雅称为"玉塞"，俗称"屁塞子"。令人称奇的是，这块玉往往是陪葬品中最贵重的，至于为何要在肛门上塞上最好的玉器，由于年代过于久远，已无从考证了。

王二在棺材里没寻到好东西，他把给黑老大进献见面礼的希望，全部放在死者的肛门上了！

裤子一点点被脱掉，露出了尸体的光屁股，正当王二低着头，伸手准备从肛门里抠东西时，突然间，今天晚上最怪异最惊人的事情发生了：这尸体的屁股猛的一下弹了起来，狠狠地撞在王二的脸上，王二被撞得眼冒金星，好在他反应机敏，知道事有变故，"噌"地跳出棺材，站在墓坑边儿，双手护胸，先做好防护再朝下望去，这一望，王二的魂都快吓没了：只见那具男尸"哗"地在棺材内直直站了起来，接着一跳，便跳出棺材，随即伸直双臂，冲着王二扑了过来……

遇到了僵尸？王二一阵头皮发麻，一时间胆战心惊，双腿发软，竟连逃跑的力气都没有了。这时，男尸跳到王二面前，挥动一条胳膊，带着一阵阴风，一巴掌打在王二的脸颊上，王二的嘴角鲜血直流，这一巴掌也把王二打醒了：不管是不是僵尸，总不能傻站在这里挨打啊，得拼！

僵尸有几怕，王二带的糯米、桃木剑等物便是对付僵尸的，可今天的事奇怪了，王二从背后的小包里抓出一把糯米，一把撒在男尸的脸上，可男尸毫不惧怕；王二又从背包里抽出桃木剑，一剑刺向男尸的胸口，人们都说僵尸身子僵硬，可今天的这个僵尸身子却十分灵活，而且竟会擒拿格斗，王二虽说自幼习武，却也渐渐抵挡不住了……

3. 神秘的地下宫殿

此刻，那僵尸朝上一伸手，五指做出"鹰爪功"形状，一把抓住了王二握剑的手腕，王二顿时手掌酸麻，桃木剑掉落了下来……

王二的功夫毕竟也是名家所授，可不是小孩子过家家，他见桃木剑掉落，不等那剑落地，另一只手已经在半空中接过了剑，并且一剑刺在了男尸的大腿上，不料"啪"的一声，桃木剑竟然应声折断！

传说中讲，辟邪的桃木剑刺中僵尸，起码也能刺出一缕黑烟，重创僵尸，却没想到眼前这个僵尸竟不怕桃木剑，难道这便是传说中的"尸王"？据说尸王有两个特征，一是长着长长的獠牙，二是指甲很长很长，但这个僵尸并不具备这两个特征啊！

王二还在发呆，僵尸已抓住王二的手腕一拧一带，将王二摔在地上打了个滚儿，王二爬起来，此时他忽然不害怕了，倒发起了狠，掏出背包里最后一件宝贝——"黑驴蹄子"，朝僵尸冲去。

传说黑驴蹄子也能降服僵尸，最好的使用方法是在僵尸张口咬人的时候，将黑驴蹄子塞进僵尸嘴里，可这时僵尸偏偏不张口，王二也不管那么多了，一蹄子砸向僵尸的脸上，这一砸出其不意，僵尸被砸得不轻，晃动着脑袋，像是被砸晕了一般，王二瞅准机会，不管三七二十一，先保命要紧，于是拔脚就跑……

这当儿天正黑着呢，加上心慌，王二脚下一绊，竟跌进了刚才那具棺材内，王二正要跳出棺材，奇怪，那棺材忽然间震动了一下……

说来神奇，那棺材本来好好地躺在墓坑里，此时棺材却忽然间朝旁边一翻，来了个口朝下，按说王二将被扣在棺材内，而出人意料的是，王二的身子竟急骤下降，仿佛从高空掉落下来一般……

"扑通"，王二并没有跌得头破血流，只是重重摔了一跤，他抬头一看，顿时吃惊得张大了嘴巴……说起来，王二也并非是没见过世面的人，然而，今晚的遭遇实在是奇事接着怪事，把王二盗墓前经历过的奇事加在一起，也不如今天一晚上的多！

王二看到了什么？他从棺材内往下掉落，落地以后，却置身于一个地下宫殿般的大厅内，大厅虽然建造得粗陋，却是灯火辉煌，并且到处是人，这些人什么打扮的都有，此刻，他们全都带着戏谑的神态打量着倒在地上的王二。王二"噌"地爬了起来，扫视了大厅一下，见大厅正中的一把虎皮藤椅上坐着一位虎背熊腰的黑脸大汉，黑脸大汉两边还有两个浓妆艳抹的漂亮妞儿相陪。王二眼珠一转，立即快步上前，冲黑脸大汉跪倒在地，双手抱拳，举过头顶，说道："小子误闯了大爷的灵霄宝殿，望大爷高抬贵手，饶小的一条贱命！"说着，身子发抖，一脸惧怕的样子。

凭江湖经验，王二知道这是一伙

强盗或者帮派的地下黑窝，这种地下黑窝，最忌讳外人知道，以免官府来个瓮中捉鳖，因此谁如果知道了他们的秘密，铁定是要杀人灭口。王二额头冷汗直淌，暗想今日恐怕要不明不白地把命交在这里了！

黑脸大汉忽然一声暴喝："你这个朝廷的鹰爪，老实招供是哪个狗官派你来这里的！"

王二抬起头来看着黑脸大汉，说："小子名叫王二，只是一个刨土窑儿的散兵游勇，今天我也知道难以活命，要杀要剐请便，却莫要把俺王二跟官府连在一起！"

黑脸大汉冷冰冰地说："我不管你是不是官府派来的，今儿个你闯了爷的金銮殿，就别想活着出去了！来人，活儿利索点，送他上路！"

4. 闯进了极乐世界

黑脸大汉话音刚落，忽听有人一声大喝："且慢——"接着，从王二背后慢悠悠地走出一人，他对黑脸大汉说："这小子刨土窑儿的活儿做得虽不利索，却是按照行内的规矩来的，我看，他应该是行内的人；况且，那些整天吃狗屎的鹰爪，哪个有他这份胆量的？"

那人说的"吃狗屎的鹰爪"，指的是在官府衙门当差的，"刨土窑儿"，那也是江湖黑话，意思便是"盗墓"。

那人说着话，已经从王二背后走到他的前面。这时，只听有人惊讶地说："刘七爷，你受伤了？"这位刘七爷抬了抬缠着绷带的左腿，笑道："是被这小子刺伤的，他妈的，这小子手上功夫倒还过得去哩！他既有刨土窑儿的根基，手上功夫也行，让他加入到咱们的帮里，倒也是一个人才呢！"

黑脸大汉略一沉吟，大声问道："王二，你可愿意加入我们'摸金门'？"

摸金门？王二愣住了，自己今天出生入死地闹了一个晚上，就是为的要加入摸金门啊，难道眼前这个黑脸大汉，便是摸金门的黑老大？

这时，刘七爷缓缓转过身来，王二差点叫出声来——此人分明就是那个从棺材里跳出来跟自己厮杀的"僵尸"啊！怎么……王二从小聪明过人，眼下却也头脑发懵，不知所措了。

王二推测得不错，眼前这个黑脸大汉果真是摸金门的黑老大，黑老大盯着王二看了又看，老半天没做声，看得王二心口直跳，冷汗直冒。过了好一会，黑老大开口了，他对王二说："你有两个选择，一，被一刀砍了脑袋；二，你去砍了那边刚抓来的一个官府奸细，用他的脑袋当做加入摸金门的见面礼，选一还是取二，说！"

这时，早有人把一个五花大绑的官府奸细推了出来，那人一身破烂衣服，半死不活地垂着脑袋，头发散乱地遮住了面孔，显然是受了不少皮肉之苦。

王二忽地站了起来，一咬牙，夺过旁边一个大汉手中的钢刀，朝那名官府奸细走去。王二知道，要加入江湖黑帮，通常必送一件"见面礼"，又叫"投名状"，这见面礼往往便是一颗人头，这颗人头又最好来自朝廷的人，因为如此一来，这人手里便有了命案，他加入帮派后，想反悔走正道也不行了。

王二举起手中明晃晃的钢刀，心中暗暗说了声"对不住了"，然后，钢刀便朝那个跪着的官府奸细的脖子砍去，那钢刀带着"呼呼"的风声，在砍到离脖子十寸时，突然飞来一柄飞刀，"当啷"，钢刀被击打得断为两截，王二回头一看，那飞刀正是黑老大所使，王二不解地望着黑老大……

黑老大仰天狂笑起来，其余的人也都大笑起来，更妙的是，那名"官府奸细"也嬉皮笑脸起来，"官府奸细"抬起头来，一甩遮住脸面的长发，说："王二，看我是谁？"

此人竟是指使王二来此乱坟岗盗墓的姜四哥！

黑老大一拍桌子，大声道："从此，王二就是咱们摸金门的好兄弟了！"

原来，摸金门是一个以盗墓为营生的帮派，这个帮派有着超乎寻常的隐秘性和神秘色彩，对于想要加入帮派的新人，挑选和考验极其严格，盗墓技术好、功夫好、反应灵敏、胆大心细等等，都是必备的素质，他们对官府的防范极为严密，曾有官府派出的自认为"优秀"的六个卧底，全都惨死在摸金门的这个大厅之上！

这一次，姜四哥看王二是个人才，向黑老大推荐了他，让他去乱坟岗盗墓，所有的一切都是预备好的：在棺材内伪装死尸的是摸金门的刘七爷，刘七爷为了考察王二，硬是挨了王二的"阳九绝魂掌"，但王二要脱了刘七爷的裤子，扒开他的屁股找"屁塞子"，这下刘七爷说什么也忍不住了，于是跳出来装僵尸，试了试王二的身手。王二从棺材下掉进大厅，则是刘七爷摁动了旁边开启大厅入口的

机关……

这个乱坟岗,本是普通百姓的墓地,但摸金门无意间发现此处隐藏着几百年前一个皇帝的墓穴,皇帝墓穴内修建了一个地下宫殿,摸金门进行了一番改造,将此处当作了自己的老窝,那具棺材下方,便是地下宫殿六处入口的其中一个。

这个地下宫殿内,存放着大量的食物,还有买来的十几个艳丽的娼妓。有人说,刨土窑儿的发死人财,极损阴德,明处有官府追查,抓获者立斩不饶;心里还要担忧"僵尸"、"恶鬼"缠身,终日不得安宁,就算是穷得卖儿卖女,也不能干这行当,但他们没想到摸金门竟然还会有这样一个墓穴内的极乐世界……

王二加入摸金门后第二个月,恰逢黑老大五十大寿,摸金门内一百多号兄弟,在这天全部汇集在乱坟岗下面的老窝内,来给黑老大庆祝寿辰。

地下宫殿内,金樽交错,划拳声、喧闹声乱成一片,正当大伙忘情欢乐时,突然感到头顶上的地面隐隐震动,起初没人在意,一盏茶工夫后,便有放风的兄弟跑来,大惊失色地禀告:"不好啦,大批官兵把咱们包围啦!"

5.什么是一生中最快乐的时光

黑老大"啪"地摔碎了手中的酒碗,狐疑地扫视一周,最后将目光落在王二身上。王二不再犹豫,身子腾空而起,一只手摁动了隐藏在一边的机关,接着脚尖在墙壁上一点,双手成掌举向头顶,向上冲去。黑老大见王二想要从入口处逃出去,便抽出一把匕首,扬手出刀,直刺王二咽喉。王二的功夫还算了得,他半空中一扭脖子,飞刀在脖颈处划了一道血痕后便飞了过去,就在这一瞬间,王二已经推开了上面的棺材盖,平时,棺材上面只用杂草虚掩着,并不封土,所以王二能不太费力地从那具棺材入口处冲了出去。

摸金门一共一百多号人,官府却派出了三千官兵来围剿,三千官兵,一千冲进地下宫殿,另外两千官兵分作五层将乱坟岗围了个水泄不通,此次,官府对于剿灭摸金门是势在必得!

这一夜,乱坟岗血雨腥风,惨叫声把乱坟岗的乌鸦惊吓得无影无踪。剿杀从深夜持续到黎明才渐渐平息,此时,全体官兵正细细搜查乱坟岗方圆十里内的一草一木,一旦搜寻到摸金门的漏网之鱼,便当场斩杀。

王二沉默不语,带着一支五十人的队伍,一路搜查。一会儿,队伍搜到一棵杨树下,王二说肚子疼,让兵丁们先散去。所有兵丁散开后,王二摘下脖子上挂着的那根镇神项链,将它挂在杨树的一个丫杈上,然后冲着镇神项链鞠了一躬,转身就走。

这时，"刷"地一声轻响，从杨树上飘下一人，那人在王二背后恶狠狠地说："王二，你不必对我假情假意，今日你放过我，他日我定取你人头！"此人正是姜四哥，他侥幸冲出地下宫殿，现在已是浑身鲜血，多处受伤，他躲藏在树上，看到王二把那根镇神项链挂到树上，还恭敬地鞠躬，知道他尚存旧情，按捺不住，便跳下树来，说了这几句从心窝里掏出来的话。王二好像没有听到姜四哥的话，只是自顾自地走着，头也没回。

不久，朝廷的文书公示天下：皇上嘉奖了当朝九王爷的二公子，称他智勇双全，只身闯入虎穴魔窟，为剿灭摸金门提供了重要线索。然而，这位九王爷的二公子却以身体不适为由，拒绝了朝廷册封的显赫官职。

这天深夜，二公子独处书房，伏在书桌上写着什么，忽然听到身后微微一响，便放下了手中毛笔，轻叹一声，说："姜四哥，你来了……"

姜四哥一身夜行装束，早已神不知鬼不觉地闯进了王府，他咬牙切齿地对二公子说："你骗术高明，我等愚昧无能，我认了，但黑老大和一百多位兄弟的仇，我不能不报！"

二公子转过身来，看着姜四哥，说道："摸金门

挖人坟墓，上至朝廷，下至百姓，都积怨极深，我岂能坐视不管？姜四哥要替众兄弟报仇，请吧！"说着，二公子闭上了眼睛……

姜四哥举起大刀，砍向二公子……

第二天，王府传出噩耗，刚刚为朝廷立下大功的二公子，突然间死了，据说是偶染恶疾，不治而亡，有小道消息说，其实，二公子是被摸金门的余孽所杀。朝廷为二公子举行了厚葬。

二公子刚下葬没几天，便有两个毛贼打起了主意：这王爷的二公子可是小王爷啊，还为朝廷立过大功，陪葬品中肯定有好东西！于是，两个毛贼悄悄地在二公子的坟墓边打了个盗洞，钻进去一看，两个毛贼却傻了眼：二公子的墓穴里竟然没一件陪葬

麻辣老爸老妈

◆ 我问："妈，我的运动鞋洗了没有？"我妈说："洗了……一部分。"我问："哪部分？"我妈答："鞋带。"

◆ 大学时我为了装酷，专门找了条裤子剪了好几个大口子。有次回家，我妈帮我把这裤子洗了，等我回到学校要穿时拿出来一看——那些口子被我妈缝得整整齐齐！

◆ 我妈常在周末一大早起床，把我叫醒，然后轻声细语地对我说："孩子，你继续睡吧！"

◆ 在老爹养死了一只猫一只狗一只乌龟一只刺猬两棵仙人球无数条金鱼后，他对我说："你还不快点找个媳妇，给俺生个孙子玩！"

◆ 男友来我家修电脑，被提前回来的妈妈看到，妈问他是谁，因为那时爸妈不准我恋爱，我就顺口说那是我好朋友的男朋友。我妈听了，就开始教育我："别和人家男朋友走太近，万一你们有火花，你要人家小姑娘怎么办？你们又怎么有脸在一起……"滔滔不绝讲述5分钟后，我爸放下报纸，郑重地抬头问我妈："请问，你是琼瑶女士吗？"

◆ 我曾经长得很胖，就问爸：我胖吗？我爸看看我，用很沉重的语气说："无论你长成什么样，都是我闺女。"

（推荐者：桑　城）

品，连一件普通的银饰都没有！而更奇的是，墓穴的棺材里竟然是空的，二公子的尸体哪去了……

原来那天晚上，姜四哥的大刀在离二公子的头颅咫尺之余时终于停了下来，二公子睁开眼，眼眶中仿佛有亮晶晶的东西在闪动，他说："杀摸金门一百多位兄弟，我其实也很不忍，毕竟曾在一起喝酒吃肉，但道不同不相为谋，他们所作所为乃国家所不容，百姓所不容，我不能不杀！"

"唉，你害过我，也救过我，你也有你的道理，罢了罢了！"姜四哥的大刀落地，他转身跃窗而出，声音远远传来："要活命就假死吧，摸金门虽然几乎全门覆灭，在江湖上却朋友众多，其中不乏能人异士，明枪易躲，暗箭难防，你总难逃脱这一刀的……"

不过二公子假死，倒不是为了躲避暗杀，而是厌倦了官场。其实，天下没人知道，二公子跟摸金门众兄弟在一起时，是他这一生中最快乐的时光。生在官宦世家的二公子，早已看透了官场的尔虞我诈、人心险恶，反倒觉得跟摸金门众兄弟在一起时更潇洒、更痛快。

从此，二公子退出了官场，远离了江湖，在一个小镇上过着平淡的生活……

（题图、插图：杨宏富）

母亲的关爱，永远是我们生命中的护身符……

□
王
辉

我们的妈妈

1. 路上

这是一个冬天的晚上，民警苏雷正在派出所值班，九点左右，忽然接到110指挥中心转来的一个报警电话——实际上是一个群众打的求助电话，经简单了解，他明白了事情的原委：

有一个姓刘的青年男子，是一个中学教师，这天傍晚他坐末班车送年迈的母亲回郊县老家，没想到半路上母亲晕车，就陪她下了车，后来，他本想拦一辆出租车再走，可母亲一直闹着不肯走。据这位刘老师说，几个月前，他母亲患上了轻微的阿尔茨海默症，也就是人们俗称的老年痴呆症，近来做事总是反复无常，眼看现在天色将晚，他们在外面已经冻了很长时间，也再没发现有出租车经过，他怕母亲冻出个好歹来，就想让警察同志过来帮帮忙，看能不能把他们母子再送回市区的家里。

得知这个情况，苏雷向一同值班的所长作了简单汇报，带上一个治安员，开着警车就出发了。他们刚上路，天空就飘起了小雪花，苏雷又根据那位教师留下的手机号码拨了过去，详细问了他所处的位置，根据刘老师的叙述，他们现在正在从市区去郊县的

半途中，在离309国道不远的一条岔道上，刘老师一说，苏雷知道了，这儿正属于他们辖区的地界，那条路比一般的马路要窄一些，早年是条沙石路，修成柏油路也没几年。

苏雷他们在路上走了十几分钟，刘老师又来电话了，声音很焦急，他说母亲快支持不住了，要晕过去了，苏雷一听也有些着急，忙安慰他："等我挂机后，你赶紧再打个120急救电话，和急救人员详细说明你的位置……我们这就过来！"说完，苏雷关了手机，汽车一路鸣响警笛，以最快速度向事发地点驶去！

不到二十分钟，苏雷他们赶到了那对母子那里，因为是警车，刘老师很容易就发现了他们，在路边不停地挥着手。苏雷的车子靠近他，停在了路边。

走出车外，苏雷这才注意到雪已经大了，那位刘老师正半抱着母亲，母亲不肯听话，一直在他怀里挣扎着。刘老师有些歉意地说："其实我母亲刚才没事，我也才看出来，她就是不想走，说非要在这儿等我哥……"苏雷有些惊讶："你哥怎么了，怎么又冒出个哥来？"刘老师轻轻叹了口气："我是有个哥，可他到外地去打工，前不久失踪了，自从母亲得上这病，就一直嘟囔着我哥要来看她……"

苏雷听了有些心酸，脱下身上的防寒服披到那位母亲身上，说："大妈，这外面冷，要不咱先到车里等行不行？"苏雷怕老人长时间在室外冻坏了，想骗她到车里来，那位母亲却一下抓住了他的手臂，叫道："同志，你是警察吧，快救救我儿子，他快不行啦！"说着，她就使劲往路边的沙地里拽苏雷，一边拽一边说："就那儿，就那儿，我儿子在那儿被人害了，你们快救救他吧！"听老人这话说完，苏雷脊背上却猛地掠过了一道凉气。

路边不远的荒滩上，两星期以前确实发生了一起命案，死者当时就被掩埋在沙土里，经勘查，是一名三十七八岁的男子，死者身份不详，初步断定是被谋财害命，因为命案就发生在他们辖区，苏雷也曾和刑警队的同事一同来到现场，发现尸体的地方正是这位大妈要拽他去的方向！

苏雷问刘老师："大妈怎么知道这儿死过人？"

刘老师苦笑一声，说："那天中午你们一帮警察在这儿查看现场，碰巧当时我们就在回老家的车上，车子经过这里，车上的人都在议论，我妈可能也看到了……我妈自从得了这病后，一个星期得回三次老家，非说我哥哥要去找她了，怕家里没人找不着她，可回去呆不了一会儿，她又会嚷嚷着回来……"

苏雷明白了，也看出来了，这位刘老师是个很孝顺的人，事事由着患病的母亲。

正在他们说话的当口，忽听到一阵警笛声，苏雷他们的警车上虽还亮着警灯，但警笛早关了，抬头一看，是一辆急救车赶过来了。苏雷暗暗松了一口气，医生们来了就好啦，他们可能有办法把老人劝走。

那位治安员走过去，引导急救车停下，可就在这时，却发生了一件突如其来的意外事件！

2. 事变

此时，不远处，一辆摩托车正朝他们这儿迎面驶来。摩托车上坐了两个人，前面开车的戴着头盔，这人也不知在想什么，可能因为下着大雪没看好前面，他开近警车和急救车时一下子慌了，本来这段路就有些窄，路上又有雪，这时该减速慢行，可他却突然加速，车身一滑，摩托车"砰"地一下撞到了路边的树上，车上的两人顿时飞出去了！

事发突然，大家还没有回过神来，那位大妈却飞快地拨开她儿子刘老师和苏雷，朝着摔倒的人冲去，她一边跑一边喊："快救人啊！救

救我儿子啊！"救儿子？谁是大妈的儿子？这时，那个戴头盔的"摩的"驾驶员被甩在了路沟里，正坐在那儿呻吟着，另一个乘客被摔在急救车前，满脸是血，躺在地上，好像已经昏迷了，老人跑过去把乘客抱在怀里，急切地叫着："狗娃，狗娃！醒醒啊狗娃！"老人一边喊，一边用袖子擦他脸上的血迹……刘老师在一边对着苏雷苦笑了一下，说："我哥的小名叫狗娃，我妈又想他了……"

这时，医生们也下了车，好像被眼前的一切弄糊涂了，怔了一怔，这才醒悟过来：先抢救伤员。

众人七手八脚把伤者弄进了急救车里，刘老师和他母亲也随着上了救护车——因为老人死活抱着那个受伤的"狗娃"不松手！看到急救车上医护人员不多，苏雷也让治安员上去

了。他捡起地上被大妈甩下的防寒服钻进警车，一路跟着来到了医院。

路上，苏雷向交警队打电话报了案，又向所里汇报了这里发生的意外情况。

到了医院，苏雷向"摩的"驾驶员了解了事情的经过，这人头脑还算清醒，只是被摔伤了腿，摩托车上的另一个人是他拉的客人，正当他们行驶到急救车这儿时，可能因为下雪路滑，才冷不防出现了意外事故。

两个伤者很快被送进了急救室，刘老师陪着焦急的母亲等在外面。苏雷走到楼梯口，定了定神，点上了一支烟，不一会儿，刘老师过来了："你能不能先帮我照看一下我妈，我得回去取钱……"刘老师说，是他妈让他回去取钱的，他妈一定要给那个"狗娃"垫上医疗费。苏雷问刘老师，那个被摔伤的"摩的"乘客到底是不是大妈的儿子？刘老师摇摇头，苦笑了一下，没说话，苏雷这才想起大妈是患了老年痴呆症的。

苏雷又问："家里……"刘老师仿佛看出了苏雷的担心："没事的，家里平时一直留着钱，我爱人也是我们学校的老师，她不会说什么的。"说完，刘老师向苏雷挥手示意，告别而去。

苏雷走到那位大妈身边，看着她，此时大妈正踮起脚，不时地往急诊室里望着。其实，从这里到急诊室有两道门，在这儿根本什么也看不见……苏雷也不知道该怎么照料这位大妈，只好随口安慰她："大妈，您别急，您儿子会醒过来的……"老人头也不回地答应着。

不到一个小时，刘老师回来了，过不多久，那个昏迷的病人也被推出了手术室，病人没什么大碍，只是跌破了头，摔昏了，现在已醒了过来。大妈跑过去，趴在那人耳边喊了起来："狗娃——狗娃——"

奇怪的是，那人居然随口答应了一声，睁开眼叫了一声"妈"，然后，那人就愣住了。

原来，那人的乳名竟然也叫狗娃，这正应了一句俗话"无巧不成书"，当然，这是人们事后才知道的。

两个伤者都已脱离危险，苏雷在外面的走廊上目送他们被送进病房，正要转身离开，他身边的治安员却扯了扯他的袖子，苏雷回头一看，治安员悄悄递给他一把匕首，压低了声音说："这是那个'摩的'驾驶员下急救车时掉在车上的，我捡起来了……"

苏雷接过来看了看，匕首有刀鞘，刀鞘上镶着蛇皮，制作相当精美，这也许正是匕首的主人一直把它带在身边的原因之一。通常，苏雷他们在处理携带这种管制刀具的人时，最轻微的是教育一下，然后没收刀具，可就在这时，苏雷脑子里猛地一闪，他突然想起了另外一件事情。

这是关于不久前那起谋财害命的凶杀案的一个细节，就在昨天上午，他遇到了负责这起凶杀案的刑警队长，从他那里，苏雷知道了案件最新的进展情况：死者的尸体被挖掘出来后，技术科根据他的外貌整理出了一组照片，贴在各处征求线索，后来真的有人向他们提供了一个线索，说死者出事那天，有人在郊县车站附近见过他，目击者见他乘上了一辆"摩的"，后来就不知道了……现在，苏雷一方面知道死者那晚上了一辆"摩的"，然后就被锐器刺杀，身负八处创口；另一方面，此刻却又在这个"摩的"驾驶员身上突兀地出现了一把匕首，他本能地在这二者之间作出了某种联想。

3. 惊蛇

苏雷改变了马上去找那个"摩的"驾驶员的决定，他示意治安员先不要声张，然后，他走到僻静处，悄悄打了一个电话。

电话是打给刑警队长的，这两天刑警队的人也正对郊县车站周边的"摩的"展开摸排工作，两下一碰头，觉得这个身带匕首的摩托车车主很可疑，如果直接从他身上展开调查，也许又是一条侦破线索。刑警队长会同苏雷的老所长很快赶过来了，几个人一商量，决定先由苏雷出面，正面接触一下这个可疑的摩托车车主。

苏雷再次走进病房，来到那个"狗娃"的病床前，想先和他聊几句。这时，"狗娃"头上缠着绷带，人已经完全清醒了，刘老师还陪着母亲守在床边，可能刘老师刚向这位"狗娃"解释了母亲的事，"狗娃"显得有些惊异和激动，他和"母亲"互相拉着手在说话，一会儿叫妈，一会儿叫大妈，场面滑稽而感人。

苏雷看了看，没有再打扰他们。

一边病床上的那个摩托车车主，也正看着"狗娃"和他"母亲"这边发呆，苏雷来到他床前，那人这才回过神来。苏雷问他："要不要喝点水或上厕所？"他先是摆了摆手，说"不

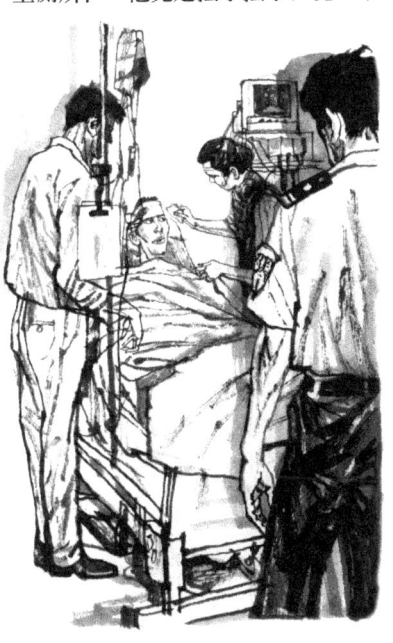

用"，然后又很快挣扎着要下地，说得去方便一下。他的腿受了伤，脚也有点肿，病床下的拖鞋穿了很久没穿上，苏雷俯身帮他套在了脚上。苏雷一边扶他往外走，一边说："这床位的拖鞋有点小了，你穿多大的？等会儿我找护士帮你换一双。"那人随口说："44的。"苏雷心里一跳：鞋码与现场留下的嫌疑犯脚印也对上了!

在厕所里，苏雷点上了一支烟，也给那个摩托车车主点了一支，又和他聊了几句家常，还要他和坐车的客人协商好，在赔偿人家损失时，不要再发生争执，那人心不在焉地答应着。

回到病房，苏雷给摩托车车主倒了杯水放到床头柜上，做出要走的样子，又提醒他："以后开车要小心点，尤其天气不好的时候；天黑后更得注意的人身安全，你一个人晚上出来拉客，最好也随手准备点防身用的东西。"

说完，苏雷向他点点头，向病房门口走去，那人像突然想起了什么，"嗯"了一声，下意识地浑身乱摸起来，就在这时，苏雷突然站住，冷不防地问了一句："你在找什么？"

那人哆嗦了一下："没……没找什么。"

很显然，这人是猛然想起了那把匕首，却又下意识地回避它!

苏雷盯着这人，看了足有半分多钟，这人的眼神一直在躲闪着。这时，苏雷笑了一下，拿出了那把匕首，说："是在找它吧？这是你刚才掉在救护车上的，这属于管制刀具，按规定，我们得没收……"说着，苏雷叫进了那位治安员，拿来有关材料，又询问了摩托车车主几句，按程序让他在上面签了字。

当晚，刑警队的人对摩托车车主实施了秘密监视。

第二天，进行外围调查的消息很快反馈过来了：这个人刚刚刑满释放不久，借钱买了辆摩托车，干起了"摩的"生意，因为有关部门不允许"摩的"营运，查得紧，所以他大多是晚上出来拉客。他的社会关系比较简单：父母早亡，本人还没有成家，他还有两个哥哥，但都不是很亲近，很少来往；还有一条重要线索是：案发那晚，村里人曾看到他骑着摩托车出去了，而且他出车的时间与案发的时间正相吻合!

4. 抓捕

这个摩托车车主越来越可疑了，但现在仅有几份证人证言，还有就是主观上的推测，没有直接证据，显然是不行的，警察可不能随便抓人，专案组的人一时发了愁。

苏雷他们几个人坐在会议室里商讨案情，大家面前的桌面上，就静静地躺着那把匕首，如果它就是杀害死者的凶器，它会开口说话吗？刀子显然已被洗得干干净净，除了主人的几枚指纹，再没有留下任何痕迹。

刑警队长两手握着一支签字笔，不停地把笔帽推进拔出，发出轻微的响声。突然，苏雷指着刑警队长的左手叫道："别动！"刑警队长猛然停住，左手正捏着刚拔下来的笔帽，那笔帽是透明的，从外面可以看到，它内侧沾了许多碳素的墨渍，大家见到了笔帽里的墨渍，突然眼睛一亮！

可以做出如下推测：如果凶手是用这把匕首作案，在杀完人后，刀上粘满鲜血，凶手胡乱一抹，又匆匆装进刀鞘收了起来……凶手回去后，会仔细地清洗刀子，这时，他能完全洗去刀上的血迹，但是，他却洗不去刀锋插进刀鞘时粘在鞘里的血渍！

刑警队长马上让技术科把匕首拿去仔细检验，结果很快就有了，他们真的在刀鞘里面发现了血迹，经初步检验，可以确定血渍的血型和命案死者的相同，关于DNA的检验，已送去相关部门，要两天后才能拿到结果……

随即，刑警队长暗中安排人员对嫌犯的住处进行了搜查，但收获不是很大。这时，负责在医院布控的人员说，嫌犯好像已经察觉到什么，有明显的焦躁情绪，随时可能会逃匿。差不多也就在这时，DNA的检测结果出来了：正与死者的相同！刑警队长立即下了抓捕的命令。

当抓捕的警察走进病房时，"狗娃"和那个摩托车主正一边一个躺在床上，警察快步走过去，突然出手摁住嫌犯，给他戴上了手铐。那人来不及动弹，只是"哎哟哎哟"地叫了起来。"狗娃"爬了起来，拖鞋也没得及穿，慌忙跑过来阻拦"你们这是干什么！交通事故的事我又没打算追究，你们也用不着抓人吧？"

一边的苏雷拍了拍他的肩，悄声说："抓他和撞车的事没关系，这人是个杀人嫌疑犯！"

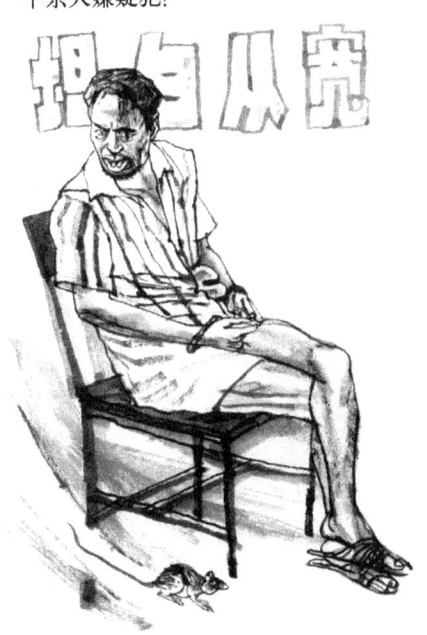

"狗娃"目瞪口呆，傻傻地呆在病房里……

嫌犯被直接带到了苏雷他们的派出所，突审开始了，可这家伙却来了个徐庶进曹营，一言不发。负责审讯的警察对他说："我们知道你有前科，对付审讯有一套，可你别忘了，你犯的是什么罪！没有足够的证据，我们能抓你吗？现在我们有证据，就是你不说，也照样能定你罪，零口供的说法你不会不知道吧？"那人翻翻眼皮，还是一副死猪不怕开水烫的样子。

从中午到下午，整整几个小时，嫌犯就是不开口。傍晚，派出所大部分民警都下班了，审讯室里的两个警察还在和嫌犯干熬着。过了一会儿，留下值班的苏雷过去敲了敲门，负责审讯的老李出来了，苏雷问："吐口了？"老李道："还没呢，看样子这小子是想和咱熬夜，那咱就和他熬熬。"苏雷说："那好，我到小食堂让师傅给弄点吃的，晚上我们继续。"说完，苏雷就来到了旁边的伙房。

做饭的师傅没在，苏雷刚要往外走，突然，伙房的角落里猛地窜出一只老鼠来，苏雷"哎"地一声大叫，老鼠一下跑到走廊上去了。苏雷在后边跺脚，那老鼠又窜到了走廊尽头，苏雷急中生智，朝审讯室大叫："老李开门！"审讯室的门一开，老鼠"霍"地跑了进去，苏雷提着拖把杆紧接着追

到了屋里。

屋门一关，苏雷就挥着拖把杆折腾开了，撵得老鼠四处乱窜，老李哭笑不得："你这是干吗？"苏雷悄悄指指旁边的嫌犯，老李偷偷瞟了一眼，只见那人坐在审讯椅上直打哆嗦，苏雷附在老李耳边道："这人怕老鼠！"老李一听，乐了。

5. 突破

老鼠在屋里没处跑，很快被打死了，尸体就放在一边的墙角落里，苏雷故意没往外拿，这时，老李再看那嫌犯，还在那儿哆嗦，老李偷偷笑了，他慢悠悠地点上了一支烟，笑着对嫌犯开了腔："哎呀伙计，真没想到啊，你还怕老鼠？哈哈哈！"接着，他又吸了两口烟，"案子的事咱先不说啦，就闲聊几句吧。看你这个熊样，我就奇了怪了，你上回进去是犯的故意伤害罪，和人打架，对吧？可我怎么就看不明白，你说像你这样的，连个老鼠都怕，怎么和人打架？噢，对了，那回是你们一伙打一个，你也就是个垫背的吧？就你这德行，能干出点阳刚的事吗？说出来谁信？"说完，老李又偷偷看嫌犯，嫌犯的脸色慢慢有了变化。

老李见此，就耍起了嘴皮子，又是讽刺，又是挖苦，嫌犯这时又是害怕又是烦躁，老李继续乘胜追击："……要我看，你这熊样的，也就小偷

小摸欺负妇女行，是不是还隔三差五打人家小孩啊？"

说到这儿，嫌犯的情绪出乎意料地激动起来，他干嚓一声："你这是在侮辱我！你这是在侮辱我！"

老李厉声道："侮辱你什么了？你不开口，无非就是怕死，你像是不怕死的吗？连自己做的事都不敢承认，你就是连老鼠都不如！"老李说到这里，抬起脚来，对着墙角落里的那只老鼠狠狠踢了一脚。嫌犯这时浑身发抖，发疯一般地嚎叫起来："那人就是我杀的！我捅了他八刀！"

老李一拍桌子："好，是好汉就全撂下！"

嫌犯的口气立刻又软了下来："先把老鼠弄走吧……"

其实，罪犯有各种各样，有的人杀人越货，可以操着刀子对着无辜的老人、孩子、妇女残忍地剁上一刀又一刀，但他却不敢去杀一只缚着的鸡，什么道理？这留着让犯罪心理学家去研究，眼前的这个杀人嫌疑犯，就有这样的特点。这次审讯，老李倒也不是存心要使"激将法"，只是在当时的情势之下，老李一激动说了这么几句，想不到正是这几句看似无

意的话突破了嫌犯的心理防线。

嫌犯很快招了供：案发那天晚上，他看到坐车的客人有钱，便起了歹心，走到半路用匕首把人杀害了，又移尸埋进了沙土里，可他没料到，因为掩埋匆忙，死者露出了一只脚，第二天就被人发现了……

那人供完，被暂时关押起来。众人吃了饭，苏雷又奉命到医院找"狗娃"了解情况。路上，同去的警察问他："你怎么知道那小子怕老鼠？"苏雷说："那晚上在病房，我曾陪他去过厕所，在那儿我隐约看到一只老鼠，就说了句：'这医院怎么还有老鼠啊？'这时他明显打了个哆嗦，当时我就猜到了他怕老鼠，还想笑话他呢。后来，咱们到他家搜查，他屋里养了一只猫。你想，哪有他这样的还养猫的？所以依我看，这人肯定很怕

老鼠，而且还不是一般的怕！"

两人说着话，不多时就到了医院，进了病房，苏雷看到那位大妈还在，正倚在床边打盹，刘老师也陪在一边。听说自己和母亲无意中帮助警方发现了杀人凶手，刘老师十分惊讶。

苏雷递过死者的照片，刘老师看了一眼，差点昏了过去：这位死者竟然就是自己失踪的哥哥"狗娃"！哥哥竟然已在回家的路上遇害了，而自己和母亲还曾经路过哥哥的遇害现场，只是当时自己和母亲都不知道……当然，这一切眼下还不能对母亲说，怕她经受不住。

苏雷又向搭乘"摩的"的"狗娃"简单说了来意，要他讲讲搭乘的经过。"狗娃"从头到尾把事情说了一遍，说完，他问："怎么，那家伙杀人的事还牵扯到我？"

苏雷点点头，说："那犯人最后交代，其实那天，你乘他的'摩的'，走在那条路上，他本来也想害你，可就在他四处打量下手的地方时，突然在大雪中发现了警车，接着，他把那辆迎面开来的急救车也当成警车了，当时心一慌，也忘了是要加速还是想拐弯，结果一下子就撞到了树上……"

说到这儿，苏雷看着旁边正酣睡着的老人叹了气："那天晚上，这位大妈把对儿子的惦记，都转移到了你的身上，你要是没遇上这位大妈，怕又是一起血案啊！"

"狗娃"听完，早沁出了一身冷汗，眼眶里一下就湿漉漉的了，随即，"滴答滴答"涌出了大滴的泪珠，苏雷料到他听了这事会有感触，但没想到他会这么激动。

"狗娃"抹了抹眼窝，说："知道我这次来是干啥吗？是来看我妈！我妈在我四岁时就带着我妹妹改嫁了，我恨了她一辈子！一年前，父亲去世了，临终他要我别再恨我妈了，以后去看看妈。我想了很久，终于做出了决定：去看我妈！快四十年没见了啊，我好不容易找到了地方，谁知，我妈已经在半年前没了……"

说到这里，"狗娃"再也忍不住了，失声痛哭起来，这一哭，旁边的大妈被惊醒了，她慌慌张张地问："娃，你怎么啦？娃？"一边说，一边伸手心疼地想给他擦眼泪。

"狗娃"霍地掀开被子，"扑通"跪在老人脚下，撕心裂肺地叫了一声："妈——"

这声"妈"叫得两个警察心头酸酸的，他们悄悄退了出来。走到门口，苏雷悄声问身边的同事："知道人生下来开口说的第一句话是啥吗？"

那位同事小声说道："是叫'妈'。"

（题图、插图：杨宏富）

绝不用彩色

法国的波莫瑞香槟酒公司刊登在杂志上的广告，全是黑白的，他们绝不做彩色广告。这是为什么呢？

原来他们发现，现在的杂志里全是彩色照片。如果他们也把广告做成彩色的，夹在中间，很难被发现，于是，他们做起了黑白广告。

这招果然见奇效，读者拿起一本杂志，在一片五颜六色的彩照中，突然发现一页素静大气的黑白照片，那种感觉就像在繁华的城市里，突然发现了一块幽静的地方，心里十分喜欢，自然也会对那张照片分外留意。

久而久之，这种做黑白广告的形式竟然形成了公司文化的一部分，深受消费者的喜爱。

（作者：州　仕；**推荐者**：杨　松）

数鞋子

一次上课时，老师注意到有个同学老是走神。下课后，老师问她怎么了，她说她想买一双漂亮的新鞋，就找父母要钱，没想到父母不给，她气得连饭都没吃就来到了学校。

老师沉思片刻，说"我给你布置一道家庭作业，回家后仔细数一数你和父母的鞋子，明天把结果告诉我。"

第二天，老师见到这个同学就问："昨晚数鞋子了没有？"她说"数了。"老师追问"你爸爸有多少双鞋？"这个同学说："4双。""你妈妈呢？""6双。"老师停了停，问："你有多少双鞋？"她脸上红彤彤的，好一会儿才小声说："12双。"

"那你还生气吗？"这时，这个同学的眼里已满是泪水，她哽咽着说："老师，我错了。可是，老师，您又没去过我家，怎么知道我父母的鞋没我的多呢？"老师感叹说："父母的鞋总是比儿女的少，家家户户都一样，只是做儿女的常常忘了数一数。"

（推荐者：王传生）

录音带妈妈

女孩与男友交往大半年了，男友终于答应带她回家见妈妈。

女孩有些担心，男友幼年丧父，和母亲相依为命长大，这样的母子会不会不容别人分走他们的爱呢？男友之前一再推托不让她上门，让她的疑虑越来越深，可是有时男友转述妈妈称赞她的话，又让她觉得，这个家庭是接纳她的。

进了男友的家门，客厅里空空荡荡的，不见他妈妈出来，男友在占据了一整面墙的柜子里找了一盒录音带出来，放进录音机，里面传出一个慈爱而年轻的声音："孩子，今天是你第一次带女朋友回来，妈妈很高兴……"女孩十分诧异，这时男友走过来，轻轻握住她的手，说："妈妈在生下我之后得了骨癌，她在生命最后的岁月里为我录了这些录音带，包括对我从小到大每个人生阶段的叮嘱和祝福。"

男友指着柜子里满满的录音带，拿下一盒给女孩看，上面标着"遇到喜欢的女孩"，他又从录音机里拿出刚才播放的那一盒，只见上面写着"带她回家"。

女孩终于忍不住，眼泪慢慢地从眼角渗出……

（作者：李云锋；推荐者：曹炜明）

三明治人生

一位商人乘巴士在法国乡间旅行，车要在一个小镇上停留十分钟，商人便走进了附近一家小餐馆。餐馆十分整洁，陈列台上摆放着一道道法式浓汤，商人点了一盆汤，不料遭到了老板的拒绝："不卖汤。"

"为什么？"商人疑惑不解地问。

老板解释说："请原谅。因为您是搭乘巴士的人，所以您还是随便点个三明治吧。不瞒您说，为了熬这汤，我花了好几个小时，它的味道是全法国最棒的。面对这么好的美味，您却只有几分钟来喝它，太可惜了！"

商人终于没能喝成这美味的浓汤，但他完全能够理解餐馆老板。因为在这位老板看来，喝汤强调的是品尝的过程，而吃三明治，不过是为了尽快填饱肚子这个结果罢了。

现代人的生活喧嚣而忙碌，越来越重视结果，而忽视体味人生那丰富的过程。他们的人生就像一个匆忙咽下的三明治，细细品味浓汤的感觉，已经离他们很远很远……

（推荐者：黄　佳）

学写作文，可以从读故事开始

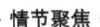

隐蔽战线的人

□ 骆 驼

最近，网络上流传着一则热帖，内容是一位刑警讲述自己办案生涯中遇到、听说的故事。网友们不仅喜欢故事里紧张曲折的情节，更被人民警察那不畏牺牲、尽忠职守的精神所感动，下面这则故事就选自其中……

那年，市公安局的缉毒科接到了线报，传闻最近毒品市场有一个神秘女子特别活跃，她的"货"纯度高、出货量大，很有魄力，但关于她的具体信息，局里又一无所知。到底这个传闻是否属实，又是否真有其人呢？缉毒工作压力很大，缉毒科开始紧张安排、秘密部署起来。

经过一段时间的准备，市局掌握了神秘女子的一个重要手下的线索，这是一个绰号叫"秃头"的毒贩，缉毒科认为时机成熟了，专门调来了一位特警，人称大徐，大徐伪装成小买家，和秃头联系，要求进货。毒贩多次考验后，终于答应和大徐见一面聊聊。

大徐蒙上眼睛后被一辆小车载到了郊区的一所农房，到了地方，五个小伙子盯着他下了车，进了屋子就搜身，又用金属探测器扫了一遍。搜完了，大徐还没落座就被人从后背踹倒，一把手枪顶在了他的后脑，一个秃头的毒贩大声喊道："你小子是个警察！老子一枪打死你！派你来干什么，你们调查出多少情况了？"

大徐躺在地上，脑门已渗出汗来：难道自己的身份已经暴露了，还是对方在摸底讹诈？一个个念头飞速闪过，半秒钟内就要做出决定，他决定继续坚持："兄弟们，黑吃黑也不用这样啊，钱我带了一部分，货我可以不要，给条生路。"

秃头听了，反而更加用力地将枪顶着大徐的头，一个马仔走过来，将一个口袋套上了大徐的脑袋，还在他脖子上紧紧地勒住条绳子，渐渐地，大徐被勒得青筋突起，呼吸也困难了。秃头大声喊"快说你的任务是什么，了解多少情况，不说我数三下就开枪了！"

大徐想，自己早料到会搜身，没带监听器、定位器，看来今天要交待在这了，他心一横，说："我可是真心交易的，钱你拿走，今天我认了，咱地底下见吧。"

秃头喊到"三"，等了几秒没动静，突然又把大徐揪了起来，不知道过了多长时间，秃头慢慢地把枪收起，放到桌子上，说了声："坐吧。"说着挥手示意，突然，他无意间把桌子上放的那把枪碰掉了，正好掉在大徐跟前。

气氛再次紧张起来，大徐不知道毒贩下一步会干什么，现在看起来是一个很好的时机，自己可以赶紧捡枪反抗，但在枪落地的一瞬间，大徐看到了枪从地面上反弹起来的高度，立刻明白了一切，于是他轻声说："大哥，你枪掉了。"秃头瞪着大徐，自己慢慢捡起枪，拉着大徐到了里屋，那里有四个马仔围在屋子四周，两人坐到沙发上开始谈起来。

秃头对大徐说："你的测试通过了，那是把空枪，别见怪。"大徐点点头，老到地用行话谈论起交货方式，还委婉地提出要见上线。

交易中，秃头拿出几个纸包让大徐检验，如果大徐没吸过，说不出其中的成色区别，那又得交待在这了。既要了解毒品，还要能戒掉毒瘾，这不是普通人能承受的。大徐就听说，以前外省市的兄弟单位出过一起案子：一位缉毒警察，因为没把持住，走上了贩卖毒品的道路，后来他为了赎罪，在执行任务时第一个冲进了毒贩的据点，里面的毒贩扔过来一个手雷，他为了掩护身后的战友，来不及作其他反应，一脚把屋子的铁门踹得关上了，将冒着烟的手雷挡在了屋内，里面一声闷响，以此作为一个了结。

大徐验过成色，表示满意，秃头也松了一口气，两人决定达成合作。就在这时，秃头好像无意地看了几次大徐的手腕，然后就热情地表示要送他出去。大徐也踏实下来，跟着迈步出屋，这时，一直站在屋子角落里的一个马仔凑过来，对着墙漫不经心地说了一句："兄弟，今天你戴错表了吧。"他这句话仿佛是对着墙说的，声音小得只有大徐一个人能听到，但大徐听了后，立刻浑身一震。

大徐戴的是块很普通的表，但表带却不是原配的，这表带来自于公安系统表扬先进个人的奖品，是手表厂特制的纪念品。这块赠表因为其特殊性，不方便执行任务时戴，大徐就送给家人了，表后来损坏了，也就搁置起来。大徐自己一直戴着块普通手表，一次执行任务时，表带被扯断了，大徐想起以前那个奖品赠表的表带还是好好的，就翻了出来，一试正好配上，就一直这么戴着，过了这么多年也慢慢习惯了，忘记了这个表带的特殊性。此时这马仔看似平淡的一句话，如同一个炸雷，惊得大徐一身冷汗。

大徐疑惑地看看那个马仔：他是在提醒自己什么吗？可马仔没有任何

表情，仿佛根本就没开过口。大徐朝他微微点了下头，出了屋。秃头在屋外对几个手下说："村里路黑，我带他上大道好了，你们不用跟着了。"

大徐若无其事地跟着秃子，搭讪着，慢慢来到了一块僻静的庄稼地，这时，大徐眼角的余光看到秃子的手慢慢往怀里伸去，立刻转身扑了上去……经过激烈的搏斗，大徐终于把秃头压在身下，掏出了他怀里的手枪，那枪沉甸甸的早已上了膛。事后，据秃头交代，他蹲号子的时候，见到一个看守也戴过类似的表带，所以，注意到大徐的手腕后，他就起了杀心。

编读聊天室：众手浇开故事花

读者唐芸： 我家订阅《故事会》好几年了，我发现《故事会》每年都会有一些新变化、推出一些新栏目，不知2008年会带给我们什么样的惊喜？好期待看到新的杂志啊！

编辑部： 您真是一位细心的读者！2007年，《故事会》"红版"推出了"第一推荐"、"编读聊天室"等新栏目。根据广大读者的建议，2008年我们将在保持刊物原有特色的基础上，做进一步的内容创新。

"新一千零一夜"是今年"红版"推出的一个新栏目。传说，古时候有位聪明的女子，她每夜给国王讲一个好听的故事，终于感动了国王。她讲的故事后来被人们记录下来，这就是《一千零一夜》。而我们的故事高手席先生，就像这位聪明的女子，每期都会带来一个他在社会上搜集的新故事，这些故事，不仅改变了席先生的雇主王董事长，更会为我们的读者带来一段美好的时光。

除此以外，我们还调整了两个品牌栏目。"百姓话题"的节奏更紧凑、内容更活泼了；而"中篇故事"则推出了"精编版"，每篇的篇幅由原来的15000字调整到了7500字左右，这样，同样的篇幅，读者朋友们却可以看到两个不同风格、不同题材的中篇故事。

当然，这些改变还只是一种尝试，其中凝结着编辑部全体成员的努力，希望读者朋友看了以后，多谈谈您的想法和意见呀！

经过村民帮忙，大徐马上联系到在后方等消息的干警，立刻执行抓捕任务，一举抓获了秃头的几个手下，就地审讯，根据口供，连夜去那神秘女子的暂住地逮捕了她。

事后大徐才知道，为了能和狡猾的毒贩搭上关系，领导安排了这样一个人：他没有档案，没有记录，不属于缉毒大队，也不属于任何其他单位，一般人不知道他向谁汇报，就只知道他来自隐蔽战线。

这个来自隐蔽战线的人先是被送入了监狱，巧妙地和秃头关在同一间牢房，刚进入牢房，他就按"规矩"被毒打了一顿，在冰冷的水泥地上躺了整整两天。后来经过几番考验接触，他慢慢被秃头所接纳。

就是靠着这位同志的内部情报，大徐才有机会和秃头交易。

庆功会上，大徐一直盼望着能见到这位救了自己一命的神秘同志，但是因为隐蔽战线的工作性质，这位同志最终没能出席。可是，在会场上，大徐接到了一个奇怪的电话，对方只说了一句："同志，今天你戴对了表吗？"说完呵呵一笑，随即挂掉了电话。虽然只有一句话，大徐却激动万分，因为他听出来了，电话那头就是那个"马仔"，来自隐蔽战线的人……

（题图、插图：安玉民）

免费保镖

□ 黄会兵

阿峰是个游手好闲的小伙子，这天他正在银行里吹免费空调，有个女孩屁股一扭从他眼前走了过去，女孩牛仔裤的后兜里插着一张百元大钞，那钞票只有八分之一还插在兜里，随着女孩的脚步，钞票飘啊飘啊，似乎随时可能飘出来。

阿峰心中窃喜，暗想：我这几天手头正紧呢，财神爷就给我送钱来了，忙跟了上去。女孩哼着小曲，一点也没发现自己要掉钱。阿峰紧紧地跟在女孩屁股后，眼巴巴地盯着她的裤子口袋，那钞票一个劲地飘着，可就是不掉出来。有好几次，阿峰都忍不住想要上去悄悄将钱抽出来，但又忍住了，因为这样做性质就不一样了。

走了一段路，阿峰见那张钞票还是不愿和主人的口袋分离，就假装咳嗽，鼓起腮帮子去吹那张钞票。女孩似乎察觉到了什么，回头看了阿峰一眼，冲着他善意地笑了笑。还好，她没发现阿峰的不良居心，阿峰胆气更壮了，大张着嘴，深吸一口气，吹得那张钞票就像遭遇了十二级台风。可是任凭他吹得腮帮子通红，满嘴发苦，钞票就像在裤子上生了根。

不一会，女孩走到一幢写字楼门口，一个青年人奔过来说："你终于来了，我正想打电话呢。"看来他们认识，再想捡钱多半是不可能了。阿峰悻悻地准备离开，就听见身后女孩兴奋地说："老公，我的法子不错吧。"

阿峰顿时放慢了脚步，女孩的声音清晰地传进他的耳朵："取那么大一笔钱，我好担心哦，就用胶布粘了一张钞票在裤兜上，这样路人的注意力就都落在那张钞票上，即使有人知道我怀抱巨款，也不敢轻举妄动，那些哈巴狗似的追在我屁股后想捡钱的人，不就像我的保镖吗？"

加把劲儿

□ 诡手芦

这天一大早，王涛和往常一样来到局里上班，一到局里，新来的郑局长就召开了一个全体会议，动员大家伙干活。原来，昨天一场暴雨，局里的停车棚塌了半边，郑局长提议大家自力更生，自己动手搬走棚子塌掉后的杂物。

王涛听了，心里暗乐：他今天穿了一件特别的衣服。这是一件破了的夹克，老婆本打算扔了的，可王涛见这夹克洗得非常干净，就想再穿一次，等穿脏了再直接丢掉。所以，他今天不怕弄脏衣服，可以痛痛快快地干活！

没了弄脏衣服的顾忌，王涛一马当先，第一个跑上前，"刷刷刷"几下叠起四五块粘满黑泥的砖头，搬起便跑，干劲儿十足。有了王涛带头做出表率，一些本来不情不愿的人，也只好去干活了。郑局长看到局里的人一个个挽袖上阵，欣慰地笑了。

在局里上班的这些人，不像在工厂做工的，不管有没有职务，普遍都很讲究仪表，这次干脏活儿，大多数人谨慎得跟八十岁老太太似的，主要就是怕弄脏、弄坏了自己的衣服。反观王涛，平常在局里是个不起眼的小兵，这会却充满了力量和斗志，人家搬一趟东西，他能搬三趟，还都是小跑前进的……

很快，王涛的表现就引起了郑局长的注意，郑局长拿起喇叭，大声说道："大家都加把劲儿啊！要把这次干活当成一场硬仗来打……哎，别怕弄脏衣服嘛，看人家王涛，你们的衣服是衣服，王涛的衣服就不是衣服了？我看，王涛就是这场行动的先锋官，请大家向王涛学习，向王涛看齐……"

王涛听到郑局长在喇叭里喊出了自己的名字，真是受宠若惊！有了郑局长的赞扬，王涛只觉得浑身充满了力气。说起来，王涛这次卖命干活，不但因为他穿着准备丢弃的破衣服，还有一个重要原因是，王涛的顶头上司老股长，马上要办退休了，空出的股长位子，论资质论能力，都要轮到王涛接手了，王涛已经打通了副局长的关节，但郑局长的一票显然是最关键的。

郑局长已经注意到自己了，还等什么，拼命干吧！王涛越想越兴奋，他环顾四周，见大家正在两人一组搬柱子，王涛大叫一声："柱子让我来搬，看我的！"

王涛弯腰抓起一根木柱子，一头冲地，一头对天，紧紧抱在怀里，小跑着朝外面搬去。他跑两个来回，搬了两根柱子，人家两人一组，抬着一根柱子，才走一个来回，这么一算，王涛一个人顶四个人干活儿啦！

郑局长看在眼里，又发话了："看人家王涛，不愧为先锋官！一个顶四个……男同志们，也像王涛那样一人抱一根嘛，柱子又不重，不要怕弄脏衣服嘛……"

没办法，局里的男同志只好学着王涛，一人抱着一根木柱子，如此搬运，效率果然很高，柱子很快搬完了。

柱子搬完了，剩下的就是些泥灰疙瘩、破铜烂铁之类，局里的几个女孩，每次搬运，一只手托半块砖头、或捏几根铁钉，照她们这种林黛玉般的干法，猴年马月才能搬完这些零碎东西啊！

一门心思当"先锋官"的王涛，此时分明看到了郑局长充满期待的眼神……"大家看我的！"他一声大喝，接着便做出了一项惊人之举：只见他"嗤——"地一声拉开脏兮兮的夹克的拉链，几下脱掉夹克，把夹克朝地上一铺，双手如同利铲一样，连捧带扒，"呼呼啦啦"几下便将夹克上堆满了杂物，然后抓着夹克的四角，一提，就像提一个打好的包袱，将装满杂物的夹克拎了起来，"嗨"地发一声喊，双手抓着"夹克包"朝身后一甩，大步朝前走去。众人面面相觑：是什么力量使王涛身上出现了奇迹？或许，王涛天生便有做苦力的天分？

看着王涛如此奋不顾"衣"的举动，大家伙心里不禁暗想：郑局长不会还让我们学王涛吧？再看郑局长，只见他瞪大了眼珠子，张着嘴巴，说不出话来……

几天后，王涛所在股的股长退休了，接替股长位子的却不是王涛，这实在出乎王涛的意料，他挺委屈地去找副局长，副局长苦笑着告诉王涛，本来股长的位子非王涛莫属，然而，那次干活后郑局长说了句话，让谁也不敢为王涛说话了。

那次，看到王涛把衣服当包袱使以后，郑局长张开的嘴好半天才合拢在一起，然后，嘴里嘟囔出了一句话"这王涛，是不是脑子有毛病啊……"

说

□ 帅士象

这一天，省长带着市、县、镇的一帮领导，来到了离省城很远的永河村。领导们为啥会来到这个偏僻小村？原来，这里是今年全省干旱受灾最严重的一个村。到了村里，一大群随员摩肩接踵，十几个记者前呼后拥，省长察看完了旱情，面对群众，开始讲话："永河村的父老乡亲们，你们辛苦了！永河村的这次旱灾，真是百年未遇啊，但是我相信，大家一定会有信心，一定能有办法，渡过这个难关！"

村民们齐声说道："说。"

省长听了，心想：他们大概是不想听这些虚话，想让我说些实在的，于是他又说："这次我来看望大家，走得比较匆忙，没有带什么物资来，只给大家带来一些救灾资金……"

村民们喜形于色，齐声说道："说！"

省长想：还要我说？哦，他们一定是让我说带了多少救灾资金，这次只带了5万元，实在少了点，原本想悄悄交给镇里的领导，现在群众让我当众说，那就不能不说了，于是省长说道："带来的救灾资金虽说少了点，只有5万元，不过，看着大家受这么大的灾，我内心非常不安，因此，我把我个人这个月的工资捐出来！"省长说着，从包里掏了一把钱出来，县长示意了一下，镇长连忙接过了钱。

村民们的巴掌拍得更响了，齐声说道："说！"

市长、县长、镇长见省长都捐了钱，村民还要让省长说，于是也都纷纷表态，把自己这个月的工资捐了出来，这下，村民们的巴掌拍得更响了："说！"

省长见大家还在让说，就对身边的几个领导说道："这里的灾情也的

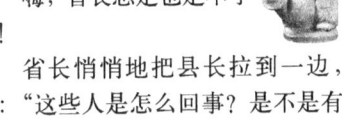

确实见，这么着，市里、县里也补贴一些吧。"于是，市长表态补贴5万元，县长也表态补贴5万元，这一下现场群情激动，掌声和欢呼声如炸雷一般："说！"

省长见大家还让他说，心中不免有点不快：这些村民怎么啦？省、市、县三级都给了钱，各级领导私人也都捐了钱，怎么还要我们"说"？他想了想，讲起了结束的话："乡亲们，这些钱是太少，只能救一时的急，不能从根本上解决大家的困难，但我想，只要大家自力更生、奋发图强，是完全可以渡过难关的。明年这个时候，我一定会再来看望大家，今天，我想和乡亲们暂时告别了……"

村民们还是齐声说道："说！"

嗨，省长想走也走不了啦！

省长悄悄地把县长拉到一边，问："这些人是怎么回事？是不是有人在故意捣乱？"

县长一听，慌了，连忙把镇长拉到一边，说："你去了解一下，村民们还想让省长说什么？怎么老是'说说说'的？"

镇长听了一愣，猛拍了一下自己的脑袋，惊叫起来："县长，我忘了您也是从外县来的，不知道我们这里方言的特点。在全县当中，就我们这边几个乡镇，'说'字的意思是特别的——答应或者同意别人说的事，不用其他字，只用'说'，这个'说'，就是表示'好'的意思！"

县长听了，擦了擦额上的汗："老天！"他连忙把这事悄悄告诉了省长的秘书，秘书连忙又低低地告诉了省长，省长听了，顿时一身轻松，长长地吐出了一口气，笑眯眯地对大家说："好了！旱情这么严重，我却占用了大家这么长时间，真是不好意思。现在，请大家回去抗旱，我就一句话也不说了。"

村民们掌声如雷，一片欢呼："说！"

（本栏题图、插图：顾子易）

孝顺女儿

□ 林贤安

倪风新婚不久，妻子陶姿温柔可人，但有一点让倪风无可奈何，那就是陶姿很孝顺她母亲，坚持每月从两人的工资里匀出五百给她妈。小两口每个月的房贷就够倪风折腾了，自己父母他都没给钱呢，却要挪出五百给丈母娘，倪风有点不高兴，却又说不出口。就在这时候，父亲的一个电话让他灵光一闪。父亲在电话里告诉他，母亲生病住院了，叫他过来看看。

倪风来到医院，把自己的苦恼向母亲和盘托出，要她跟自己唱一段双簧。唱给谁看呢？当然是老婆陶姿了。

傍晚时候，陶姿也赶到了医院。倪风一看她来了，就冲老妈使了个眼色，说："妈，住院费是四千吧，这钱就让我帮你缴了吧。"说着就要站起来。

"别，别！"他妈马上拉住了他，"我和你爸还有点积蓄，哪能用你的钱！你们只要照顾好自己这个小家就成了。至于我和你爸，等我们老得走

不动了，你再来照顾我们不迟啊……"

倪风于是又顺从地坐了回去，他偷眼看老婆陶姿听了这番话后脸上有无反应，却看不出丝毫变化。

时间过得很快，又到月底了，没想到，这个月太阳打西边出来了：陶姿没有再拿钱给她妈！而且接下来的几个月也同样如此，倪风甭提多开心了。

这天，两口子一起吃晚饭，陶姿突然郑重地说："你妈上次在医院说的话，我感觉很在理。父母现在多少都还能挣点钱，但是等他们老了，收入少了，那就很可怜了。所以我决定改变以前每月送钱的方式，去给我妈买份养老保险。我打听过了，一份养老保险每年交7000元，要交够15年，我已经攒了好几个月的工资了，明天先去缴了今年的，老公你一定要支持我噢！"

倪风听后手一颤，差点连筷子都拿不住了……

407

2008 SEMIMONTHLY 下半月刊 1月

STORIES

欢迎登录本刊主办"故事中国网"（www.storychina.cn）

故事会

—STORIES—

2008 年 1 月

下半月刊·绿版

主 编：何承伟
常务副主编：吴 伦
副主编：姚自豪（上半月·红版）
副主编：夏一鸣（下半月·绿版）
本期责任编辑：王雅静
电子邮箱：wyjing833@sohu.com
绿版发稿编辑：
夏一鸣 邢 悦 朱 虹 杭 帆
特约编辑：
范大宇 崔新三 申之珉
美术编辑：李宝强
电脑制作：郭瑾玮
通 联：归依玲
本社办公室电话：021-64375030
上半月刊编辑部电话：021-64332325
下半月刊编辑部电话：021-64336469
（上海市绍兴路74号 邮编：200020）
主管、主办：上海文艺出版社总社

制作、发行总监：张 凯
电话：021-64313938
广告业务：上海故事会文化传媒有限公司
广告总监：张 淮
广告业务：021-34010383
广告投诉：021-64333738
广告经营许可证
沪工商广字3100320050022 号
发行：中国图书进出口上海公司

真正的原因

有个人买了辆新车在马路上兜风，经过交通监控区时，他发现道路边的监控器闪了一下，他知道如果开车违规，那个监控器才会闪，可自己没超速呀！

于是，他试着减速开车，没料到，第二个监控器又闪了一下。这下，他更奇怪了，于是盯着速度指示表，像蜗牛爬一样慢慢向前挪。哪知，第三个监控器依然毫不迟疑地闪了一下。

这人想，肯定是监控器出问题了。他不敢再兜风，匆忙开车回家了。几天后，他接到三张交通罚款通知，罚款的原因全部一样：驾驶时，未系安全带。 　　　　　（滕建坤）

（本栏插图：包丰一）

尴尬的建议

汤姆去邮局寄包裹，服务员告诉他快递需三美元，慢邮只要一美元。

因为包裹不急用，汤姆便打趣说："这个包裹能在我有生之年送到，就行了。"

服务员却没有笑，她打量了汤姆一会儿，然后说道"那我建议你还是付三美元吧。"

（董　行）

触景生情

杰克从伞兵部队退役，为了庆祝新生活的开始，他带着女友坐飞机出去旅游。两人并排坐在飞机上时，杰克望了望窗外的景色，又想起在部队跳伞飞行的情景，一时间竟激动得满眼泪花。女友奇怪地问："亲爱的，你怎么了？"

杰克抹了一把眼泪，说："噢，没什么，只是有些激动。这下我终于可以等到飞机降落后，再下飞机了。"

（杨中祥）

4

奇怪的病症

一位老太太去看医生，她对医生说："我最近老是放屁。您瞧，从进门到现在我已经放了十多个屁了，可您不知道吧，因为我的屁不臭，也没有声音！"

医生皱了皱眉说："好的，我给你开一服药，你回家后每天服三次，连续服用七天，下星期再来。"

一星期后，老太太又来了，不停地嚷嚷着："医生，你给我吃的什么药，放屁还是没声音，但怎么那么臭？"医生点点头，说："这就对了，说明你的嗅觉已经恢复正常了，现在开始治听觉！"

（徐双喜）

拒绝说人话

大学宿舍里的学生来自全国各地，说什么方言的都有，为了交流方便，大家约定在宿舍里都要讲普通话，还把普通话说成是"人话"，而方言是"鸟语"。

一天，某同学打电话，不知不觉就用方言聊起来，宿舍里的人听了都在一旁起哄："讲'人话'，讲'人话'！"该同学被吵得听不清对方的声音，只得匆匆挂断电话，叫道："你们捣什么乱呀！讲'人话'我爸听不懂！"

（小 米）

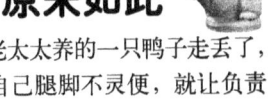

原来如此

一个老太太养的一只鸭子走丢了，她自己腿脚不灵便，就让负责这一带的警察汤姆帮忙找找。

汤姆穿街走巷，好容易才在角落里找到了这只鸭子。鸭子并不好抓，汤姆费了九牛二虎之力，才将鸭子拿下。他逮住鸭子，打算用绳子绑住鸭腿带回去。

这时，旁边一个观看多时的小男孩走过来，拉了拉他的衣角，说："警察叔叔，警犬是不是不够用了？"

（梁小秋）

越解释越误会

小黄办事急需一张身份证复印件。

可他到了复印店才发现，钱包里除了几张百元大钞外，一点零钱都没有。

他怕人家误会自己是故意换零钱的，便把身份证和一张百元钞票往柜台上一拍，解释道："这是我的身份证，我想复印，不过我只有一百元的大钞，你给不给复印啊？"

营业员是个小姑娘，她看了看钞票又看了看身份证，摆手说："不行不行！我们有规定，不允许复印人民币，你有身份证也不行！"

（小 永）

惺惺相惜

某市一个声誉颇高的医生去世了，由于他生前是心脏病方面的专家，因此，他的葬礼也安排得与众不同。只见牧师做完祷告，棺材便被放入一个挖好的心形图案的墓穴中。人们纷纷走过墓穴，向逝者致以最后的敬意。这时，一个人忍不住笑出声来，旁边的人指责道："有什么好笑的？"

这个人回答说："对不起，我实在忍不住，因为我想到了自己的葬礼。"

"你自己的葬礼？"

那人笑着回答："对，因为我是一名妇产科医生，不知道我的墓穴会被挖成什么样子。" （东 东）

隔皮看豆

秋天，庄稼快要收获了，一个秀才带着妻子到乡下游玩，他走到一块田边问旁边的老农："这是什么庄稼？"老农说："这叫豆，籽是黄的。"秀才摘下一颗豆荚，剥开一看，果然是黄的。他又指着另一块地问："那也是豆吧？它的籽也是黄的吗？"

老农说："对，不过籽是绿的。"

秀才剥开一看，果然是绿的。这时，秀才的妻子来田间找他，秀才急忙把妻子拉到一旁说："这位老农的眼力太厉害了，隔着豆皮能看见豆粒儿。你快多穿点衣裳，否则会被他看透的。" （杰 玲）

生病住院

小高的父亲因病住院了，被安排住3床，住2床的老头姓刘，是个热心肠。

这天，小高的父亲打点滴，眼看药液快滴完了，护士还没来，老刘便对小高说："你照顾你爸，我帮你喊护士。"说着老刘来到病房门口，高喊，"护士，快过来呀，3床快完了。"

小高觉得"完了"俩字很不吉利，忙说："刘叔，您喊错了，是药完了。"老刘一听，忙改口道："护士，快来呀！3床要（药）完了，3床要（药）完了……"

（晓晓竹）

临床实习

两个学中医的学生来医院实习，主任领着他们来到病房门口，说："中医的'望闻问切'首推'望'，等会你们进去看看1号床位的病人，他病情不重，但症状明显。你们'望'出来了就点头，'望'不出来就摇头！"说着一行人走进病房。学生甲先看了看1号床的病人，摇着头出去了；学生乙跟着走过去看，也摇着头出去了。主任看看他们俩，失望地叹了一口气，也摇摇头准备出去。

这时，1号床的病人突然跳下床抱着他的腿，大声哭道："主任，救救我啊，我还不想死啊！"（赵永跃）

小院长助理

刘被院长任命为院长助理，大家觉得喊他"刘院长助理"太麻烦，就简化了一下，喊他"刘助理"，再后来，干脆简称"刘助"。

哪知过了没有几天，院长叫来小刘问："小刘，我们医院待你怎么样？"小刘不假思索地回答："不错呀！"院长生气地说："是呀，我这么重视你，你为什么还要跳槽呢？"小刘一阵惊慌："我没有想跳槽呀！"

院长气愤地说："你还不承认？现在全医院的人见了你，都劝你留住，只有我一个人还闷在鼓里。"

（方红涛）

真的

□ 邓曙光

还是假的

有时为了生存，我们不得不低头，但是当那声号令响起，唤起心底的回音时，我们知道我们必须抬起头来，因为尊严不变，本色不变……

我来小城出差，办完事准备到火车站买票返回。见路旁正好停着一辆三轮"摩的"，就坐了上去。

开摩的的师傅姓叶，五十上下，黑瘦黑瘦，是个很实在的人。叶师傅一边开着车一边和我聊，哪知刚过了几个路口，车子就被拦住了。

拦车的是两个城管，一胖一瘦，大喝道："停车，检查！"只见瘦城管抓着车把，厉声问道："有残疾人运营证吗？"

"有！有！"叶师傅一边答应着，一边低头掏证，可浑身都摸遍了，也没找到。叶师傅愣了半晌，这才一拍脑袋想了起来："哎呀，实在对不起，早上我老婆肺气肿犯了，我急着要送她到医院，走得慌张，运营证忘了带

了。要不我把客人先送到车站，再回家把证拿来，您看这样行吗？"

"少啰嗦，你又不是不知道，只有残疾人才能开摩的，上路载客要有'残疾人运营证'，你无证运营，罚款五百！"

叶师傅一听，脸都白了，五百块钱可是自己开摩的一个月的收入啊。他赶忙哀求起来，可任凭他好话说尽，那两个城管就是不理睬。

看那两个人趾高气扬的样子，我心里顿时不平起来："查摩的好像是警察的事，你们城管也管吗？"

胖城管愣了一下，上下打量了我一番，说道："你乘车的管什么闲事。哼，再说我一个队长难道连他这摩的还管不了了？今天，我就是管了，而

且管定了！先把车子扣下！"

"别，别！"叶师傅急忙给胖队长赔着笑脸，"您别生气，您管是对的。"他靠近我说："我天天在这城里跑，这些人可得罪不起。先生，您稍等片刻，我去去就来。"说着叶师傅下了车，急匆匆地向路边一家小商店走去。

两个城管看叶师傅走路的样子，交换了一下眼色。只听胖队长冷笑着说："什么残疾人，肯定是假的！"

过了一会儿，叶师傅从商店出来了，他把胖队长拉到一边，从兜里掏出两盒好烟，塞进他怀里，说："队长，我老婆是个药篓子，孩子正在上大学，还有一个老娘，全都靠我一个人开摩的养家。您就行行好，高抬贵手，放过我吧。"叶师傅苦着脸，就差跪下磕头了。可那胖队长阴阳怪气地笑着，就是不说话。这次，我又忍不住了，刚想发火，突然想起刚才叶师傅为难的样子，只得也软下口气说："人家过生活不容易，他这么大年纪了，您就饶了他这一回吧。"

胖队长鼻子一哼："这种人我见多了，是不是残疾人还不知道呢。没有证件，坚决查缔。"胖队长脖子一扭，摆出一副公事公办的样子。

叶师傅眼睛里闪出一丝慌乱，他赶紧对我说："这位老弟，不行您换个车吧，别误了您的正事。车钱我也不要了，您赶紧走吧。"

看着叶师傅无助的表情，又看那两个城管霸道的样子，我再也按捺不住了，把叶师傅拽到一边，问道："你到底有没有证件呀？""有是有，"叶师傅脑门上沁出了细汗，"就是家太远，离这儿十几里呢。"

我转身问胖队长："是不是拿来残疾人运营证你们就放行？"

听到胖队长鼻子里"嗯"了一声，我拉起叶师傅，说："走，就是赶不上火车也没关系，我陪你回家拿证去。"说着，喊了一辆出租车，硬拉着叶师傅上了车。

一路颠簸，半个多小时后，我和叶师傅终于赶回来了。可到路口一看，摩的却不见了，有旁人指点说是城管把车开走了。叶师傅找到胖队

长，递过绿皮本说："这是我的运营证，您看能不能把车还给我呀？"

我也气呼呼地说："你可睁大眼睛看清楚了，这残疾人运营证该不会是假的吧，赶紧还车放行。"

"还车放行？没那么容易。谁说残疾人运营证没有假的，我怀疑这本就是假的。等着吧，等我查清楚了再说。"说完不再理会我们。

瘦城管扯了扯叶师傅的衣角："你说你这个人，也算是在街面上混的，和队长较真有什么好处，不就是五百块钱嘛！你把他惹急了，车多扣你几天，罚的钱一分不少，还得另收你停车费，你说该耽误多少事呀。"

叶师傅蔫了，眼睛里闪出了泪花。我再也看不下去了，快步冲到胖队长跟前："你不就是想弄点钱花花吗？五百块钱我出了，你赶紧把车还给人家。"

这胖队长也被激怒了："你算是哪根葱，也来冒充大象。好，你有钱，拿五千块钱吧！"

"什么？五千块钱？刚才五百，现在就成了五千，还有没有王法了？！"

"我的话就是王法！他拿就是五百，你拿就是五千！"

这时，旁边的围观人越来越多了，不知有谁叫了一声："这也太欺负人了吧！""是啊，太欺负人了……"

围观的人都愤怒地盯着这两个城管。

瘦城管见状，慌忙向大家解释道："这残疾人运营证确实有假的。不说别的，大家看这个人，他哪点像个残疾人？"说罢，指着叶师傅，众人的目光这下都聚到了叶师傅身上。

叶师傅的嘴角抽动了几下，想说什么，却没说出来。看着叶师傅尴尬的样子，胖队长突然来了精神"你不是残疾人吗？来，伙计，走几步让大伙瞧瞧！"叶师傅扭头要走，胖队长更乐了，一把拽住叶师傅"别走呀！站好，稍息！立正！齐步走！"

听到口令，叶师傅的表情突然严肃起来，立定、转身，果真按照口令迈开步子，每一个动作都很标准，哪有残疾人的影子，周围的人都看呆了。

只见叶师傅又一个标准转身，径直走到胖队长面前，表情复杂地说："我曾经是一名军人，我最怕别人把我当残疾人看，可是今天，我，我认罚！"说着，他弯下腰摸向裤子口袋。突然叶师傅扯起左腿裤管，露出一段假肢，还没等人们反应过来，他已摘下那段假肢，愤怒地向胖队长抡去。只听胖队长捂着头一声惨叫："我的妈呀，没想到是真的！"

混乱中不知谁叫来了城管局的领导，见领导来了，两个城管都吓白了脸，只听胖队长喃喃地说："这下惨了……"

（题图、插图：安玉民）

称体重的
市长
□ 曲育乐

皮特里和马修分属两个政党，他们同是考姆特市新一届市长的候选人。经过紧张激烈的角逐，皮特里最终以几票之差输给了马修。

眼看着马修成为新一任市长，皮特里心里很不服气，总想找机会把马修赶下台来。有一次，他去农场考察，无意中听说了一种能让动物快速增肥的药物，心中忽然一动。要知道，每年5月份，考姆特市都要举行一项传统而又独特的仪式——"市长议员称体重"，目的就是检测这些政府人员是否渎职，浪费了纳税人的钱。仪式那天，市长以及所有的议员都要在市民面前称量体重，如果谁的体重比前一年增加了10磅以上，按当地的法律，他将被自动免职。

皮特里想，还有两个月就要举行这项仪式了，如果能弄到一些催肥药，放进马修的饭菜里，等到了五月，他的市长宝座恐怕就不保了，那么自己的机会也就随之而来！

很快，皮特里就弄来了催肥药，又用重金买通了马修的私人厨师，悄无声息开始了"为市长增肥"的计划。

一晃一个多月过去了，皮特里发现，马修的身材果然在变胖，从他的体形变化来看，他至少重了10磅以上！看着他整天愁眉不展、心事重重的样子，皮特里开心极了。

还有十多天就要举行仪式了，谁

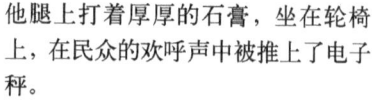

·悬念故事·

知就在这个节骨眼上，马修居然出车祸住进了医院。得到这个消息，皮特里不由哈哈大笑起来："马修，看来你的好运气真是到头了！"

终于，到了"市长议员称体重"的日子。像往年一样，数以万计的市民来到市政广场，他们要监督整个仪式过程，行使自己纳税人的权力。很快，几十个议员先后走上广场中心的电子秤，称量体重。结果出来了，他们的体重均没有超标，个个顺利过关。

接下来，轮到马修市长了。只见

他腿上打着厚厚的石膏，坐在轮椅上，在民众的欢呼声中被推上了电子秤。

过了一会儿，主持人宣读道："女士们，先生们，很高兴地告诉大家，市长先生的总体重是250磅，减去轮椅的重量50磅，身上的石膏、绷带重量约20磅，他的体重是180磅，与去年的体重持平。让我们祝贺市长先生！"他的话音刚落，台下便响起了掌声。

皮特里一下子懵了：马修的体重明明增加了很多，怎么会和去年持平呢，难道其中有诈？轮椅的重量不可能做假，那唯一的可能，就是在石膏上做手脚！

联想到马修在仪式前出的车祸，皮特里猛然回过味儿来：事实上，马修根本没出车祸，他身上打的也不是石膏，而是一种比石膏轻得多的东西。工作人员按照标准石膏的重量计算，他能不达标吗？

想到这里，皮特里懊恼不已，自己怎么早没有想到这一层呢？皮特里马上派人去调查，果然马修身上的"石膏"并不是真正的石膏，而是一种新型塑胶制品，非常轻，看起来和真石膏一模一样，就是很容易燃烧。皮特里喃喃自语道："既然容易燃烧，何不就让它烧一回？"

再过两天，皮特里的儿子鲁尼就要举行订婚仪式了，仪式将在小岛的

12

别墅里举行。当天，会有一个喷火表演，如果把火"不经意"地喷到马修腿上，让马修腿上的"石膏"燃烧起来，那么记者们自然会帮他揭穿马修体重的真相的。

一切安排妥当，皮特里来到了马修家。此时，马修正休息"养病"，见来人是皮特里，赶忙热情招呼道："稀客，稀客，什么风把您给吹来了？"

皮特里笑了笑，掏出请柬，恭恭敬敬递上去说："市长大人，明天是我儿子鲁尼的订婚仪式，我是专程来邀请您参加晚宴的。"

"哈哈，这可是大喜事呀！可是，"马修指了指自己的腿，一脸遗憾地说，"我现在还走不了路，恐怕不大方便啊！"

皮特里一脸诚恳地说："您是市长，您要是去了，我们会倍感荣幸的。再说，鲁尼和您儿子从小就是同学，他的订婚仪式，您怎么能不去呢？不用担心您的腿，到时候，我和鲁尼会亲自来接您，保证把您照顾得好好的。"见皮特里说得这么诚恳，马修实在不好推辞，只好点头答应了。

这天晚上，皮特里和鲁尼驾快艇去接马修。父子俩赶到港口时，马修的专车已经到了，他们小心翼翼将马修搀扶上船，为他穿好救生衣。鲁尼微笑着说："爸爸，你和马修叔叔坐后排，陪他说说话，我在前面开船。"皮特里点点头。

· 意料之外 情理之中 ·

快艇起动了，很快就飞驰在海面上。皮特里和马修在后面交谈着，行驶到一半路程，船突然颠簸了一下，水浪溅起，打在了马修的身上。皮特里见状，赶忙"关心"地说："市长大人，您身体还很虚弱，要注意保暖，把我的衣服给您穿上吧？"不等马修答话，他就脱去穿在外面的救生衣，打算脱下外套。

就在这个当口，船身突然剧烈地摇摆起来，紧接着，像失去了控制一样，来了个一百八十度急转弯。皮特里和马修还没搞清是怎么回事，就被巨大的惯性甩出船外，重重地砸到了海里。

皮特里挣扎着浮出水面一看，不

由倒抽了口凉气：好家伙，快艇已经头朝下扣了过去，"咕咕"地冒着气泡。皮特里被海水呛得直咳嗽，身体忽上忽下，随时都有可能被海水吞没，他奋力地划水，好不容易抓住倒扣的船底，这才暂时找回了平衡，他见鲁尼正抓着船底的另一头，气呼呼地问："你这船是怎么开的？"

鲁尼瞅了一眼漂在远处的马修，兴奋地说："我是故意把船开翻的！爸爸，你不是一直想取代马修当市长吗？这下不就得了，他腿上打着沉重的石膏，又不能动弹，即使穿着救生衣，也撑不了多久。等搜救队过来，他

早就淹死了。最后警察调查，也只能说他死于一场意外事故！"

皮特里心里叫苦不迭：他一直没有把计划告诉鲁尼，鲁尼肯定不会知道，马修腿上打的根本不是石膏，而是比救生衣浮力更好的超轻塑胶。

眼看快艇就要没入水中。皮特里惊叫道："鲁尼，快，你快游过来，我水性不好，身上又没有救生衣，你过来帮帮我！"

鲁尼这才注意皮特里正随着快艇一起下沉，忙问："那你的救生衣呢？"

"刚才脱在了船上，这会儿到哪里去找呀，你快游过来，我，我快坚持不住了！"

鲁尼这下也慌了，他正想游过去，可又停了下来，犹豫了好半天，他才嘀咕着："爸爸，一件救生衣救不了两个人，你，你总不能让我跟你一起死吧……"

皮特里怔怔地望着儿子，还没来得及说句话，就随快艇一起被海水淹没了……

（**题图、插图：安玉民**）

绿版编辑部各编辑邮箱：

夏一鸣：gshxym@163.com

邢　悦：simyyue@126.com

王雅静：wyjing833@sohu.com

朱　虹：zhong98305@sina.com

杭　帆：hangfan1102@126.com

九师弟的 礼物

□ 徐树建

掌门之争

青城派老掌门身患重病，他感到自己时日不多了，便发下话来：八月十五，月圆之夜，演武大厅，众弟子一较高下，胜者将成为新一代掌门人。

大师兄楚南山一向威望很高，"大力开碑手"更是开山裂石无人能敌，掌门人的位子似乎非他莫属，可是楚南山知道，有一个人绝对不可小视，那就是三师弟华一苇。华一苇专管众师弟的日常练功，训起人来如暴风骤雨丝毫不给情面，为此不少师兄弟心生怨恨。虽然他为人张扬，在师

兄弟中呼声不高，但他一身铁布衫功夫已练得出神入化，那无影腿更是神鬼莫测。自己要想击败他，难啊！

天色已晚，烛火摇曳，楚南山正望着烛火出神，有人脚步轻快地进来了，刚一进门就亲热地叫了声："大师兄，我回来了！"

楚南山一看，原来是九师弟管不凡。这九师弟长着一张娃娃脸，机灵活泼，很讨人喜欢，楚南山一向对他挺照顾。可他在练功上却不怎么下工夫，为此没少挨华一苇的训斥。

这九师弟前些日子回了趟老家，说是家中老母病了，他得回去探望。此刻只见他笑吟吟地放下一个沉甸甸的包裹，说："打扰大师兄清休了。回家乡一趟也没给大师兄带啥好东西，只带了一些家里土制的供香，大师兄不要嫌弃。"一边说一边打开包裹，果然是一封封黄澄澄的香，每支都有竹

筷粗细。

楚南山说："怎么能叫师弟你破费呢？我得给你银子。"

九师弟忙摆手道："什么银子不银子的，大师兄也太客气了，我说过这只是家里的土制品而已，要说银子，像三师兄那样的人，给我再多的银子我还不给他哩。"说着，便手脚麻利地把一支香点着了，顿时一股细细甜甜的香味，溢满了整个房间。

楚南山一闻，顿感周身舒畅，禁不住说声："好香、好香，真是难为师弟了！"

九师弟抬起一张娃娃脸道："我知道，平日里就数大师兄疼我、照顾我，我可是时刻铭记在心的，要是将来大师兄能当上掌门人，师弟我也不枉跟你一场了。"

九师弟的话一下子触动了楚南山的心事，当下楚南山忍不住长叹一声，说："我倒是有心长期罩着你，可……难啦！"

九师弟听了一愣，诧异地说"大师兄这是什么意思？难道众师兄弟中还有人比你更强吗？噢，我明白了，大师兄是不是顾忌他？"说着指指隔壁的院子，那院子里住的正是三师兄华一苇。

楚南山没有说话，可那意思再明显不过了，他这是默认了。九师弟忽然笑了起来，说"大师兄为人也太厚道了，我常听老人们讲，大丈夫行大事不必拘于小节，所以在这件事上，大师兄不妨变通一下，硬攻不妥，咱还不能智取吗？"

楚南山一听眼睛"刷"地一亮，目光炯炯地问："九师弟，你这话是什么意思？"

九师弟急忙连连摇手，说"我小孩子家只是说着玩玩的，大师兄可千万别往心里去。"

心生万念

一晃过去了好多天，楚南山越发心急了，因为隔壁的三师弟练功一日猛似一日，每天早起晚睡，喊声震天。楚南山知道，那喊声多半是喊给他楚南山听的，可是他又不得不承认华一苇的中气越发充沛了，一掌一腿直击得那大槐树剧烈晃动。可自己的功力不仅不见长进，反而渐渐萎缩，这真是欲速则不达啊！看看铜镜中的自己，好像越发清瘦了，这都是自己忧虑过度的缘故，幸亏九师弟送的香颇有安神的功效，能让自己时不时地睡个好觉。唉，到底怎样才能做到万无一失呢？仔细想来，九师弟的话倒不失为一个好办法……

这天，楚南山叫来九师弟，说："小师弟，我想请你做一件事。"

九师弟本是嬉皮笑脸的，一见大师兄说得郑重，连忙把笑容一收，说"大师兄请说，只要我做得到的，万死不辞！"

楚南山面色沉稳地说："万死说不上，只需你跑趟腿而已，"说着他取出一小坛竹叶青酒来，"你想个办法把这坛上好的美酒送给你三师兄，你知道的，他这人嗜酒如命，这酒又封存了十年以上……不过，你可千万不能说酒是我送的，懂吗？"

九师弟分明看到大师兄说这话时手指在颤抖，当下他不动声色地说："大师兄，我明白了，我就说这酒是我从老家带来的，好不好？"

楚南山望着九师弟带着酒小心离去，长舒了一口气，那酒当然是好酒，可是里面放了好多药，那药叫"销魂酥骨散"，专能销蚀人的武功。

果然，过了几天，隔壁院子里的呐喊声小了很多，尽管三师弟还是一如既往地晨昏苦练，尽管他也撑破了喉咙大喊，但楚南山是什么人，他清楚地辨出那力道已如强弩之末，三师弟只是虚张声势而已。可是楚南山分明感觉到内心深处，那抹不去的内疚之情，这样做是不是太过阴毒了？自己是不是有点胜之不武？唉，九师弟说得对，大丈夫行事本不必顾忌那么多的，等日后当上掌门，再多多补偿三师弟吧！

这晚，九师弟又带了一样东西过来，打开一看，原来是一只香气浓郁的桂花板鸭，楚南山平素最喜美食，当下笑吟吟地问这又是干什么。九师弟嘿嘿一笑，说板鸭不是他的，而是

三师兄让送的，三师兄还不让说出板鸭是他的。临走时九师弟说："大师兄，这板鸭，你最好不要吃，我害怕……"楚南山阴沉着脸点点头，这还用说吗？想不到三师弟竟跟自己想到一块了，这样也好、也好……

悔不当初

一晃到了八月十五，高高的青城山上月明如昼，偌大的演武厅里人声鼎沸杀声震天，争夺掌门的比武大会已经开始了，可是呼声最高的大师兄楚南山却没有参加，这使得大家暗暗吃惊。

因为楚南山病了，此刻的楚南山完全没了往日的虎虎雄风，而是浑身软绵无力风吹即倒，每天只想蔫蔫地睡觉，做什么事都提不起精气神来。他下山找遍了方圆百里的郎中，可谁也查不出症结所在，只是说思虑太多伤了元神，卧床静养就行了。

楚南山听了心如死灰，谁让自己心里有鬼来着？这真是害人反害己啊！

比武声声声入耳，楚南山忍不住热泪长流，站起身颤巍巍地来到院子外，忽然他看到隔壁的院子里烛光微明，这是怎么回事？难道三师弟也没有去比武？对了，他喝下了那坛毒酒又怎能去比武？

楚南山心里这么想着，脚下也不

· 哲理故事 ·

停，进了隔壁屋子一看，顿时一惊，只见三师弟瘦骨嶙峋，昔日的宽胸阔背早已不在，活脱脱一副病夫的样子，不用说全是那毒酒害的了，此时，他正无力地趴在桌上，耳朵向着演武厅的方向侧着，眼里分明有泪水。

华一苇见来人是楚南山更是吃惊，吃力地站起身问道："大师兄，你怎么没有去比武？我还以为这掌门人铁定是你哩……你，你怎么变成这副样子了？"原来华一苇也看到了楚南山那虚弱的样子。

两人相互搀扶着坐下，楚南山心里惭愧，回避着华一苇的目光，说："我也不知咋搞的，就觉得浑身无力提不起劲，总想睡觉……"

楚南山抬头，忽然看到屋内墙角正摆着自己的那坛毒酒，瓶口泥封完

好无损。

"这酒你没喝？"楚南山奇怪地问，他想：三师弟没喝酒，怎么会变成这副样子的？

一言既出，只见华一苇现出满脸羞愧的神色，低下头喃喃说道："不瞒大师兄，我这是以小人之心度君子之腹了。为了争这掌门之位，我可是时时小心步步在意，那日九师弟送了这坛酒给我，我就多了一个心眼，因为我知道他跟你走得近，所以生怕大师兄你算计我，就一直没喝，现在看来真是小肚鸡肠了。大师兄，今日我索性说出来吧……你变成这样全是我害的啊！"

楚南山吃了一惊，不知他说的是什么意思，只见华一苇双唇颤动，表情痛苦异常，说："我一心想争那掌门之位，可心里又对你十分忌惮，想来

想去竟入了魔道，便让九师弟送了一只板鸭给你，那板鸭……已被我做了手脚，实在是吃不得啊！大师兄，现在我终于把心结解开了，心头畅快得很，要杀要剐任凭大师兄你处置，我决无怨言！"

楚南山刚想说话，却忽然闻到一股特别的气味，那是一股细细的、甜甜的味道——正是九师弟送给自己的土香味道！九师弟不是说过此香只送给自己一人的吗？

楚南山忽然莫名其妙地兴奋起来，是的，只要一没精气神他就燃起此香，片刻过后就觉得浑身又充满了劲道。

此刻楚南山虽然脑中一片混乱，但仍觉得心里有好多疑问，便问道："三师弟，你这香是哪来的？"

却见昏黄的烛光下，华一苇脸上现出一副似笑非笑的陶醉神态，眼也不睁，梦呓似的说道："你问这香啊，噢，是在送酒后的某一天九师弟送的，他说单单送了我一人。本来我蛮讨厌他，觉得他精明过分了，所以不想收他的香，可他那日言语诚恳，说他早就跟我一条心了，还说那酒我不喝是对的，因为是大师兄你让送的，说不定其中有诈。他这么一说，无形之中我俩就亲近多了，我也就收下了香。还ןּ说，这香真好，我现在是一日不能离了，没有它简直连觉都睡不成……"

烛光之下三师弟的表情越来越癫狂，楚南山见他这副模样，心中一颤：这么说自己在屋内嗅着香的时候也是这副神情？这是为什么？

窗外一阵凉风吹来，楚南山发热的大脑突然一凉，他想到一件事：九师弟老家不是在云南吗？云南和外国相接壤，听说从那儿新流传进一种叫罂粟粉的东西，服了之后能使人欲罢不能，先是莫名其妙的兴奋，然后身体日渐消瘦，直至成为一个手无缚鸡之力的病夫。难道这香中有此物？

就在这时，只听远处的演武大厅里忽然欢声雷动，有人在屋外奔跑着经过，口中大嚷道："九师弟是咱们的新掌门人了，想不到他的武功竟如此之高，真是真人不露相啊！"

哲学先生评曰：两位武艺高超的师兄，之所以痛失掌门之位，不光是因为九师弟的阴险，更是缘于他们自身的贪念。当他们私欲膨胀一心争夺掌门之位时，心灵的恶自然暴露无遗，这才让九师弟趁虚而入。日常生活中我们也时常会遇到同样的情况，或路上拾遗被骗，或收受贿赂入狱，都是陷入自己的欲求不能自拔，而犯下大错。

诱惑时常会有，而贪欲才是罪恶之源，若是任他风浪起，我自岿然不动，纵有千万种诱惑，又能奈我何？

（题图、插图：黄全昌）

陪你走一程

□ 叶梓

四十八岁的张明达原是个搬运工人,他有一个女儿叫张英,已经结婚了,在一家合资公司当经理。张明达没什么负担,提前退休后在一家单位看大门,日子过得倒也自在。

这天张明达下班回家时,看到一个女人昏倒在大街上,就赶忙抱起女人拦了辆出租车直奔医院。经打针挂水,女人很快醒了过来,可她不声不响,拔掉输液针,就木呆呆地往外走。

张明达感到奇怪,放心不下,就一路跟着,追着问,好半天,女人才开了口。

这女人叫李玲,今年四十岁,老公有了外遇,刚和她离了婚。而她自己因为没有经济来源,唯一的儿子被判给了丈夫。

今天,她昏昏沉沉地从法庭出来,走着走着身子一软,就什么都不知道了,要不是张明达,她不知道自己会怎么样。

听李玲轻描淡写地说了遭遇,张明达一会儿气得满脸通红,拳头攥得"咯咯"响;一会儿望着这个无依无靠的女人,又摇着头唉声叹气。过了半晌,他说自己还有套一室一厅的小房子,如果李玲愿意,就租给她。

张明达收很低的房租,让她有了安身之处,又给她介绍了一些缝纫的活儿,让她有了生活来源。

从此,李玲不用出门,张明达每天将活儿送来,再送走。渐渐地,李玲也知道了张明达的一些情况，他妻子去世十三年了，为了女儿，他一直未娶。现在女儿也结婚了，家里只剩了他孤零零一个人。

时间一天天过去，两人常来常往，竟产生了微妙的感情。张明达虽然没什么文化，但他厚道，知道疼人，看到李玲累了，端茶倒水，揉肩捶背，无微不至。李玲很感动，结婚那么多年，老公从没像这样疼过她。

这天，张明达买了一袋水果来看李玲。两人没说几句话，突然有人敲门，李玲笑道："一定是儿子来了！"说着上前打开门。

只见门口站着一个高高大大的男孩。他瞪大眼睛，诧异地看看张明达，又看看李玲。然后走进屋，掏出两百块钱放到桌上说："这是爸给我的零花钱，我用不着。"李玲满脸的疼爱，却推过钱说："你有这份心，妈就知足了，还是你留着吧。"哪知，男孩却突然生气起来，满脸通红地说："我少吃两次必胜客就行了。"说完，男孩又盯着张明达，看了半晌说："我想和你出去谈谈！"张明达点点头。

李玲紧张地看着他俩走出去，担心两人会出什么事。过了约摸半个多小时，张明达回来了。李玲急忙问他儿子都对他说了些什么？张明达笑笑说："孩子挺懂事，他让我好好照顾你，说你吃了不少苦，一定得用心疼。他还说自己学习很好，这次考试名列

前三，让你不要担心。还说继母也不错，脾气温和，照顾他很周到。"听张明达这么说，李玲如释重负地长长舒了口气。

很快就到了中秋节，这天，明月高挂。张明达和李玲一边赏月，一边品尝月饼。张明达突然握住李玲的手，结结巴巴地说："不如，不如我们两人搬到一起，搭伴过日子……"说着深情地望着她。

李玲脸一红，垂下眼，沉默半响，最后终于抬眼望着张明达，微笑着点点头。张明达高兴极了，他一边给李

玲削苹果，一边说他女儿张英早就想见见她，请她一起吃顿饭。

星期天，张明达带着李玲来到了女儿张英家。张英见父亲带了李玲过来，立即让座递水果，显得很热情。可是，她接着就上上下下打量着李玲，看得李玲很不自在。看了一会儿，她对父亲说："爸，楼上花园需要浇水了，您帮我浇浇水，我想和阿姨单独聊聊。"张明达听了，乐颠颠地下楼去了。

张明达一走，张英往李玲对面一坐，脸上的笑容立即没了影，她冷冷地对李玲说不希望她跟父亲结婚。张英说："我爸他每个月有一千多退休金，再加上现在的工资，足有两千块。可你连份像样的工作都没有。我爸身体健康，也不用你照顾。你在他身边，除了花他的钱，拖累他，还能干什么？听说你被老公抛弃了，想必你身上一定有什么不能令人容忍的缺点。否则，老公又怎么会到外面找女人？"

张英的话像刀子一下下刺到李玲的心上。她一言不发，站起来转身就走。迎面正好碰到上来拿花洒的张明达。张明达咧着嘴，问李玲是不是也想下楼浇花？李玲强忍泪水，咬着嘴唇，摇摇头。张明达说："那就坐一会儿，过会儿就该吃饭了。"

李玲真不想吃那顿饭，可是为了张明达，她强忍着坐在饭桌前。她非常珍惜张明达这个忠厚的、知冷知热的男人……

回去的路上，张明达追问李玲对女儿印象怎么样。李玲说很好，人很能干。张明达听了，开心地笑了。

夕阳下，两人并肩坐在长椅上，手拉着手，默默无语。过了一会儿，张明达握着李玲的手，望着她的眼睛说："女儿对你说的话，我都听到了。可是，我一定要娶你！我想好了，这些年我攒了一些钱，给你开个成衣店足够了。你手巧，一定会经营得很好。到那时，女儿就没什么可说的了。你看好吗？"李玲眼里满是泪水，是幸福也是感动，她望着张明达点点头。

"只是……"张明达长长叹了口气，低下头说，"只是，我不知怎么过你儿子这一关？"

"怎么了？"

"其实，那天我说你儿子对我的叮嘱都是骗你的……"李玲听了一愣，忙问："那他那天都说了什么？"张明达顿了顿才说："唉，还是照实说吧，你儿子那天警告我，让我以后少打你的主意！说我太老，根本配不上你！"

李玲摇着头，泪水已经夺眶而出："谁说你配不上我？能碰上你是我这辈子最大的福气，我要嫁给你，再穷再苦也要跟着你……"说着拥入了张明达的怀抱。

（题图、插图：谭海彦）

别打我的

□ 刘自忠

老海的女儿在省城工作，村里传言他女儿现在是个"名嘴"，赚的是大钱。老海不知道名嘴是什么意思，人家就告诉他，像电视上那些播音员、主持人，他们的工作就是讲话，说得通俗一点就是靠嘴吃饭。如果混得名气大了，人们就称他们是名嘴。

老海一听，又惊又喜。小梅这孩子长相的确不错，就是天生有口吃的毛病，从小没少被人笑话，没想到现在竟然成了名嘴。看来人到了大城市，变化就是快。再过两天，女儿就要回来了，想想女儿进省城一年多，这还是头一次回家，老海乐得睡不着觉。

好不容易到了这一天，老海一家人早早等在车站边。当小梅下车的时候，一家人差点没认出来。只见小梅穿着时髦的衣服，脸蛋白里透红，嘴更像是一颗成熟的樱桃，简直就像画上的人一样！老海不敢相信，眼前这人就是当初那个穿着补丁、抹着鼻涕的女儿小梅。

走进村里，老海老两口一边挽着女儿的手，一边问她这一年多的生活。但小梅却只是点点头，或摇摇头，最多就回答两三个字。老海心想：按说女儿成了名嘴，整天说话，不该像原来那样不言不语的啊，于是问她："听说你在城里就是靠这嘴赚钱的，是名嘴？"

小梅说"是啊！"老海这才放下心来，心想肯定是女儿在父亲面前，又恢复了从前的习惯，不愿多说话。

到了家，堂屋里已经摆好几张

大桌，老海就交待小梅快些洗脸，又叫小儿子去喊亲戚好友快些过来。小梅奇怪地问："你，请客？"

老海笑道："我通知了一些亲戚朋友，今天来我们家吃饭，我要让大家看一看，我的女儿有出息了。"

没多久，亲戚们都到了，还来了好多小梅以前的同学。大家围着小梅问这问那，但小梅只是笑笑或点点头。

等大家都上桌了，老海拉着小梅说"托乡亲们的福，我家小梅出去一年多，没想到这结巴的毛病到了大地方后，就自己好了。今天她回家来看我们老人，就让她趁这个机会，在大家面前说说话，让大家听听，咱小梅已经和以前不同了。"

小梅一听，大吃一惊，对老海又是摇头又是摆手，就是不说话。

老海以为小梅在亲友面前，一时放不开，就说："随便你说些什么，说几句流利的话，给大家听听就行。"

小梅无奈，只得憋红了脸，向亲戚们说了几句感谢的话，可话一出口，老海就急了。虽说小梅说话比从前流利了一些，但人家一听就知道是结巴。老海只得再次提醒她不要着急，可小梅却说："我、我本来就、就这样的，您、您是知道的。"

这时，一个亲戚拿出一张报纸来说"老海啊，听说做主持人都是对着稿子念的，你让她念念报纸吧，像播音员一样，她一定念得很流利的。"

老海顿时醒悟过来，急忙接过报纸放到小梅手上，说："对，你就给大家念一念，就像你在城里念的那样。"

小梅没有办法，只得拿起报纸读起来，可大家一听就知道，这结结巴巴的样子，怎么可能是播音员呢？

一位老伯打断道："你也不用念了，还是给我们唱一首歌吧，我们大家都想知道，城里的人现在喜欢唱什么歌呢！"老海一想也对，唱歌的人也是靠嘴吃饭的，说不定小梅真是唱歌了，就鼓动她唱几首。

谁知道小梅却怔在那儿，说："我、我不会唱、唱歌啊！"

这下大伙儿顿时议论起来，只听两个小伙子低声说："我早说过，长得漂亮的女人，能赚大钱的一定不是走正道的嘛。就她这口吃的样子，怎么可能是名嘴呢？"

话音不高，却句句刺到老海的耳里。其实老海早就听到流言，说小梅赚的钱来路不正，所以这次小梅回来，老海特意请大家吃饭，就是想让大家看看，小梅没有口吃的毛病，成为一个像播音员、主持人那样的名嘴了。没想小梅一开口还是像原来那样结结巴巴，看来小梅所谓的名嘴一定是假的了。

老海的脸上青一阵白一阵，他再也压不住心里的怒火，冲过去，挥起

大千世界 众生百相·

手掌对着小梅的脸打了下去，"啪"的一声，正打在小梅的嘴上。

小梅挨了一掌，只觉得脸上热辣辣的，急得大叫道："你，你打我哪、哪都行，别、别打我的嘴！"说着，急忙用手捂着嘴。老海一听更生气了："我就是要打你的嘴，我要把你这张嘴撕烂。"说着又扬起了巴掌。

幸好旁边的亲戚们起来拦住，小梅这才脱身走开，哭着跑出门去。小梅的妈想出去追，却被老海拦住了。老海指着小梅大声叫道："你别再进这个家门！"

下午，小梅一直没有回来，她妈和弟弟到村里四处去找了，也没有看到人影。有人说，看到小梅跑到村外，登上了过路的班车，估计是回城里去了。老海不禁有点后悔，不管女儿变成什么样，毕竟还是自己的女儿啊！

眼看天要黑了，老海越想越不踏实，就对老伴和儿子说："不行，我不能让女儿就这么毁了，我要到省城把她给拉回来，不能让她在外面丢人现眼了。"

还没等到老海打点行装出门，小梅却回来了，身后还跟着一个气质不凡的中年男人。小梅戴着口罩，对老海说，这就是她所在公司的王老板。

老海一听人家老板都来了，想想自己可能真的错怪女儿了，就问："你们到底是做什么的？人们都说小梅是名嘴，可她话都说不流利，怎么可能

是名嘴呢？"

王老板哈哈一笑，从包里抽出一叠画，递给老海和几个跟来看热闹的邻居。

大家一看，画上是一个美女的半张脸，一双红唇鲜艳夺目，旁边还画着几支唇膏，一看就知道是广告画。

王老板扬起手中的广告，指着画面上的嘴唇问："你们看，这广告上的嘴唇是不是很漂亮？"众人都点点

故事会2008年1月下半月刊·绿版 **25**

头。

老板又指着小梅说："这个画上的嘴唇就是她的。这下你知道为什么说她是靠嘴赚钱了吧。"王老板说，他开的是模特公司，一次偶然机会，看见来城里打工的小梅，感觉她这张嘴特别漂亮，就动员她来到自己的公司。经过训练，小梅成了一名"唇模特"，现在已经是公司的台柱了。

老海大喜，这才知道真的误解女儿了，不禁说道："我们哪知道还专门有用嘴做广告的啊，小梅，是爹错怪你了。"

这时，围过来的人越来越多，人们都拿着这些广告画争相传阅，对小梅都露出了羡慕的神色。王老板望了众人一眼，对老海说："我已经跟你解释清楚她是做什么的了，她在我公司赚的是清白的钱，这一点，我对得起你这个家长。但是，我现在得和你算另一笔账。"

老海一惊："什么账？"

王老板摘下小梅的口罩，却见小梅的嘴又红又肿，正是早上被老海打的。王老板说："她现在是我们公司的人，而且我们近期已经跟客户签了好几单合同，有好几百万呢。但你这一打，她这一段时间不能拍广告了，也就是说，你这一掌，就把我们公司几百万的生意给打掉了，你说，这笔账我们怎么算吧？"

围观的人都禁不住吃惊地叫了起来，小梅也大吃一惊，她被打后，就回了公司，想缓几天再回家跟老海解释，顺便跟老板请个假。王老板听说她的事情后，当即赶回公司，说是要帮她解释，没想到现在却突然提出索赔。

小梅见爹脸色大变，急得跑过来扶着他，回头惊问："老板，你、你说过是来、来帮我解、解释的，怎么、怎么又……"

王老板哼了一声："你已经跟我们签订了合同，就是公司的人了，现在他打的不仅仅是你个人，更是我公司的生意，我当然要向他索赔！"

老海这时也给吓呆了，转身问小梅："他说的是真的？"小梅点点头。老海身子一晃，差点跌倒。

王老板又看了看围观的村民，见大家都吃惊地看着他，就指着老海高声说道："现在我已经正式通知你了，你必须赔偿我们公司的一切损失，否则，我就上法院告你。"

小梅也没料到平时和蔼的老板突然变得这样无情，她扶着老海，叫道："老板请你放过我、我爸，我以后会、会赔你钱。"王老板哼了一声："虽然你现在是名嘴，可要知道，这可是几百万啊，你一个人赔得起吗？"

老海哪想到事情会变成这样，他爱怜地抚摩着小梅的头，抬头对王老板说："祸是我惹的，这钱我这辈子也

编读往来：你的问题我来答

兰州读者王茜： 2008年到了，《故事会》绿版有什么新动向吗？

绿版编辑部： 常办常新、推陈出新是《故事会》的优良传统，今年《故事会》绿版将推出一档新栏目——"开卷故事"。该栏目通过一个个短小精悍的小故事，或告诉你一个知识点，或讲述一个小方法，或提供一个生活小智慧。开卷有益，欢迎大家为本栏目踊跃投稿和荐稿。

厦门读者李明： 我很喜欢上一期的故事《两只左脚的舞者》，作品中的男女主人公都非常可爱，不过我想问问，为什么男主人公那么痴迷于《大不列颠百科全书》，这到底是一本什么样的书呢？

绿版编辑部： 《大不列颠百科全书》，又称《大英百科全书》，被认为是世界上最知名也最权威的百科全书之一。它与《美国百科全书》、《科利尔百科全书》并称为世界三大百科全书。《大不列颠百科全书》在1768年开始编撰，全书共三册，于1771年完成，后来多次再版。该百科全书因其可靠而深刻的内容，而广受欢迎。

上海读者李静： 上一期发表的《情人梅》是一篇很美的故事，虽然是东方夜谈故事，但是依然深深打动了我，可否请作者谈谈这个作品的创作过程。

作者邢东： 我一直想写一个关于梅花的故事，但是没有找到切入点，直到有一天看到一个关于护林员的报道。报道里的护林员坚守岗位，一年中有半年时间独自呆在深山老林里，没有报纸、没有电视、没有手机信号，心灵的孤寂是最大的痛苦。看了报道以后，我心里很感动，同时也感到有些困惑：怎样才能解决护林员的思亲之苦呢？现实当中，确实没办法解决，但是故事中，护林员可以不再孤独，可以和他的妻子相聚，而且可以有一场轰轰烈烈的爱情。于是梅花便是传递两人情感的工具，故事就这样成形了。

（本栏目欢迎读者提问，如采用，即致薄酬。）

还不了，我用这条命还给你总可以了吧，只求你别逼我女儿。"说罢，挣脱小梅的手，就想往前面的墙上撞去。

王老板眼疾手快，一把将老海拖住。这时小梅也冲上来，紧紧抱住老海。王老板大声叫道："还有一个方法可以还债的！"

老海惊声问："什么方法？要是对我女儿不利，我可不答应！"

王老板拉过老海，在他耳边轻声说："好好疼您的女儿吧，她是我们公司的宝贝，可她更是您的宝贝啊，她是一个好女孩啊！"

老海呆呆地望着王老板，不知说什么好，只是不住地点着头……

后来，小梅问老板，既然是来帮忙解释的，为何还要有意拿索赔的事吓父亲。王老板笑着说，在这小山村，人们还不能完全理解什么是"唇模特"，就算跟老海解释清楚，可是那些传播流言的人呢，怎么去一个个解释？他这一逼，人们就知道老海一掌打掉了几百万，这可绝对是一个爆炸性的新闻，等大家传开了，那些对小梅不利的流言自然就消失了。

（题图、插图：刘斌昆）

谁比谁年轻

□ 亦无伤　改编

　　该故事是根据一则新闻报道改编的,故事中乘客的冷漠看了让人心寒。其实冷漠是会传染的,当它已不再是一个人的行为,而成为一种群体习惯的时候,身在其中的我们是否该做些什么呢?

　　这天是周末,老黑一大早就出门,乘上了公交车。他见车上空位子挺多,就找了一个靠窗的位子舒舒服服地坐了下来。

　　过了两站,车上的人渐渐多了起来,空位子很快就坐满了,一个戴瓜皮帽的老头坐在了老黑身边。

　　车子起动了,可还没有离开站台,又忽然停了下来,大家探头一望,原来是一个孕妇正挺着大肚子向这边赶来。车门打开了,孕妇喘着气向司机师傅道了声"谢谢",走上车来。

　　老黑一见是个孕妇,当下就想起身让座,可转念一想,自己今天是要去老年大学排练舞蹈,乘车要一个小

　　时,这要是让了座位一路站过去,到时怕是路都走不稳了,更别说跳舞了。这么一想,老黑定定地坐在座位上,扭头看着窗外。而其他人,也都装作没看到,把头扭向一边。

　　孕妇见车上没有空位,便缓缓向车厢中间走去,恰好走到瓜皮帽旁边停了下来,她稳住身子,用一只手抓住吊环,站在过道上。车子又开动了,孕妇却没有站稳,猛地向前一冲,好在她另一只手及时扶住了瓜皮帽座椅的靠背,这才没有碰到肚子。

　　这一下,瓜皮帽坐不住了,他看了孕妇一眼,慢慢抬起了屁股。可还没站直身子,又突然坐下来。他推

28

推旁边的老黑，说："我本来想给人家让座的，可是看了看，觉得你比我年纪轻。应该你来让座才对，否则我站起来了，你坐在那里多不好意思啊。"

老黑心里不由暗骂起来：这该死的老头，真够狡猾的，说什么怕我不好意思，分明是自己不肯让座，找理由让我腾出位子。老黑一脸不服气："你凭什么说我比你年轻？"

瓜皮帽笑道："你看你，一副生龙活虎的样子，而我呢，瘦胳膊瘦腿，眼看走路都要扶着墙了。你说说，是不是你该发扬一下雷锋精神呢？"

平时要是有人这样夸老黑，老黑肯定要乐得跳起来，甚至还要给人家讲讲养生之道。可现在呢，老黑可不服气，再说他觉得瓜皮帽看起来一点都不比他老，便说："算了吧，你走路扶墙，那是你昨晚喝多了。我看你是风华正茂，可比我年轻多了。"

两人都在拼命夸对方年轻，车上的人都忍不住笑起来。连站在他们旁边的孕妇也乐了。

争了几句，老黑就觉得有些不好意思了，人家孕妇还挺着大肚子在旁边站着呢，早就应该有人让出座位来。可是现在一争，如果自己再主动让出，那不就是承认自己输了吗？老黑后悔刚才没有直接让出座位来，现在让也不是，不让也不是。

瓜皮帽也觉得一直让孕妇这样站着不好，就打着哈哈说："人家还在旁边等着呢，咱俩这样争也没有结果，谁也说服不了谁，干脆让大家来评一评吧。"

老黑一听，点点头说："好，人民群众最具有发言权。"他问旁边的孕妇说，"你好好看看，我们两个人谁更年轻？"

孕妇看了看瓜皮帽的脸，又盯了一阵老黑，摇了摇头，说："不好意思，你们两人的年纪应该差不多，我也看不出谁更年轻。"

瓜皮帽见状，便对旁边的人说："不如这样吧，大家都来评一评。一定要评个结果出来，这样让座的人没话可说，坐着的人也心安理得。"

刚才大家都觉着这俩人有趣，现在听瓜皮帽这么一说，好多人都附和起来。坐在老黑身后的小伙子凑过来，手指着老黑的脸数着什么，又指着瓜皮帽的脸数了半天，然后指着瓜皮帽说："这个戴帽子的大叔老，他额头上有七条皱纹。那个大叔年轻，他只有三条皱纹，而且脸色也不错。"

众人一听，都笑了起来。瓜皮帽洋洋得意地看着老黑，意思是说，看吧，我说你比我年轻吧。这时，只听一个女子说："皱纹少，脸上亮堂，可能是因为这个大叔心情好，平时爱锻炼，所以才显得年轻，实际年龄不一定小的，所以看外表还是不准确。"

老黑一听，乐呵呵对着女子点了点头。车内顿时像是开了锅，都在猜

两人的年纪，有的人支持瓜皮帽，有的人支持老黑。

这时，有人喊了一句："看身份证，身份证上可以看出生日！"其他人也表示同意，认为这是最公平的方法。

老黑一拍脑门，对啊，身份证一看不就知道了吗？他看看瓜皮帽说："怎么样，身份证拿出来，咱请这妹子看一看。"

瓜皮帽点点头："没问题，不过我身份证没有带，倒是今天办事带了户口本。"说着就找出户口本交到孕妇的手上。

孕妇接过户口本，又拿来身份证，仔细看了看，才说："两位先生都

是1951年出生的，"她指了指瓜皮帽男子说，"但这位先生是5月份，"又指着老黑说，"这位先生是12月份，虽然同年，但这位先生小了半岁。"

人们都大笑起来，原来两人竟然是同一年出生，不过老黑还是输了，他的年纪小一些，该让座的是他。

众人这一番争论，车子早已经过了好几个站，这时车子又停下了。老黑没有再犹豫，立即站了起来，说："妹子你过来坐下吧！"

谁知孕妇却将证件还给了两人，笑道："谢谢您，不用了，我现在要下车了。"

老黑和瓜皮帽男子都一怔，真没想到他们这一争，人家都到站了。

孕妇走到车门旁，又回头笑道："其实刚才我已经到站了，为了看你们比出个结果，我还多坐了一站呢，不过，我还是得谢谢你们。"说罢就下了车。

车上的人都笑了起来，老黑和瓜皮帽却有些不好意思了。

司机回过头来看了众人一眼，冷冷地说："这两位先生虽然比了这么久，但毕竟已经有人让了座，更何况他们都是五十多岁的人了。可我看现在车上的人，大部分都是年轻人吧，咋没有人敢和他们比呢？"

笑着的乘客们一下子都住了口，车上顿时静了下来。

（题图、插图：魏忠善）

都是最可爱的人

□曹景建

招来个难缠的

警卫连的"雷锋月"活动开始了，动员大会上，指导员倡导大家要走出营区，给老百姓做好事。这下一班班长郝兵乐了起来，心想自己终于可以到部队外面露一手了。要知道郝兵可是连队里的"小飞刀"，一把剃头刀耍得虎虎生风。

这不，星期天一大早，郝兵就提个工具包，带上班里的小苏在部队旁边的小区门口支起了摊子，并且挂起一个牌子——"免费理发"。这下，立刻吸引了一大群居民。一个小伙子摸摸自己的脑袋，走上前来说："我先试试！"郝兵二话不说，当下打理起来。

等给小伙子理完发，大家一瞧都忍不住啧啧称赞，纷纷抢座位让郝兵理发。眨眼就到中午归队的时间了，可还有好几个人在旁边等着。郝兵抱歉地告诉大家，只能等下个周末了。收起摊子，郝兵很开心，虽然累了点，但这样既提升了解放军的形象，也让自己练了手。

第二个星期天上午，得到"口头表扬"的郝兵又兴冲冲地来到了老地方，他刚支好摊，就见一个跛着脚的老头，拄着拐棍儿走过来，一屁股坐在了椅子上。老头望着郝兵笑眯眯地说："我孙子和你一个样，也是当兵的。"

郝兵心里顿时一热，没想到这个老头竟然还是个军人家属哩，今天可得更加卖力把老人家照顾好了。

郝兵把理发围布给老人系好，正要剪头。老头却撇着嘴说："小伙子，我看你挺年轻的，技术不怎么好吧，一定要慢着点，可别把我的头皮给刮

破喽！"

郝兵顿时愣住了，刚才还亮堂堂的心，突然像塞进一团破抹布。他想：你这老头咋说话呢，我上个星期都来过一次了，技术是大家有目共睹的，怎么能这么不信任我呢？不过他脸上还是挂着微笑："大爷，您就放心吧，我会像给婴儿剃发那样小心的。"

老头摆了摆手："小伙子还是要谦虚一点好，咱退一步讲，就算你技术好，可也有失手的时候呀！"

郝兵长舒一口气，强忍着火气擦着手里的剃头刀。

老头见郝兵不说话，更加得意了："解放军同志，你咋不说话啦，心虚了？常言道，艺高人胆大，你要是真有几把刷子，就根本不用怕，更不会把我的话当回事儿！唉，算了，我老人家也不吓唬你了。看在你年纪轻的份上，如果你技术差伤着我，我不和你计较就是了！"

此时，在一旁给郝兵当帮手的小苏看不下去了，梗起脖子，走到老头面前大声说："你这人怎么这样，要是怕俺班长的技术差，你到别处去呀，免费给你理发，事儿倒不少……"

小苏还没说完，就被郝兵一把拉了过去，说："你忘了咱穿的这身军装了，注意形象！"

老头可不是好惹的，一听小苏的话，心中的火苗"腾"的一下蹿到脑门。他气得用拐杖使劲敲着地面，嘴唇哆嗦着说："你这孩子怎么这样说话呢，解放军给老百姓做好事就是这个态度啊？"

郝兵一看事情有点严重，马上把小苏批评了一通，并悄悄使眼色暗示他去道歉。好在小苏也明白，为了顾全大局，赶忙向老头赔礼道歉，说自己刚才太冲动了。

老头并没有立即接受小苏的道歉，而是闭着眼养了养神，才睁开眼睛，用教训的口气说"就像古人说的那样，你们理发这一行当可是'操天下头等大事，做人间顶上功夫'，没有真功夫，能做好这'头等大事'吗，再说了，头这玩意儿可不是葫芦！"

郝兵见老爷子气消了点，赶忙赔着笑脸说："老大爷，刚才对不起，小苏是新战士不懂事，您老可别和他一般见识，要不咱这就开始理发，我今天一定拼尽全力，让您满意！"

老头看看郝兵，终于点点头。

碰上个找茬的

谁知郝兵刚剪了几下，老头就"啊"的一声大叫："疼死我了，你把我的头发夹疼啦！"

郝兵看了看手中的剪刀，一阵奇怪：剪刀是刚刚磨过的啊，不可能夹头发啊，难道是老人还在生小苏的气？郝兵抹了一把头上的汗，更加小心起来。可过了没多久，老头又叫起来："你当是给猪煺毛啊，下手就不会轻点？"

郝兵赶忙道歉："对不起，对不起！"心想：看来这老头很记仇，已经和自己铆上了。

时间一分一秒地过去了，等着理发的人越来越多了，可这老头就像黏在了椅子上似的，就是不下去，一会儿这边头发长，一会儿那边头发短，反正就是不满意。旁边的人越看越不对劲，这老头哪是来理发哟，分明是找茬呀！有个小伙子看不下去了，说："您老占着座位不说，怎么还这样为难人家解放军啊？"

老头却不恼，不紧不慢地说"既然为人民服务，就要服务到家，如果人民这点要求都满足不了，就不要在这里摆摊。"说罢，索性两眼一闭，养起神来。

因为老头总是提意见，郝兵也有些慌了，原本能理好的头，居然也因为紧张，发挥失常了，费了好大功夫才把老头的脑袋整出个样子来。

郝兵松口气说："理好了！"

老头睁开眼，瞪了郝兵一眼："什么？这就算理好了呀？"他抬头往镜子里一照，嘴一噘，"不行，你看看，这左边鬓角高，右边的鬓角低，两边不平衡嘛。不行，再修修！"

什么，这哪里不平衡呀，郝兵把老头的脑袋摆正，左瞧瞧，右瞅瞅也没觉得有什么不平衡，但他没办法，只好按他的要求慢慢修整。

这一阵折腾，一个多小时就过去了，眼看摊子前面的人越聚越多，郝兵心里也越来越急，眼看要到中午归队的时间了，只理了一个人，别人可咋办啊？

又修整了好一会儿，老头总算露出了笑脸，他对着镜子照了半天，点点头说："小同志，理得还不错。不瞒你说，我这个人有'剃头癖'，隔几天不剃一次头，这脑袋就痒痒。而且我这个人剃头要求比较高，所以一理就是好几个小时，唉，难伺候着呢！"

郝兵刚才还生气呢，听了老头这一番话后，倒乐了，听说过有这癖那

癖的，还没听说谁有"剃头癖"的！

老头起身拍了拍身上的碎发，拍着郝兵的肩膀，重重地说了声"谢谢"，就拄着一把拐杖蹒跚着走了。

一上午郝兵只理了三个人，这让郝兵有点儿失落，唉，怪就怪这个有"剃头癖"的老头耽误的时间太多。

又是一个星期天，郝兵起了个大早，急匆匆地向小区门口赶，可令他郁闷的是那个跛脚的老头手拄拐棍儿，早已站在那里。郝兵知道，这个老头头上又痒痒了，看来今天又要在他身上花费两三个小时！

老头看了看郝兵阴着的脸，心里明白了几分："解放军同志，我知道你心里想什么，是嫌我占用时间太多，影响你给别人理发对吧？唉，你不知道，附近那些店也是嫌我理发太占时间，根本不欢迎我去啊，也就是你心眼好，不嫌烦，愿意给我理，要不我也不会来麻烦你呀，谁让我老头子有这种怪癖呢！要不，我给你几块钱作为补偿吧？"

听老头这样说，郝兵心里顿时也软了下来，这个老人虽然脾气怪了点儿，但也蛮可爱的："老大爷，我们是学雷锋做好事，哪能收钱啊。给你理发是麻烦些，可让您老舒服了，不也是做好事吗？"正当郝兵给老人洗头的时候，一只大手突然把老头从座位上拽了起来。

郝兵抬头一看，原来是个七十多岁、身穿旧式军人衬衣的瘦高个儿。瘦高个儿大声地嚷道："张文才，果真是你在这里给人家解放军同志捣乱！你知不知道，还有很多人等着理发呢，你倒好，吃起独食来了！"

只见张老头满脸惊慌看着眼前这个微微驼背的瘦高个儿，脸憋得通红："孙大哥，我这是，这是……"

孙老汉一挥手，瞪着眼吼道："不要再说了，赶快走，别耽误解放军同志给老百姓理发！"说着拉起张老头迅速离开了。

看到最感动的

当天晚上，郝兵怎么也睡不着，心里一直琢磨，那个孙老汉咋那么霸道呢，那个有"剃头癖"的张大爷看来很怕他，竟然会乖乖地跟他走！

又一个理发日，郝兵理好发收拾东西准备归队，只见张大爷大汗淋漓、一瘸一拐地走了过来。

郝兵想张大爷肯定是来找自己理发的，可是时间已经到了，只好说："大爷，这样吧，反正给您理发占用时间较长，我晚上把你的情况给指导员反映一下，看能不能请个假到您家里单独给您理。"

张大爷轻轻地摇了摇头："不，我不是来找你理发的，我想让你们跟我去见一个人。"郝兵惊奇地问："什么，去见一个人，谁？"

"去了就知道了！"

郝兵想了想，点点头，和小苏两个人跟着张大爷穿街走巷地来到一个小区垃圾场旁边。

张大爷在垃圾场旁边的一个墙角处停了下来，示意他们也都躲起来。郝兵心想，这老爷子神神秘秘的，究竟要干什么。

这时，只见在垃圾堆旁边闪出来一个人，仔细一看，原来是上个星期那个拉走张大爷的孙老汉。

张大爷低声说："你知道吗，他可是在朝鲜战场上打过美国鬼子的老兵啊，他背上还有枪伤哩！"

郝兵没想到这个老人竟然是个老革命，便问："他是战斗英雄，怎么还来捡垃圾呀？"

张大爷舒了口气："是呀，他一个月有一千多块钱的养老金，的确是衣食无忧呀，可他却用这些钱资助着五个贫困大学生哩，国家发他的钱他一分也舍不得花，全都按时邮给了他们，即便是这样，也还不够呀，所以他就开了个小理发店，一个月也能挣个千儿八百的。可是你们这一免费理发，把周末理发的人都引过去了，他没生意可做，心里又惦记着娃儿的学费，就来捡垃圾了……"

郝兵听得目瞪口呆，一时不知道该说什么好。

张大爷又接着说："其实我让你理发，想尽一切办法让你在我身上多花一点时间，为的是给老孙多留几个顾客，我说的什么'剃头癣'，自然也是骗你的。没想到，我的事儿后来还是让他得知了，他那天把我拉回去狠狠批评了我一顿，说我糊涂，不识大体，净给解放军添乱哩！"

从此以后，郝兵再也没有在这个小区摆过理发摊。倒是人们经常看见，孙大爷的理发店里有些穿军装的小伙子进进出出……

（题图、插图：刘斌昆）

（本栏目欢迎来稿。来稿可从邮局寄发，也可从网上传递。如为电子邮件，请发以下信箱：wyjing833@sohu.com）

三个火枪手

□ 余乐

乔克尔曾是个猎手，后来承包了农场，就放下猎枪，拿起了锄头。哪想，头一年就遇上了大旱，农场颗粒无收，眼下生计都成了问题。

这天，乔克尔的好友马丁找到他说："最近，政府正召集猎人捕杀骆驼，每杀死一头骆驼，就奖励五十元钱。怎么样，跟我一起去吧。"

乔克尔奇怪地问："不是说要保护野生动物吗？"

"对啊，可是这些年，野生骆驼大量繁殖，与人争夺水源，现在已造成城市饮用水危机，所以政府才想出这么一招。"

听马丁这么一说，乔克尔马上点头答应了。

这天一大早，两人开着小卡车向郊外驶去，他们知道那里有个半干的湖泊，经常有骆驼去喝水。卡车在无人的小路上全速前进，突然，乔克尔发现，前面不远处有个老头正站在路中间朝他们招手。乔克尔赶忙刹车，还好没有碰到老头，他气愤地喊道："你找死啊！"

老头见车停了下来，跑到车窗前，抱歉地说："我的车抛锚了，拦了好几辆车，都没有停下来，所以才站到了路中间。"老头看了看他们的装备，又问道："你们应该是去打骆驼的吧？"乔克尔不耐烦地点点头，老头兴奋地说："太好了！我叫纽曼，也是一个'骆驼枪手'，你们能带我一程吗？"

不等乔克尔答话，马丁就热情招呼道："没问题，上车吧！"纽曼赶忙一边道谢，一边拎起行李上了车。

到达目的地，三人将车停好，就分头行动。乔克尔一路向北，很快就发现了一个水坑。水坑边杂草丛生，是个不错的狩猎地点。他停住脚步，藏在半人高的草丛中，等待骆驼的到来。

转眼半个小时过去了，骆驼还没有出现，乔克尔不禁有点失望，他点上一根烟，想放松一下。这时，他猛然听到水坑那边传来了一阵轻微的响动，仔细一看，只见一头骆驼正缓缓靠近水坑，一边注意周围的动静，一边大口地喝水。

乔克尔迅速端起枪，瞄准骆驼的头部，屏住呼吸。只听"砰"的一声枪响，骆驼长嘶一声，就倒下了。

乔克尔好不开心，第一枪就打得这么准。他来到骆驼旁边，准备喊马丁来帮忙。就在这时，他发现距骆驼不远的地方，有个人也倒在了地上！乔克尔走近一看，顿时呆住了：这不是纽曼吗，他怎么和自己跑到一块了？此刻，纽曼的头还在流血。乔克尔把手放在纽曼的鼻孔上，发现他已经没有了呼吸！

乔克尔不由倒抽了口冷气：他知道他用的这种猎枪是一种散弹枪，射发后，数十个小弹头会呈喇叭状射出，杀伤面积很大，不用说，

肯定是其中的散弹击中了纽曼！乔克尔只觉得脊背发凉，虽说这只是误伤，但也是要坐牢的呀！现在怎么办，乔克尔脑子一片空白，他想去找马丁，先开车回家，逃离这是非之地再说。

好在两人离得不远，马丁见乔克尔过来，奇怪地问："你怎么这么快就回来了，我刚才听你放了一枪，打到了吗？"

"没、没打到……我、我有些不舒服，我们还是回去吧。"乔克尔有气无力地说。

马丁端着枪，说："好，你先坐在这里休息一下，等我打到一只骆驼，我们就走！"

乔克尔点点头，一屁股坐在地上，点上了一根烟。

不多时，只见马丁冲乔克尔打了个手势，小声说道："骆驼来了！"然后就小心翼翼地伏下身子，举起了猎枪。

此情此景，跟刚才自己打猎的场景是多么相像啊。乔克尔看着老实巴交的马丁，心头突然冒出了一个大胆的主意。

又是"砰"的一声，骆驼倒下了。马丁正要去查看猎物，乔克尔叫住他说："我刚才看到一只骆驼朝南面跑去了，你赶快去追，这只死骆驼我替你看着就行了！"马丁顺着乔克尔手指的方向望了望说："是吗？我怎么没看到？"

乔克尔着急地说："你刚才一枪把它吓跑了，再不去追只怕追不到

了。"

马丁犹豫了一下说："好，我去找找看。你今天没有收获，要是能抓住那只骆驼，它就归你了！"说着，握着枪朝南边追去。

马丁前脚刚离开，乔克尔便一路小跑，来到纽曼的尸体旁。他摸摸尸体，发现还有些温度，便拖着尸体，来到马丁打死骆驼的地方，放在附近的草丛中，又到水坑边仔细清洗了身上的血迹，然后等马丁回来。

过了一会儿，马丁喘着粗气回来了，显然是没有找到骆驼。他正想说话，只听乔克尔战战兢兢地说："马丁，你、你杀人了！"

马丁疑惑地问："乔克尔，你开什么玩笑呀？"乔克尔指了指不远处纽曼的尸体，哆嗦着说"我也不愿意相信，可这是事实呀！"马丁一看也愣住了，他走到纽曼的身旁，看着他头上的枪眼，又用手试了试他的呼吸，顿时，吓出了一身冷汗，不知所措地念叨着："上帝呀，怎么会这样？怎么会这样？"

乔克尔难过地说："第一眼看到纽曼，我就觉得他有点不正常，一副迎风就倒的样子，哪像个猎手。可你这个人就是喜欢做好事，非叫他上车。这不，他到处乱跑，结果出事了！"

马丁的脸色煞白，抱着头痛

苦地蹲在地上：“天啊，我怎么这么倒霉，这可是要坐牢的呀！”乔克尔安慰道：“你这只是过失杀人，不是什么重罪，要是能投案自首，说不定还能从轻判决。”

马丁的眼泪落了下来，绝望地说：“我家的情况你也知道，要是我这一去，家里就没有了经济来源，他们以后还怎么生活呀？”乔克尔拍拍胸脯，信誓旦旦地说：“兄弟，你就放心去吧，我会帮助你的家人的。”

在乔克尔的再三劝说下，马丁投案自首了。送别了马丁，乔克尔也放下心来，只要有人顶罪，他就可以继续安心过日子了。

不久，纽曼被误杀的事，引起了野生动物保护协会的强烈不满，他们组织了大规模的游行示威，要求政府停止猎杀骆驼，以免造成更多的伤亡。政府迫于压力，中止了猎杀骆驼的行动。不用说，乔克尔又失业了。

转眼，到了马丁出狱的日子，此时，乔克尔为了生计，已在另外一个城市谋到了一份侍者的工作。

这天，乔克尔给客人送咖啡的时候，发现店里的视频，正在播放一部电视纪录片——《与骆驼同在的摄影师——纽曼》。看到“骆驼”、“纽曼”这些熟悉的字眼，他的心跳骤然加速，不由停住了脚步。

纪录片讲述了纽曼的传奇经历：原来，纽曼的真实身份是摄影师，他常年跟踪拍摄野生骆驼。因过度劳累，得了肝癌。就在这时，他知道政府正召集枪手猎杀骆驼，他曾多次去找政府交涉，希望停止杀戮，政府却始终不为所动。于是，他决定用自己为时不多的生命，去拯救那些枪口下的骆驼，最后导演了一场被“骆驼枪手”误杀的悲剧。

纽曼死后，律师收到了他的遗书。遗书中，他希望律师去找野生动物保护协会的朋友，让他们以自己的死为由，逼迫政府改变主意。他还说，自己妻子早亡，也没有子女，如果杀死自己的枪手投案自首，自己留下的百万存款，就全部归他所有，也算是对他无辜受牵连的一种补偿。

影片是在纽曼与骆驼的合影中结束的。乔克尔木木地站在原地，后悔不已——那一百万原本是属于他的呀！

（**题图、插图**：佐　夫）

您手中有没有得意之作？本刊辟有二十多个原创性栏目，如中国新传说、我的故事、情感故事、16岁故事、海外故事和中篇故事等；您读到或听到什么有趣事可以和大家一起分享吗？3分钟典藏故事、外国文学故事鉴赏和快乐辞典等都是本刊推荐性栏目。热忱欢迎来稿，可从邮局寄发，也可从网上传递。邮寄地址：上海绍兴路74号《故事会》杂志社，邮编：200020；如为电子邮件，本期责任编辑信箱：wyjing833@sohu.com。

借刀杀人

□ 剑气客

"扬州三把刀"，是民间流传的三项绝技，其中之一就是剃头刀。这其中有规矩——剃头不能超过十刀，多一刀便算不得真正的"三把刀"，而且不能划破一处，若划破一处便出不了师……

心生怨 无奈剃头匠

福庆哥在扬州城西北角开了间小小的剃头铺子，仗着手中一把灵活无比的剃刀，他和老娘勉强还能混个半饥不饱的。谁知今年夏日扬州大旱，庄稼颗粒无收，大伙肚子都吃不饱了，哪还有心思剃头？一时间福庆哥和老娘是吃了上顿没下顿，只得勒紧裤腰带，和大伙一起眼巴巴地等着朝廷发下赈灾粮款来。

这日，扬州知府吕松仁贴出布告说，朝廷发下的一百万两赈灾款本已进了官府仓库，可一夜之间被江洋大盗"草上飞"偷了个精光，为救助贫苦百姓，各色人等一律纳捐，不得有违，否则关进大牢。此令一出，扬州城内顿时乱作一团，这年头谁家还有余钱啊？可官府不管这些，每天派出如狼似虎的衙役挨家挨户地催要银两，有些家产的，经此一役顿时十室九空没有银两的，家中壮丁便被戴上枷锁拖了就走，只等亲友凑够银子赎人。见银子每天哗哗地流进仓中，那知府吕松仁乐得日日酒肉夜夜笙歌。

大盗草上飞的名号福庆哥是听说

过的，这人武艺高超来去无踪，专爱劫富济贫，可这次怎么偷起了贫苦百姓的救命钱？福庆哥好不失望，现在不仅没有银子救命了，反而得拿出一些来，可是，他去哪里找银子呢？

这天，福庆哥又在剃头铺子中空坐了一天，傍晚当他拖着空空的口袋推门进屋的时候，竟发现老娘上吊自尽了，原来老娘不忍拖累福庆哥，她一死儿子就可以少捐一份人头税了。福庆哥抱着娘的尸体哭了整整一夜，嘴里恨恨地说："草上飞，你偷了百姓救命钱，你这是赶尽杀绝啊，你活生生逼死了我娘啊！"可是恨归恨，自己只是个小小剃头匠，又能有什么办法呢？福庆哥紧咬着嘴唇，只得将血水泪水一齐咽到肚里。

这天，他正在铺子里打瞌睡，草编的门帘一掀进得一个人来，金黄面皮身材瘦削，往那一站像根标枪似的，头发短得像刚割过的韭菜地，一双眼睛却像鹰一样有神，那人进来便对福庆哥说："师傅，剃光头。"

刀落处 发末纷飞扬

福庆哥一见来了生意连忙打起精神来，先请来人坐下，然后打了个热气腾腾的手巾把子焐在那人头上，一边拿起锃亮的剃头刀，"嚓嚓嚓"，在一块黑得发亮的荡刀布上反复荡了荡，又用右手拇指试了试刀口，亮闪闪冷嗖嗖的，快极了，这才拿开手巾，左手稳住头，右手三指捏住刀，从额头向后，"刷"的就是一刀！

那人只感到头皮轻微一凉，耳朵上有头发落下，再一看面前擦得发亮的铜镜，嚯，右边脑袋瓜竟然出现了一刀宽的青茬白杠，棱角分明笔直到底。这人忍不住赞了一声："师傅的刀好快！"

福庆哥今日才开张，心里也高兴，当下接口道"不是刀快，是手快，你没听说过'扬州三把刀'吗？这其中一把刀就是剃头刀，它讲究手快，胜过刀快；手轻，轻过鹅毛！"一边说一边挥舞着剃刀，那发末如雪花纷纷落下。

那人只觉得头皮上就像拂过轻柔的春风，没有一丝一毫的阻滞，只感觉浑身的毛孔都开了，正舒服地舒展筋骨却听福庆哥在耳边说："好了，剃完了。"

那人简直不敢相信自己的耳朵，睁眼一看，铜镜中果然出现一个光葫芦似的脑袋，用手摸摸，柔润光滑竟无半根发茬！他禁不住问："这么快就剃完了？师傅才用了几刀？"

福庆哥一笑，说："六刀，若多一刀就算砸了招牌，客官是不是不满意？"

那人哈哈一笑，说："果然厉害，咱们后会有期！"说罢放下铜钱走了出去。

今天终于有了一笔生意，福庆哥好不欢喜，早早关了铺子打算去街上买些粮食，走在路上他无意中看到官府新贴出的缉凶告示，这一看不要紧，那江洋大盗草上飞的头像竟然和今天那个剃光头的人一模一样！福庆哥先是一惊，心说这草上飞好大胆，为了剃头竟敢在光天化日之下露面，继而又生出恨来——是他逼死了老娘，如果他有胆再次现身，一定有他好看。

施绝技　热血复仇路

一晃又过了五六天，生意依旧清淡得很，这天好容易来了一位客人，眼如鹰隼面似黄纸，尽管这回戴了顶草帽，可福庆哥还是一眼认出来了，这不是草上飞吗？这不就是自己的仇人吗？

只见草上飞大模大样地坐下，粗着嗓子说："老规矩，还是剃光头——我还真忘不了你的手艺哩。"

福庆哥平静了自己的情绪，草上飞武功高强，自己决不是他的对手，只能见机行事，先剃头再说。于是上前拿开帽子，可看了一眼，就愣住了。只见头发不长，可头发丛中满是疙瘩，有的破了结了血痂，更多的疙瘩已化脓溃烂臭味扑鼻，使人不敢直视。

福庆哥心想才几天不见，好端端的一颗头咋就变成了这样？还未等他回过神，草上飞开口了："我说师傅，这样的头你还能剃吗？"

福庆哥见草上飞怀疑他的手艺有些不快，说："不瞒客官您说，当初我拜师学艺癫痫头是必过的一关，当年我的师傅买来冬瓜特地放烂了再让我练刀，我要是划破烂冬瓜一处就不能出师，"一边说着一边拿起刀，在荡刀布上荡了荡，依旧瞄也不瞄，一刀剃下。

草上飞一惊，这一刀下去还不割破那些脓疮吗？谁知一刀过后，头皮依旧如上次一样清凉，连半点疼痛也没有，再一看铜镜，这回的"林间小道"没有上回笔直了，而是依势而剃，弯弯曲曲或隐或现，绝对没碰着疙瘩、脓疮一星半点，好刀功、好力道！草上飞脸上竟露出了激动的神色。

就在这时福庆哥的手却难以觉察地轻颤起来，这大盗草上飞的脖子与雪亮的刀片相距不过盈寸，只要下力一抹……

草上飞忽然声音清晰地开了口："师傅，你是不是想杀了我？"

福庆哥大惊，想不到自己的心思竟然被他晓得了，时不可待机不再来，既然如此，干脆豁出去得了！他一咬牙，捏紧刀片正要抹，忽然肚子一紧，低头再看，一柄雪亮的尖刀正抵在自个的肚皮上！

只听得草上飞冷冷地说："不错，我就是大盗草上飞！你先给我老老实实地剃头，否则，你只要一动我就先杀了你，你应当知道你动作绝对没我

快！"

福庆哥急得眼睛都红了，他想，即使同归于尽也是值得的，于是挥刀尽力一抹，哪知刀片未见血，右手却突然失去了力道，手腕一麻，剃头刀不知怎的就到了草上飞手中，好快的身手！

草上飞轻掂着雪亮的剃刀，像猫戏老鼠一样眼里满是嘲弄的神色，说："就凭你，一个手无缚鸡之力的剃头匠也敢杀我，你就不怕死吗？"

福庆哥什么也顾不得了，血脉贲张跳脚大骂道："我不怕死，我就是要杀你，我本以为你是个侠盗，可你连老百姓的赈灾银子要敢偷，我的老娘就是被你逼死的，你再看这扬州城里有多少人因为你倾家荡产、上吊跳河，你说，我要不要杀你？"

草上飞望了一眼福庆哥，忽然神色严肃地站起身来，一揖到底，说："我没找错人，扬州百姓的生死就全在你身上了。"

福庆哥心想这人疯了，却听草上飞问他："我问你这吕松仁为官如何？"

这话不问还好，一问之下福庆哥顿时气不打一处来，恨恨地说："自从他来之后，我们百姓的日子就一日难似一日，只怕地皮都给他刮去三尺了。"

草上飞这才娓娓道出一番话来："那一百万两银子根本就不是我偷的，

试想一下，那一百万两银子沉重无比，我本事再大又怎能从仓库中独自偷出？即使偷出，又如何从这城门紧闭的扬州城中运出？那知府吕松仁本是个雁过拔毛的大贪官，这笔赈灾款他又岂能白白放过？于是便想出这阴毒无比的一箭双雕之计，一方面说我偷了，让大家的矛头都指向我，自己悄悄把银子贪了下来，另一方面又借机大肆搜刮钱财，你娘、那些贫苦百姓都是被他活活逼死的，你说这样的人该不该死？"

福庆哥听得目瞪口呆，喃喃地说："难道就没有人上告吗？"

"上告？"草上飞苦笑一声，"你还以为这天底下真有公道吗？"

福庆哥又问："可你刚才说扬州百姓的生死全在我身上？这我就不懂了，我一个小小的剃头匠能有什么能耐？你既然如此仗义，武功又这么高强，刺杀了他岂不是干脆？你难道舍不得你这条命？"

草上飞一声长叹，说"我这条命何足道哉？其实，我早就想杀这狗官了，可他防范十分严密，又有许多高手随行左右，所以惭愧得很，我一点办法也没有。后来我想到只能找一个能够接近他的人下手，这个人就是你！"

"是我？"

"对！一个手艺精湛的剃头匠！我听说吕松仁长了一个不能见人的癞痢头，所以他一直希望能快快活活地剃个头，只是苦于找不到一个手艺精湛的剃头匠。所以我这头不知剃了多少回、也不知被我自己砸烂了多少回，就是要找一个手艺高超的剃头师傅，更重要的是此人得有一腔热血。刚才你拼个命也要杀我，我就看出来你是个有血性的人，我且问你，假如给你一个接近那狗官的机会，你敢不敢杀了他？"

想起老娘惨死、扬州城内饿殍遍地的惨状，福庆哥一时血往上涌气往上撞，一拍胸口说："这有什么不敢的，大不了送上一条贱命罢了。可是我一个剃头匠又如何能接近知府呢？"

草上飞用力一拍头颅，昂然道："拿我的人头去！"

福庆哥听了这话一时回不过神来，拿你的人头去？怎么拿？就在这时只见草上飞眼皮眨也不眨，右手全力一挥，刀光闪处那颗头颅滚了下来……

福庆哥眼含热泪，对那躯体拜了又拜，低低说声："我去了。"就将草上飞的头颅一包，直奔衙门而去。

挥快刀 惩恶祭苍生

知府吕松仁听说，有个叫福庆哥的剃头匠杀了草上飞，不禁大喜，立即令福庆哥带了人头进见，一见人头他哈哈大笑起来，果然是草上飞，这下心腹大患彻底去了，再看草上飞那满是脓疮，却剃得分外干净的头皮，吕松仁愣住了。他神态怪异地问："草上飞的头是你剃的？"

福庆哥连忙谦恭地回答："正是小人，小人自幼学剃头，'扬州三把刀'中有规矩，剃这样的头不能超过十刀，多一刀便算不得真正的三把刀，而且不能划破一处，若划破一处

便出不了师。"

吕松仁和颜悦色地问："那你用了几刀？"

福庆哥回答："六刀。"

吕松仁忍不住心花怒放起来，说："既然这样，你可否为本官剃一下头？剃好了我重重有赏！"说罢，将福庆哥带进一间密室。

走进密室，吕松仁除下官帽，福庆哥一看倒吸一口凉气，一下子明白吕松仁为啥要在密室里剃头了，因为这颗头根本就不能见人——这颗头像癞蛤蟆一样长满了大小不一的疙瘩，密密麻麻或尖或圆令人作呕，那头发倒像荒漠中的野草一样稀稀拉拉的。福庆哥终于明白，草上飞之所以砸了自个的头颅，一是试他的手艺和肝肠，二是唯有此法才能完全接近吕松仁。

福庆哥手脚沉稳，先把刀荡亮，再试试刀口，然后缓缓举起刀……

忽见吕松仁一摆手，说："且慢！"福庆哥心"怦"地一跳，又听吕松仁扭头朝外喊了一声："我说，进来一个！"话音一落进来一个精壮的护卫。

却见吕松仁指着福庆哥，对那护卫说道："你先坐下剃个头，让我看看他的手艺到底如何，然后在本官剃头时你在一旁小心侍候着，要是这位剃头师傅失手掉了刀，你可得及时出手帮他一把，听到没有？"

那护卫一听连忙点头称是，又赶紧坐下，却见福庆哥举起刀，只"刷刷"几下就剃好了，那护卫大喜，说："果然好手艺！好舒服！"说着要站起来，却被福庆哥轻轻一按，说："大人请再稍坐一下，我为大人放松放松！"说着张开十指罩在那护卫的光头上或轻或重或按或戳地揉捏起来，再看那护卫立即闭了眼哼哼个不停，一副十分受用的样子。

一旁的吕松仁见了忍不住问："你还会按摩？"

福庆哥一边手上用力一边谦恭地回答："扬州但凡会剃头的就会按摩，这也是必学的手艺，因为头部穴位众多，揉捏了可使人血脉畅通、神清气爽，好处多着哩。"

说话间按摩结束，那护卫连忙起身叉手站在一旁，吕松仁这才大模大样地坐下。

福庆哥再次反复荡刀，直到确信这是他平生荡得最快的一把刀时才住手，然后抖擞精神挥动快刀，"刷刷、刷刷"，如细雨飘拂、如春蚕吐丝，使出浑身解数剃起头来。

吕松仁记不清已有多长时间，没有这样舒服地剃过头了，原本紧绷的身子渐渐放松下来，正云里雾里的快活，忽然感觉喉头一凉，他疑惑地睁开眼，却看到福庆哥通红的眼睛。他想张开嘴，却觉得嘴唇有千斤重；想

抬起手，手却半分知觉也没有了；想示意站在一旁的护卫，却见那护卫就似泥塑的人一样动也不动。

这时福庆哥附在他耳边轻轻开了口："现在该是你还血债的时候了！"

说罢，福庆哥收拾好家什，衣容整洁地走出门来。他对一直守候在门外的其他护卫说："诸位稍等一下，大人刚刚剃了头，有点累了，他要小歇一下。"

反正里面有护卫，大伙就耐心地等着，可过了好长时间见吕大人还不出来，大伙便壮了胆推开门，却见吕大人在椅子上沉沉地睡着，那颗坑坑洼洼的脑袋深深地耷拉着。忽然有人觉得不对劲，大人怎么没有呼吸？

又有人发觉先前那护卫也不对劲，那大眼明明睁着却转也不转，有人上前轻推了一下，喝道："你搞什么名堂？"话音未落，却见那护卫"咚"的一声倒了下去！

护卫们这才大惊，抢上前大呼"吕大人"，手忙脚乱之间碰了他一下，却见吕松仁那颗奇丑无比的癞痢头角度怪异地扭曲开来，然后"呼"的一声响，喉管处一股污血冲天而起！

原来福庆哥在揉捏之间已制服了那护卫，剃刀轻轻一抹已割断了吕松仁的喉管！

护卫们抢出门再找人，福庆哥早就消失不见了。

（题图、插图：黄全昌）

不系扣的爱

那时他们刚刚结婚，日子并不宽裕。丈夫在工厂上班，妻子没有工作，就在家洗衣做饭。

二月里春寒料峭，丈夫刚下班回家，妻子就为他端上一杯热茶。这时，妻子发现丈夫白衬衫的领口居然是敞开着的，再一瞧，袖口的扣子也没有系上。妻子想，可能是他干活身上热了吧。

第二天早上，丈夫准备出门，可领口袖口还是大敞着。妻子按捺不住，走上前要给他系好，丈夫却阻拦道："扣上好难受！"

妻子却一边系扣，一边说："外面风大，还是系上吧！"

丈夫出门了，妻子站在阳台上远远地望着他。

忽然，她看见丈夫的手伸向领口，然后是袖口。她明白了，丈夫是在解开扣子！她生气了：都这么大的人了，还任性得像个孩子！

晚上丈夫回来了，衣服扣子系得整整齐齐。

妻子一边端上热茶，一边心疼地责怪道："到家门口才系扣子，不冷吗？"丈夫惊讶地问"难道你都看见了？"

妻子有些伤心地说："你连自己的身体都不顾惜，以后怎么会顾惜这个家？"

丈夫急了，涨红了脸分辩说"还不都是为了你！"

原来他们家里没有洗衣机，所以不管天气有多冷，妻子都要用手来清洗换下的脏衣服。看着妻子被冻红的双手，他心疼极了。所以，为了让白衬衫脏得不那么快，让妻子少洗几次衣服，他在外面时就这样敞着领口袖口，任冷风吹着。

丈夫说完这些话时，妻子已泪眼朦胧，她依偎在丈夫怀里喃喃地说："你知道吗？能给你洗衣服，是我一生的幸福。"

（推荐者：岳定勇）

感谢那只手

琳达是一名小学教师，她班上的孩子大部分来自贫民区。感恩节快到了，一家报社向琳达约稿，希望她让孩子们画一些画，内容是孩子们想感谢的东西。

琳达把这项作业布置了下去。孩子们很快交上了自己的作品，当小道格拉斯交上他的画时，琳达不觉大吃一惊：他画的是一只大手。

琳达知道他家里很穷，父亲经常喝酒，母亲体弱多病，没有工作，他不但要照顾自己还要照顾两个小弟弟。

那么这画上到底是谁的手呢？琳达问这个又瘦又小的孩子："能告诉我你画的是谁的手吗？"

"这是您的手，老师。"孩子小声回答，"因为每天放学，您都要拉我的手，送我回家……"

琳达想起来了，每天放学，她都要拉着小道格拉斯黏糊糊的手，走一段路送他回家，虽然，她也常拉别的孩子的手，也送别的孩子回家。可是这只手对于小道格拉斯来说却意义非凡，他要感谢这只手。

对于很多给予者来说，这种给予也许是微不足道的，但对于被给与者来说，可能意义重大。

（推荐者：小 董）

孤独的大号手

杰克应朋友的邀请去听一场交响乐。杰克听不懂音乐，就一个个观察乐队成员。他发现乐队最后排，坐着两个大号手，像雕塑一样一动不动。

音乐渐渐进入高潮，几乎所有的乐器都演奏了一遍，但大号手依然如故，甚至连号都没有抬起来一下。

时间一分一秒地过去，眼看音乐会就要结束了，就在此时，他听到了那震耳欲聋的一声。杰克惊讶地回头望过去，发现两个大号手已经把号握在了手上，吹奏起来，他们的声音压过了音乐厅里其他一切声音，壮阔的音乐把一切都打开了。

全场的观众都激动地鼓起掌来。音乐会结束了。三个小时的演奏里，他们吹了不到三分钟。

事后，杰克跟朋友说到了那两个大号手，朋友说："他们要做的就是一直数拍子，然后，吹出那激动人心的一响。要知道，那一响可不是任何人都能吹出来的。"（推荐者：赵永跃）

学写作文，可以从读故事开始

白云深处有人家

□ 王应良

被忘记的人

这天中午，村长周全安正敞着院门，坐在院中喝茶，忽然听到外面玩耍的孩子们惊叫起来："狼！狼来了！"只见一头高高大大的大灰狼竖着耳朵，夹着一条大尾巴直朝周全安家奔过来。村民们一见，大吃一惊，这狼也太大胆了，青天白日地竟然敢闯进村子里来，他们纷纷抄起锄头扁担，围了上来。

周全安仔细一打量，赶紧制止道："别打别打，这是张老三家的'张老四'！"

说来好笑，几年前，张老三家的老母狗发了情，跑到山中几日几夜才回来，回来后不久，竟产下了一窝小狼崽，只有一只活下来，张老三看得比儿子还金贵，还给它取了人名叫"张老四"。

一想起张老三，周全安心里就乐了。这张老三一家三口远远地住在大山里，很少与村里人接触，也就是自己这个村长每年十月二十八日上山一次，去他家收两税。其实早两年国家就停收两税了，可这张老三啥都不知道，去年自己上山，张老三依旧拿出他家的上缴款，交到周全安的手中。周全安也不说啥，就接下了。

周全安一见大狼狗，立即明白了：今天刚好是十月二十八日，一定是今天张老三不见他上山，就派他家的"张老四"来请他。他看着大狼狗，挥了挥手说："张老四！你回去告诉

你家张老三，就说我今年不想去了！"

哪知大狼狗一听，"呜呜"地怒吼一声，扑了上来，咬住他的衣襟就向门外拖。村民们一见，禁不住大笑起来。周全安也忍住笑踢了它一脚，骂道："狗日的张老三，哪有这样请客的？好！好！好！我进屋拿点东西，总不能空着手上山吧？"说罢，走进屋里，从一大堆城里人献爱心捐赠的衣物中，翻出几件衣物，打成两捆，用扁担挑着，就和大狼狗一起出门了。

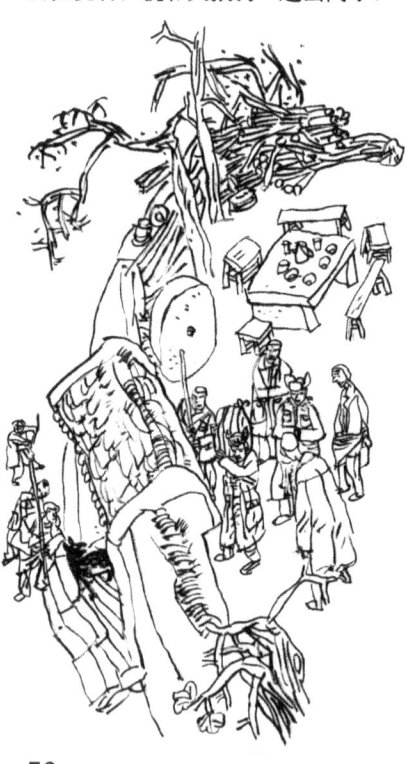

张老三的家就在大别山主峰背后，一个叫朝天垭的地方，那里海拔两千多米，每到十月底，就大雪纷纷，积雪有几尺厚，直到第二年的三四月份，冰雪才开始消融，这大半年的时间，张老三一家，就像蛰伏的青蛙，一点消息都没有。

傍晚时分，周全安和大狼狗才到达朝天垭。就在这时，只见一个人影突然从垭口闪过，贴着枯黄的草尖飞一样往回跑，一边跑一边扯开喉咙喊"大！村长来了！"周全安听出来了，这是张老三的瘸腿儿子。

张老三正站在他家门口的一对石头狮子前，望眼欲穿地等着，一见周全安，赶紧迎上来，从他肩上接过担子自己挑着，一边往家里引，一边激动地说："村长！这咋好？你能来，就是高看我张老三了！咋还带这么多的东西呢？"

张老三家的火塘已经熊熊地燃了起来，上面吊着一个黑糊糊的吊罐，里面肥嘟嘟的野猪肉"嗞嗞"地冒着香气。周全安看了一眼，咽了一口口水，就挺了挺腰，又把领导的架子端了起来，他说："应该的！我是代表村委会来看你的，这也是党和政府的一点心意！"

张老三激动地搓着双手哆嗦道："这咋好哩，总要党和干部为我操心，我……我……"

周全安一见，心里好笑，这个张

老三真是没见过世面的山里人，这么几件不值钱的破衣裳，就把他感动成这样！这时，张老三对着他的瘸腿儿子说："还不去挑担水，村长走了大半天，等一下烧一锅热水，给他洗洗。"

被提起的事

瘸腿儿子出门不久，两人就听到外面传来一阵惊呼声，周全安连忙跟在张老三身后赶了过去，他一看惊得半天合不拢嘴巴。只见那盛水的石窠前，一群大青猴和一群野猪，正摆开阵势，龇牙咧嘴，随时准备扑向对方。而它们中间的空地上，一只健壮猴子正与一头肥硕的野猪撕咬在一起，野猪的眼睛被猴子抓得鲜血淋漓，猴子的肚子也被野猪的獠牙挑得血肉模糊。周全安看明白了，它们是在争石窠里那点少得可怜的水。

张老三苦笑着告诉周全安，这几年山里少雨，这座大山就剩下这口水了，山中凡是喘气的，都指望它活命，每天不是狼和黄羊，就是野猪和猴子，在这里为了一口水争得你死我活。周全安一听，着急道："你咋不管了？就这么点水，它们把水槽蹋了，你们吃什么喝什么？"

张老三无奈地说："怎么管？刚开始我也管了，我在石窠上搭起一个茅蓬，把水锁起来，可我前脚搭起来，后脚就被猴子拆了，后来，我又抬来一块大石板盖起来，原以为这样好

了，猴子搬不了，野猪也拱不动，可我没想到，它们喝不了水，就开始找茬了，猴子大白天把我家晒的衣服粮食收走了，夜里还爬上屋顶把瓦掀得一块不剩。野猪也大摇大摆地冲进屋里，把睡觉的床腿咬断不说，还把做饭的灶台拱塌了。"张老三说到这，笑哈哈道："好在我家现在也用不了多少水，索性就让它们闹去，好歹它们也是条命！"

周全安听了，说不出话来。他回头又看了一眼远处的山坡，这是张老三家放火烧山，烧出的一片山壳子地，只见一大片枯萎的苞谷东倒西歪的，一看就知道是去年种的。周全安有些纳闷地问："张老三！咋的了？怎么今年没种苞谷？"

张老三笑哈哈地回答说："种了几十年，再也不种了，反正也没多少收成，况且我家再也不吃这东西了！"

周全安板着脸说："你们家这也不吃，那也不喝，成神仙了？"

张老三依然笑着，正要回答，他老婆站在家门口喊他们回去喝酒。他们回到家里，他老婆已经在火塘边摆好了一张矮桌，桌子上八只大海碗里堆满了香喷喷的野猪野鸡兔儿肉，一只能装三斤苞谷酒的大锡壶，正在火塘里冒着喷香的酒气。

俗话说，兔儿是狗撵出来的，话儿是酒赶出来的。酒过三五巡，话匣

子就打开了，张老三父子不停地打听山下的新鲜事儿，周全安知无不言、言无不尽地海吹起来，听得二人眼睛冒光。酒至半酣时，张老三突然又从贴身的口袋里，掏出一大把毛票子，毕恭毕敬地递到周全安面前，说："这是今年的上缴款，四百一十二块九，你点一点！"

周全安知道，这是村里根据他家开荒的面积测算出来的上缴款，十几年来就是这个数。可今天他酒也喝多了，端着酒碗，挥着手说："你……你

个狗日的张老三，一年到头……不下山……过神仙日子……你还不知道吧……国家早在三年前，就取消了两税……"

"你说三年前就不交两税了？"张老三不相信地问。

周全安点点头，醉眼昏花地说："不交，早不交了……"

张老三一听，"咚"的一声，把一碗酒扣在桌子上，转身就钻进后面的灶房，接着，就在灶房里"霍霍"地磨起刀来。周全安一听，酒也醒了。周全安听村里老一辈人说过，张老三爷爷的爷爷曾经是大别山占山为王的长毛鬼，后来，队伍慢慢地散了，他就在朝天垭的神庙里住了下来，又从山下抢了一个女人，在这里一代又一代地居家过日子了。他们直来直去，有恩报恩，有仇报仇，最恨别人胡弄他，在这深山老林里杀个人，就好像捏死一只蚂蚁。周全安后悔自己酒后吐真言，肠子都悔青了，两条腿吓得像筛糠一样打起了摆子。

不一会儿，张老三一手拿着两把剔骨钢刀，一手端着一大钵黑糊糊的、冒着热气的肉出来了。他"咚"的一下，把钵子放到周全安的面前，手里拿着刀挨着他坐下，挽着他的脖子说："村长，今天咱们哥儿俩好好地喝两杯，这是我留了好几年的麂子腿，一直舍不得吃，来！我们边吃边喝边聊。"说着，他就用刀割下一大块麂子

肉，用明晃晃的尖刀挑起递到周全安面前。

难舍却的情

此时的周全安，吓得尿都快出来了，现在就是龙肝凤胆放在他面前，他也没心情吃。但他的头点得像鸡啄米，颤抖着说："你说！你说！"

张老三一仰脖子，咕嘟嘟喝下了一碗酒，说："村长，实话跟你说，其实，早在三年前，我到山下卖狗子皮时，就听人说了。"

周全安一惊，不解地问："你都知道，咋还愿意交两税？"

张老三长叹一声，拉着周全安的手，哽咽着说："你说这国家是咋的啦？交皇粮国税是天经地义的，咋说不交就不交呢？村长！我知道，有上缴，你们还会每年上一次山来看我们，我才知道我自己是哪村哪县哪省的人！如果没上缴，你们恐怕十年也不会上山看我们一回。我们在山上一年还碰不上一个人，时间久了，天不收地不管的，连自己是不是人都迷糊了，哪怕是死了也没人知道……"

周全安一听，"刷"地一下站了起来，说："兄弟！是我这村长没当好！从现在起，我一定会隔三差五地上山来，什么也别说了，我们喝酒！"这一夜，周全安和张老三都放开了量，喝得酩酊大醉后就和衣倒在火塘边。

天快亮时，周全安睁开醉眼一看，发现自己一个人躺在地上，张老三不见了，自己怀中竟然抱着大狼狗"张老四"。他吃惊地爬起来一看，只见满天的大雪下来了，天地一片白，他借着雪光仔细一瞧，张老三家屋后的山峰坍塌了半边，他家的半边房屋已被埋在巨大的石块和几尺厚的积雪当中，只有自己睡着的半截房屋孤零零地立在风雪中。周全安想：难道是昨天晚上山体突然滑坡，我醉死了不知道？可张老三一家又到哪里去了？他试探着大声喊了起来，可他的声音在山谷里久久回荡，却没有人应声。

这时，一个猎人从这里经过。他一听，就没好气地接过腔说："你在这里嚎个鬼！你还不知道？张老三一家在去年冬天的一个深夜，就被一场山体滑坡的石头压死了！只剩下一条狗！"周全安一听，脸色苍白地一屁股坐在雪地上，浑身冷汗直冒，打着哆嗦，半天说不出话来。他看着蹲在一边的大狼狗，突然明白过来，他跪在地上，朝着张老三家倒塌的房屋拜了三拜。就在这一刻，他下定了决心，一定要说服村里的乡亲接受山里的村民，再劝说这些散居在大山里的村民，无论如何也要搬到山下去！越快越好！

周全安站了起来，喊了一声："张老四！我们走！"

（题图、插图：魏忠善）

终点
不下车

□ 王英彪

刘文刚是一名公交车司机，这天正轮到他当班，妻子打来手机说，他住在乡下的父亲来了，让他下班后早点回去陪老人。刘文刚犹豫了一下，告诉妻子今天刚好约了几个哥们吃饭，让她先把父亲安顿好，自己明天再陪他，说完就挂了电话。

说话间就到发车时间了，乘客们陆续走上车，向投币箱里叮叮当当投钱。刘文刚看人上得差不多了，就发动了车子。这时，不远处有人向他招手。刘文刚赶紧刹住车，等那人走近了，才看清这是一位老人，和父亲差不多的年龄，一身乡下装扮。上车后，老人问刘文刚："师傅，车票多少钱？"刘文刚一边开车，一边和气地说："一块钱，请投到投币箱里！"说着指了指身边的投币箱。

老人显然毫无准备，翻遍所有的衣兜也没找到一元钱，他焦急地说："师傅，我没零钱！"刘文刚打着方向盘，头也不回地对老人说："这样吧，你坐在靠车门的位置上收钱，等收够了该找回的零钱，你就把你的整钱投到箱子里。"平时，刘文刚也总遇到没带零钱的乘客，这时他便让乘客自己去收钱，然后把五元或十元的票子投进投币箱。

老人听明白了，连声说好，就坐在车门旁收起钱来。那些后上来的乘客见老人手里捏着一叠零钱，自然知道啥意思，很配合地把钱放到了老人手里。

公交车一路前行，老人收钱很仔细，每收一个人的钱他都要大声报告"三块"或者"八块"，看着老人认真的模样，刘文刚就知道，老人不常坐公交车。常坐车的人都知道，其实根本不用这样细致地报告钱数，上车几个人司机心里都有数。

车一站一站地前进着，老人一丝不苟地履行着"责任"。眼看过了一半多的路程，老人依然没有投币。刘文刚想，老人手里的整票大概不是十元也不是二十元的，估计是五十元。用这么大的票子坐公交车，太少见了。刘文刚望了老人一眼，笑着摇摇头。

车一路稳稳地开下去，再过几站就到终点，刘文刚回头望了一眼老人手里的零钞，他知道老人收的钱早就超过了五十元了，但他还是没有投币的意思。难道他根本就没钱？刘文刚心里犯起了嘀咕。要是他到了终点还不投币的话，那这老人八成是有问题了。想到这，刘文刚心里忽然闪过一个念头，现在不少老人记性不好，经常错过下车的站点，难不成这位大爷也忘了自己在哪儿下车了？这么一想，刘文刚觉得有必要提醒一下老人，于是转过头来说："老大爷，您老在哪下车啊？前面快到终点了。"老人看了眼刘文刚，说"不急不急。"然后又专心收起他的钱来。

不一会车到了终点站，刘文刚把车停稳，回头对老人说："老人家，谢谢你帮我收了一路的钱！车到终点站了，您要是没钱就算了，我不收您的钱了！"

老人一听这话却急了，涨红着脸说："谁说我没钱？这不是。"说完就从口袋里掏出一张百元大钞，在刘文刚面前晃了晃。然后又一屁股坐下来，说："我还没收够九十九元呢，不下车了，我要再坐回去。帮你收钱，直到收够为止！"

刘文刚一愣，心想老人果然头脑不太清醒！于是就提醒他说："大爷，这里是终点站，您该下车了。"老人慢

慢收起了笑容,缓缓地说"我不能下车,下车就找不到家了。"看到刘文刚疑惑的表情,他继续说道:"我从乡下来看儿子都半个月了,可对这里的一切都不熟悉,心里闷得很,可又不敢一个人走太远,怕迷了路,这才来坐公交车。公交车不是还能回到原来的站点吗?这样一路坐下来,既可以散散心又能熟悉一下地形!"说着说着老人竟兴奋起来,为自己的点子感到得意。

"原来是这样,那您怎么不让儿子领着您呢!"刘文刚忍不住问。

老人叹了口气:"他们都忙,没时间来陪我!今天早上,儿媳妇还给了我一百元钱,说他们这个礼拜又不能休息了,让我自己出来走走!我想我能去哪儿呢,只有坐公交车最稳当

了。"

听了老人的话,刘文刚的心猛然一颤,他一下子想到了父亲,父亲今天不是也进城了吗?自己刚刚还打电话说不回去陪父亲了。其实自从他参加工作以来,八年了,父亲一共才来过两次,而且每次逗留的时间都不长。去年母亲去世了,剩下父亲孤零零的一个人,他大概也是闷得慌才来城里的。想到这刘文刚掏出手机,他要马上给哥们打个电话,告诉他们自己今天有重要的事,不能参加聚会了。

十分钟后,刘文刚的公交车又上路了。乘客们看到,离司机坐得最近的是一位老人,他一边看着地图,一边兴奋地望着窗外。

(题图、插图:安玉民)

故事中国网与您一起迎接2008

故事中国网(www.storychina.cn)和《故事会》的广大读者一起,满怀期待地迎接2008——奥运年的到来。

过去的一年,故事中国网在大家的支持下,逐渐壮大、成熟,成为许多网友每天必到的网站,也是休闲和娱乐的最佳平台。在新的一年里,故事中国网将围绕奥运主题,开展一系列活动,邀您分享奥运带来的快乐,更有机会赢得丰富的奖品。故事中国网还将推出全新板块——故事商城,让您足不出户,尽享网上购物的便捷和实惠。网站的传统内容——《故事会》精选、幕后故事、故事评奖、填字游戏、故事征文、心理测试、休闲游戏、故事中国周刊等等,一样也不会少,更会在原有基础上增添一分新意。同样,在故事中国网,您能了解和购买故事会公司出版的最新图书,对《故事会》内容评头论足,还可以圆一把当故事写手的梦。

2008年,让故事中国网(www.storychina.cn)伴你高飞!

寻玉追凶

□ 刘辉煌　改编

乾隆年间，秦淮河上出了一位名噪一时的美妓。此女名唤婉玉，年方双十，琴棋书画无一不精，才色俱佳，引得各地狂蜂浪蝶纷至沓来。就连千里之外的京城，也时有王公贵族慕名而来。但婉玉不是来客必陪，她有一嗜好——喜欢收藏各种玉雕小物，对上古遗传下来的古玉物件更是情有独钟。客人要想求得一夜情缘，必先赠上一两件珍奇玉雕方可遂愿。

婉玉十六岁踏入风尘，到现在已

有四年。这四年来她南下北上地到过不少地方，为她神魂颠倒的富商高官自然不在少数，婉玉由此也搜罗了不少玉雕物件，其中不乏稀世珍品，但她似乎都不满意。

这日午后，婉玉正在后房拂琴自娱，有老鸨差丫环请她去见客。婉玉停止拂琴问明丫环，得知来客自称带有她所好之物，她这才起身略为装扮，随丫环下楼。

来到前厅，只见那客人相貌堂堂、气宇轩昂，看穿着打扮应是个儒商。那人见了婉玉，忙从袖中拿出一枚玉兔奉上。婉玉蹙眉一笑，接过玉兔，一番端详之后，面露不屑之色："客官这枚玉兔雕功倒是精细，只是这玉不是老玉，而是新玉。我要是没看错，此物面世不过区区十数年。看客官气质不凡，岂能不知玉器传世百年以下为新玉，百年以上才称老玉？"

那客人见婉玉见多识广才情过人，一上手就看出了此玉的粗劣处，不由暗自钦佩，面色一红，尴尬地告辞而去。

三日后，那客人竟在身着便装的地方要员的簇拥下再次来到"怡香楼"，有人告诉老鸨：此人是当朝大官，现今的刑部尚书朱大人。

朱尚书早已听说婉玉的美名，这次借来南京巡视之机正好前来拜访。前日，他是专门拿了一块仿古玉件，来试探婉玉是否徒有虚名的，哪知一见果然名不虚传。

老鸨不敢怠慢，小跑着亲自唤来了婉玉。婉玉礼貌见过朱尚书，态度依然不冷不热。朱尚书也不气恼，呵呵笑问婉玉可否先到她房间说话。婉玉不忍在众人面前驳了他的面子，便引着朱尚书到了她的房间。

进了房间，朱尚书坐下，不慌不忙地从怀中拿出了一件玉雕放在了桌上，说道："还请婉玉姑娘鉴赏我这件古玉，若姑娘喜爱，只管拿去。"

婉玉一瞥那玉雕，不由呆住。此物为一玉龟，大小似一马蹄。遍体晶莹透亮，柔若凝脂，体内几道血丝，隐隐泛着红光。婉玉将它小心地放在手中，边细看边抚摸，那玉龟背部正中有一微凹之处，大小正似一犬爪。

婉玉面色复杂，她将玉龟放回桌上说："大人，您又错了，这岂止是一枚古玉？它应该叫邃古玉，传世已有上千年。邃古玉是土葬之玉，人归天后用玉陪葬，殓短者为邃，殓久者为邃古。玉器伴着主人，随着尸身的腐化，常年浸泡在血水中，玉器吸尽了人体的精华，伴着尸身慢慢养性，越久越是有灵气。邃古玉多藏于高级棺木内，尸身养玉，玉养尸身，在漫长的尸身养护下，邃古玉出土后常有隐隐血丝，并在玉体内慢慢游动，这种邃古玉又称血丝玉，是世间少有的稀世之物。"

一番话说完，为验证其说，婉玉又命丫环端来一盆清水将血丝玉龟放于其中，满盆清水霎时变得鲜红，犹如早起的朝霞；那龟昂首摆尾四爪欲动，活灵活现栩栩如生。拿出玉龟后，水中的红光又立即不见了。

朱尚书呆坐桌旁，听得不断颔首，越发对婉玉的才识高看一眼，他惊叹道："姑娘果然貌美才佳，我只知这玉龟很珍贵，故而求姑娘到屋内鉴赏，以躲避外人目光，却没想它在姑娘嘴里竟有这许多说道。既然如此，你可要小心收藏。"

婉玉谢过朱尚书，将玉龟放置妥当，吩咐门外侍立的丫环去告诉老鸨，今夜专陪尚书大人。朱尚书大喜过望，终于遂了心愿。

次日晨，朱尚书在婉玉的伺候下穿戴整齐，梳洗完毕，惬意地在房中等待丫环送来早餐，他想用完早餐再离去。婉玉坐在一旁，柔声细语地陪他说话，她漫不经意地问道："昨日那玉龟，大人是从何处所得呢？"朱尚书正想炫耀手中权势，傲然答道："那是一年前一个小吏送我的。"

婉玉掩嘴轻声一笑，说道"想您那下属也是糊涂之人，哪有送礼不送完整的东西呢？"

朱尚书一阵疑惑，婉玉解释道："那玉龟原是两个，一大一小。大龟为龟母，小龟趴伏于大龟背上，为龟子。龟，原就寓意延寿千年，又驮一子龟，更含了子嗣兴旺，后继有人之意。你那下属只送大龟不送小龟，岂不是糊涂之人。大人若不信，可抚摸大龟背部，有一微凹之处，正是驮负小龟的地方。"说完，取出玉龟让朱尚书验证，果如其言。

朱尚书一阵难堪，为挽回颜面，他忙许诺："这事儿好办，待我回去，定找那小吏要来小龟，改日再见姑娘时送上就是了。"婉玉一脸欢喜，感激道："那就多谢大人了。"

朱尚书回到京城，心里仍念着婉玉的美色，他想起送上小龟一事，忙唤来了那送大龟的小吏，让他去寻小龟。小吏一听却做了难，那只大龟是在京城里的"藏宝阁"花大价钱买的，买时并不知还有小龟一说。朱尚书见小吏并无小龟，想到在婉玉那夸下的海口没法应付，不由沉下了脸。小吏怕朱尚书动怒，连忙答应再到那家店去寻。

出了尚书府，小吏径直进了"藏宝阁"，向掌柜的说明来意。掌柜的很吃惊，他也不知还有个小龟。见他手里没有小龟，小吏急得大汗直冒，他央求掌柜的无论如何也要想办法弄到小龟，并许诺重金求购，当下就拿出了千两银票做定金。掌柜的看见银票，点头说："这大龟原是我在豫南信阳州的一户人家求来的，待我再到那户人家中寻一寻。"

小吏大喜，约他两个月后交货，

随后去给朱尚书回话了。朱尚书也很高兴，赶忙写了封书信给婉玉，信中夸耀了一番自己的权势，称两月后就可得小龟，请姑娘安心。

两个月转眼即到，但"藏宝阁"的掌柜却踪迹全无，朱尚书几次催问小吏，小吏均无法答复。

这日，朱尚书正在府上品茶，那小吏却急匆匆拜见，称打探到"藏宝阁"掌柜的消息，小吏说那掌柜已于数日前在信阳州被官兵抓获，判了斩首，听说他曾是个江洋大盗。朱尚书一惊，忙去了刑部衙门，翻看各州府呈上来的死刑的卷宗，果然在信阳州的呈文中找到了"藏宝阁"掌柜的案子。

原来，"藏宝阁"的掌柜正是十数年前名扬天下的飞天大盗胡作非。事情蹊跷，两个多月前，河南信阳州知府接到一封奇怪的密信。信中说，十几年前曾在信阳州作案的飞天大盗胡作非，近日将重出江湖，到顾家大院做案，请知府大人伏兵擒拿。

知府将信将疑，十几年前胡作非已光顾过一次顾家大院，那次不光盗走了顾家一块祖传数代的血丝玉龟，还因为恶行暴露，杀了顾家上上下下几十条人命。现在顾家大院早已败落，只有一个风烛残年的老管家守着院子，胡作非又来这做什么呢？

但知府宁愿信其有不愿信其无，派了手下在顾家设埋伏。守了十几天

后，一个夜晚，胡作非果然越墙而进，正当他在顾家逼迫老管家交出什么小玉龟的时候，众捕快一拥而上将其擒获。胡作非对十数年前所犯罪行供认不讳。当年，胡作非杀了顾家几十条人命后自知罪责难逃，便金盆洗手，拿出偷盗所得的宝物在京城开了家古玩店，这么多年过去了，竟没有人将他认出。若不是此次高人暗中相助将他捕获，怕他还不知要逍遥到何时呢。

朱尚书看完案情呈报，心中已明白几分。他快马送信一封给信阳州知府，问询当年顾家可还有后人存世。数日后回信来报，称当年顾家确有一幼女因在亲戚家而避免遇难，但后来不知她行踪。此女名唤婉玉。

朱尚书心中一惊终于明白了，婉玉为了寻出凶手，不惜贱落风尘，她以嗜好玉玩为名，收罗天下玉品，目的就是想要再见玉龟。当年，胡作非在打斗中遗落了小龟。婉玉便以此为饵，借助购买玉龟之人的权势和财力，追寻小龟的下落。如此顺藤摸瓜，定会牵出隐匿于暗处的胡作非。胡作非在钱财的驱使下定会铤而走险再上顾家寻抢小龟。于是，她又写匿名信给信阳州知府，让他布兵瓮中捉鳖。

想到这里，朱尚书一声长叹。后来他又去寻婉玉，却听说婉玉已为自己赎身，遁入空门。

（题图、插图：黄全昌）

冰雹砸过的苹果

美国新墨西哥州高原地区，有一个苹果园经营者，他的名字叫杨格。杨格是一个创新意识很强的人，每年苹果收获时，他都要在发往外地苹果上，附一条广告："如果您对苹果不满意，请您告诉我。苹果不必退回，但是货款我将如数退还。"高原苹果本来就口感好、污染少，而这个广告使大家对杨格的苹果更加放心，没过几年，杨格的苹果就打开了销路。

可是有一年，高原上突然下了一场特大的冰雹，眼看就要收获的苹果，被砸得"遍体鳞伤"。杨格一筹莫展，原来，苹果已经订出去9000吨，如果到时间发不出货，不仅自己会遭受巨大的经济损失，经销商也会遭受连带的经济损失。再说，如果把这样遭霜打的苹果发给经销商，大家不满意，同样是砸自己的牌子。

杨格心事重重地来到苹果园，他捡起一个被打落的苹果，擦掉上面的泥，咬了一口，发现被冰雹打过的苹果，竟变得格外脆甜。

杨格立即命令手下，采摘苹果，运送出去，同时在每一个苹果箱里附上一个简短的说明："朋友，这批苹果个个带伤，但请您看好，这是冰雹打出的疤痕，是高原地区的苹果所特有的标记。这种苹果，果肉紧实、味道甘甜，具有妙不可言的香味。"

很快，经销商们便收到了这种带伤的苹果，大家看着苹果难看的样子，半信半疑。可尝了一口，却发现口味非常独特，甘甜异常。从此，人们更青睐高原苹果了，消费者甚至还向经销商提出建议，要求多进点这种带伤疤的苹果。

财富启示：善用物者无弃物，善用人者无废人。世上之物，皆可利用；运用之妙，存乎一心。

（题图：佐　夫）

游戏中的启示

西洛斯·梅考科是美国国际农机公司的创始人，也是世界上第一部收割机的发明者。叱咤商场几十年，梅考科打了无数个胜仗。然而创业伊始，梅考科也遇到了让他一筹莫展的问题。

原来，梅考科的公司大量生产收割机后，却很少有人来买。因为当时大多数农民手头都没有那么多现钱，收割机对于他们来说太贵了。梅考科想了很多方法都无法打开销路。

这天，他下班回家，路上看到一群孩子在做游戏。

游戏结束时，其中一个年龄较大的孩子拿出一包奶糖，在其他孩子面前晃了晃说："这是我叔叔从纽约带回来的奶糖，可香了。"说着，他取出一块放在嘴里，起劲地嚼起来。

其他孩子看他吃得津津有味，都馋得口水直流。

这个孩子看大家眼馋的样子，说："我这里还有好多包，我一个人吃不完。这样吧，便宜一点卖给你们，一角钱一包，怎么样？"

孩子们一听，都拍手叫好，纷纷掏钱买糖，只有一个叫鲁德的孩子没有买糖，眼巴巴地看着别人吃。原来，他口袋里只有3分钱。过了一会儿，他实在忍不住了，拿出钱，对大孩子说："我可不可以只买3块糖？"

"我不零卖，你回家向爸爸妈妈要钱不就可以吃到了？"

"可我家里现在没人。"

这时，旁边一个小孩子提议说："让鲁德先欠你7分钱，以后再还你。"

大孩子说："可以，但是要付利息啊！""好的，"小鲁德高兴地说，"我明天给你8分钱，只要你现在就把糖给我。"

看到这里，梅考科灵光一闪，想到一个绝好的推销收割机的方法。他想很多农民都想买收割机，但手头没有足够的现钱，自己可以让这些农民先付一部分钱，把机器拿回去用，等麦子收割后，有了钱，再将剩下的货款交齐。这样不管钱够不够，农民都能使用收割机了，自然机器的销路也打开了。

就这样，梅考科在孩子们的游戏中得到启示，发明了"分期付款"的销售方式，使他的公司在销售和经营上获得了第一次腾飞。

财富启示：很多时候，我们自己想了几天几夜都没有结果，而别人的一句话，却能带来灵感。

（推荐者：梅　子）

（本栏目欢迎广大读者投稿或荐稿。要求作品情节性强，并且每则作品都包含一个财富金点子。一旦选用，稿酬从优。）

城市里时常会有一些从外地来的打零工的人，他们行踪不定，出没无常。大部分就蹲在立交桥下面，面前立一个纸牌，写上自己的技能，只等雇主来招工。当地人管这样的人就叫"水猫儿"。要说这水猫儿的猫腻还真不少，至于怎么回事，请看——

暗战"水猫儿"

□ 柴兴志

1. 盗贼难防

大冯警校毕业后当了法警，工作就是在法庭上值勤，监押犯人出庭，给各方传送出示证物，虽说开了不少眼界，可日子一长就乏味了。小伙子最羡慕刑警，你看人家：跟踪侦查，伏击包围抓罪犯，那多带劲，为此他曾提出申请，领导给他讲了一大套道理之后，见他连续执勤一个多月挺辛苦，就批准他补休一周出去散散心。可没等他盘算去哪个景点散心，他那搞装修工程的堂哥打来电话，说他刚刚装修好了一套别墅，可下一家

装修户催得急，因为怕丢了这单生意，顾不上粉刷别墅围墙就带着队伍转了场，堂兄求大冯帮帮忙，雇几个"水猫儿"给做做收尾工作。

本地人管那些打零工的外地人叫"水猫儿"，意思是说他们行踪不定出没无常。这些人大多出现在几处立交桥下面，形成了非法劳务市场，城管队一来就散开，城管队一走就回来，他们各自面前立一个纸牌，写上自己的技能，蹲在桥下等雇主。

堂兄要求帮忙，大冯觉得这忙不能不帮，好在粉刷围墙做做清洁也没

什么技术含量，便痛快地答应下来，第二天一早，大冯便按堂哥的指示，开着面包车去雇水猫儿。

也许是出于职业习惯，大冯平时外出，总喜欢戴上墨镜，把头上的鸭舌帽压得低低的，遮住了大半个脸，今天也是如此。他开车到了立交桥下面，刚一下车，立刻被一群水猫儿围住，大冯赶紧说："我要六个粉刷工，日工资四十元！"一个水猫儿挤上来，歪着脑袋讨价还价道："四十太少，五十元！"大冯仔细看时，这家伙原来是个斜眼，只有偏着头才能正

视。大冯觉得这姿态好像在哪里见到过，再听他说话又是大冯家乡的口音，不禁又好笑又同情，正想再给加五元，一个三十多岁的女人带着几个水猫儿挤上来，爽快地说："四十元我们干！"说着就抬脚上车。斜眼一见急了，吆喝一声："上！"几个水猫儿"噌噌噌"全拥上了车。大冯忙喊"六个！多了不要！"可是车里已经上来了七个人，他们坐在车上谁也不肯动。

大冯见七个人任他大喊大叫，竟无动于衷，正待发脾气，只见那斜眼指着那个女人喝道："毛兰！你干你的装修市场，我做我的劳务市场，你他妈的怎么还来抢生意？"毛兰瞥了他一眼："都是为了挣钱吃饭，我干啥你管得着吗？"斜眼说："人家不用老娘们儿，你滚下去！"说着就推她下车，大冯觉得一个女人干这点活挺可怜的，再说让她做做清洁也用得上，于是摆摆手说："算了算了，七个就七个吧。"说罢关上车门就开了车。

一个女人当水猫儿，大冯觉得有些好奇，不由地从倒车镜里看了毛兰几眼，见她虽然皮肤黧黑，脸蛋儿却是黑里透红，浓眉大眼高鼻梁，颇有一种粗犷之美，大冯忍不住跟她聊了几句，得知她的男人死于车祸，她用人家赔偿的钱，在装修市场开了个小商店，谁知装修市场竞争激烈，她亏了个血本无归，只好当了水猫儿。

大冯同情毛兰，到了别墅就要她只管擦玻璃，吩咐斜眼他们先清理庭院，自己开车去买涂料，斜眼一听赶紧凑过来，说他们是装修市场的老主顾，买东西能打折扣，要啥牌子的涂料打个电话就送来了，大冯乐得省事，便让斜眼打电话定了货。

不消半个小时，涂料送来了，大冯看看正是自己所要的牌子，便付钱打发送货人走了。毛兰看了看那几桶涂料，一声不吭地擦起了玻璃，等斜眼他们搬涂料去了庭院，这才贴近大冯小声说："涂料里头有鬼，您偷着看看！"

大冯见水猫们都在庭院里清理杂物，就装做闲逛进了别墅，上楼欣赏了一会儿高档装修，当他下了楼再向院里看时，发现斜眼不见了，大冯悄悄来到后院一看，只见斜眼把几桶涂料的盖子都打开了，正伸手在涂料桶里捞着什么，不一会儿就捞出了一把东西，再拿清水一冲，原来都是亮闪闪的一元硬币！

大冯一见，确定这些涂料一定是假货！于是冲上去一把揪住斜眼："好你个骗子，竟敢跟我玩花活儿！"斜眼吓得一抖，刚刚捧到手里的硬币撒了一地，磕磕巴巴地不住辩解，大冯才不听他的鬼话，拿出手机报告了工商局，斜眼想跑挣不脱，扯开嗓子大叫起来："快来人呀！主家打人了！"前面庭院里的水猫儿们闻声跑

出来，一见这个情形，立即抄起铁锹围了上来。大冯一见这架势，赶紧用胳膊勒住了斜眼的脖子，冲着水猫儿们喝道："都给我站住，谁敢过来我就勒死他！"说着胳膊一用力，斜眼憋得满脸通红，急忙冲着水猫儿们摇手，水猫儿们都不敢动了。

正在僵持时，工商局的执法车疾驶而来，水猫儿们一见丢下家伙四散逃走了，只有毛兰冷笑着站在旁边看热闹。

工商人员听了大冯的介绍，人证物证俱在，斜眼无法抵赖，只得承认这些涂料是假冒名牌产品，造假者在每个桶里都放进了十元硬币，勾结吸引一些黑包工购买使用。在工商人员的逼问下，斜眼供出了送货的商店老板。工商人员带上斜眼和物证开车走了。

水猫儿们走了，活没人干了，大冯成了光杆儿司令，这时，一直在旁边的毛兰走过来，说她的几个老乡还在桥下等活儿，开车把他们接来就行了，大冯当然信任毛兰，带着她到桥下接了五个人，又在毛兰的指引下，到正规商店买好了涂料，回到别墅开始粉刷。

大冯监了一会儿工，看毛兰他们干活认真很卖力气，他想起两次买涂料把钱花光了，晚上没法儿发工钱，便交代毛兰带领水猫儿们干活儿，自

己去银行取些钱来。

取钱的路上，大冯还在琢磨为啥看着斜眼面熟，突然想起来了：去年审理两个包工队为争包工程发生群殴，其中一个歪着脑袋看人的包工头就是斜眼，最后斜眼因为主动赔偿损失被判了缓刑，看来斜眼因为包工队被取缔了，只好到桥下做了水猫儿……

银行里人很多，大冯取了钱已近午饭时候，本来雇用水猫儿是不管饭的，大冯想起毛兰揭发斜眼有功，这些人干活儿又挺卖力气，便到饭店给他们买了盒饭。

大冯回到别墅，不见有人在粉刷，跑到别墅门前一推门，好大的铜制门拉手不见了，再看里面一个人也没有，慌忙楼上楼下检查各个房间，才发现所有的水龙头、门拉手，墙上的壁灯装饰品统统被卸走了！别墅里的用具都是高档进口的，据说一个水龙头就值二百多元，我的妈呦，这一下的损失可大啦！

2. 卧底探密

大冯顾不得计算损失，马上打电话报了警，紧接着又给堂哥打了电话，堂哥听了叫苦不迭，风风火火赶了过来，这时刑警已经在勘查现场，带队的谷警长是大冯早就认识的，他一边听大冯报告情况一边摇头。谷警长虽然没说什么，可大冯觉得自己一

个警察，竟被一个女人骗得这么惨，是给警察丢了脸，羞得只想找个地缝儿钻进去，堂哥见他那副模样儿，肚里有话也不好说了。

勘查完现场，谷警长告诉他们，这些水猫儿里混迹着盗窃团伙，一有机会就会对雇主实施盗窃，他们跟装修材料店的有些老板勾结起来，把盗来的东西重新包装卖出，这种盗窃案已经发生过多起，只是这些窃贼随机作案行踪不定，侦破的难度很大。

看到大冯满脸失望，谷警长笑着说："我们正在对黑劳务市场进行调查，你认得毛兰，这是个有利条件，如果能找到她的行踪，发现更多的罪行，那就对破案更有利了，我听说你一直想当刑警，在警校里学的本事还没忘掉吧？"接着，谷警长和大冯说了一会悄悄话，便带了队伍走了。

刑警们走后，大冯要承担损失，堂哥不肯，并决定再把队伍调回来收拾残局，大冯又歉疚又惭愧，他仔细琢磨谷警长的交代，心里一股豪气冲了上来，决定这个假期不要了，自己扮水猫儿打入黑窝，拼命也要抓住这伙窃贼，抓住那个叫毛兰的女人。

怎样才能打入水猫儿圈内，并且不被怀疑，大冯仔细琢磨觉得首先要使自己像水猫儿，然后跟水猫儿们打成一片。经观察，他见水猫儿衣着虽说五花八门，但大多穿着老警服旧军装，大冯想起在警校训练时穿过的迷

彩服还没有扔，赶紧翻找出来，皱巴巴地套在身上，他本来皮肤就黑，这两天又没顾上刮脸，长出了满脸的络腮胡子，再把平时戴惯的墨镜一摘，眼睛也不适应地眯了起来，他照照镜子，自己看看都有些陌生，心里喜道：哈，已经变成了标准的水猫儿了！

第二天一早，大冯找了个旧提包，里面放几件旧衣服日用品，来到立交桥下找人搭讪，几次搭讪之后，发现他们都是同乡们聚在一起，于是便听着口音找到了一群老乡，他用家乡话，凑上去刚打了个招呼，肩膀上就被人拍了一掌，回头一看：却是斜眼！

斜眼歪着脑袋看看大冯："新来的？"大冯镇定地点点头，斜眼又问："哪个乡的？我咋看你有点儿面熟呢？"大冯装做大舌头说起了家乡话："老乡嘛，兴许赶集就碰见过。"接着报了老家的地址，斜眼点点头："跟俺是一个县的，收下你了。"说罢一招手叫来了七八个小伙子，让大冯认识一下，告诉他只要一来雇主就马上冲上去围

住，不能让其他地方的水猫儿挤进来，由斜眼来跟雇主谈工钱。

大冯明白了，敢情水猫儿们也分帮派，不用说斜眼就是这伙人的头儿了，看来这家伙能量不小，换了个地方还能招来这么多手下，大冯为了讨好斜眼，到一旁烟摊上买了盒好烟塞给他，斜眼乐了："哈哈，老弟你挺会来事儿嘛，有了活儿先让你干！"

正说着，一辆小货车开来，斜眼马上歪着脑袋盯住。这时，不远处另一伙水猫儿也瞪起了眼睛，一个面前立着"电工"招牌的水猫儿看来是他们的头头，一见小货车也马上站了起来。

小货车一停，下来个胖子，斜眼见他的眼睛向着水猫儿们扫，马上断

定他就是雇主，赶紧叫了声："上！"大冯就跟着那七八个小伙子一起围了上去。那边电工也同时一挥手，十多个水猫儿也挤上来，手扒肩抗地使劲往前钻。斜眼火了，肩膀猛地一抗，把对方一个瘦小水猫儿撞了个腚墩儿，小水猫儿跳起一拳打在斜眼脸上，斜眼捂着腮帮子大叫："都给我上，揍他们狗日的！"边骂边揪住小水猫儿就打，紧跟着双方的水猫儿动起手来，桥下顿时打成了一锅粥。

胖雇主吓跑了，大冯却为了难，跑也不是打也不是，正在犹豫的工夫，只见对方三个人正围着斜眼拳打脚踢，斜眼本来眼神就不好，顾了前顾不得后，被打得哇哇直叫。大冯心里一动，马上冲了过去，使出擒拿术"啪啪啪"把那三个人摔倒在地，拉起斜眼就跑，那三个人爬起来要追时，不远处响起了警笛，吓得他们四散奔逃，大冯看到马路对面有个拉面馆，就拉着斜眼进去，每人要了一碗拉面，坐在角落里吃了起来。

一碗拉面没吃完，就听警车开走了，外面也恢复了平静，斜眼缓过了神儿，拍着大冯的肩好一顿夸奖，接着又吹起牛来，说市里的几个黑劳务市场都有自己人，只是因为这个市场规模小，所以来的人少，明天一定调一批人来，把刚才那伙人打跑。

大冯故做惊讶地问："你有这么大本事呀？"斜眼哼了一声："这算啥，咱们老大还没出马呢！"大冯吃惊地问："咱们这些人还有老大？"斜眼又牛起来："蛇无头不走，鸟无头不飞，没组织要受欺侮呀！咱们老大可不简单，嘿嘿……全市的劳务市场他占了多一半儿。"大冯有意勾他的话："这么厉害呀？我真想见识见识。"斜眼拍拍大冯的肩膀："好好跟着我干，到时候你就看见了！"

斜眼接着告诉大冯，刚才那伙人原来的头头叫毛兰，别看她是个娘们儿，野心可大了，又舍得给钱又会勾搭人，招来一帮老乡给她卖命，一面在装修市场扩大势力，一面还要占领劳务市场，明里抢生意暗里下绊子，几天前自己就被她暗算了一次，本来要狠狠收拾她一顿，可是这个娘们儿再不露面了，换了个电工在这里捣乱。

大冯听了高兴得心里怦怦跳，心想：这才是搂草打兔子——两不耽误，不但初步了解了斜眼团伙的内幕，还捎带着发现了毛兰线索！看来他们很像是黑社会组织，这个底一定要继续卧下去。

斜眼要显本事，带着大冯来到他们租住的地下室，先打电话联系同伙增援，联系完又把跑散的同伙们召集起来，宣布任命大冯为副手，专门负责指挥战斗，明天毛兰一伙再敢抢活儿就动手。

3. 以黑制黑

转天一早，大冯跟着斜眼一伙来到桥下，只见有十几个人站在立交桥的另一侧向这边观望，不用说斜眼叫的增援到了。那边电工大概发现了势头不对，躲在一边儿没敢靠前，大冯仔细观察了一番，毛兰还是没有出现。

等不多久就来了几个雇主，可是斜眼上前谈了几个都没有成交。大冯在旁边看出了问题：斜眼不接有定额的活儿。过了一会儿，终于来了没定额的活儿，任务是清理垃圾做卫生，雇主开价每人每天四十元，斜眼一定要五十元，雇主想另找人谈价，可是其他团伙都不敢跟斜眼抢活儿，雇主急等着开张营业，只好五十元成交了。

一伙人跟着雇主来到一个刚刚完工的大型商场，雇主拿来了清洁工具，斜眼一声令下，水猫儿们马上分散到各个楼层，热火朝天地干了起来。

大冯和斜眼几个人清理三楼，本来干得挺热火，可是斜眼他们干着干着突然都停了手，大冯觉得奇怪，回头一看，原来监工的雇主下楼去了。这时，斜眼派了一个人到楼梯口放哨，其他人都坐了下来，抽烟的抽烟，聊天的聊天，大冯猜想各个楼层的水猫儿们肯定也是这样干，这才明白，怪不得斜眼不接有定额的活，这样才好磨洋工，糊弄人呀！

雇主到哪个楼层看水猫儿们都是卖力干活儿，便去办其他事了，这些人更舒服了，除了一个哨兵，大家干脆玩起了纸牌，中午吃过饭还能偷空儿睡上一觉，到了晚上收工，斜眼跟雇主结算了当天的工钱，带着水猫儿们回到住处，给每个人发了三十元，大冯知道，扣下的钱除了吃饭就是斜眼的管理费了。

就这样磨了一天洋工，水猫儿们都高兴得不得了，只有大冯心里发急，毛兰没有露面，老大的身份没有搞清，可自己只有一个星期的假，不能总是跟着他们磨洋工玩儿呀！

第二天吃过午饭，斜眼和大家正在午睡，雇主不知从哪里溜进了商场，突然出现在斜眼面前，雇主冷笑道："怪不得工作进展这么慢，原来你们比我还舒服，都他妈的给我滚蛋！"不料斜眼并不惊慌，反而跟着冷笑道："好呀，你把今天的工钱拿来吧！"雇主喝道："还想要工钱？我没让你赔钱就是便宜你了！"

斜眼一挥手，水猫儿们虎视眈眈地围了上来，斜眼冷笑道："知道老子们是干啥的吗？没本事敢在社会上混饭吃？懂事儿的老老实实给钱，不然我就把你的商场砸个稀巴烂！"雇主听这口气像是黑社会的，知道不能跟这种人结仇，只得乖乖地给斜眼结算了工钱，斜眼拿了钱，说："算你知

趣!"说罢,冲大家一挥手:"撒!"雇主一言没发,干瞪眼吃了哑巴亏。

大冯看到这一幕,更坚信这是一伙黑社会组织,那么老大肯定是个能量很大的人物,他这才感到自己小看了这伙人,后悔当初怕引起怀疑没有带上手机,自己现在还没有得到斜眼的信任,很难找机会跟谷警长联系,只能走一步看一步了。

斜眼带着大伙回到住处,歪着脑袋巡视众人:"他娘的,这家伙咋知道咱们磨洋工?"

一个水猫儿答道:"发现咱们干

活儿少呗!"

斜眼正在沉吟,大冯好像自言自语地说:"别再是有人告密吧?"

斜眼一下子想起被毛兰揭发的事,立刻大嚷起来:"对!就是有人告密!他娘的,咱们这些人里有内奸!"

水猫儿们听了,一个个吓得面面相觑,大冯赶紧说:"我看告密的就是毛兰一伙人,你想呀,谈工钱的时候他们就在旁边,派个人跟踪咱们不就行了吗!"

没等斜眼发话,众水猫儿一齐赞同大冯的话,斜眼顿时怒火中烧,咬牙说:"咱们明天都带上家伙,把这帮狗日的打跑!"

大冯忙说:"不行不行,打群架就把警察招来了,打伤人犯法,打死人偿命,你这个头头就是主犯!"斜眼问:"依你说咋办?"大冯咬着他的耳朵献了一计,斜眼听了大喜"没想到你还是智多星呀,好,就按你说的办!"于是,他从新增援来的水猫儿里挑选了一个机灵的,让他扮做雇主,就说是旅店要改装线路,把毛兰一伙里的那个电工骗来。

假雇主果然机灵,很快就把电工骗来了,两个人一进房间,门便"砰"地关上,几个人手持大棒把电工围在了中间,斜眼歪着脑袋大喝一声:"认得老子吗?"

电工吓得一哆嗦,赶紧点了点

头。斜眼嘿嘿冷笑道："认得就好，问你啥就说啥，要是有一句不老实，嘿嘿，今天就让你横着出去！"

眼看逃生无门，电工只得答应。斜眼问一句电工答一句，据电工交代，毛兰自从上次盗窃别墅大捞了一笔后，又在同乡中收买了一批打手，基本上控制了装修市场，凡在市场做买卖的商家都要交保护费，劳务市场这边就派电工做了临时头头，她在幕后指挥，专门安排人跟踪捣乱，这次斜眼磨洋工就是他们向雇主告的密……

大冯提出是毛兰告的密，意在利用矛盾，没想到竟然歪打正着，他趁机又附着斜眼耳朵给他献了一计，斜眼一听，立即指着电工喝道："今后你就是我的眼线了，随时向我报告你们的行动，想办法摸到毛兰的住处！"电工慌忙摆手："不行不行，俺好不容易才混上个临时头头，比别人多挣了几个钱，给你当眼线有啥好处？砸了俺的饭碗咋办？"

大冯又跟斜眼咬咬耳朵，斜眼威胁道："你不干我就把今天的事儿告诉毛兰，看她怎么收拾你！砸饭碗怕啥，出了事就来投奔我，让你当个正式头头！"说罢又赏了电工二百元，电工高兴了，接过钱就跟斜眼交换了电话号码，斜眼嘻嘻笑着说："你这样吃两家饭多挣钱，记住随时跟我联系，消息越重要赏钱越多。"

电工溜走了，斜眼拍拍大冯的肩说"往后你就是我的军师了！跟着我好好干，等咱们收拾了毛兰，别说劳务市场，就连装修市场也能接收过来，到了那时候，咱俩可就发大财了！"

4. 急中生智

再说毛兰真是个不简单的女人，当初她开小店亏本后，不怪自己经营不善，却认定是装修市场的同行联合起来排挤她，她不甘心被人欺侮，于是，白道不通走黑道，拿出所有的剩余资金，使出勾搭人的本事，从当水猫儿的老乡里收买十几个流氓无赖，对装修市场的商家们进行骚扰。

别看毛兰做生意一窍不通，敲诈勒索倒挺有办法，她向商家收"保护费"，商家不肯交时，她也不明打明抢，只让手下人往商家门口一站，见有客户来买东西，这些人就跟商家大吵大闹，说商家卖给他们的是假货，要商家赔偿损失，客户一听自然转身就走，客户一走，这些人便不吵了，但仍站着等下一次表演，有的商家就报警，可警察一来他们就跑，警察一走又回来，搞得商家声名狼藉，商家无奈，只得老老实实给他们交保护费。

装修市场有一百多户商家，也有一些商户顽强抵抗，毛兰就亲自出马，她打算收服最后这些顽固商家，再腾出手来收拾斜眼。

然而斜眼也不会老实呆着等她收拾，第二天晚上他就收到了电工发来的情报，斜眼兴奋地告诉大冯："毛兰的住处查到了，你带两个人去把她收拾了！"

大冯问："收拾到啥样？"斜眼说："残废！"大冯问："打折腿？"斜眼哼了一声："腿折了能接上，我要她瞎眼毁容！"大冯一听，不禁打了个激灵，觉得这事儿可麻烦了！

这时，斜眼奸笑着递给大冯一只塑料袋："看看吧，老子早给她预备好了，她不是会勾搭人吗？老子叫她变成瞎眼丑八怪！"

大冯打开一看，里面是一个可以喷液的小药瓶，斜眼命令："毛兰今天晚上要出来收保护费，你们跟上她找机会动手，把这个往她脸上一喷，抢了她的钱就跑！"

大冯只得硬着头皮表态："你就瞧好吧，可我没有手机，发生意外怎么跟你联系呀？"斜眼指着旁边的两个水猫儿说："他们两个都有手机，也认得毛兰，就让他们给你做帮手，"说着拿出二百元递给大冯，"好了，你带他俩先到饭馆好好吃一顿，记住不许喝酒，等完成了任务，我给你买个新手机！"

大冯心里明白，斜眼的这个任务不光是为了消灭异己，也是他对自己的考验。大冯不由暗暗苦笑：自己给

斜眼出主意收买了卧底，本想借此找到毛兰，没想到反给自己设置了陷阱，现在跳下去就是违法犯罪，不跳就是前功尽弃，唉，这一关可怎么过呀！

大冯知道现在已经没有退路，只能随机应变了。于是，他带着两个帮手到了饭馆，要了几个好菜，买了一些饮料，一直吃喝到天黑的时候，一个帮手的手机响了，帮手接完电话告诉大冯："头头让咱们行动！"

毛兰很狡猾，她住在闹市区的一家旅馆，她认为人来人往反倒更安全。

大冯他们在附近等到快半夜的时候，才见毛兰提着一只皮包走出来，看样子真是去收保护费的，三个人立即散开悄悄跟着，看着她走进了装修市场。可三个人在大门外边等了好久不见她出来，两个帮手忽然想了起来："坏了，快去看看后门！"

三个人急忙向后门跑去，果然远远看到毛兰从后门闪身出来，左右前后张望之后，就快步走进了对面的一条小巷，小巷里灯光昏暗，正是下手的好机会，三个人追到巷口正要冲上去，只见毛兰忽然在一家门前站住，接着掏钥匙打开门走了进去，就在她返身要关门的时候，两个帮手冲了上去，猛一推门"砰"一声，把毛兰撞倒在地，两个帮手扭住她的胳膊把她扳了个仰脸朝天，大冯迅速拿出药瓶

"嘶嘶"猛喷几下，毛兰顿时双手捂着眼睛，杀猪般地嚎叫起来。大冯当即转身就跑，两个帮手扑上去抢皮包时，突然从里间屋冲出两个壮汉，扑倒了两个帮手，四个人在地上滚成了两团。

大冯刚要返身救援，只见屋里又冲出几个人来，敌众我寡，大冯只好一溜烟地冲出小巷，飞快地跑到大街上，回头看看没有人追出来，就找到一处公用电话打通了谷警长的手机，报了出事地点，要谷警长马上来抓毛兰，挂了电话，大冯赶快返回了住处。

等着好消息的斜眼，一见大冯只身跑回来，急忙追问："快说，出了啥事？"

大冯喘着大气，先说他已机智勇敢地完成了任务，乐得斜眼拍手叫好，后来听说两个帮手被人家堵在了屋里，斜眼急得大叫起来："哎呀，这俩小子替我管着好几个劳务市场呢，丢了他们可就折了胳膊了！"大冯奇怪地问"替你管着劳务市场？那谁是老大？"斜眼拍着胸脯哈哈大笑道："现在就不用瞒你了，远在天边近在眼前！"大冯也跟着哈哈笑起来，心里话说：是你就省事了，擒贼先擒王，省得我还要费神侦查！

斜眼正要派人去打听结果，两个帮手鼻青脸肿地回来了，斜眼骂他们："废物！平日总吹你们功夫好，今天怎么让人家揍成这模样儿！"两个帮手一齐喊冤，都说没料到那个地方是毛兰的老窝，里间屋又冲出来好几个人，把他们打倒架着毛兰就跑，他们本想跟着看看毛兰逃往哪里，刚上大街就听见警车响，只好赶紧跑了回来。

一听毛兰逃跑了，大冯心里好不遗憾，害得谷警长扑了空，再想抓她恐怕更难了，看来一定要跟谷警长加强联系密切配合，正想着，斜眼"啪"地丢过来一只手机："拿着，老大说话算话，今天大伙辛苦了，咱们好好喝

顿庆功酒！"

有了手机，可把大冯高兴坏了，这下就可以随时跟谷警长联系，两个黑帮早晚要有一场火拼，正好给他们来个连锅端！

庆功酒一直喝到后半夜，看斜眼他们都喝得酩酊大醉，大冯趁机出来打通了谷警长的电话，谷警长听大冯讲了卧底的经过，当说到夜袭毛兰的时候，谷警长大吃一惊"你把毛兰的眼睛搞瞎了？！"

大冯得意地告诉谷警长，他猜到斜眼给的瓶子里可能是硫酸，就在和两个帮手吃饭的时候，偷了桌上的胡椒粉，然后借上厕所的工夫倒掉了硫酸，换上了胡椒水。

听得谷警长大笑起来，连连夸奖大冯具有刑警素质，又嘱咐大冯千万要小心谨慎，斜眼和毛兰很快就要火拼，发现苗头一定要及时联系，把握好时机一网打尽。

5.意外发现

第二天一早，斜眼命令两个帮手去劳务市场收编电工的队伍，不大工夫，两个帮手跑回来报告，今天早晨在立交桥下面发现了电工的尸体，现在警察正在勘查现场。

斜眼一听，大吃一惊，他想难道这是毛兰干的？可毛兰眼睛瞎了已变成了废人，谁还会帮她报复杀人？只有大冯明白这一定是毛兰干的。他原

以为斜眼歹毒，没想到一个女人也这样凶残！

电工的确是毛兰干的，毛兰决不能容忍手下人背叛她，因为知道她行踪的只有三个人，两个人一直跟着她，她马上断定电工就是内奸，于是假借开会把电工骗来，打昏后抬上汽车，开到立交桥上抛了下去。毛兰选这个地方也有策略，她想你斜眼不是要占领劳务市场吗，现在市场里死了个水猫儿，看警察不把你查个底儿掉，就算最后能脱了干系，这种黑劳务市场也别想存在了！

毛兰除掉内奸出了气，但心里的疑团却没有解开，她想如果换个位置，自己肯定要给斜眼泼硫酸，可是逃出来才发现是胡椒水，拿水冲了一阵就没事儿了，那个喷胡椒水的人也怪，当时虽然灯光昏暗时间短暂，只照了一面，可现在回忆起来，觉得那个满脸落腮胡子的黑大汉有些面熟，毛兰想不起这个人和自己有什么渊源，但她肯定，斜眼决不会派人来跟她开这种玩笑。

毛兰现在没工夫再往深处想，她知道斜眼很快就要跟她摊牌了，必须尽快做好准备。

毛兰没有猜错，斜眼也认为和毛兰摊牌的时机到了，只是电工这一死让他心里发虚，他马上找大冯这个军师商量。大冯知道，如果斜眼不出面，毛兰肯定不会出来跟他们决战，警方

也就没有一网打尽的机会，于是便怂恿斜眼亲自出马占领装修市场。生性多疑的斜眼觉得在这个关键时刻以稳妥为上，于是又派了人到处打探，可一直等到晚上还没有新消息，斜眼按捺不住了，再派大冯带两个帮手到装修市场做一下试探，让他告诉商家毛兰垮台了，现在由他们来收保护费，看看商家有什么反应。

大冯以为不过是试探一下，身边又有两个帮手跟着，就没有冒险跟谷警长联系，等到装修市场快打烊的时候，大冯和两个帮手大摇大摆地进了市场，就从门面最大的一家收起。这家老板说反正是花钱买平安，保护费给谁都一样，但他又说，只是大冯他们口说无凭，如果钱给了他们，原来那家再来收怎么办？

两个帮手火了，骂骂咧咧就摔东西踹柜台，吓得店里的伙计赶紧逃了出去，老板眼看要吃亏，只好咬着牙拿出了二千元，两个帮手接过钱一算账就乐了，一百多家商户呀，往后可是发大财了！

首战成功，大冯带着两个帮手接着往下收，可出来一看就傻了眼，所有的商家都关了门，连大厅里的灯都熄灭了，想想一定是刚才逃出来的伙计透了风，商家们惹不起躲得起，给他们吃了闭门羹。

说到底还是他们在这儿没树立起威信，为了树立威信，两个帮手开始踹人家的门，踹了半天没反应，气得两人找了块砖头要砸玻璃。大冯一见急忙阻止，却一把没拉住，商家的大橱窗被"哗啦"砸得粉碎，这一声巨响就像发了号令，好多商家的门突然打开，冲出七八个手持棍棒的人来，一个人大叫道："又来了一拨儿收保护费的，这是不让咱们做买卖了，揍他们！"叫声一落，就围住大冯他们挥棒就打。大冯见势不妙，大叫一声："快，分散突围！"自己闪身躲过挥过来的大棒，撒腿就往大厅的后门跑。

大冯一边跑一边躲闪棍棒，可这些人不是真打他，只是虚晃一下棍棒就放他跑了过去，黑暗中大冯跑到后门一摸，门上了锁，正打算另寻出路，门吱呀一声敞开，面前站着一个黑乎乎的人影，大冯转身要跑，那人叫道："别害怕，我估计着就是你来摸底儿，特意在这等你呢！"大冯一听是个女人的声音，她是谁已经明白了七八分。

女人压低声音说："我就是毛兰，我今天就想问问你，是斜眼让你给我喷硫酸的吗？"大冯点点头说："是我不忍心下手，把硫酸换掉了。"毛兰笑起来："好男人！来，跟我到屋里好好谈谈。"

大冯想，进屋可不行，毛兰可不像斜眼那样的眼神儿，灯下细看很可能被她认出来，于是他摇摇头说："不行，我对你讲仁义，对斜眼也要讲义气，你要报答我就放我走，不放咱们就拼一场！"毛兰赞许地点点头："好样的！可惜你跟错了人，我就喜欢你这样有情有义的男人，等我收拾了斜眼你就跟着我干，不出一年我就让你家里盖楼房，你信吗？"大冯顺杆儿爬："我信，可我现在还是斜眼的人，回去晚了他要疑心的。"

毛兰听听大厅里打斗的声音已经停了，便闪身让开后门，大冯要抢在两个帮手前面回家，一出门就飞跑到大街上叫了一辆出租车。大冯坐在出租车里，越想越肯定今晚这出戏的幕后导演是毛兰，这一发现让他大为兴奋，马上给谷警长发了一条短信。

6.一网打尽

跟上次喷胡椒水一样，大冯刚跟斜眼汇报完，两个帮手又鼻青脸肿地回来了，进门就埋怨大冯："你这个军师太滑头，一出事就脚底抹油儿，拿我们俩当挡箭牌！"

大冯笑道："这可不能怪我，谁让你们胡打乱砸把人家逼急了？好汉不吃眼前亏懂吗？"

两个帮手还是不服气，斜眼烦了，一摆手说："好了好了，现在说正经事，你们真是让商家们打了？"两个帮手异口同声道："千真万确，我们一砸玻璃他们就急眼了。"

大冯故意装作气愤地说："应该给他们点儿厉害看看，要不然他们不相信毛兰完蛋了，咱们的保护费就没法收！"

斜眼心里琢磨，既然毛兰一伙没有出面，可见他们是垮台了，那些商家竟敢打咱们的人，必须尽快让他们知道厉害，趁热打铁占领市场，免得毛兰的余党插手捣乱。斜眼这么一想，当即手一挥，下了命令："选一批可靠的弟兄带上家伙，马上到装修市场集合！"

接着，斜眼换了一身黑衣服，从床下拿出一把砍刀递给大冯："你协助我指挥，捎带保护我的安全！"

大冯没想到关键时刻来得这么快，心里急得发慌，他见斜眼已经要往门外走，说了声："我先去趟厕所。"谁知他进入厕所关上门，刚要掏出手机，斜眼却跟着推门进来，嘴里嘀咕着："我他娘的也先轻轻装！"

大冯没了机会和谷警长联系，只得跟着斜眼来到装修市场。只见两个帮手已经带着三十多个水猫儿集合在那儿了。斜眼派人伪装商家进货骗开大门，大队人马一拥而入，分头到各个商家敲门，敲不开就砸玻璃，市场里顿时大乱。大冯趁乱一晃就不见了。这时，斜眼没注意大冯，只顾气势汹汹地站在大厅中间吼叫："把老板们都给我叫过来！"

一个女人应声答道："老板没有，老娘来了！"随着话音，大厅里灯光"刷"地齐明，接着从各个角落里拥出五六十个人来，舞刀弄棒地把斜眼的人马围在了大厅里。

是毛兰！斜眼大吃一惊，歪着脑袋一看更是大惊失色，毛兰的脸光光滑滑连一点儿疤痕也没有，他忙扭过头找大冯，大冯早已没了影儿！毛兰见状冷笑道："是找你的军师吧？他早脚底下抹油儿了！我看还是先说说你打算怎么办，乖乖投降就饶你一命，不投降嘛，嘿嘿，你自己想想后果！"

斜眼突然大叫一声："弟兄们！

快给我冲出去！"两个帮手带头大喊一声"冲"，挥起砍刀就往外冲，水猫儿们跟着突破倒形成了局部优势，一连砍倒几个人撞开了大门，裹在水猫儿中间的斜眼正在庆幸，不料刚冲出大门的两个帮手又突然跑回来大叫："咱们让武警包围了！"

他们的喊声刚落，装修市场四周的警车大灯闪烁，警笛齐鸣，荷枪实弹的武警和警察密密麻麻地包围了市场，谷警长用高音喇叭呼叫："里面的人听着，赶快放下凶器出来投降，争取从宽处理，胆敢反抗后果自负！"

大门里的水猫儿们哪里见过这样的阵势，纷纷丢了刀棒举手出去投降。毛兰的手下见这阵势也乱了套，一个个像没头苍蝇似的乱钻乱藏。毛兰大叫："快拉电闸！"她的话音一落，市场里突然一片漆黑，一直躲在一旁观察动静的大冯急忙闪身出来，紧紧盯住了毛兰。

借着大门外射进来的余光，大冯看见毛兰拿出钥匙打开一家商店的门，闪身溜了进去，门"喀嚓"又锁上了。

大冯紧跨几步，从这家商店被砸破的玻璃橱窗里跳了进去。商店里面黑洞洞的什么也看不清，只听到墙角边发出"咯吱咯吱"的响声，大冯按亮打火机跑过去一看，毛兰正在搬一块水泥板，她一抬头看见是大冯，高

兴得赶紧招呼："你来得正好，快把它搬开，这条下水道直通大街，咱们给他来个人间蒸发！"

大冯跃身上前踩住了水泥板，使出擒拿术拧住毛兰的胳膊把她按在了地上说："我来得就是正好，你蒸发一下给我看看！"毛兰又惊又奇："你你，你这是啥意思？"大冯笑起来："我是个好男人呀，这样才是有情有义嘛！"

投降的歹徒被集中看押起来，警察和武警冲进来搜索漏网之鱼，谷警长刚刚找到配电箱，一抬头看见两个人影走过来，赶紧合上了电闸，灯光

一亮，大冯正扭着毛兰冲他乐。

谷警长赶紧招呼警察："把她押出去跟斜眼会合！"接着紧紧握住了大冯的手说："刚才把你急坏了吧？告诉你，我们早就把他们监视起来了，接到你的短信，我们就悄悄出动，你给我打电话的时候，我们已经把这儿包围了，说实话，我真替你担心呀，你干得好，是个合格的刑警，我一定替你请功！"

这个猖獗一时的黑社会案终于告破，案子进入了起诉阶段。

这天，大冯身着警服站在庄严的法庭上，感到了从没有过的兴奋和自豪，当检察官向犯罪嫌疑人出示证据时，大冯特意摘下了茶色眼镜，拿着证据来到毛兰面前，等毛兰看过物证，大冯用家乡话问道："看清了吗？"

毛兰吃惊地一抬头，两只眼不禁越瞪越大：那个被她骗过的雇主——也是喷她胡椒水的好男人，原来就是眼前的法警！

站在毛兰旁边的斜眼看到毛兰目瞪口呆，也赶紧歪着脑袋看这个法警，斜眼看清楚了，毛兰想明白了，只有老老实实低头认罪才是最明智的选择……

（题图、插图：杨宏富）

（本栏目欢迎来稿。来稿可从邮局寄发，也可从网上传递。如为电子邮件，请发以下信箱：wyjing833@sohu.com）

本期游戏难度指数：★★★☆☆

火柴游戏
长高的房子

这张图是用火柴棒所排的一层"楼房"，移动其中的7根，就可以让房子变成二层楼。你能让它长高吗？

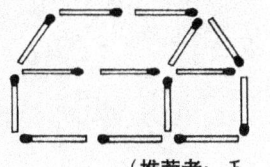

（推荐者：王 华）

福尔摩伍的问题
列车劫案

邮件车厢上，一箱托运的黄金饰品被人抢了。福尔摩伍刚巧在这列火车上，他赶到现场，却只发现了两个抽剩下的烟头。

福尔摩伍让值班员皮特回忆一下当时的情景。皮特说："上午，我们组长送来一个邮包，说里面有贵重物品，让我重点看管。火车开了一段时间，我听见有人敲门，先是两下轻的，然后是三下重的。我以为是列车员，便将门打开，结果闯进来两个人，他们都戴着头套，只露出两只眼睛。他们将我打倒后，每人叼了一支烟，还说了些什么，但火车声音太大了，我没听清楚……"

福尔摩伍听到这里摆摆手说："皮特先生，我认为你有很大嫌疑，你刚才编的这段话里漏洞实在太多了……"皮特的话里到底有哪些漏洞呢？

（推荐者：肖 莉）

世界500强面试题

有个魔术师拿着一只没有盖子的杯子，说自己可以把这只杯子装满水，然后杯口朝下拿在手里，但是水一点也不会流出来。

斯宾先生听了他的话后，不服气地说"这可不难，我也能做到。"斯宾先生是怎么做的呢？要知道，这里所说的水就是普通的液态水，既不是水蒸气也不是冰。

（推荐者：李 冰）

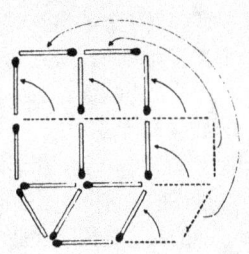

答案

福尔摩伍的问题

一、纸包藏着贵重物品的头套上午，怎么可能叼烟呢？二、火车声音很大，怎么能听见敲门声，还说先轻后重，然后分辨出敲门声……

世界500强面试题

斯宾的做法其实很简单，他把杯子装满了水，然后放进冰柜里，结成一块冰，就可以把杯口朝下了，不用担心水会流出来，水也不会弄湿手掌。当然，这不是魔术师的答案。

谁将在门口出现

上个世纪60年代，美国俄克拉荷马州地方高等法院，受理了一桩颇为棘手的刑事案件。被告被指控犯有谋杀罪，法院已掌握重要证据，足以证明他杀人的事实成立，但是他的辩护律师却持反对意见，因为被害人的尸体没有找到，法院无法认定所谓的被害人已经死亡。被告的辩护律师说："再过一分钟，那个你们认为已经被杀死的人，将从这里走进来。"说着，他的目光转向了法庭的入口处。

所有人都大吃一惊，向法庭的入口望去，可是一分钟过去了，什么也没有发生。

这时，辩护律师说："请原谅我开了一个小玩笑，这只是我的一个假设，那个人并没有走进来，但是你们刚才的反应证明了一点，那就是：你们都不能完全肯定那个人已经死亡。因此，基于这一点，之前所有的指控都无法成立。"

顿时，法官和陪审团成员陷入了尴尬的境地。是啊，既然确认被害人已经死亡，为什么还要朝门口看呢？

但是，主控方的首席律师凯勒却反驳说："没错，刚才大家都在注视着入口，这说明大家对被害人是否死亡还心存疑虑，因为大家并不是当事人，也不直接知道被害人是否死亡。可是有一个人知道，那就是被告。我注意到了，当大家望向门口的时候，他却没有。这说明：他根本就不相信被害人会从那扇门里走进来。"

最终，被告杀人罪名成立，得到了应有的惩罚。

（推荐者：林 好）

关键词：证据

这天是4月10日，吕萨准备乘飞机从太平洋的马绍尔岛飞往檀香山。离登机还有一个小时，吕萨便来到机场附近的花旗银行兑换一些货币。这时，他看到一个老太太，拿着一张中奖彩票，捶胸顿足地说："我怎么这么糊涂呢？兑奖日期是4月9日，我今天才过来，白白丢掉了8000美元……"

这时，一个西装笔挺的中年人走来说："让我看看您的彩票。"老太太递过彩票，丧气地说："已经过期了。"中年人看了看却说："干脆这样，我用3000美元买您这张彩票，您老同意吗？"老太太一愣，心想反正这张彩票已经过期，没有价值了，就高兴地答应了。

吕萨一阵奇怪，中年人干吗要买一张过期的彩票呢？

很快，飞机起飞了，只听飞机上的播音器响了起来："亲爱的旅客们请注意，现在是4月9日10时4分，我们将于上午11时整抵达美国檀香山机场……"

吕萨诧异了：上机时明明是4月10日，现在怎么变成4月9日了！他正想与后排的乘客对表，一回头，发现那个买过期彩票的中年人正坐在自己身后。吕萨忍不住问道："先生，如果现在是4月9日，那你刚才买的废票不是又有效了吗？"

"是的，"中年人得意地笑道，"兑换后我就可以净赚5000美元。"

后来，那个中年人果然拿着那张中奖彩票，在檀香山花旗银行兑换了8000美元的奖金。

那张中奖彩票怎么又能兑奖了呢？原来，他们乘坐的那次航班，是自西向东飞行，在飞越180°经线附近的日界线时，日期要减少一天，4月10日变成4月9日，这样过期的中奖彩票又有效了。

（推荐者：方　方）

关键词：日界线

过期的彩票

荣誉退休

□ 萧　勇

根据德国作家艾迪特·施密茨的同名作品改编

埃默是某警局盗窃侦查科科长，再过一个星期，他就要荣誉退休了。哪想到，这段时间他却碰上了一起连环盗窃案，三个星期内竟有六家药店连续被盗！更糟糕的是，直到现在，这件案子他还是一头雾水。

这天快要下班时，埃默和他的助手来到局长办公室，只见局长挺着个啤酒肚子，一脸不满地说："这已经是第六起药店盗窃案了，你们难道一点线索也没有找到吗？"

埃默痛苦地摇了摇头。

局长生气地摆摆手说："你们回去吧，再过一个星期，如果案件还是没有进展的话，"他停了停，瞪了埃默一眼，"我就免了你的职，到那时，你就不再是荣誉退休了！"

助手知道埃默心里很难受，就主动开车把他送回家，接着，两人重又打开一摞厚重的卷宗，一页一页翻过去，试图找到蛛丝马迹。

过了一会，助手的烟瘾上来了，对埃默说："长官，您家里有烟吗？"埃默说酒柜里有，叫他自己去拿。助手走过去，打开酒柜，笑眯眯地拿起了一盒香烟"哈哈，还是帝国牌的呢——"

话音未落，两个人突然就愣住了，他们同时悟到：在六家被盗的药店门口，侦查人员都发现了帝国牌香烟。要知道，这种牌子的香烟现在市面上已经很少见了。

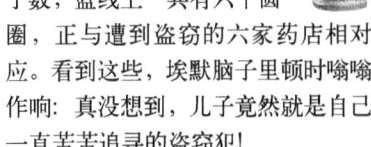

助手知道，长官没有抽烟的习惯。

埃默心中掠过一丝不安。他有两个儿子，大儿子原来也是一个警察，可不幸在一次追捕活动中因公殉职。小儿子叫韦尔纳，可能受了家庭的影响吧，曾经提出想当警察，可他考虑到警察职业的危险性，所以一直反对，为此，父子俩闹了不小的矛盾。特别是韦尔纳的妈妈死后，父子俩更是很少说话。韦尔纳常常独往独来，从不打招呼……

助手似乎看出了长官的心思，就打哈哈安慰道："这只是一个巧合。"

可埃默不这么想，他指示助手马上采取行动，把韦尔纳用过的茶杯包起来，送到警局做指纹鉴定。

他则在家中静静地等着结果。很快，助手打来电话，说茶杯上的指纹与案发现场上的烟蒂指纹完全吻合！

埃默像被人重重打了一拳似的，一下子就瘫倒在沙发上……

两个儿子，一个被罪犯杀害，另一个却成了罪犯……这怎么可能？过了好一会儿，埃默才回过神来。他想趁韦尔纳还没有回家，再查查有没有新的证据，于是，他重又打起精神，进了韦尔纳的房间，展开地毯式搜查。

有道是不搜不知道，一搜吓一跳。很快，他便找到了一张城市地图，地图上标注了几个红色的小圆圈，并用一条蓝线连了起来。他数了数，蓝线上一共有六个圆圈，正与遭到盗窃的六家药店相对应。看到这些，埃默脑子里顿时嗡嗡作响：真没想到，儿子竟然就是自己一直苦苦追寻的盗窃犯！

埃默拿着地图的双手颤抖起来，愤怒和悲伤涌上心头，他大口大口地喘着气，但是他清楚，在犯罪现场，没有父亲与儿子，只有警察和嫌疑犯。

片刻之后，埃默渐渐冷静下来，他拿起地图又仔细端详了一番。这时，他发现，地图上还标注了第七个圈：阿德勒药店，那是本市最大的一家药店，也就是说，它将是罪犯的下

一个目标。而且，韦尔纳这么晚没有回家……埃默毫不犹豫地给助手打了个电话，通知他立即报警。

出发前，埃默戴好佩枪，可手铐却怎么也找不到了。因时间紧迫，他只好先赶往阿德勒药店。

当他到现场时，警方已经在药店周围布下了天罗地网，抓捕工作已准备就绪。

助手过来，压低声音对埃默报告说："我去看过了，药店的后门已被撬开，门还半掩着，那家伙一定还在店里面！"

埃默点点头，说："好的，你跟我进去。"说完，他们小心翼翼摸进了药店。

药店内一片漆黑，埃默不得不慢慢地挪动步子。就在这时，前方突然发出一阵声响，埃默迅速向那个方向移过去，厉声道："我是警察！别动！举起手来！否则我就开枪了！"

与此同时，助手打开了屋里的灯。

"别开枪，爸爸！是我！"屋内传来一个年轻人的喊声，正是埃默的儿子韦尔纳！

"你这个败类，我打……"埃默正要对儿子发火，却听见儿子得意地说："我总算逮到他了！"

埃默一愣，上前一看，只见儿子押着一个戴手铐的男子走了过来，说："对不起，爸爸，是我拿走了你的手铐！"

一个小时过后，埃默被局长叫到了办公室。

局长喜滋滋地说："嘿，埃默，以前你说你儿子没有资格当警察，现在你瞧，你儿子立了这么大的一个功，实在是让人惊喜啊！"说到这，他似乎想起了什么，"你不是下星期就要荣誉退休了吗？快把韦尔纳叫过来，我们正需要这样的年轻人呢！"

（题图、插图：安玉民）

· 本刊信息传真 ·

"开卷故事"栏目征稿启事

是什么刷亮你的眼睛？是什么让你灵感闪现？开卷故事，让你每天聪明一点点！

《故事会》绿版从本期起将推出一档新栏目——"开卷故事"，欢迎广大读者踊跃投稿！推荐作品内容不限，范围不限，可以是涉及法律的、历史的、地理的、心理的、新闻的、逻辑的、旅游的、生物的、美术的……但每则作品都要有故事情节或细节，且提供一个新的知识点，或者绝妙的生活思路和方法，字数1000字以内。希望大家慧眼识金，挑选此类精彩作品。一旦选用，每则作品即付推荐费50元。

要命的胡子

□扈小墨

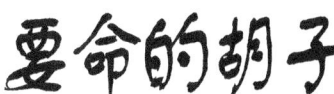

汤姆和杰克打算去抢劫，杰克知道他的老板克鲁斯非常有钱，就提议去抢劫他。汤姆一听吓得直摇头："那家伙壮得像头牛，我可不敢。"

杰克却说"我有办法。"原来，克鲁斯小时候被一个大胡子强盗劫持过，所以他特别害怕有大胡子的人。

汤姆一听也乐了，可他根本没胡子，只得弄了一副假胡子粘在脸上。傍晚时分，两人一同埋伏在了克鲁斯家附近。杰克怕被克鲁斯认出来，就让汤姆去抢劫，自己在旁边做接应。

果然，克鲁斯一看到满脸大胡子的汤姆，立刻就被吓傻了。

汤姆得意洋洋，命克鲁斯拿出他所有的钱来。眼看就要得手了，他的假胡子却耷拉了下来。克鲁斯一见，

立刻愤怒地扯下了汤姆的假胡子，狠狠地教训了他一顿，然后扬长而去。

汤姆痛定思痛，下决心一定要留起胡子来。几个月后，汤姆终于蓄上了一脸威风凛凛的络腮胡子，他约上杰克又去抢劫克鲁斯。

这一次，克鲁斯一见满脸胡子的汤姆，依然是吓得缩成一团，但过了一会儿，又对汤姆的胡子怀疑起来，盯着汤姆的脸看了又看。汤姆使劲揪了揪自己的胡子，笑道："这可是货真价实的胡子。"

克鲁斯说"好，我的钱都可以给你，不过你要跟我回家去取。"于是，汤姆高兴地跟克鲁斯回了家。

杰克一直等在外面，过了好久，汤姆才出来。杰克问他拿到钱没有。"没有，他只找到了一把大镊子。"

杰克问："那镊子值钱吗？""我不知道，他把我按在了地上。"

"那么他都说了些什么？"汤姆把手从脸上移开，露出又红又肿的下巴，学着克鲁斯的腔调说："这胡子还挺结实，是一根根粘上去的吧？"

绝对不平凡

□冷　空

肖三和王大是好朋友，可自从王大当上了大官，就不理肖三了。肖三一看王大那个势利样，心里直冒火，心想：咱明的不敢来，暗的总可以吧，就是砸你家的窗户，听听那响声，我都觉得解气。

这天晚上，肖三摸到王大家楼下，随手捡起一块石头，掂掂够重，便使出吃奶的劲，"刷"地向二楼王大家的窗玻璃扔去。

哪知，王大家恰好开着一扇窗，那石头跟长了眼睛似的，不偏不倚飞进去，悄无声息地落在了屋里。

肖三等了好久，却不见屋里有动静。正好旁边有棵枝繁叶茂的大树，粗粗的树干就支在王大家的窗口，便"噌噌噌"爬上去。肖三趴在树干上一看，只见客厅里亮着灯，却没有人，再仔细一瞧，他明白了，怪不得没动静，原来石头砸在王大家沙发上，软着陆了。

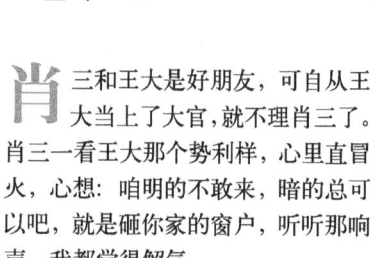

肖三垂头丧气，正准备从树上溜下来，忽见王大的老婆翠花穿着睡衣从卧室里出来了。

她屁股一扭一扭正要去关灯，一转头看见了沙发上的石头，顿时惊呼起来："老王，我们家沙发上怎么有块石头呢？"

王大穿着睡衣跑出来，厉声道："那么大声干吗？还能是哪来的，这当然是求我办事的人送的呗。"

肖三趴在树干上听得清清楚楚，笑得差点从树上掉下来。

翠花拿起石头看了看，疑惑道："送这东西干吗？哪有送礼送石头的啊？"

王大抓抓脑袋，说："我也搞不清楚，但你知道，以前送礼的人不也是悄悄留下一些稀奇古怪的东西吗？我看这不是一块普通的石头。"

翠花明白过来了："莫非石头是空的，里面藏着贵重东西？"

两口子赶忙头碰头，坐在沙发上研究那石头，可看了半天，没看出什么破绽。翠花一皱眉头："该不是谁捉弄我吧？"

王大一声冷笑"谁敢捉弄我，那可真是怪事了，这石头肯定不平凡，你明天去奇石馆问问，看能值多少钱。"

肖三趴在树上，心里暗暗欢呼："这下有好戏看喽！"

第二天一大早，翠花便来到奇石馆，抓住一个老师傅问："我这石头值多少钱？"

老师傅戴上老花镜稍稍一打量，没好气地说："你拿我闲开心是不？随便捡块石头也来卖钱，想钱想疯

了？"

翠花灰溜溜地逃出来，一出门就气呼呼地给王大打电话："怎么回事呀？人家说不值钱。"

王大鼻子一哼："笑话！谁送给我王大的东西不是价值连城的，不值钱他敢放我家里？这石头绝对不平凡！这样，你去科研中心问问。看这石头有什么特殊成分，让人家研究研究。"

翠花半信半疑，拿着石头又来到科研中心。这下她不敢贸然打听了，见有人过来，赶紧把石头藏到怀里，只是探头探脑地张望。

这时，一个穿白大褂的科研人员凑上来，指着她怀里的石头说："咦？哪来这么一块奇怪的石头，快给我看看！"

翠花一听，心想总算有一个识宝的人了，乐得赶忙把石头递过去。哪知白大褂刚接过石头，立即大喊"保安呢，保安到哪里去了？"

保安闻声跑过来，白大褂指着翠花道："快把这个精神病带走！也不知道她怎么跑进来的，拿着石头站在这里！还好，我及时把石头骗了过来，砸坏东西可就糟糕了。"说着，白大褂松口气，把石头往窗外一丢。

却听"啊"的一声惨叫，众人跑过去一看，只见肖三正躺在地上，带着哭腔说："我只是想看看热闹，犯得着用石头砸吗？"

如此赔偿

□ 木 雷

大良是个货车司机，今天第一天上路。上路前，老司机特别叮嘱他，路过野林村那段公路时，一定要小心，万一轧到村里的鸡啊鸭啊的，就糟了。

大良没把老司机的话当回事，哼着小曲就上了路。经过野林村时，偏巧就轧到一只小鸡。这时，不知从哪里跑出来一个村妇，盯着小鸡直发呆。大良知道这鸡是村妇的，便下了车掏出二十块钱，递上去说："这鸡，

我赔你就是了！"

哪知村妇却不接钱，"哇"的一声，一屁股坐在地上大哭起来："你赔得起吗？我这小鸡是做种的，小鸡长大了要生鸡蛋，鸡蛋又要孵出小鸡，小鸡长大了要生鸡蛋，鸡蛋又会孵出小鸡……你算算要多少钱？我的命苦啊！你这没良心的……"大良这下傻眼了，想要报警，在这山沟沟里不方便，况且自己还急着赶路呢。最后大良好说歹说，总算说服村妇，赔给她两百块，算了结。

从此，大良经过这段路时格外小心。哪知越小心，越出事。这天，他的车刚开进野林村，一只公鸡从村里"嗖"的一下跑出来，直钻到大良车底下。大良赶忙刹车，可是已经来不及了，大良一哆嗦，心想这下惨了。可他下车一看，又乐了起来：原来这是一只公鸡，最多掏个百十来块足够了！

这时，只听身后传来一声尖叫，大良转头一看，竟然又是那个村妇。村妇气冲冲地说："赶快赔钱！"

"赔多少？一百够了吧？"

"什么？最起码要四百块！"

"四百？"大良急得发根都竖起来了，"这是公鸡啊！你总不能说公鸡也能下蛋也能孵出小鸡吧……"

哪知村妇却吼道："公鸡！这可是全村唯一的公鸡，你把它轧死了，我们村里的母鸡怎么办？"

小月的新男友

□ 叶轻痕

小月是个影楼摄影师，摄影水平呱呱叫，但生活上却马马虎虎。人家给她介绍男朋友，她什么都没了解清楚，就和人家谈上了，只知道对方是个化妆师。

这天小月正在影楼里摆弄摄影机，她那准备结婚的好友莉莉，突然打来电话，说："小月，我想明天就拍婚纱照，你那边方便安排吗？"

小月拿出日程表看了看，说"我没有问题，不过，明天化妆师不在，这样，我叫我男朋友来吧，他就是化妆师！你放心，他水平可高啦，经手的顾客没有一个说不满意的！"

挂断莉莉的电话，小月立即打电话给男朋友："明天我的一个朋友拍婚纱照，你带着化妆工具来我的影楼，帮他们化妆。"

男朋友一听，好半天才支支吾吾地说："我恐怕不行。""什么不行？这可是考验你的时候，你要经得住考验哦！"男朋友无奈，只好答应了。

第二天，男朋友带着化妆包到了，不过他的化妆包很小，不像其他化妆师那样包包袋袋很复杂。

小月让男朋友先给莉莉化妆，可是男朋友比划了好半天都没有动手，小月着急了，正想问他怎么回事，却见男朋友抹了一把头上的汗珠对莉莉说："你，你能不能躺下让我化？"

小月和莉莉一听都十分奇怪，小月问："为什么还要躺下化？难道你有什么特别的化妆方法吗？"

男朋友尴尬地说："我是火葬场的化妆师，平时都是给死人化妆。这次你说要考验我，我只好来了。"

小月他们顿时都愣住了。过了一会儿，莉莉哈哈大笑道："难怪小月说你经手的顾客没有一个说不满意的，你的顾客当然没人能说不满意了。"

这个劫匪真倒霉

□ 杜荣生

牛大强是抢劫行当里的大哥大，"从业"至今从未失手。因为他不光骑摩托车的技术好，更对城里的地形熟。

这天，天刚下过一场大雨，路上满是积水。牛大强推着车出门了，他来到一段正在整修的路上，只见路面凹凸不平，一个推电动车的中年妇女，正深一脚浅一脚地走着，随身的挎包就放在前面的车筐里。牛大强知道，拐过前面的路口，道就好走了。

他开车慢慢靠到妇女身边，瞅准时机，向前一冲，手一晃，就将妇女的一只耳环和车筐里的包，拿到了手上。妇女一惊，还没来得及喊出声，牛大强已经"哗"地荡开一条水线，拐过前面的路口了。

上了这条路一切都安全了，牛大强好不开心，凭这沉甸甸的包和大大的金耳环，自己又可以过几天舒服日子了。他正在得意，猛一抬头，却看见一辆货车停在前方的路口，两名交警正和司机说着什么。

牛大强暗骂一声"糟糕"，掉头回去肯定不行。可是交警在前面，自己的车没牌照被拦下怎么办呢？再耽搁，那妇女就要追上来了。情急之中，他看到货车离马路边还有一个不到一米的空隙。这下牛大强心里有底了，这个空间，让他冲过去是足够了。这么一想，他马上加大了油门。

前面，两名交警已经冲他招手，示意他减速停车。牛大强可不管这些了，他盯着前面空隙，猛地冲了过去，只听"嗵"的一声……

"坏了，老张，没拦住他！"其中一名交警焦急地对另一位说，"我们光顾着帮忙推车了，路边轧坏的井盖忘设标志了。"

（本栏题图、插图：顾子易　包丰一）

90

408

2008
SEMIMONTHLY
上半月版

2月
STORIES

欢迎登录本刊主办的"故事中国网"（www.storychina.cn）

百姓话题

故事会
STORIES

2008 年 2 月
上半月·红版

主 编：何承伟
常务副主编：吴 伦
副主编：姚自豪（上半月·红版）
副主编：夏一鸣（下半月·绿版）
本期责任编辑：周 吟
电子邮箱：keyin118@163.com

红版发稿编辑：
姚自豪 郑继文 吕 佳 叶小萌
特约编辑：
范大宇 崔新三 申之珉
美术编辑：李宝强
电脑制作：郭瑾玮
通 联：归依玲
本社办公室电话：021-64375030
上半月刊编辑部电话：021-64332325
下半月刊编辑部电话：021-64336469
（上海市绍兴路 74 号 邮编：200020）
主管、主办：上海文艺出版总社

制作、发行总监：张 凯
电话：021-64313938
广告业务：上海故事会文化传媒有限公司
广告总监：张 淮
广告业务：021-34010383
广告投诉：021-64333738
广告经营许可证
沪工商广字 3100320050022 号
发行：中国图书进出口上海公司

合乎逻辑

一个四岁的小女孩在公园里玩，卷卷的头发十分漂亮，路人不禁赞叹道："小姑娘，看你妈妈多好啊，给了你这么漂亮的一头卷发！"

小女孩摇摇头，认真地说："不对，我想应该是爸爸给的，因为他头上一根头发也没有了。" （李从渊）

金 鱼

刚退休的爷爷买了好几条红色的金鱼回来饲养。爷爷见四岁的小孙子饶有兴趣地凑了上来，便笑呵呵地问小孙子："你知道这是什么鱼吗？"小孙子脱口而出："红烧鱼。"

（白淑贤）

（本栏插图：包丰一）

战战兢兢

在一所乡村小学里，这天正在上语文课，语文老师在黑板上写下"战战兢兢"四个字，随即叫小鹏："你来念一下。"小鹏站起来念道："战战克克。"

老师不动声色，叫起小亮问道："他念得对不对?"小亮斩钉截铁地回答说："不对。"老师大喜："那么你来念一下。"只听小亮念道："战战克克克克。" （董 行）

参 照 物

美术课上，老师教学生们画老鼠，有个学生不会画，老师便坐下来教他。

老师一边画着，一边不时地看看这个学生是否在认真学，过了一会，这个学生满脸委屈地看了看老师，鼓足勇气问道："老师，您画老鼠干吗老照着我画啊？"

（李 蔷）

4

·笑口常开 轻松一刻·

哪儿景色好

爸爸带着儿子气喘吁吁地爬到了山顶，爸爸高兴地对儿子说："快看哪，我们脚下的平原景色多好！"

儿子看了看，嘟起小嘴说："爸爸，既然下面的景色好，我们干吗要花三个小时爬到上面来呢？"

（崔　昊）

扔　掉　了

一天早上，珍妮向食品店定购了12个鸡蛋，但送到家里时却只有10个，于是珍妮去找店主。

珍妮质问道："先生，我早上定购的是12个鸡蛋呀，可你们只给了我10个！"

店主连忙解释道："噢，是这样的，那其中有2个坏的，我们替您扔掉了。"

（朱玉强）

阿成本来就胖，过完假期就更胖得不行了。不过阿成自我感觉良好，有一次他碰到老同学小丁，就兴奋地说"最近我的回头率好高啊，而且人家都要看三眼以上！"

小丁不敢相信，他瞪大眼睛说："是吗？哦，我想，大概是因为一眼看不完吧！"

（许　晴）

回头率

紧张的结果

张明第一次去女朋友家，非常紧张。女朋友安慰他说："不用紧张，你就像到自己家一样。"

到了女朋友家，她爸妈刚把门打开，张明便说："爸妈！我回来了，这是我女朋友！"　　（袁丛力）

领　导

蝴蝶妈妈对女儿说："还是嫁给蚊子吧，个子小点，人黑点没关系，好歹人家是个领导啊！"

蝴蝶女儿撇撇嘴说："它是哪门子领导啊？"蝴蝶妈妈正色道："它当然是领导了，只要它一开口，人家就拍手鼓掌，不是领导是什么！"

（张　军）

小心地滑

学校一幢新楼里铺着大理石地板砖，很滑。为安全起见，学校在走廊地板上放了一块警示牌："小心地滑"。

一天，两名留学生在走廊上小跑，做着在冰面上滑行的动作，守楼的大爷见了，十分诧异，忙走上去说："你们没看见警示牌上的字吗？"

两名留学生点点头，认真地回答："看见了，小心地（de）滑，小心地（de）滑，谢谢大爷，我们会小心的！"

（王　雨）

并不轻松

妻子把钱全都用光了，丈夫抱怨道："我辛辛苦苦赚来的钱，你怎能轻松地就把它全都用掉了呢？"

妻子说："谁说轻松？我在用那些钱时，心情是很紧张的。"

丈夫知道自己错怪妻子了，忙道歉，可又忍不住问道"那你到底拿去做什么了呢？"

妻子撇撇嘴说："打麻将。"

（阿克巴）

宽松衣

有一个很胖的家庭主妇报名参加了健身俱乐部。工作人员通知她"下周一开始上健美操课，到时请您带一件宽松的衣服来。"

主妇听了，勃然大怒道"如果在这世上我还有宽松的衣服穿，那我还报名健身干吗？"　（钱佳楠）

潜水结婚

一对新人正在潜水结婚，前来参加婚礼的一个中年男子感叹道："潜水真是最好的结婚方式啊！"他的妻子不解地问："为什么？"

中年男子说："这样可以提醒新人，从这一刻起，要学会忍气吞声。"

（刘　敏）

来 不 及

这天，小程的好友结婚，可小程却不小心睡过了头，他着急地跳下床，大喊着："坏了坏了，我今天还要当伴郎呢，来不及了。"

小程爸爸担心地说："快点抓紧时间，我开车送你去。"

小程喊道："不用了，我打电话叫同事赶紧开摩托来接我。"

小程爸爸嘟囔道："真搞不懂你，有汽车不坐非坐摩托？"

小程边打领带边笑道："我是来不及吹头发了，坐摩托是为了吹个酷发型。"

（陈 星）

生日祝福

小林十八岁生日这天，很晚才收到她姐姐的祝福短信。

小林有点不满，回复道："老姐，你发来的祝福短信太晚了，只能排到第十名。"

小林的短信发出不久，很快又收到了姐姐的短信。

小林打开一看，只见上面写道："哦，亲爱的小妹，我说明一下，刚才发给你的那个短信是祝福你十九岁生日的，现在我的祝福应该排名第一了吧？"

（范翠丽）

栩栩如生

毛巾厂厂长接到一个电话，对方说："贵厂生产的毛巾上印的喜鹊图案，真是栩栩如生啊！"

厂长听后万分高兴，说："谢谢您的夸奖啊！真的栩栩如生吗？"

只听对方在电话那头愤愤说道："是呀，我用毛巾一擦脸，喜鹊马上就飞到我脸上了。"

（郝翠英）

本栏欢迎来稿，读者、作者可将有新鲜感、有精彩细节的笑话佳作投寄给我们。来稿一经采用，最高稿费为一则100元。本期责任编辑电子信箱：keyin118@163.com。

谁

□ 高国俊

最聪明

席先生在王家"陪聊"已一月有余，屈指算来，他已经为董事长讲了二十多个故事。

显然，董事长以前并没有听过这些民间的"闲言野语"，每次都听得津津有味，王夫人自然也十分满意，看来，席先生已"面试"合格了。

这天，席先生在董事长的床边坐下，准备开讲，不料董事长冷不丁提出了一个问题："依你看来，是老板聪明，还是那些打工的聪明？"

其实，撇开具体的人和事，笼而统之地提这样的问题是很难回答的，说老板聪明，非席先生所愿；说打工的聪明，董事长听了肯定不高兴。席先生沉吟了片刻，说："董事长，我先讲个故事吧，讲完了，我再来回答您的问题。"

董事长点了点头，于是，席先生就讲了起来——

当老板要赚钱，要赚钱就得有人替他干活，要干活得吃饱，要吃饱得吃好，要吃好就得把饭菜做好，所以，厨师很重要，不过，大饭店里的厨师好当，龙虾、鲍鱼、血燕、三文鱼、北极贝、海虎翅……什么材料没有？最难当的是那些工地伙房里的"饭头"，既不能大手大脚地花老板的钱，又要让民工吃得不骂娘，难哪！

有个叫老秦的，在一家建筑公司的工地伙房里烧饭。

这一天，五六十号人来到了一个

新工地，伙房也是临时搭的，要啥没啥，这一顿中饭怎么打发？老秦想了想，买来了几袋白面，一腿猪肉，准备包包子。

伙房里还有一个干活的，叫小六子，今年才十九岁，和老秦相处得挺好，老秦叫一声"兔崽子"，小六子还会涎着脸笑。

这当儿，老秦和面，小六子拌馅，就这样，两人包起了包子。包啊包，大约包到一半时，小六子突然停了下来，面色煞白地说："哎呀，坏了！"老秦问啥事，小六子颤着嘴唇说："我……我忘了给馅加盐啦！"

老秦平时总是乐呵呵的，可今天一听小六子的话，急火攻心，双腿一软，差点摔倒，他的眼睛瞪得像铜铃，手指戳着小六子的脑壳直骂："兔崽子啊兔崽子，你的祸闯得也太有水平啦，你想想，包子都已包了一半，没办法重新拌馅、再把一个个包好的包子掰开来换馅，你说咋办？"

小六子怎么会忘了往馅里加盐？这小六子家在河南农村，爹残疾，娘有病，家里还有一个读小学的妹妹，一家人就指望他在外面打工挣一点钱，好补贴家用，刚才，小六子就是因为惦念着家里的事才一时走了神，眼下这祸闯大了，怎么办？卷铺盖滚蛋呗！

小六子早吓得没了主张，傻傻地站着发呆。老秦拿出旱烟杆，"吧嗒吧嗒"地吸了几口烟，对小六子说："兔崽子，没啥好法子啦，加盐，把剩下的馅拌好！"小六子也知道没别的法子了，把剩下的一半包子做好，至少有一半人不会骂娘，他拌完了余下的馅，老秦用舌尖尝了尝，咸淡正好，于是小六子就眼泪汪汪地开始包包子。

小六子刚包了一个，老秦突然大叫一声："停！"

老秦说着就走上前去，拿过那个刚包好的包子，放到了一个小蒸笼里，然后伸出两只大手，狠狠地往盐罐子里捧了两捧盐，扔进了馅里，一旁的小六子一看吓傻了：放这么多

·新一千零一夜·

盐，这包子不是要咸死人吗？

不料老秦还不罢手，一口气又往馅里加了几把盐，然后使劲地拌了起来。

小六子看得身子直打哆嗦："大伯，这……"

奇怪，这时老秦倒笑了，说："兔崽子，你大伯今天吃了扁担，横了肠子，你这事我兜了，不过，记住了，待会儿别做声！"

包子熟了，工人们争着来吃，可是还不到半分钟的时间，饭堂里就像炸开了锅，骂声、叫声响成一团，一个高个子工人闯进伙房，指着老秦的

鼻子嚷道："老秦，怎么做的包子？太淡，不能吃！"

紧接着，又一个矮个子工人闯了进来，对着小六子吼道："小六子，包子太咸，不能吃！"

就这样，一半人说包子淡了，一半人说包子咸了，饭堂里吵成了一锅粥。

这时，老板正在工地的临时办公室里忙得团团转，听到吵闹声就赶来了。

这老板姓刘，这人其他什么都好，就一个毛病：自以为是，简单粗暴，他走进饭堂后就大声喝问："怎么回事？"

高个子工人说："包子太淡，不能吃。"

矮个子工人说："包子太咸，不能吃！"

刘老板被弄糊涂了，盯着老秦，问："怎么回事？"

这时，老秦慢吞吞地解下围裙，往地上一扔，说："老板，这活我们没法干啦，有的嫌淡，有的嫌咸，我们听谁的好？"说着，他拿起一个包子："老板，你尝尝！"

刘老板接过包子，一掰两半，他看着油汪汪的白菜猪肉馅，左边咬一口，品了品，右边咬一口，尝了尝，脸上顿时露出了满意的笑容："咸淡适中，味道不错！"说着，他把剩下的包子一口塞进嘴里，对着工人直嚷：

句："好嘞——"

席先生讲完了这个故事，望着董事长，没说话。董事长笑了，说："我明白你的意思了，你是说——老板愚蠢，打工的聪明，那个老秦，用聪明的办法帮助小六子解决了常人难以解决的难题，而那个刘老板却稀里糊涂地一点判断力都没有，是不是？"

席先生只是笑，没开口。

董事长说："我也给你讲一个故事——老板比打工的更聪明，那是我亲身的经历。"

席先生笑吟吟地说："董事长，你给我讲故事，我可付不起一小时500元的陪聊费哦！"

两人全都乐了……

（题图、插图：安玉民）

"这么好的包子还嫌咸嫌淡？快快吃，下午的活紧着呢！"说完，他扭头就走了。

工人们有的摇头，有的叹气，三三两两地退出了伙房。

小六子像一脚踩在云雾里，不知道是咋回事，老秦拿起旱烟杆，"吧嗒吧嗒"吸了几口烟。

过了一会儿，老秦对小六子说了其中的秘密："你忘了小蒸笼里的那个包子？"接着，他乐呵呵地说："我这是没有办法的办法，为了解你的难处，不得不委屈了工地上的兄弟们。来，兔崽子，剩下的面粉擀面条，晚上，做个你拿手的烩面，给弟兄们补个情！"

小六子听了，脆生生地应了一

征稿启事

"新一千零一夜"是本刊"红版"2008年新推出的栏目，希望广大读者能够喜欢。该栏目的来稿，凡一经采用，优稿优酬，"红版"编辑部热忱欢迎作者惠赐原创佳作，要求：1.题材不限，能以较新的视角反映生活，立意独到；2.核心情节新鲜、奇巧、生动；3.篇幅在2000字左右。来稿可从邮局寄发，也可发电子邮件，请在信封或电子邮件的主题栏内注明"新一千零一夜"字样。"红版"编辑部各编辑邮箱见第19页。

我要和你在一起

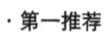

□ 余少镭

姚师傅在路口摆了十年的钥匙摊，这南来北往的人、奇奇怪怪的事，他可算是见识了不少，但是这天他遇到的人和事，却着实让姚师傅永生难忘……

这是深冬的一个黄昏，寒风凛冽，姚师傅正要收摊，来了一个跟他差不多年纪的老先生，这位老先生人虽老了，可他穿着大衣，围着围巾，风度犹存，一看就是那种有头有脸的人。

老先生径直走到摊前问道："老哥，请你帮个忙行吗？"姚师傅说："哪有不行的？是不是忘了带钥匙，回不了了？"

老先生说"不是的，是家里有一个上锁的东西，那钥匙丢了，开不了，急死我了。你能不能跟我一块儿去帮忙开一下？"

姚师傅问："你不能把那东西拿过来吗？"老先生无奈地摇摇头说："不行啊，那东西是不能随便拿出来的。"姚师傅和气地说："那行，你等会，我收了摊，就跟你去。"

收摊后，姚师傅带齐工具，跟着那位老先生七拐八拐地进了一个住宅区，上了七楼。老先生掏出钥匙，开了门，姚师傅便跟着进去了。

老先生请姚师傅坐下，很抱歉地说："不好意思，家里有一段时间没住人，连一杯开水也没有。"姚师傅边拿工具边说："没关系，要我开什么锁，把东西拿出来吧！"

老先生搬了张凳子，站上去，从一张高高的供桌上把一个盒子抱下来，放到姚师傅面前。姚师傅吓了一跳，这不是骨灰盒吗？便问："老哥，开骨灰盒干吗？"那老先生突然哽咽了，伤感地说道："老哥，你有所不知，我老伴过世后，我特意在骨灰盒上加了锁，生怕她的骨灰有什么闪失。昨晚，她托梦给我，要我把她的骨灰撒到我们第一次相遇处的那条小河里，可我……竟把这盒子的钥匙给弄丢了！你就当为我们做件善事，积积德吧！"

姚师傅被老先生感动了，便说："老哥，你放心，我一定为你打开它。"说完他拿出工具，三下五除二，便把盒子打开了。

那老先生抱着骨灰盒，盯着里面的骨灰，老泪纵横地自言自语道："阿蓉，我看你来了！"姚师傅怕老先生勾起伤心往事，便劝慰道："老哥，你也别太伤心了，你跟老嫂子好好聊，我该走了。"

老先生擦擦眼泪，拿出一百元钞票递给姚师傅："谢谢啊，你帮了我一个大忙，这点儿钱，不成敬意。"姚师傅推辞着："这哪儿成？动一下手而已，我哪能收这么多钱？"老先生说"这点儿小钱还不足表达谢意呢！你收下吧，不然我到了九泉之下也难以心安！"姚师傅只好收下钱。从那老

先生家出来后，姚师傅感慨不已，他想：那老先生，还真是个重情重义的人。

第二天，姚师傅吃完早饭，刚要把钥匙摊子摆出去，他发现自己的那顶帽子不见了，怎么找也找不着。这可不行，那顶帽子跟了他十多年了，老人的帽子就跟鞋子一样，要找一顶戴起来舒适的还真不容易……姚师傅焦急地找着，突然，他一拍大腿，想起来了，那顶帽子昨天晚上落在那老先生家里了！得，只能再去一趟。

幸好姚师傅的记性还不错，七拐八拐的，又上了那老先生住的七楼。门紧闭着，他按了按门铃。一会儿，门

开了，一个略显富态的中年妇女探出头来问道："找谁啊？"姚师傅回答说："哦，我是路口配钥匙的，昨晚上来为你们开锁，把帽子落在你们家了。"那妇女说道："你走错房间了，我们这昨晚没人呀！"姚师傅说："不会错的，昨晚你们家里的一位老先生请我上来，帮他打开放在供桌上的那个骨灰盒。"

妇女问："那人长什么样儿？"姚师傅想了想，说："穿着大衣，颈上围着围巾，很有风度。他说要将老伴的骨灰撒到小河里，可钥匙丢了。不信你去看一下供桌上的那骨灰盒。"那妇女眼中忽然现出惊恐之色，她

说："老师傅，你进来吧！"

姚师傅进了屋里，一看，那骨灰盒却还在老地方放着。那妇女搬了一张凳子，把那盒子抱了下来——那盒子的锁真的被打开过了，妇女连忙打开盒子，突然大叫一声，跪在地上："妈，你别吓我，我、我不该阻止你们重组家庭，我错了！我该死！"

姚师傅忙问："大闺女，怎么回事？"那妇女边抹眼泪边说："师傅，你有所不知，我爸死得早，我妈辛辛苦苦把我们拉扯大，几年前她忽然说要跟一个老伯结婚，可我们做儿女的怕别人说闲话，都不同意。去年，我妈不幸去世了，不久，那个老伯也死了，没想到……"

妇女从抽屉里拿出一张照片递给姚师傅"师傅你看，昨晚请你上来的是不是这个人？"姚师傅一看，照片上，正是昨晚那个老先生，他和一个老太太在长椅上并肩坐着，两人脸上满是幸福、陶醉的笑容。姚师傅说："没错，就是他，这么说，昨儿晚上我见到的是……可他怎么没把你妈的骨灰撒到河里呢？"

那妇女又流下泪来，说："师傅，你有所不知，其实老伯他只是想骗你帮他开锁，根本就没想要把我妈的骨灰撒到河里去啊，他一心想的，就是跟我妈在一起，你瞧，盒里的骨灰，足足比原来多了一倍啊！"

（题图、插图：安玉民）

14

墙壁上的

那道线

□ 何建新

一比高矮

张强在念小学五年级，学校离家有点远，可父亲总不同意给他买辆自行车，张强只能走路来回。这天，张强再也忍不住了，对父亲说："爹，别的同学都有自行车了，就我没有。"父亲看了看儿子，半晌，终于说："得，买！"

张强一听，高兴地问："那啥时候买？"

父亲想了想，说："等你长高点个头吧，现在你太矮了，骑车不安全！"说着，父亲比划着，在一面墙大约一米半高的地方画了一条横线，他指着横线对张强说："等你长到这么高，爹就给你买车。"

张强看看父亲画的横线，连忙跑过去比一比高矮，可是还差十多厘米呢！不过张强的心里挺高兴，买车的事情总算有了着落。

从此每天放学回家后，张强总会跑到墙面那道横线下，先一个劲儿地拉扯自己的小胳膊小腿儿，接着又使劲蹦高，好像觉得这样就能一下子长高似的，然后他满怀信心地站在那道线下一比高低，可结果每次都是垂头丧气地离开了，是呀，长高又岂是一朝一夕的事情！

半个月后的一天，张强又像往常一样，站在那道线下比高，忽然他猛地跳起来喊道："爹，娘，我和墙上的那道线一样高了。"

母亲听了,笑眯眯地看着儿子说:"好,明天就让你爹给你买自行车。"

张强开心得跳了起来:"噢,太好了!"便高高兴兴地回房做作业去了。

父亲盯着那道线看了老半天,然后走到妻子身边,轻声地说:"没想到这小子长得这么快,才半个月就长了十厘米!不对啊,肉眼没瞧出咱孩子长高了呀!"

母亲笑了笑说"别瞎琢磨了,是我把原先你画的那道线擦了,又在底下画了一道。儿子天天都拼了命似的和那道线比高矮,我这做娘的看着心

疼啊,就把那道线往下'移'了。"

父亲大吃一惊,责怪道:"哎呀,你怎么把线往下移了呢?咱——咱现在没钱给孩子买车呀!"

母亲撑着病体,说:"他爹,我想好了,你每月挣的钱全给我买药了,我这病吃了三年多的药也不见好,这几个月就别再给我买了,攒点钱给孩子买辆车吧!"

父亲坚决不同意:"小孩子不用骑自行车,多走点路怕什么!你不吃药咋行呢?买车的事再拖一拖。"

奇怪的线

吃过晚饭,父亲把张强拉到墙壁旁,指着那道线说:"你还没长到这道线的高度呢,你那头发差不多就有一厘米,要是剃个光头准没这线高,等你长足这一厘米再买吧!"

张强一听,委屈地哭了,他还想说些什么,可他看见父亲的脸板了下来,便没敢再说,看来,只好再长高一厘米了。

一个月过去了,两个月过去了……半年都过去了,可张强还是没有墙上的那道线高,他搞不懂了。

一天早上,张强去问母亲:"娘,这道线一定有问题,为什么我总是没有它高呢?"

母亲也觉得不对劲"是呀,怎么老差一点呢?"她转而对丈夫说:"我说,就给孩子买辆车吧?明年他就要

到城里上中学了，那么远，不能还走着去吧？"

父亲深深叹了一口气，说："买，是得买了，强强，上学去吧，爹明天就给你买车！"

听了父亲的话，张强背着书包出了家门，可是他怕这一次父亲还是不会买车，他心里不痛快，磨磨蹭蹭地不想去上学，就在屋外站住了，忽然，他听到屋内母亲对父亲说："都大半年了，怎么也不见咱孩子长个儿呢？是不是缺营养呀？都怪我拖累了你们爷俩……"

父亲打断母亲的话"别瞎说，是我把那道线往上移了。"

母亲吃惊地问："你怎么又把线往上移了？"

父亲一声长叹："我也想给孩子买辆车啊，可是总不能拿买药的钱给他买车吧？都怪我没用，不能赚更多的钱……"母亲也跟着叹气："都怪我这病——"

高出一截

屋外，张强听到了父母的对话，他转身飞跑着上学去了。

下午放学的时候，张强早早走回了家，一进屋，他就迫不及待地对母亲说："娘，老师在班上表扬我了。"

母亲好奇地问："老师为什么表扬你？"

张强骄傲地说："因为我体格好，

运动会上比赛得了第一，我知道，我的体格是由于我天天走路上学锻炼出来的。娘，我还要继续走路上学，我不要车了。"

母亲摸着儿子的头，疼爱地说："傻孩子，怎么又不要车了呢？你爹明天就去帮你买车，骑车也可以锻炼体格呀！"

张强依偎在母亲的身边说："娘，我不要车了，真的不要车了。"

母亲笑着说"真是傻孩子，不要车怎么行，明年到城里读中学，你也走着去？"

张强抬头看着母亲"娘，我就走着去上学，你让爹把钱留着给你买药吧！等我和墙上那道线一样高了，再帮我买车。"

第二天，天还没有亮，张强就早早地起床，他摸黑在屋子里悄悄摆弄了一阵后上学去了。天亮后，母亲就急急催促她丈夫帮儿子去买车，刚一抬眼，却突然发现墙壁上的那道线比昨天整整高出了一截，墙角下，还放着一张小板凳……

（题图、插图：安玉民）

红版编辑部各编辑邮箱：

姚自豪：yaobianji@126.com;
郑继文：zjw002@vip.163.com;
周　吟：keyin118@163.com;
吕　佳：lujia411@yahoo.com.cn;
叶小萌：xiaomeng.ye@gmail.com.

8、16、28，这究竟是一组怎样的数字？为何她会对此念念不忘……

解 密

□ 肖红亮

深夜的陌生女孩

赵喜的父母都希望儿子能考上名牌大学，在父母的督促下，赵喜每天都要学习到深夜。

一天夜里，赵喜好不容易把一大堆习题做完，正准备睡觉，他突然听见门外有声响。

陪着赵喜熬夜的母亲李春莲也听到了，母子俩打开门一看，是一个陌生女孩躺在门口，李春莲走过去，轻轻拍了拍女孩，问："姑娘，你是谁？这深更半夜的怎么会躺在这里？"女孩目光呆滞，一言不发。

莫非是个哑巴？赵喜见状，立即从书包里拿出一个本子和笔，让女孩把自己的名字、地址等写在纸上，哪

知女孩一见到纸和笔，突然发疯似的惊叫一声，抓过本子撕个粉碎，把笔扔在地上踩得稀烂，随后一头倒在地上直喘气。

李春莲把儿子拉到一旁低声说："看来这姑娘多半受了啥刺激，精神有些失常，一时半会也问不出什么，我们把她带进屋，慢慢再问。"

进屋后，李春莲又轻言细语地问这个女孩，女孩仍旧什么话也不说，却突然一把抱住李春莲号啕大哭起来。

李春莲看见女孩伤心的模样，安慰道："姑娘别哭，有什么事就跟阿姨说，阿姨一定会帮你的！"女孩的哭声戛然而止，突然说："我饿死了！"

李春莲赶忙烧了饭菜给女孩吃，等女孩狼吞虎咽吃饱饭后，天也亮了，李春莲要儿子去上学，自己在家慢慢再问。

等赵喜背着书包去上学时，那女孩突然一个大步冲过来，抓住赵喜的书包不放，嘴里反复念叨着一串数字 8……16……28……赵喜急忙问女孩："你说什么？再说一遍！"女孩停了停又说道："8……16……28……"

这到底是一串什么数字呢？生日，身份证号，电话号码……好像都不是，不过这一定是令女孩刻骨铭心的数字，里面究竟藏有什么秘密呢？

赵喜心想：只有弄清这组数字的意思，才能解开这个女孩的谜，帮女孩找到家。

赵喜冥思苦想也没想出个所以然，于是他请求母亲同意，让他去城里报社求助……

第二天，报社的头版头条就刊发了一幅女孩的大特写，旁边写着"解密81628，为女孩寻找家园"，报道简单介绍了女孩的情况，呼吁热心读者来破译"81628"，为失忆女孩找家。

看到这则报道，许多热心读者都纷纷献出爱心，有的出主意，有的捐钱捐物，有的表示愿意领养女孩……可就是没有找到"81628"这组数字的合理解释，也就无法知道女孩的真正身份。

为了帮这个女孩找到家，赵喜的

学习都被耽误了，李春莲看在眼里急在心里。

神秘的数字之谜

这天晚上，突然有个叫张维汉的男人打电话找赵喜，他说他就是女孩的父亲，他女儿叫张岚岚，今年16岁，患有间歇性精神病，已经很长时间了，没想到这次她却从家里跑了出来，已经十多天了，张维汉说："今天我朋友在报纸上看到了岚岚的照片，打电话告诉我，我才知道岚岚跑到你们那去了，真是谢谢，感谢你们收留

她，我明天就过来接她。"

听了张维汉的叙述，赵喜有些激动，他说"叔叔，不用谢，这是我们应该做的，真的，无论她走到哪一家，别人都会收留她的！"

放下电话后，赵喜迫不及待地蹦到母亲面前，高兴地说："妈妈，这个姑娘叫张岚岚，她爸爸打电话找来了，说她是从家里跑出来的，我们猜对了，张岚岚果然患有精神病。她爸爸说明天就来接她，哎——这下好了，总算帮她找到家了！"李春莲听了，也开心得连声说好。

赵喜满心欢喜地回到自己房间，正准备做作业，突然，他觉得有点不

对劲，刚才自己太激动了，没有细想：自己并没在报纸上留下名字和家里电话，刚才那个叫张维汉的人怎么知道的呢？再说，做父亲的好不容易知道了女儿的下落，打电话来寻问，总会要听听女儿的声音啊，而那人压根儿就没提！

想到这里，赵喜连忙放下笔，跑出房间喊道："妈妈，那个叔叔是骗子！明天千万不能让他把人带走，我们绝不能把好事做成坏事！"

李春莲听了儿子的分析，有些吃惊地说："怎么可能？他为什么要冒充一个疯姑娘的爸爸？孩子，你就别管了，安心去学习吧！"

赵喜非常坚定地说："不管怎样，不能让他随随便便把人带走！刚才我忘记问他那组数字是什么意思，明天我要留在家里，弄清楚他到底是什么人！"

第二天，主动给赵喜打电话的张维汉果然来了。

赵喜充满敌意地看着张维汉，问道："张叔叔，你知道81628这组数字是什么意思吗？你说得出来，我才能让你把人带走。"

张维汉想了想说："哦，那是我们家的电话号码，只是她说得不完整！"

"电话？真是电话号码？怎么可能？"赵喜看着张维汉，仍然不愿意相信，因为到目前为止，他用这组数

字至少组合了近百个电话，可没有打通一个。

张维汉笑了笑，说："5816288才是我们家的电话号码，你当然打不通啊，要打通还得加区号呢！"

赵喜一听，觉得张维汉讲得在理，正想让他把女儿领回家，这时，一对中年夫妻走了进来，自称是女孩的父母，赵喜糊涂了，女孩的父母怎么会冒出这么多？

女孩的真正父母

这对中年夫妻看到傻傻坐在沙发上的女孩，跑过去抱住她失声痛哭起来："桐桐，桐桐，我的女儿，你把我们急死了……"

看到这个场面，前来冒领的张维汉望着李春莲尴尬地笑了笑，说："老同学啊，看来这个忙我是帮不上了。"

随后，张维汉转向赵喜说："孩子，其实我是你妈妈的老同学，你妈妈联系到我，要我把这个姑娘暂时领回去，好让你安心学习，因为你妈妈她生怕影响你成绩，如果一年半载都找不到这姑娘的父母，你怎么耽搁得起啊！我也是做父母的，这种心情我最理解……"

赵喜回过身看着母亲，红着脸说："妈妈，你放心，我一定会考出好成绩的。"李春莲怜爱地拍了拍儿子的头。

这时，那对中年夫妻走过来，紧握住他们的手，说："谢谢，谢谢，你们都是好人哪！"

赵喜挠挠头问道："叔叔，阿姨，你们真是她的父母？"

中年男子点点头说"是的，我姓罗，叫罗天培，我女儿叫罗桐桐。桐桐离开家已经二十多天了，我们动用各种手段找了很多地方，她妈妈差点就急疯了。昨天晚上我在网上无意中看到桐桐的照片和那篇报道，就和她妈妈一道连夜赶了过来！"

罗天培边说边从手提包中拿出了工作证、身份证、户口簿等，其中还有一本厚厚的影集，里面是桐桐从小到大的照片。

赵喜高兴地说："这下真没错了，你们总算团聚了！罗叔叔，那组数字到底是什么意思，你应该知道吧？"

罗天培点点头说"当然，那是几个让桐桐刻骨铭心的数字。我和她妈妈都是名牌大学毕业的，我们也一心想让桐桐考上名牌大学，前年桐桐的考分离名牌大学的分数线差了8分，于是我们要求她复读再考，哪知去年她的考分离分数线竟差了16分，而今年……她的成绩离分数线整整差了28分，三次高考一次不如一次，桐桐在这重重打击和压力下就成了这样……"说到这里，罗天培已泣不成声。

（题图、插图：安玉民）

发黄的老照片

□ 马琳

老包是个电脑技术员，平时不善言辞，可只要一喝酒，话就特别多，不说话就难受。

这天，老包去参加一个酒宴，这满桌子都是陌生人，老包喝酒后想找人说话都难，他用醉眼环顾四周，终于发现一个小伙子很面熟，便随口问道："你贵姓啊？看上去好面熟。"

小伙子见长者问自己，连忙说："我姓汪，老家在汪家村。"老包一听就来了兴趣："我原来有个老同学也住在汪家村，叫汪大强。"小伙子听了神色一惊："啊？他就是先父！"继而神情悲伤地说："我是个没福的人，父亲去得早，我没出世他就走了。"

老包连忙安慰小汪："你父亲是个好人哪！当年我们在一起读书的时候，他还经常帮我记笔记。我俩关系一直很好，我家还有一张当年我俩照

的黑白相片，有机会给你看看！"

小汪听了顿感亲切，干脆和别人换了个位子，过来和老包挨在一起坐着，两人很有一种酒逢知己的感觉，不一会儿就喝得醉醺醺的了。

醉酒后的小汪，比老包话还多，他一边抹着眼泪一边说道："我打小就没见过我父亲，母亲也走得早，家里连张父亲的照片都没有，这么多年了，唉，我真想见父亲一面啊……"

老包被小汪弄得鼻子酸酸的，这一顿饭吃完，两人就成了忘年交，临分手的时候，小汪还向老包打听了家庭住址和电话，说是改天一定要登门拜访。

第二天一早，老包起床后什么都不记得了，可没想到，当晚小汪提着两瓶茅台酒来到了老包家，他一进门就叔叔婶子地叫个不停，客气得很

跟老包老两口说了原由后，小汪便开门见山地问："包大叔，您能把我父亲的照片给我看看吗？"老包心里一惊：糟了，真是喝酒误事啊！

原来，三十多年前，老包确实和小汪的父亲拍过一张合影，但因为这么多年过去了，房子都换了好几处，哪里还能找到那张旧照片？他昨晚酒一喝多就说给说漏嘴了，这说出去的话泼出去的水，再也收不回来，现在小汪提着礼品来讨照片了，他拿什么给人家？

老包越想越觉得不对劲，连忙站了起来说："哟！这酒我可不能收！你拿回去吧，照片我没有啊！"小汪听后，似乎明白了什么：可能包大叔嫌这点礼太少了！小汪尴尬地笑了笑，说："包大叔，这两瓶酒是我的一点心意，您老别嫌少……要不，我改天再来拜访您吧，我今天先告辞了。"老包见小汪走了，松了一口气：还好没再问我讨照片看了！

哪知过了几天，小汪又来了，他送来一只贵宾犬，但这次老包不在家，给小汪开门的是老包的女儿小敏，小敏弄清楚情况后，把小汪请进了屋，没想到两人聊着聊着，甚是投机，此后小汪总是隔三岔五地往老包家跑，给狗洗澡、喂食，可勤快呢！

小汪来的次数多了，和老包的女儿小敏也越来越熟悉，两人情投意合竟然谈起了恋爱，老包也不反对，经

过这一段时间的观察，他觉得小汪是个很不错的小伙子，何况还是他老同学的儿子呢！

这天，小汪又来到老包家，照常帮贵宾犬洗澡、喂食……一切打理好后，小汪开口恳求道："包大叔，我从小就没见过父亲，家里也没留下一张半张的照片，您就让我看看我父亲年轻时和您的那张合影吧……我翻拍后就还给您，好歹也让我知道父亲长什么样啊！"说着说着，小汪的嗓子哽咽了，小敏也帮着恳求，要父亲把照片给小汪。

老包听后，心事重重，弄丢照片的事他实在不忍心跟小汪说，不然小汪会多失望啊，过了半晌，老包打量

了小汪几眼，突然说："这样吧，下个礼拜天我给你照片！"小汪听了顿时心花怒放，开心地告辞了。

第二天，小汪又来到老包家，这次他不再提照片的事了，而是开心地陪着老包、小敏他们聊天。老包见小汪的头发长了，便关心地说："小汪啊，让小敏带你去理个发吧！"小敏捋捋小汪的头，笑着说："没问题，我有理发店的优惠卡。"说罢，她拉着小汪去了理发店。

到了理发店，才知道所谓的优惠卡，实际上就是学徒卡，虽然一个小师傅认真地帮小汪理着头发，但毕竟手艺有限，他一个不留神，竟将小汪的发型理了一个老土的二分头。理发师连连向小汪道歉，小汪无奈地看看在一旁偷笑的小敏，有点难为情。

回去的路上，小敏一直逗小汪开心，让小汪很快忘了头发的事，况且他很快就能见到自己一直期盼的照片了，没有理由不开心啊！

和老包约定的礼拜天很快就到了，这天小汪一大早就跑到了老包家里。老包倒也爽快，一见小汪来，就冲里面喊道"小敏她妈，你去把那张老照片找出来！"

小汪不由开始激动起来，终于就要看到父亲的照片了，他坐在沙发上紧张地搓着手。过了一会儿，老包的老伴从一本旧的影集里找出了一张发黄的黑白照片，递给了小汪，小汪颤抖着手接过去，辨认着。照片上两个穿着中山装、留着小分头的年轻人对着镜头傻乎乎地笑着，其中靠左边的一个人长得极像小汪。

小汪仔细地看着，指着左边的那个人问道："这是我父亲吗，这是我父亲吗？"见老包点了头，他又笑道："我看见我父亲了！可怜我活了快三十年了，到现在才知道父亲长什么样，呵呵。"他笑着笑着又流泪了。

老包看着小汪又笑又哭的样子，心里怪难受的，他背过身去擦了擦眼角，然后大声喊道："小敏，快去炒两个菜，让我们爷儿俩好好地喝一杯！"小敏脆声答应了，厨房里很快传出一股饭菜的香味。

其实小汪不知道，这照片里的"父亲"，就是他自己……

原来，老包一直不忍心打破小汪的"照片梦"，那天偶然看到小汪的某一个神情特别像他父亲，不由灵机一动，想到了一个好办法。接着，他向女儿小敏求救，跟她说了照片的事。小敏被感动了，她决定帮父亲替小汪圆了他的照片梦，所以小敏故意让人给小汪理了一个二分头，而老包则偷偷躲在暗处给小汪拍了照，然后亲自动手把小汪的照片和自己年轻时的照片合成了、作旧了，就真和当年那张老照片一个样。

（题图、插图：谢　颖）

不愿错过的节目

□ 时英友

按捺不住

陈冬在一家粮油公司上班，他带着儿子住在离公司不远的宿舍里。

这天晚上，陈冬一回到家马上就打开电视，收看正在直播的乒乓球赛，正看得起劲，家里突然停电了，这可急坏了陈冬，忽然，他灵光一闪，想到一个看电视的好地方：公司食堂大厅有一台大彩电，自己可以去食堂看电视呀！想到这里，陈冬关上房门就下了楼。

陈冬一路小跑，几分钟后便赶到了食堂，一看，还好，食堂大门没关。陈冬激动地跑进食堂大厅，刚到大厅，就听到了电视机的声响，一看，原来已经有人坐在那里看上电视了，是谁？

原来是食堂里打饭的一个老女人——王秀芳，她这个人平时趾高气扬、蛮不讲理，公司上上下下没有一个喜欢她的，大家都懒得理她。

王秀芳见陈冬进来，根本没理睬他，仍专心地看着电视，陈冬心想：你不理我，我还懒得理你呢！犹豫片刻，陈冬最终还是坐了下来看电视，这场乒乓球赛他可不愿意错过！然而，电视里正在播放的是一场选秀节目，王秀芳看得十分入迷，眼睛不错神地盯着电视屏幕，陈冬不由焦急地看着表，他想：再忍忍，过几分钟王秀芳就要下班走人了，电视机就归自己了。

时间一分一秒地过去，王秀芳下班时间都已经过了好几分钟，可她依然稳坐在那里痴迷地看着选秀节目，陈冬再也按捺不住，他看着放在茶几上的遥控器，恨不得一把拿过来就换台，可他知道，如果那样，王秀芳非和他打起来不可。

陈冬干瞪着眼儿，心里像猫抓一样难受，陈冬实在想不明白：王秀芳都四五十岁的人了，怎么还像个中学生一样，对这类选秀节目感兴趣！陈冬这边正难受着，王秀芳却看得情绪高涨，有一名选手上台还没开口演唱呢，她就开始鼓起掌来，还掏出手机给这名选手投票！陈冬再一看时间，几乎绝望了，还有十来分钟乒乓球赛就结束了，今天要想看球赛，除非王

秀芳离开食堂……

天助我也

似乎天助陈冬，不一会儿，王秀芳正看得带劲呢，电视屏幕突然闪烁了一下，就全变成了雪花点，这下王秀芳坐不安稳了，她立马起身去查看电视机后面的有线插座，摆弄了半天，仍没信号，王秀芳焦急地跑出了食堂……

陈冬这时笃悠悠地掏出手机三下两下一摁，电视的信号马上就恢复了，他赶忙调到乒乓球赛，现在，食堂已经变成了陈冬的天下，电视里一对乒乓球运动员你来我往激战正酣，电视机前的陈冬也不闲着，简直是手舞足蹈，嘴里还大喊大叫："扣杀，扣杀！""小心呀，旋转球！""好球！"……陈冬似乎忘了，王秀芳才刚离开不久，像他这样大喊大叫，非把王秀芳招来不可。

果然，王秀芳闻声折回了食堂，陈冬一看，心想：糟了！我刚才发短信让总控室值班的哥们把有线电视总插头给拔了，好不容易才"赶"走这个老女人，哪知刚才自己一时兴奋过头，忘了她刚走，我这么大叫，她肯定听到了，知道电视信号好了，就折了回来。陈冬后悔不迭，但他不想错过这球赛的最后几分钟，怎么办？

几秒钟后，王秀芳就走到了陈冬跟前，她拿起遥控器准备换台，可是遥控器却不听她使唤，无论怎么用力按，电视机都没反应。真是怪了，刚才还好好的呢？王秀芳焦急地摆弄着遥控器，把所有的按键按了一遍，都失灵了！

他们是谁

正在王秀芳心急如焚地敲打摆弄遥控器时，陈冬突然大叫一声"耶！"做了个胜利的姿势，"腾"地站了起来，王秀芳吓了一跳，陈冬却自顾自兴奋地说开了："你看见了吗？那个穿红色衣服的运动员，他、他是我儿子，他赢了，得金牌了……"陈冬指着电视屏幕，激动得有些语无伦次："好小子，还真有两下子……"

王秀芳听了，讪讪地说："你儿子真争气呀！"陈冬一脸神气地说："那是！"就在他们说话的当儿，陈冬的手机响了起来，一看来电显示，陈冬又兴奋起来："是我儿子打来的。"接电话之前，陈冬突然想起了什么，向王秀芳尴尬一笑，从衣袋里掏出两节电池放在茶几上，原来刚才他眼疾手快，在几秒钟内偷偷把遥控器的电池给拆了。

陈冬接通了儿子的电话"嗯，我知道了，刚才看了电视直播，你今天发挥得不算太出色，丢了好几分，还要继续努力，争取拿奥运金牌……"

挂断电话，陈冬乐呵呵地转过身来，他发现电视已经切换到选秀节目了，可是王秀芳却双手捂脸，耸动着肩膀在哭泣，陈冬慌了，他这才意识到自己刚才确实有点过分，他走上前，结结巴巴地说："刚才，我……不应该把电池……"没等陈冬把道歉的话说完，王秀芳就抬起头，抽泣着说："刚才那名我投票的选手没能晋级成功，她、她被淘汰了，那是我女儿啊……"

陈冬心里咯噔一下，他这才明白王秀芳为何这么关注这场选秀了。看着王秀芳悲痛的样子，陈冬不知该说什么好："快给你女儿打个电话吧，这个时候她需要你。"

王秀芳这时感激地看了陈冬一眼，擦干眼泪，拿起自己的手机，咳了两声，清了清嗓子后才拨通女儿的电话："青青吗？我是妈妈。别哭，没什么大不了的，是金子总会发光，在妈妈眼里你是最优秀的。别忘了，你已经进入八强了啊！早点回来，妈妈准备好了礼物等着给你祝贺呢……"

看着王秀芳一会儿哭一会儿笑，陈冬突然觉得这个"老女人"也并不是那么可恶，陈冬感叹道："你真是女儿背后的一座山啊！"

王秀芳扑哧一笑说："你不也是吗？"说完话，两人同时呵呵笑起来……

（题图、插图：谢　颖）

谁说都不听

□ 谭文春

莫奈何

蒋教授是赫赫有名的儿童教育学专家，这天，他录制完儿童教育节目后，便去逛逛商场买点东西。

蒋教授刚一进商场，就看见一个调皮的小男孩不知怎么爬上了货品展示架玩耍，小男孩的父母一个劲儿地劝他下来，可小男孩平时被宠坏了，现在哪里肯听话，只顾在展示架上攀来攀去，自个儿玩耍着，小男孩的父母担心他摔下来，在展示架下急得团团转。

蒋教授看了不禁笑了，站在旁边静静地看着，他想检验一下自己的讲座对家长有没有帮助，看他们怎样"对付"这小男孩。

小男孩的父母见孩子怎么说也不听，十分生气，准备强行上去抱孩子下来。

蒋教授在旁边暗自摇头，他知道这个方法肯定行不通。果然，小男孩不依不饶，又哭又闹，紧紧抓住展示架不放手，展示架在一拉一扯中摇得厉害，散架似的作响，吓得他父母急忙缩回手。

这一闹，引来了不少顾客围观，店里的服务员也跑过来劝说："小朋友，这里是商场，不是儿童乐园，不能玩的，你快下来!"

蒋教授一听，心想：这个年轻店员肯定没结婚，不知道该怎样对孩子说话，完全是用命令似的语气，非但达不到目的，还会引起孩子的反感。果不其然，小男孩听了店员的话，白了他一眼，不满地说："我偏不下来!"

店员怕展示架倒下砸着人，只好去请店长来处理。店长是个漂亮的女人，不一会儿，她过来了，和颜悦色地说："小朋友，爬那么高，摔下来屁屁可痛了。"

蒋教授在一旁听了，点点头，动之以情，这话小男孩爱听，有门儿！哪知那小男孩自得其乐地在展示架上，甩动着两条小胳膊，得意地说："摔下来我爸爸会接住我的，我才不怕呢！"

店长无可奈何，只好转身去请商场经理。经理也怕小男孩闹出个什么闪失，赔偿且不论，肯定会给自己商场带来负面影响，所以经理赶紧拿了个高档的电动汽车走过来："小朋友，只要你下来，我这个漂亮的车车就送给你。"

蒋教授看了看，心想：诱之以利，也是一种很好的方法，一般孩子都不会拒绝。

果然，小男孩听到有人送他东西，就停了下来，看了一眼经理手上的电动汽车，最后依旧嘴巴一撇说："这个？我家里有好多呢，什么玩具都有，我才不稀罕。"得！经理也没法了。

蒋教授知道该自己出马了，他分

开围观的人群，走了过去。很多人都认识蒋教授，知道他是儿童教育专家，一定有法子说动小男孩，让孩子乖乖地下来。

只见蒋教授慈爱地对小男孩说："小家伙，上面好玩吗?"

小男孩看了看蒋教授，得意地一扬头，说："好玩。"蒋教授微微一笑："可是，爬那么高，不怕危险吗?"

小男孩咯咯笑着说"我不怕，我在公园爬树，比这还高！"

蒋教授点点头，说"你真是个勇敢的孩子，但勇敢的孩子也应该是个

讲道理、听话的乖孩子，知道什么是对什么是错。你爬那么高，让爸爸妈妈担心，又影响商场叔叔阿姨的工作，就不对了哦！"听了这话，小男孩不说话了，撅着小嘴想着。

大家见蒋教授几句话就说动了小男孩，都佩服得不得了。蒋教授继续用亲切的语气说："乖孩子可不能给爸爸妈妈惹麻烦哟，快下来吧！"谁知小男孩一听要他下来，脚一跺，跺得展示架直摇晃，还是那句话"我不下来！我就要在上面玩！"

杀手锏

说了半天白说了，蒋教授也莫奈何。商场经理见儿童教育专家都无能为力，不由急得满头大汗。现在围观的人也越来越多，严重影响了商场的正常秩序，情急之下，经理大声说："哪位能把这个小男孩劝下来，我们商场愿意奖励他一百元现金。"大家你看看我，我看看你，都没有人应。

"两百元！有没有人愿意试一试？"经理又把赏金加了一倍。这时，商场一个刚下班的清洁工走了过来说："经理，让我来试一试。"商场经理将信将疑地打量了他一番，心想：人家儿童教育专家都无能为力，你一个清洁工又有什么本事呢？但病急乱投医，经理也就点头答应了。

围观的人也对这清洁工产生了怀疑，有的甚至还低声地冷嘲热讽："看他那穷酸样儿，该不会为了拿两百元，用粗暴的方法吓孩子下来吧？"

清洁工不再说话，笑着走到展示架边，从口袋里掏出一张纸，左一折，右一折，三五两下就叠出一个纸青蛙来，放在左手掌心上，然后伸出右手的一根指头，在青蛙的后部轻轻一按，青蛙就向前蹦了一下，跳出了手掌心，落在地上。清洁工蹲下身又在青蛙后部轻轻一按，青蛙又向前跳去，连按几下，青蛙就跳到了展示架下。架上的小男孩目不转睛地看着，眼里充满了好奇，脸上露出神往之色，他情不自禁地叫起来："啊，真好玩，真好玩！"

清洁工笑容满面地对孩子说："你喜欢吗？我送给你。"小男孩立即欢呼雀跃地从展示架上爬了下来，爱不释手地把纸青蛙捧在手上，围观的人不由鼓起了掌……

蒋教授被这一幕震惊了，他不由陷入了深思：是啊，现在的小孩要什么有什么，父母给他们吃的都是精美的食品，给他们玩的都是高档的玩具，这个小男孩连好几百元的高级电动汽车都看不上眼，却对这么个手工叠的、不值钱的纸青蛙喜欢得不得了，也许现在的父母在孩子身上费尽心思、百般疼爱时，却真的忘了给孩子一点传统而简单的记忆啊！

（题图、插图：谭海彦）

· 中国新传说 ·

被开除以后

□李 勇

顺达公司的王总一上班，就从助理那里得知，一个叫张小静的员工昨晚骑车出了车祸，现在还在医院抢救。王总为了暖人心，便吩咐助理，买点东西，代表公司去医院看望一下。

助理从医院回来后，告诉王总："张小静醒来了，但人还很虚弱。肇事车主和交警都在，交警调查清楚了，责任大半都在张小静身上。"

王总忙问："为什么？"助理说："因为当时正在下雨，突然一股风吹来，将张小静胸前的雨衣帽子吹得鼓了起来，帽子一下子把她的脸给遮住了，她毫无防备，一下慌了手脚……"

王总打断助理的话："等等，什么

帽子？"助理重复了一遍："雨衣的帽子。"王总纳闷了："这雨衣的帽子怎么在她的胸前？"助理说："事情是这样的……"他正要把原委从头说给王总听，哪知王总又不耐烦地打断他说："好了，快告诉我，她的伤势怎样？"助理说："张小静的伤势重，要在医院住很长时间。不过，就算出院，也只有一条腿了。"

听到这，王总陷入了沉思，助理还想说什么，王总却用手示意助理出去，他要静一会儿。

快下班的时候，王总叫来助理，对他说："等张小静出院后，你向她解释，说公司有困难，需要裁员，然后带她去财务科领取五千元，算是补偿。"助理不解地问："为什么？"王总严肃地说："因为公司不欢迎一个粗枝大叶的人，粗心到连雨衣也会穿反了的人，我不想要；更何况，她只

有一条腿了。"助理还想说什么，王总不耐烦地说道"好了，就这么定了！"说罢，坐上轿车走了。

接下来的日子，王总仍然像往常一样忙着公司的事情，一晃就是半年。一天，王总在办公室看报纸，无意中，一则新闻报道引起了他的注意，报道的主人公正是张小静。记者详细地叙述了张小静出车祸以及被公司辞退的经过，而且讲到，如今，张小静很不幸地又被查出得了白血病，张小静整天以泪洗面，几欲轻生……

看完报道，王总心情异常复杂，

同时，一股怒火袭上心头，他扔下报纸，一个电话喊来了助理。一见助理，王总就按捺不住气愤之情，指着他的脸说："我再三强调，干事要细心认真，可你、你……张小静被辞退，都是因为你粗枝大叶没弄清楚状况！"

助理显然吓坏了，愣在那儿，不知怎么回事。王总指着桌上的报纸对他说："你自己看看！"助理拿起报纸，看着看着，脸上的汗不由得冒了出来。报道中说，张小静出车祸的时候，后座上的孩子只是受了一点轻伤……

王总声色俱厉地说："孩子！她当时还带着孩子，你居然没有汇报！"助理嗫嚅着，想对王总说什么，但王总已走出了办公室，直奔张小静的家。

王总看到张小静后，吃了一惊，半年不见，张小静好像老了十岁，脸色苍白，人瘦得快认不出来了。

张小静看到王总登门，很是意外，王总抱歉地说："我看了报道，了解了一些情况，对于当初草率地辞退了你，心里真的很歉疚，我愿意出资帮助你战胜病魔。"张小静感动地点着头，王总又问起半年前的那次车祸，张小静说出了当时的情景。

原来，那天傍晚下起了大雨，张小静骑着电动车，带着孩子从外面往家赶，当时只有一件雨衣，不够两个人穿。雨衣前面部分很宽很大，可以将车前网篮完全盖住，而后面部分则很小，因为只要遮住后背就行了。张小静将雨衣穿上后，发现根本遮不住坐在后座的孩子，她忽然灵机一动，将雨衣前后倒了过来，这样穿，宽大的前片就将孩子包得严严实实，不过，张小静自己就只能将雨衣帽子耷拉在胸前，光着头，任凭雨淋。她想，只要孩子没淋着，就行！但没想到，一股风将胸前的雨衣帽鼓了起来，酿成了车祸……

王总从张小静家回到公司，他从抽屉里拿出一个存折，对助理说："这里面有三千元，你帮我取出来，算是我个人捐给张小静的。"助理看着王总，感动地点点头。王总对助理说："你让全公司的人都看看这篇报道，号召大家一起为张小静捐款，救救张小静！"

吩咐完后，助理站在那儿，还是不走，王总眉头紧皱，说道："怎么还不赶紧去办？"助理像是鼓足了勇气，终于说道"王总，我有一句话，想对你说。"王总示意他说，助理告诉王总："其实张小静雨衣倒穿出了车祸的事情，在第一次从医院回来时，我就要对你说的，但被你武断地打断了，后来也是如此。王总，我很敬佩你，但如果你能多些耐心多些和善，将会是个更好的老总。"

王总明白了这一切后，狠狠地给了自己一拳头，说道："在这件事上，我才是真正的粗枝大叶啊！"

公司里的捐款很快到位，社会上的捐款也纷至沓来，两个月后，张小静康复出院了，当她迈着假腿来上班时，却见王总正带着全体员工，站在大门口迎接她，王总紧紧握住张小静的手说："公司不仅仅是在欢迎一个康复的患者归队，更主要的是，公司不能让一个充满母爱的人寒心！"

（题图、插图：安玉民）

要毒药

□ 帅士象

小赵年纪轻轻就当上了县档案局的局长，是个很有能力的人。他一上任就把要毒药这事当成局里最要紧的事在办。上任的十天之内，他就去找了县长五次，但是都没有见到县长。第六次，小赵来到县政府办公室，看见县长的门虚掩着，他心中长舒了一口气：今天终于可以见到县长要毒药了。县长的秘书对他说："你今天运气好，县长在，不过，你要等一下，县长这时正在和两位副县长开重要的会议。"

小赵于是静静地坐在秘书的办公室里等。县长的重要会议一直开到中午十二点还没结束，这时秘书过来对他说："赵局长，可能你今天还是见不成县长了，你先回去吧！"小赵心里很着急，因为他听秘书说，县长下午一点就要赶去外地考察，半个月后才能回来。不行，今天必须见到县长，非跟他要到毒药不可！

十二点过十分了，县长和两位副县长开会还没出来，小赵灵机一动，对秘书说："我去给三位县长倒一点开水。"于是，小赵提了一瓶开水敲响了门，里面应道："请进！"小赵走了进去，县长一看是小赵，惊讶地说："哟，赵局长，怎么是你来倒水？秘书干什么去了？"

小赵不吱声，只是笑着给县长他们倒开水，县长看着小赵腋下夹着的东西，意味深长地说："恐怕你不是来倒开水的哦！"小赵尴尬地点点头，笑着说："我找县长正是有要紧的事想说。"说着，小赵就把腋下夹着的三个卷宗，放在了县长的办公桌上。

小赵把一卷发黄的卷宗摞起来，一掸上面的灰尘，对县长说："县长你看，这可是真正的宝贝啊！"县长疑惑地说："这东西怎么会是宝贝？全是灰尘。"小赵说："这可是清代大才子李调元的一份手迹。李调元的名声不亚于当时的乾隆重臣纪晓岚，而且他出生在我们县，现在我手里的这本李调元的手迹，可以说是孤本了，你说是不是宝贝？"

县长曾是市委书记的专职秘书，他爱好读书，知多识广，当然知道李调元这手迹的珍贵，于是他仔细地翻看着，不断地点头："这字写得太好了！"

小赵趁热打铁对县长说："像这样的宝贝，我们档案局还很多，可是，这些宝贝恐怕要不了几年，就会全没了。"县长吃惊地问："为什么？"

小赵将这带来的几卷卷宗提了起来，在县长的办公桌上抖了几抖，就

见许多虫子纷纷落到了桌上，在那慌乱地爬着。

小赵告诉县长，档案局由于缺经费，所以从来没有杀过虫，这么多年来，不知道这些卷宗里有多少虫在恋爱结婚生子，现在那几万卷卷宗里，该有多少虫子啊！也许要不了几年，大家见着的不再是卷宗，而是一柜子一柜子肥滚滚的蛀书虫了。

县长很欣赏地拍拍小赵的肩，说："我明白了，这买毒药的钱我一定批给你！"

小赵对县长再三道谢后，一身轻松地走了出来，一看表，都快下午一点了，县长马上就要赶飞机出去了，还好毒药的事情说妥了。下午三点，小赵便拿到了给县档案局特批的三万元买毒药的钱款。

两天后，小赵带领员工正专心致志地在卷宗上撒毒药，却见县长和他的秘书笑呵呵地赶过来了，小赵吃了一惊，脱口问道："县长，你不是出差去了吗？怎么……"

县长笑着说"不去了！我啊，挂念着这里的宝贝呢！来，我帮你们一起撒毒药……"大伙跟着县长热火朝天地干起来，小赵偷偷问县长秘书："这咋回事啊？"

秘书笑着小声说道："县长他把自己出差的这笔经费省下来，全批给你们档案局了！"

（题图、插图：刘斌昆）

妈妈的
灯

□凌秀英

三盏灯的传说

叶萍和婆婆住在一起，她们经常吵架。这次，婆媳俩又闹翻了，叶萍的老公出差在外，没人劝架，叶萍一气之下带着六岁的儿子晴宇到外面租房子住。

叶萍又要上班又要带孩子，忙得不可开交。这天吃过晚饭，好不容易有点空闲了，叶萍便带着小晴宇到外面去散步。

不料，这六月的天就像孩子的脸，说变就变，还不到半个小时，老天突然下起了大雨，叶萍母子俩只得急忙往回赶。

为了快点到家，叶萍带着儿子走了一条偏僻的近路，刚走到一半，小晴宇的身子却轻轻抖了起来，他拉住

叶萍的手胆怯地说："妈妈，我怕……"叶萍连忙搂紧儿子叫他不要害怕，小晴宇仍发着抖说："妈妈，我怕……"

叶萍心里暗暗叫苦，早知如此，就不该抄近路，现在都走到一半了，再折回去非得淋出病来，她干脆把儿子驮在背上，边跑边哄着小晴宇说："晴宇乖，就算有鬼咱也不怕，因为咱有三盏灯呢！"

小晴宇好奇地问："妈妈，什么是

三盏灯？"

叶萍继续哄着儿子说："其实每个人身上都有三盏阳火灯，这三盏灯分别在头顶和双肩上，有了这灯的保护，就可以辟邪，但只要一回头，人的呼吸就会吹灭自己肩上的灯，那就只剩下头顶一盏灯了，邪恶的东西就容易近身……所以你呀就乖乖趴在妈妈背上不要左晃右晃哦，我们马上就到家了。"

小晴宇果然很听话，他点点头："我不回头，妈妈也别回头！我们快点回家。"

然而，这一夜小晴宇还是睡得很不好，总在睡梦中惊醒，想必是受了惊吓，又被雨淋湿，发起烧来，叶萍赶忙抱着儿子去了医院，医生开好了药，嘱咐叶萍带孩子回家好好休息。

折腾了一整夜，叶萍已筋疲力尽了，她看着昏睡中的小晴宇，忧心忡忡，都怪自己昨晚带孩子抄近路，要不然孩子也不会被吓着。

叶萍守着儿子，两个小时、三个小时……

渐渐叶萍睡了过去，恍惚中，她又来到了和儿子走过的那条路上，一切景物都在，所不同的是，小晴宇不在自己身边。

叶萍焦急地喊着儿子的名字，左右张望，找寻着儿子，双肩上的灯被她无意间吹灭了，可叶萍来不及多想，因为她看见了儿子，小晴宇远远

地跟在她身后游荡，双眼无神地看着前方，像不认识妈妈一般，在小晴宇左右有一群面目狰狞的小鬼挟持着他。

叶萍立马大声喊道："放开我的孩子！"可小鬼们并不怕她，纷纷向叶萍扑过来，叶萍这才意识到，自己的两盏灯已经灭了，只剩下头顶一盏，小鬼们自然不害怕，但她顾不了那么多，救儿子要紧！

叶萍疯了般地用头顶的灯撞向小鬼，霎时间这唯一一盏灯竟然发出了一道耀眼的光芒，小鬼们纷纷发出惨叫，吓得丢下小晴宇逃走了，边逃边惊恐地叫着："天哪！怎么一盏灯还会有这么大的威力？这个妈妈太可怕了！"

瞬时，小鬼们便消失得无影无踪了，叶萍身上最后一盏灯也随之熄灭了，她筋疲力尽，跌倒在地……

一家人的欢笑

也不知过了多久，叶萍幽幽醒来，一睁开眼，她看到婆婆正焦急地坐在床前看着她，一见她醒了，惊喜地说："你可醒了，吓死我了！你知道吗？你已经躺了三天三夜了，我只当你出了什么意外醒不来了。"

说着说着，婆婆禁不住流下了眼泪"没经过你的同意，我就把你那边租的房子退了，找人把你们的东西搬了回来，这样我也好照顾晴宇，帮你

分担点，你不会怪我吧？"

叶萍听了，心里酸酸的，她默默地点了点头又急忙摇了摇头，多好的老人啊，自己以前怎么就没发现，还总是和婆婆吵架？

婆婆告诉叶萍，小晴宇早就醒了，已经去上学了。叶萍这才将心头的石头放下来，她把事情的前后经过告诉了婆婆。

婆婆听后，心疼地对叶萍说："这些日子你上班忙，又要带孩子，真是辛苦了，能好好睡一个长觉补补也好，晴宇只是被吓着了，没事没事……"

经过这件事，叶萍和婆婆尽释前

嫌。

小晴宇放学回来见妈妈康复了，快活得一蹦一跳，婆婆逗孙子："你妈妈的三盏灯都灭了，以后晚上不能再陪你去散步了。"

小晴宇一听，顿时难过起来，他默默地跑回房间，就一直趴在桌上画着什么，叫他也不理。

小晴宇忙活了半天后，捧着自己画好的东西走到妈妈身边，说："妈妈，送给你。"

叶萍接过来一看，不由得热泪盈眶，只见那幅画中，一个女人的双肩和头顶分别亮着三盏灯，画的名字叫"妈妈的灯"。

这时，一旁的婆婆故作惊讶地对叶萍说："怪事！我看见你身上的三盏灯又重新亮起来了！怎么回事啊？"

叶萍听了，狠狠地亲了儿子一口："这是小晴宇送给妈妈的灯！我想一定是他打动了某位过路神灵吧！"说罢，婆媳俩相视而笑。

小晴宇歪着头看了看妈妈和奶奶，开心地说道："我要打电话给爸爸，告诉他妈妈和奶奶成了好朋友啦！"

（题图、插图：谭海彦）

（本栏目欢迎来稿。来稿可从邮局寄发，也可从网上传递。如为电子邮件，请发以下信箱：keyin118@163.com）

赢得

美人归

□ [英] 伦纳德·梅里克

谁更出色

约翰和罗比是全城两个最出色的喜剧演员，他们同时爱上了剧团里最迷人的女演员玛丽小姐。

约翰和罗比不想因此而伤感情，于是两人决定让玛丽小姐来选择，无论玛丽小姐最后选谁，他们都会为朋友祝福。可没想到，玛丽小姐对约翰和罗比是一样的喜欢，她无奈地说："你们都一样的优秀，我实在不知道该选谁，要不这样，你们都演一场戏，让观众来评判你们的好坏，谁演得好我就嫁给谁！"

约翰和罗比一听，都十分沮丧，因为众所周知，他俩的表演旗鼓相当，整个戏剧界乃至整个新闻界恐怕都没有一个人能作出判断。看样子，到底

谁能娶到玛丽小姐，还要另想办法。

约翰和罗比离开后，一起来到了酒吧，两人绞尽脑汁，最后约翰说："伙计，我们在喜剧表演上分不出胜负，不如你我就演悲剧，谁演得好，谁就娶玛丽！"

罗比有点犹豫，因为对整个戏剧界而言，他俩无疑是极其出色的喜剧演员，可要在悲剧中演出、在一个严肃角色中崭露头角又谈何容易啊！罗比想了想，说："这个办法倒也好，不过剧团永远不会答应给我们一次机会来演悲剧的。我们剧团不总是这样吗？一个人要是在某一角色中成功了，那他就注定要一辈子演这一角色。我们从一开始碰巧成了轰动一时的喜剧演员，恐怕现在谁都不相信我们除了演喜剧外，还有什么其他能耐。"

"完全赞同！"约翰随声附和道，"那么，我们该怎么分胜负呢？"

罗比沉思片刻，说："既然我们不能在舞台上一比高下，我们就只好在舞台下寻找机会。"

约翰一听，十分兴奋："私下演出？好哇！不过，如果只是私下演出的话，怎么有观众来评判呢？"两人又心事重重地喝起了闷酒。

这时，酒吧里突然有人认出了约翰和罗比，这个人立刻兴奋地走到两人身边说："两位先生，我叫雅力，请原谅我的冒昧——我情不自禁地想听听你们的专业意见！我跑了二十年龙套，这次剧组竟然要我演一名死刑执行官，明天就要去小镇开演了，可我

却感到很紧张，幸好遇到你们，能不能给我点专业的指导？"

罗比一听，突然两眼放光，他对雅力说："听着，你在小镇上有熟人吗？"雅力莫名其妙地看他崇拜的喜剧大师罗比，摇摇头说："没有。"

罗比又问："那儿没有任何人会认出你吗？"

雅力点点头："是的，那样一个小镇，很可能没有。"

罗比笑着问："你估计能得多少报酬？"

雅力如实地告诉罗比："只是个小会堂，价格很低，也许两百五十元。"

罗比诡异地一笑"你很紧张，你想推迟你的这次演出是吗？"

雅力尴尬地说："我承认，我很没用，确实想推迟演出时间，以便我做好充分的准备……可你为什么这样问呢？"

罗比兴奋地说道："我会告诉你为什么，还会付你五百元，只要你答应让我取代你去演出，你愿意吗？"

雅力迷惑地说："我不明白！"

罗比告诉他："我渴望扮演一次严肃的角色。明天你就装作并不知道我冒充了你——所有责任都由我来承担，你看如何？"

雅力心想：不需要去演出就可以收到五百元报酬，真不错！于是雅力答应了，罗比这下真是激动得忘乎所以，而此时，约翰却惊慌失措了，是呀，罗比已经找到了大好的演出机会，他肯定会竭尽全力进行一次惊人的试验，假如他能达到预期的效果，那就不用担心约翰会胜过他了。

回到剧团，罗比骄傲地将这一计划轻轻告诉给了玛丽小姐，玛丽表示她将亲临现场观看，约翰也答应前往，罗比便通宵达旦为明天的演出准备起来。

甘拜下风

果然，第二天，罗比的演出在他的精心准备下获得了空前的轰动。罗比沉浸在玛丽小姐甜蜜的赞美里，约翰也慷慨地祝贺他，此外，罗比还收到一份贺礼——吉卜森伯爵寄来的一张明信片，请求罗比去他寓所会面。

罗比喜出望外，大声炫耀道"啊哈，一位贵族向我发出的邀请，这证明了我所取得的效果！"

约翰好奇地问："他到底是谁呀？我可从没听说过吉卜森伯爵！"

罗比得意地说"你听没听说，无关紧要，我只知道，他是个伯爵，而且他想结识我！这项荣耀，谁都必须领受啊！"罗比有点诌媚，精神饱满地雇了辆马车去了。

路程很短，马车停下时，罗比看到这位贵族的住所毫不起眼，他显然大吃一惊，那的确和普通的公寓别无二致。一个乡下人将罗比引入一间房，说："罗比先生，伯爵看完您的演出回到家后，身体突然有点不适，正在看医生，恳求您稍候片刻。"

罗比只好在房里等着，过了很长时间，房门被打开，吉卜森伯爵颤颤巍巍走了进来，他的皮肤又黑又皱，他的嘴巴又干又瘪，他的头发又稀又白，古怪的脸上长着一双古怪的眼睛……

吉卜森伯爵上气不接下气地说："先生，让您久等了，十分抱歉，今晚难得出门，让我累着了，回到家后我发觉必须看看医生了。您的表演精彩极了，令我受益匪浅，我将终生难忘。"

罗比微笑着鞠躬致谢。吉卜森伯爵颤抖着手拿出一瓶葡萄酒："坐下吧，罗比先生，别站着！让我为您斟上一杯葡萄酒吧，我本人遵照医嘱，不能同饮。我是个寒碜的主人，但我实在太崇拜您了，所以冒昧把您请来。"罗比恭敬地说道："能成为伯爵先生的客人，是一种特权，一种荣耀……"

"唉，"伯爵叹息道，"我也活不了多久了，这次我之所以请您来，是想谈谈您演出中处决的一个名叫维克多的人的故事。你同情这个人吗？"

罗比尝了尝葡萄酒，说："哦，不，他是杀人凶手，怎么会引人同情呢！"伯爵望着罗比，激动地问："您难道体会不到一位被判处死刑的无辜者的情绪吗？"罗比耸耸肩，不屑地说："无辜？谁相信呢！他称自己是无辜的就想逃脱法律制裁？那所有犯人都能称自己是无辜的！"

伯爵盯着罗比，恶狠狠地说"我相信维克多说的是真话，他是我儿子。"

"您的儿子？"罗比张口结舌，惊呆了。

伯爵一字一句地说："我唯一的儿子——世上唯一我所爱的人。是的，他是无辜的，罗比先生，是您屠

杀了他，他死在了您的手下。"

罗比结结巴巴地说："我……我只是演戏而已，只是把他的故事演出来而已……我本人并没有真的屠杀过他啊……要怪，您应该怪真的杀他的人……"

伯爵若有所思地说："您做了一场绝妙的演出，让小镇上所有的人从此认定我儿子真的就是杀人凶手、罪有应得，连我都不得不被您的表演所征服，认为我儿子就是杀人凶手……罗比先生，我希望这葡萄酒还适合您的口味，别剩下了。"

"葡萄酒？"罗比气吁吁地说，他霍地站了起来，浑身颤抖不止，伯爵平静地说："酒里下了毒，一小时内您就将死去。"

"天哪！"罗比发出了一声悲叹，他已经有了一种奇怪的感觉——血液变冷，四肢发沉，眼前一片阴影，就在罗比缓缓倒下的时候，伯爵突然扶住罗比，笑着说："嘿，伙计，吓坏你了吧！"说着，他缓缓地从牙齿上剥去了橡皮膏，卸下了妆面，解下假发……原来伯爵是约翰假扮的，这寓所也是他租用的。

几天后，玛丽小姐嫁给了约翰，因为罗比的表演虽然征服了观众，但约翰的表演却征服了罗比本人。罗比确实输得心服口服，在约翰和玛丽的大喜之日，他前去真诚地祝贺朋友。

（题图、插图：佐　夫）

不公平的
竞争

□ 赵娜娜

全市最大的广告公司在招一名图片设计师，经过一系列严格的考核，最后只剩下两名应聘者：一个是从名牌大学毕业的李明明，另一个是"海归"赵晓彤。

本来李明明觉得自己是十拿九稳的，可没想到，他无意间得知赵晓彤竟是公司一名副总的千金！李明明再傻也知道，这次自己是凶多吉少了，公司再怎么考核也只是在做表面文章罢了，不过，李明明还是不愿放弃，他决定做最后的一搏。

新一轮考核开始了，主考官给李明明和赵晓彤两人看了一张图片，笑了笑说："今天的考题很简单，就是让你们把这张图片用电脑再制作一遍。我知道，以你们的能力，这道题实在是太简单了，但我想你们都知道，现在各个公司竞争都很激烈，要想最后取胜，靠的是创意和效率！这次考试规则就是：谁用最短的时间完成图片制作，谁就得到这个职位。"

李明明知道，这道题别说是专业的图片设计人员来做，就算是只对图片软件稍微懂一点的非专业人士，也能做出来，看来这道题主要是考速度了，自己用三分钟就可以做好这道题，李明明心里不免有些得意：虽然赵晓彤很可能是公司的内定人员，可我要是赢了她，嘿嘿，看公司怎么收场！

主考官把李明明他俩领到一间不大的办公室，里面有两台电脑，李明明被分到左边，赵晓彤坐在右边。主考官刚说一声"开始"，李明明便迅速启动了电脑，可他做梦也没想到，自己这台电脑启动速度实在是慢如蜗牛，已经半分钟了，还没启动成功，只好干等着，可一看旁边的赵晓彤，她已经开始噼里啪啦操作电脑了！李明明终于明白，原来猫腻在这里！

等李明明的电脑好不容易启动成功，已经过去两分钟，他知道这两分钟是致命的延误，如果不出意外，赵晓彤肯定会比自己早完成任务！李明明连忙查看了自己的电脑配置，果然，这些配置都老得掉牙了，怪不得机器启动这么慢！他心里极度不平衡，可是事情已经这样了，他也只得硬着头皮做下去！

李明明打开图片处理软件，把图片进行分割，可一不留神，他点错了位置，还得重来，一次、两次……由于心里闹情绪，李明明的操作频频失误，他不得不一遍遍从头再来，很快，六分钟又过去了，此时赵晓彤已经把图片做出来了，而李明明还没完成一半。

主考官笑眯眯地宣布："这次胜利者是赵晓彤！"李明明再也忍不住了，叫道："行了！别装了，暗地给人小鞋穿，这种不公平的竞争，我不服！"主考官笑着问："哦？怎么不公平了？确实是赵晓彤先做出来的啊！"

李明明气冲冲地来到赵晓彤的电脑前，他调出赵晓彤电脑的配置给主考官看："看到了吗？她电脑的处理器是奔腾2.8，而我的是赛扬1.6；她的电脑内存是512M，而我的是128M！她启动电脑不用半分钟，而我启动电脑用了足足两分钟！你说，这样的竞争公平吗？"

主考官点点头说："是有些不公平，这次竞争对赵晓彤不公平！"李明明简直气疯了，叫道："什么？她的电脑配置比我的好，还说对她不公平？你们还讲不讲理？"

主考官笑着说："年轻人，别着急，这次，我们把你们做题的全过程都录制下来了，我让你看看赵晓彤的录像！"说着，主考官调出了录像，李明明看到，赵晓彤开机用了半分钟，

《故事会》三大工程正式启动

一、为鼓励多出优秀作品,《故事会》杂志社决定继续举办2008年《〈故事会〉最有影响力的故事》征文大赛,并对优秀作品实行四大奖励措施:

1. 入选作品除在杂志上发表外,还将收入2008年《〈故事会〉最有影响力的故事》一书。2. 入选作品可得两笔稿酬:在《故事会》杂志发表的作品,首发稿酬每千字400元;获《最有影响力的故事》优秀作品奖,每千字再追加1000元。3. 入选作品均颁发奖励证书。4.本刊将邀请有关作者参加5月在上海举办的第十三届"故事创作研讨班"、10月在外地举办的优秀作品改稿会以及年底的颁奖大会,所有费用均由编辑部承担。

征稿范围:1.具有现实感、新鲜感且可读性强的中短篇及超短篇原创作品;2.故事性强、有口传性、能引起读者兴趣的推荐作品。

来稿方法:1. 从邮局寄发,请在信封上注明"征文大赛"字样,本刊地址:上海市绍兴路74号《故事会》杂志社,邮编:200020。2. 从网上传递,可寄各个责任编辑的电子信箱,并请在主题上注明"征文大赛"字样。

本期责任编辑电子信箱:keyin118@163.com。

二、为培养故事创作的骨干力量,《故事会》杂志社将于2008年5月在上海举办"第十三届故事创作研讨班",按原定计划将邀请30—40位有培养潜力的新作者来沪学习。凡录取者,差旅食宿等费用均由编辑部承担。报名时间至2008年4月15日结束。

来稿方法:1. 从邮局寄发,请在信封上注明"参加研讨班"字样,本刊地址:上海市绍兴路74号《故事会》杂志社,邮编:200020。2. 从网上传递,可寄各个责任编辑的电子信箱,并请在主题上注明"参加研讨班"字样。

三、2008年《故事会》杂志社还将在各地举办小型笔会,邀请当地的作者参加。有基础的地区请及时与杂志社红版、绿版编辑部联系。

然而她迟疑了一下,原来她的电脑里根本没有图片处理软件!但赵晓彤稍微定了定神,就迅速打开网页开始搜索图片处理软件,然后把软件下载到电脑上,安装好……李明明看了看时间,这足足耗费了赵晓彤五分钟时间!也就是说,这前五分钟里,赵晓彤根本就没法对图片进行操作!

李明明看完,简直不相信自己的眼睛。主考官拍了拍在发愣的李明明说:"看到了吧?赵晓彤前五分钟是在做什么?而你呢?你的电脑虽然启动慢了些,可你的电脑里有现成的图片处理软件啊!可是你由于心里不平衡,操作一次次地失误,延误了时间……"

主考官顿了顿,叹了口气说:"赵晓彤虽是我们副总的千金,可要迈入公司的门槛,也要竞争上岗。其实,这次我主要是考察你们的心理素质,考察你们遇事随机应变的能力,没想到,你是这么脆弱啊!"李明明知道,自己这次确实是输了!

(题图、插图:安玉民)

牡丹缘

□ 种豆人

北宋年间，洛阳城里住着一户姓李的有钱人，这家主人李老爷有个貌美如花的女儿叫薇娘，她从小就痴爱牡丹。

一天，薇娘听说城北端王府要举办牡丹花会，全城百姓都可以前去观赏，她十分心动，也想去看看，于是便带着情同姐妹的丫环小翠一起偷偷溜出了家门。

薇娘和小翠来到端王府的牡丹园，在熙熙攘攘的游客中，薇娘与一位翩翩公子一见钟情，她要小翠把一块罗帕悄悄赠给了这位公子，并打听到他叫苏文昌……

三天后，这位苏公子便前来李老爷家提亲，可李老爷得知苏文昌家底单薄，便婉言拒绝了。可是第二天，李老爷连面都没见，就答应了端王的求亲，原来那天薇娘在牡丹园也被端王看中了。

迎亲这天，大家都欢天喜地，小翠忙得两脚生烟，她也要陪嫁过去，只有薇娘黯然神伤，她趁人不注意，悄悄揣了一把剪刀在怀里。

闹了一整天，到了洞房花烛夜，绝望的薇娘握紧了剪刀，就在红盖头被掀开的一刹那，薇娘猛地将剪刀狠狠刺进自己的胸口，喊道："苏公子，我们来世再见！"

小翠一见，惊呼道："小姐！"连忙扶住了薇娘，但已太迟了，鲜血顺着薇娘通红的嫁衣流了出来。端王也慌乱起来，扑上来抱住她："薇娘！薇娘！"薇娘一听这声音似曾相识，不由睁开眼睛看了一眼：天哪，这不是梦吧！苏公子！他怎么混进来的？

小翠泣不成声地说："小姐,原来端王就是苏公子……他说要给你一个惊喜,不让我告诉你……我可怜的小姐,你性子也太烈了!"

原来端王苏文昌自从牡丹园与薇娘见了一面后,他为了试探薇娘的真心,便装作很穷去提亲,结果被李家一口拒绝,他回府后气得一夜没睡好,想来想去,苏文昌决定以真实的身份把薇娘娶过门,再好好羞辱她一番。果然,一听是端王提亲,李家一口就答应了亲事。他们拜堂这天,小翠一见新郎官竟然是苏公子,大吃一惊,她准备告诉薇娘,却被端王制止了,他假意说要给薇娘一个惊喜。等见到薇娘手持剪刀,以死相向,苏文昌才明白了薇娘的一片真心,不由懊悔不已,他急得亲自跑出去叫郎中。

不一会儿,苏文昌叫来了郎中,而此时薇娘已经奄奄一息了。郎中看后说,薇娘不巧刺中了要害,恐怕救不活了。薇娘悲哀地看了苏文昌一眼,已说不出话来,她用手虚弱地指向小翠,仿佛有话要说,但突然间她的手就垂了下来,人断了气。

苏文昌真是又伤心又自责,他拔出挂在墙上的一把剑想自刎,却被小翠拼死给拦住了,小翠哭道:"端王,你不能死,你要为我们家小姐发丧,让她入土为安啊!"苏文昌听了如梦初醒,便命下人们撤掉喜堂,换成灵堂,为王妃治丧。

闹闹腾腾过了一个多月总算把薇娘的丧事办完了,李老爷夫妇俩直哭得死去活来,小翠倒是显得格外冷静,这些天来,她忙里忙外帮着料理丧事,闲下来时就一个人坐在灵堂里喃喃自语。

这天,小翠见薇娘已入土为安,她忽然起身对苏文昌和李老爷夫妇深深一揖,便转头撞到了薇娘的墓碑上,随她的主子去了。众人一见,发

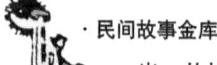

出一片惊呼，都被小翠的忠心深深震撼了。

小翠倒地后很快就没了呼吸，苏文昌感动之余便命人厚葬她。下人们刚准备把小翠抬走，不料她却忽然长叹一声幽幽地醒来了，众人吓了一跳，连忙后退。

死而复生的小翠一见李老爷夫妇便哭着喊："爹，娘！女儿不孝，让你们担心了！"接着她又对苏文昌说："官人，是我。"她告诉大家她是薇娘，因为死后魂魄无依，就一直飘荡在附近。后来小翠发现了薇娘的魂魄，小翠听人说可以借尸还魂，就一直记在心里，今天她撞死在这里，也是为了让她的小姐能够借尸还魂重新活过来。

众人听后不由对小翠肃然起敬，对于现在的薇娘，李老爷夫妇很快认她做女儿了，而薇娘为了感激小翠舍身相救，决定改名"翠薇"，但苏文昌却对她一时无法接受，他先安排"翠薇"住在客房，说等到吉日再圆房。

"翠薇"看着苏文昌离去的背影，不由流下了伤心的眼泪。其实哪有什么借尸还魂的事，是小翠从一开始就像薇娘一样爱上了苏文昌，只可惜她的光芒一直都被小姐给挡住了，根本没有人注意她。

现在薇娘死了，小翠觉得是抓住苏文昌的时候了，于是小翠处心积虑演了一出好戏，只可惜就算这样，苏文昌还是不肯多看她一眼。也难怪，

小翠的容颜比薇娘差远了，苏文昌怎么会看上她！小翠伤心之余，她忽然想起小姐生前最爱用牡丹上的露水洗脸，刚好王府中有上万株名贵的牡丹，小翠就学小姐生前的样子，每天清晨在花蕊上采集凝露洗脸，她还把多余的凝露储藏起来，打算等到冬天的时候用，她希望能借此改变自己的容颜。

然而一年过去了，小翠还是小翠，除了皮肤光滑一点外，并没有变得像薇娘那样好看，她伤心极了，而且她在王府的地位也很尴尬，主不主仆不仆的，尽管她对苏文昌是那么痴情，可苏文昌只是对她以礼相待，更别提什么温情了。

这天，小翠百无聊赖，她信步走到了薇娘的墓前，忽然，她发现坟边长了一株美丽的绿牡丹，娉娉婷婷，娇艳欲滴，胜过端王府里的任何一株。小翠心里一喜：王爷最喜欢牡丹了，看到这株他一定会高兴的，于是小翠连忙把它连根拔出，带回了端王府，把这枝绝品牡丹种在了端王府的牡丹园。

第二天天未亮时，小翠依旧来园中采集牡丹凝露，可等她来到园子时，却发现满园的牡丹都凋谢了，只有那一株绿牡丹竟吐了十八朵新花，而且每朵花的花蕊里，都盛满了露水，小翠心头一喜，忙把它们都装进了带来的玉碗里。

回到房里，小翠便用这碗露水洗面净身，忽然有个丫头来报，说是端王有请。小翠听了，激动坏了：他找我？一年多了，他从来没有找过我，看来这绿牡丹真能给我带来好运！想到这里，小翠顺手把玉碗放在桌子上，飞快地对着铜镜擦了点胭脂，就匆匆赶去了。

小翠赶到时，苏文昌正背着手立在那株新栽的绿牡丹旁，他看见小翠来了，微微一笑："不错嘛！你从哪儿弄来的这花？"小翠想了想说："是奴家见王爷喜欢牡丹，偷偷栽培的，希望王爷能喜欢！"

苏文昌听了果然很高兴："你真是个有心人哪！今晚我要请一些朋友来观赏此花，到时你也来吧！"

小翠觉得幸福真是来得太突然了，她几乎不知道自己是怎么回房的，王爷邀请她晚上出席朋友的聚会，也就是说当她是妻子了。小翠开心极了，这时她觉得有些口渴，刚好看见桌上有一碗水，她想也没想便端起来喝了。喝下去之后，她觉得味道有点怪，咸咸的，竟有点像眼泪。

小翠拿起空碗一看，才想起这是她先前用来洗脸的露水，小翠一惊，忙想把它吐出来，可惜已经晚了，不过她并不觉得有什么不适，只是顿时觉得了无生趣，便懒懒地躺下休息了。

到了晚上，苏文昌的朋友来了，他们看到那株绿牡丹后，都赞不绝口，向苏文昌打听花的来历，苏文昌便命下人去请小翠。一个丫头领命去了，但她很快就惊慌失措地跑回来告诉苏文昌，小翠出事了，苏文昌忙快步来到小翠的房间里。

只见小翠躺在床上昏死过去，身子肿得像个刚发出来的馒头，衣服都被拉得变了形，而她那张脸，更是肿得像个面盆。大家都被眼前的情形惊呆了，苏文昌也顾不得许多，他伸手

摸了摸小翠发烫的身子，这一摸，小翠突然睁开了眼睛，一把抓住苏文昌的手，微弱地说着："刀……刀……给我一把刀……"

苏文昌迟疑着把刀递给了小翠，只见小翠接过刀，在自己的脸上狠狠划了一下，然后用力撕扯着那条口子，众人都被她吓坏了，却见小翠像撕面具一样撕下了一张面皮，露出了里面白嫩的肌肤，接着她含羞地回过头来，轻声呼唤道："官人……"

一见小翠的新面孔，苏文昌不由惊得倒退三步，这分明是薇娘!只见她红着脸说道："是奴家，我又活过来了……官人，请先出去一下，我要把这恼人的皮囊褪去。"

苏文昌只管呆呆地看着她，一步三回头地走了，走到门外等着。

不一会儿，房门"吱呀"一声打开了，从里面走出一个容光焕发的薇娘来，苏文昌怔怔地看着她："你到底是小翠还是薇娘?" 薇娘听了这话，只是默默地看着苏文昌，四目相投中，苏文昌很快找到了答案，是她!是她!

苏文昌紧紧抱住了薇娘，再也不愿意分开。就在他们沉浸在无边的幸福里时，苏文昌的朋友们惊慌地跑过来："赵兄! 不好了，那牡丹突然之间枯死了，我们可是半点也没碰它!"

苏文昌此时哪有心思管那牡丹?他笑着冲朋友们挥挥手："没事! 你

们先回吧! "朋友们走后，苏文昌自言自语道："好好的牡丹花，怎么说死就死了?"听了他的话，薇娘笑道："谁说我死了? 我只不过是换了种方式活过来了。"见苏文昌一脸的茫然，薇娘便将自己的离奇经历告诉了他。

原来，当日在新房里，薇娘虽然用剪刀刺伤了自己，但由于力气小并没有伤到要害，可就在苏文昌出去叫郎中时，一直跟薇娘亲如姐妹的小翠，见左右无人，竟然狠心给薇娘加了一剪刀，把她送上了黄泉路!

薇娘死后的冤气一直聚而不散，一年后，她化作一株绿牡丹，恰巧小翠为讨苏文昌欢心把"她"带了回来，后来又因误食了"她"一年来所流的眼泪，小翠在悔恨中死去了。薇娘就这样阴差阳错地附在了小翠的身上，活了过来……

苏文昌听了，后怕地搂紧了薇娘，忽然，他想起了什么，便忙着宽衣解带，薇娘一见，脸不由一红，娇嗔道："官人! "

只见苏文昌脱下了上衣，露出贴身的汗巾，原来这是用第一次见面时薇娘送给他的罗帕做成的，薇娘见了，顿时一颗心化作了一汪春水，软软地钻进了苏文昌的怀里。而此时的窗外，端王府的牡丹园里，万朵牡丹像约好了一样一齐怒放，而且都是花开并蒂，史无前例。

(题图、插图: 黄全昌)

□ 叶 子 改编

奇怪的交易

亚历山大·格林（1880－1932），俄罗斯作家，生于波兰小职员家庭。格林的小说创作继承了俄罗斯文学中人道主义的传统，此篇在结构的设置、人物性格的刻画上，采用了厚重、写实的手法，情节的发展亦不失艺术想象的魅力。

伦敦的夜晚总是灯红酒绿、车水马龙，这天夜里，两个中年绅士刚从豪华饭店里一番花天酒地后出来，突然看见马路边躺着一个衣衫褴褛的流浪汉，那流浪汉挣扎着向这两个体面的绅士爬去，声音微弱地乞求道："救救我……我是饿的……"

这两个中年绅士一听，乐了，其中一个叫斯蒂芬的对胖绅士笑笑，附在胖绅士耳边神秘地说："嘿，伙计，我有个挺妙的主意。你看，我有的是钱，平时什么都早就玩腻了，不如这次我们拿人来当玩物！"

的确，斯蒂芬有着过亿的资产，他挥霍成性，爱玩，而且什么都敢玩。没等胖绅士发表意见，斯蒂芬就迫不及待地把地上这个饿昏的流浪汉带上了马车，来到一家小旅店。

流浪汉在小旅馆吃饱喝足后，便开始向斯蒂芬讲述他的悲惨经历：流浪汉叫大卫，是个孤儿，他流落到伦敦，找不到工作，一直没钱吃饭，终于饿得昏倒在地，幸亏好心的斯蒂芬救了他。然而大卫还不知道，斯蒂芬的救助，其实是他琢磨出来的戏弄大卫的一场恶作剧，现在，斯蒂芬正为自己有这样的奇思妙想而暗暗得意呢！

斯蒂芬拍拍大卫的肩，说"我们做个交易怎么样？从明天开始，我每个月给你十英镑，而你只要每天呆在房子里，准时在晚上五点到十二点

间，在同一扇窗户边放上一盏点燃的灯，而且要蒙上绿色的灯罩……"

大卫听得瞪大了眼，惊讶地看着斯蒂芬，斯蒂芬喝了口酒，接着说道："就是说，你每天晚上必须在指定的这七个小时里，点着灯呆在房子里，不许和任何人交谈，怎么样？"

大卫激动地点着头说："我愿意，我愿意，你如果不是开玩笑的话，我连自己的名字都愿意忘掉。不过，请你告诉我，我如此惬意的生活会延续很久吗？"斯蒂芬耸耸肩："这不好说，也许一年，也许一辈子。"

大卫高兴地叫道："但愿真能是一辈子！不过，我想冒昧问一句，你要这种绿色的灯有什么用？"

"这是秘密！"斯蒂芬答道，"绝

对的秘密。"大卫点点头，说："好的，只要你寄钱来就行了，我会按你说的做，你可以随时来检查！"就这样，一项奇怪的交易谈成了，流浪汉和百万富翁分了手，彼此都心满意足，斯蒂芬乘着马车离去了。

大卫看着载着斯蒂芬的马车远去，嘴里咕哝着："真见鬼！看来不是这个人发了疯，就是我交了超级的好运！如此慷慨的赐予，只为我一天点掉半升灯油！"

第二天晚上，大卫果然在房间的窗口边，亮起一盏柔和的绿灯。那晚，斯蒂芬得意地叫来胖绅士，对他说："亲爱的伙计，你若闲极无聊，就到这儿来开心。看看这窗户后面的大傻瓜，一个廉价的、用分期付款的方式买来的、可以长期使用的傻瓜……我想，他呆在这屋里什么也不能做，一定会无聊得变成酒鬼，再不就是会发疯……可他为了我每月给他的十英镑，他还是必须得等着，他就是这号角色！"

胖绅士摇摇头对斯蒂芬说："这种把戏会有什么乐子？"斯蒂芬得意地说："玩具……用活人制成的玩具，一道最美的佳肴！"斯蒂芬说罢哈哈大笑，挽着胖绅士扬长而去。

这可怜的大卫从此就呆在这房子里，按月领取十英镑，准时点亮一盏绿色的灯，除此之外，似乎什么都不能做。

时间一晃就是八年。一天夜里，一个浑身脏兮兮的老人被送到了穷人医院，他是在黑黢黢的贫民窟里，走楼梯时不小心把腿摔断了。这个痛苦异常的老人情况看来很糟糕，因为骨头复杂的折口把血管都弄断了。

医生为老人做完手术后，把赢弱的老人送回病床，老人很快就昏睡过去。当老人醒来后，他发现面前坐着的还是那位为他做手术的医生。

医生见老人醒来，说"想不到又和你见面了！你还认识我吗，斯蒂芬先生？我是大卫，就是受你之托每天在点燃的绿灯旁当班的那位。"

斯蒂芬打量半晌后，咕哝道"简直活见鬼！这是怎么了？怎么会发生这样的事？"大卫说道："是的，请你告诉我，你的变化怎么这么大？"斯蒂芬痛苦地说："我彻底破产了……我沦为乞丐已经三年了，可你呢？你是怎么回事？"

"我点了几年的灯，"大卫微笑道，"刚开始我出于无聊，发现房子里的书架上摆满书，便翻来看，后来有一次，我翻到一本破旧的解剖学，那一整夜，我读了这本书，如醉如痴，天一亮就去图书馆打听当个大夫都要研究什么学问，得到的却是充满讥讽的回答：'你得研究数学、生物学、药理学、拉丁文等等。'不过，我没理睬别人的讥讽……"

大卫顿了顿，接着说道："有天晚上我回到家，突然看见窗外有两个身影，他们在往我窗户这边那盏绿色的灯看。我听到其中一个轻蔑地说：'大卫——一个地道的傻瓜！他还期盼着别人许诺的奇迹出现……不过我现在觉得这是个荒唐的游戏，根本不值得破费。'那个人说这话时，没有发现我就在窗户跟前，而那个人，就是你。"

斯蒂芬尴尬地问道："那后来呢？"大卫笑了笑说"我用你之前给我寄来的钱买了很多书，为的是不顾一切地学习，学习。当时，我听到你羞辱我的话，本想出来揍你一顿，不过，正是由于你恶作剧的慷慨，我才成了一位有教养的人……"

斯蒂芬羞愧地低下了头。大卫看了看眼前这个可怜的老人，说"后来有一位大学生和我同住一个套间，他很同情我，帮助我，一年多后，我考取了医学院。如你眼前所见，我已经成了有一技之长的人……"大卫说完，沉默了。

斯蒂芬被大卫的经历震惊了，他说："其实我早就不去你的窗前观望了，请你原谅我以前对你的伤害。"

大卫拍了拍老人的肩膀，掏出怀表，说："十点钟，你该就寝了，也许过三个星期你就可以出院。到时候给我打个电话，我会在我们的诊所给你安排一份工作：登记病人的姓名。"

（题图、插图：佐 夫）

两个人刻骨铭心地爱着对方，但他们却不得不忘记彼此……爬上这座传说中的忘情塔后，一切将会如何？

忘情塔

□ 王本云

寻　找

清朝末年，县城出了个名角叫水玉，十八岁的她扮相好嗓门亮，演什么像什么，迷倒了半个京城，就连县令公子顾铭成也对她爱慕不已。水玉对文质彬彬的顾铭成也很有好感，他虽生在富贵人家，但一点儿也不骄纵。

很快，两人就相爱了，却遭到顾铭成父母的强烈反对：堂堂县令之子怎么能娶一个戏子为妻呢？

因为戏子在当时的地位十分卑贱，顾铭成的母亲为了让他们分手，竟以死相逼。水玉他俩被逼得没办法了，便打算去忘情塔，因为他们听说，忘情塔可以使人忘记情爱，能让有情人毫无痛苦地分手。

这天，水玉和顾铭成偷偷来到忘情塔，这是一座年久失修的木塔，四周有十几棵高大的松树，此时正值深秋，地上落了厚厚的一层松针，脚踩上去"沙沙"作响。

这时，塔前突然响起了一阵脚步声，水玉他们发现有个神色诡异的老婆婆，像受了惊吓一样快步逃开了，两人虽然感到古怪，却也懒得去理她。

为了寻找"忘情塔"的秘密，他

俩钻进塔的底层，开始一前一后往上爬，因为这楼梯很窄，只容得下一个人走，而且前面的人还不能回头，一回头便会撞到楼梯上方挂着的一些钉板上，但顾铭成可不管这些，他硬是一步一回头地拉着水玉，不一会儿，顾铭成的头上就被撞出很多血，水玉心疼坏了。

成　真

两人好不容易才爬上了塔顶，从这摇摇欲坠的塔顶往下看去，真是让人心惊胆战，胆小的水玉吓得躲在顾铭成背后不敢往下看，这要是摔下去，哪里还有命？

顾铭成心疼地说："我们都已经站在塔顶了，可我们还是爱着对方啊！既然生不能在一起，死也要做夫妻！水玉，跟我跳下塔去吧！"

水玉坚定地点点头，然后把自己的手指咬破，用血在墙壁上写着："在天愿作比翼鸟，在地愿为连理枝。两情相悦不得愿，忘情塔顶双飞逝！"

水玉泪流满面地看着这些字，恨只恨苍天容不下他们的爱情啊！过了一会儿，水玉忽然惊叫道："公子，你快看！"

顾铭成一看，原来墙那边也有人用血写下了一些字，字体十分娟秀，从颜色上看，可能有些年头了："坤哥，对不起！我是个罪人，我没有勇气跳下去，我眼看着你像一只断了线的风筝一样坠落下去，我害怕自己会被摔得面目全非，原谅我吧！阿梅。"

看完这一段话，顾铭成心里一咯噔，他看了水玉一眼，问道："水玉，如果我先跳下去了，你会不会像她一样因为胆怯而偷生？"

水玉望着顾铭成猜疑的目光，心陡然凉了半截，说："公子不相信水玉？那若是水玉先跳下去，公子会偷生吗？"

顾铭成默不作声，水玉忍不住哭了起来，嘤嘤地说："忘情塔上留下的这段话，大概就是它的魔力所在，它让我们不再信任对方……"

顾铭成叹了口气，说："水玉，我们回去吧。"

水玉幽怨地看了顾铭成一眼，说："不，我不回去，公子，我们来世再做夫妻……"话音未落，水玉已跳下了忘情塔。

顾铭成呆住了，他手里只抓住了水玉的一截衣袖！

顾铭成痛苦地闭上了眼睛，他是爱水玉的啊，他不愿做第二个"阿梅"！顾铭成纵身跳下了塔……

见　证

也不知过了多久，顾铭成悠悠醒来，他奇怪地发现自己并没有死，只是觉得胸口有些疼，原来是这地上厚厚的松针救了他。

顾铭成用目光急急地搜寻了一番，很快发现了不远处的水玉。

顾铭成赶紧跑过去一看，试了试水玉的鼻息，他惊喜地发现水玉还有气！

顾铭成连忙狠狠地掐住水玉的人中，半晌，水玉终于发出一声长叹，悠悠醒过来。

两人再次见面恍若隔世，水玉一见顾铭成，不由得钻进他的怀里，但水玉身体太弱了，很快又晕了过去。

顾铭成急坏了，他大声喊着水玉的名字，眼泪不由自主地流了下来。

忽然，有人在他们身边一声轻咳，顾铭成抬头一看，竟是先前那个古怪的老婆婆！

此时老婆婆端来一碗热的汤药，默默地把它递给了顾铭成，顾铭成谨慎地打量着老婆婆，并不接。老婆婆也不多说，把汤药放在地上，转身就走了。

不一会儿，老婆婆又折回来了，她的衣襟里兜来一些松针，她把松针均匀地撒在地上，如此往返了好几次。

顾铭成看着老婆婆奇怪的举动，刚要开口问，老婆婆却先说了："快给她喝药吧！晚了就没得救了！"

无奈之下，顾铭成只好把药端到水玉的嘴边，小心地喂了一点。想不到这药还真灵，不一会儿，水玉就醒过来了，这可真是神奇的药啊！两人

慌忙过来谢老婆婆的救命之恩，老婆婆却不理他们，说："我救的是我自己！"

见水玉他们一脸的不解，老婆婆叹了口气说："你们看到塔顶上的字了？那就是我五十年前写的……五十年前是我害死了坤哥，我不能原谅自己，总希望能弥补点什么。"说着她用手一指，顺着她手指的地方，水玉他们看到了一座孤坟，孤坟的旁边则是一间小茅屋。

水玉吃惊地问："你就是'阿梅'？"老婆婆缓缓地点头，接着她又开始搬松针去了。顾铭成忽然明白了，怪不得这地上的松针这么厚，从上面摔下来都没死，原来是老婆婆长年在这铺的！老婆婆边铺着她的松针，边向他们讲述了自己的故事。

如　愿

原来，当年的坤哥从塔顶上跳下来并没有立刻死去，他受了重伤，从塔顶上逃下来的阿梅哭着为他找来了草药，但他却拒不服用，他恨阿梅的背叛和懦弱，三天三夜后他才含恨而去。临死前，他对阿梅说，除非哪天有一对真心相爱的人双双从这儿跳下来了，他才会原谅她的背叛，不过，不管是谁跳下来，都要去救治，不能伤人命。这么多年来，阿梅一直在这间茅草屋里凄苦地等着……

老婆婆说："这么多年从这儿跳下来的人真不少啊！但总是一个人跳，一个人逃的，有时还没到塔顶就闹矛盾了，他们这样能不'忘情'吗？白白浪费了我多少汤药！倒是你们，你们连生死都能看破，世间还有什么能阻碍你们的结合？"说着说着，老婆婆像想起了什么，笑道："瞧我，都老糊涂了！有你们这对儿从塔上跳下来了，我还铺什么松针啊！"她扔下手中的松针，蹒跚着走到那座坟前，哭道："坤哥，我对不住你！但我用这么多年来赎罪了，今天我终于等到一对有情人从塔顶跳下来了！"

老婆婆的话刚落音，那坟头上突然长出了两株白色的小花，花儿的藤蔓紧紧地缠绕在一起。老婆婆见了，孩子般地笑了："坤哥原谅我了！"老婆婆一回头看见水玉和顾铭成还在这，忽然大发雷霆道："你们还在这儿干什么？还不快走！"水玉他俩吓了一跳，心想这老婆婆可真够古怪的，还是快点走吧……

两人携手往回走，顾铭成搂着水玉开心地说："老婆婆说得在理，既然我们连生死都能看破，其他还有什么可怕的？不管怎样，我都要娶你为妻！"水玉甜蜜地笑了。就在两人走出不远后，忘情塔忽然"轰隆"坍塌，良久，似乎有声音从坟前坟后飘荡出来："坤哥，阿梅来了——"

（题图、插图：黄全昌）

可能谁也不曾想过，如果给你一个鸡蛋，你会怎样对待它，因为鸡蛋实在是再普通不过的东西，可在这个故事里，鸡蛋它想飞……

想飞的鸡蛋

□安昌河

1. 最后一个鸡蛋

上课铃响了，班主任许冬梅一走进教室，立刻引起了学生们的一阵骚动，因为许老师手里竟然提着一篮子鸡蛋!

这是怎么回事? 老师来上课不拿教案，却拿鸡蛋? 学生们十分好奇，不由议论纷纷，有的说是要发给大家吃的，有的说是老师顺路买来的……

这时，许冬梅捏起一个鸡蛋，示意大家安静下来，然后转身用粉笔在黑板上写下了四个字: 关爱生命!

学生们这下更好奇了，老师到底要干什么呢? 只见许冬梅微笑着对学生们说: "孩子们，这里每个鸡蛋，都蕴藏着一个生命，因为每个鸡蛋都可以孵出一只小鸡。现在我把这些鸡蛋发给你们每人一个，就等于你们每人手里都掌握了一个生命，我要看看你们谁能把这个鸡蛋保存得最久。"许冬梅说着开始发鸡蛋，为了防止舞弊，她在每个鸡蛋上都写上持有者的名字。

吴马丽是最后一个拿到鸡蛋的学生，她拿着鸡蛋问许冬梅: "老师，这些鸡蛋真的能……能孵出小鸡吗?"

吴马丽是班上有名的怪人，她行动迟缓，干什么总要比别人慢一拍，学习成绩全年级倒数第一。

现在，吴马丽手里捧着鸡蛋，一双明晃晃的大眼睛紧紧地盯着许冬梅，许冬梅心里也拿不准，因为当时自己太忙，那些鸡蛋是叫男朋友赵勇帮她买的。

许冬梅看了看吴马丽，然后环视着全班学生说："这些鸡蛋既然是一个生命，只要你们能给它关爱，就能孵出小鸡来！"

学生们拿着鸡蛋，都很兴奋，彼此比照谁的鸡蛋个大，谁的鸡蛋更圆……一节课还没结束，就有两个学生把鸡蛋打碎了，第二天，有五个学生的鸡蛋打碎了……学生中保存鸡蛋时间最长的也只有九天。

第十天，许冬梅走进教室，要大家挨个说说他们手里的鸡蛋是什么时候打碎的，谈谈感想，全班的学生都说完了，许冬梅正准备将大家的感想总结一下，教育大家在生活和学习中应该怎样体现对生命的关爱，这时，一只小手怯生生地在角落里举了起来，是吴马丽。

许冬梅问："吴马丽，有什么事吗？"吴马丽的声音很小，回答说："我……我还……还没说，我的鸡蛋还在。"

吴马丽的话让许冬梅一愣，她还没回过神来，就有学生立即站起来对吴马丽表示怀疑，要她把鸡蛋拿出来给大家看看。

"我奶奶说不能随便给人看。"吴马丽说着将书包紧紧地抱在胸前，好像要抵挡大家的进攻似的。大家叫起来："为什么不能看，不就是个鸡蛋吗？吴马丽骗人！"吴马丽的脸涨得通红，她想要反驳，却找不到话语，只得把脑袋埋了下来。

许冬梅敲敲讲台，学生们安静了下来，许冬梅温和地说："吴马丽，你应该拿出来给大家看看，你不拿出来，大家怎么知道你的鸡蛋还在呢？你放心，没人会弄坏你的鸡蛋的。"

吴马丽抬眼看看许冬梅，答应把鸡蛋拿出来，但是表示只给许冬梅看。吴马丽的鸡蛋就放在书包里，她小心翼翼地打开书包，拿出一个拳头大的蝈蝈笼子，笼子里塞满了棉花。

吴马丽小心地扒开一小点棉花，许冬梅看到了鸡蛋，只一眼，吴马丽就飞快地将棉花又塞上去，然后装回到书包，塞到抽屉里，将身子紧紧地贴在抽屉口上。

"老师，是那只鸡蛋吗？"大家争着发问，"你看清楚了吗？"

许冬梅发现全班学生的目光都盯着自己，她心里明白，自己必须给大家一个明确的交代。

许冬梅伸出手，要再看看吴马丽的那个鸡蛋，吴马丽却说："你已经看了。"许冬梅笑笑，说："我刚才没看

清楚。"吴马丽委屈地说:"你看清楚了,你跟他们一样,不相信我。"

许冬梅看着吴马丽,吴马丽的脸又涨红了,大大的眼睛里闪着泪光,她的双手死死扣住桌面,身体紧紧挡住抽屉,保护着她的书包,保护着那个鸡蛋。

班上的气氛一下子紧张起来,许冬梅看看大家,又看看吴马丽,说:"同学们,我们都应该相信吴马丽同学,相信她的鸡蛋还是原来那一个,而且相信她能孵出一只小鸡来,到时候她一定会给我们一个惊喜的,对

吗,吴马丽?"吴马丽只是看着许冬梅,不吱声,不点头,也不摇头。

这天放学后,许冬梅回到办公室给男朋友赵勇打电话,赵勇是个警察,这些天外出办案,一直没和许冬梅联系。许冬梅前些天也打过电话,想问问赵勇当初那些鸡蛋是在哪里买的,能不能孵出小鸡,但是赵勇的电话却总是打不通。

许冬梅无奈地放下电话,刚转身就看见吴马丽慢吞吞地走进来,涨红着脸。

今天在课堂上吴马丽搞得自己这个当老师的差点下不了台,许冬梅以为她是来找自己承认错误的,却没想到吴马丽说:"老师,你老实告诉我,这些鸡蛋,真的能孵出小鸡吗?"

许冬梅愣住了,吴马丽却不依不饶地说:"我奶奶说了,你的鸡蛋多半是在菜市场买的,菜市场的蛋就是菜蛋,不能孵出小鸡。"

许冬梅有点烦了,恼火地说道:"你这孩子,什么菜不菜蛋的,你要孵,就一定孵得出来,关键是你怎么对待这个生命……"

吴马丽委屈地搂着书包,离开了。

看着她瘦小的身影消失在拐角处,许冬梅重新拿起了电话,她必须要找到赵勇,她迫切地想知道,那些鸡蛋赵勇都是从什么地方买来的,是吴马丽所说的菜蛋,还是真鸡蛋,可

赵勇的电话却始终打不通。

2. 带着鸡蛋失踪

第二天，吴马丽来到许冬梅的办公室，喊道："许老师。"许冬梅没想到吴马丽会主动喊自己，因为在她的印象中，吴马丽从来不跟人打招呼。

吴马丽咧嘴笑着，许冬梅也几乎没看见吴马丽笑过，没想到她笑起来还挺好看的，吴马丽告诉许冬梅，那个鸡蛋不是菜蛋："我奶奶说了，鸡蛋里头现在已经有小鸡了。"

许冬梅十分吃惊，这时，吴马丽从书包里拿出蝈蝈笼，往外面扯棉花，棉花掏得差不多了，鸡蛋也就出来了。许冬梅为这个创意感到佩服，鸡蛋易碎，蝈蝈笼相当于挡在鸡蛋外面的一个坚硬的外壳，在笼子里塞满棉花，一来是为了防止鸡蛋晃荡，二来是为了保温。

许冬梅小心地接过吴马丽手中的鸡蛋，按照吴马丽说的方法，对着她打开的手电筒光看着鸡蛋，果然，里面有一团黑色的东西，周围是红色的，像血丝，好像还在游动。吴马丽关了手电筒，从许冬梅手里接回鸡蛋，往蝈蝈笼里一放，然后小心地塞棉花，最后盖上一层布。

许冬梅问："这是谁给你出的主意？"

吴马丽说："我奶奶！我奶奶以前也这么孵出过小鸡。"

许冬梅点点头："你奶奶真厉害，相信你也孵得出小鸡来。"

吴马丽开心地笑了："昨天放学后我问了我奶奶，我奶奶说是不是菜蛋一看就知道，她叫我拿个手电筒，就像我们刚才那样照着看，如果里头有核，还有血丝，就有小鸡了。"

吴马丽告诉许冬梅，她奶奶很小的时候就没了爹娘，一个人流浪在外，乞讨为生，有一年，奶奶得了重病，根本就没办法行动，只能躺在街头的角落里。幸好有个好心人，每天给奶奶送一个煮熟的鸡蛋，那时候鸡蛋算是最有营养的东西了。

有一天，好心人告诉奶奶"我马上要搬走了，以后不能给你送鸡蛋了，你要保重啊！"奶奶知道，这将是她最后一次吃鸡蛋，她要好心人再送一个生鸡蛋给她，好心人答应了。

自从好心人搬走后，奶奶就一直凄惨地躺在街角，可她一点也不害怕，她怀里紧紧揣着那个生鸡蛋。好多时候，奶奶饿得实在撑不住了，就拿出那个鸡蛋来看，如果把那个鸡蛋吃下去可能就会感觉好许多，但奶奶没有，奶奶说她怀揣着鸡蛋，等于是揣着一个希望、一个生命，她无论如何也要把这个鸡蛋孵成一只小鸡。

后来，奶奶的病情越来越严重，可她仍坚强地熬着，终于有一天，她突然感觉到鸡蛋开始发热、发烫，那

温暖慢慢地开始像水流一样，流遍她的身体，她的身体似乎开始有了知觉，奶奶很高兴，她知道鸡蛋正在开始变成小鸡。

没过几天，奶奶就听见鸡蛋壳里有叫声，啾啾的，是小鸡在叫，小鸡很快就要出壳了。第二天，从奶奶怀里钻出一只毛茸茸的东西，是小鸡。

奶奶把小鸡捧在手里，听着它的叫声，眼里充满了慈爱。这时候，从路边围拢来很多人，他们都很好奇，问奶奶手里捧着的这只小鸡是从哪里来的，奶奶告诉他们是自己孵出来的，路人们都惊叹不已，其中有一个男子把奶奶抬回了家养病……

许冬梅听完吴马丽讲的故事，感慨地说："孩子，相信你一定能孵出小鸡，因为你有一个如此坚强、热爱生命的奶奶在帮助你。"吴马丽满足地离开了。

这天晚上，许冬梅批改完作业后，很晚才回到家，却突然接到一个陌生人的电话，原来是吴马丽的妈妈打来的："是许冬梅老师吗？吴马丽没回家……"

吴马丽失踪了！许冬梅连夜赶到吴马丽家，见到了吴马丽的爸妈。

这是许冬梅第一次跟吴马丽的家长接触，之前班上多次开家长会，吴马丽的家长从来都是缺席的，因为做生意太忙了。

吴马丽的家庭很富裕，曾经有人绑架吴马丽，索要赎金，但是很快被警察破了案。虽然吴马丽被安全救出来，但是当时绑匪见她又哭又闹，就使劲塞安眠药给她吃，结果害得吴马丽昏睡了整整两周时间，留下了严重的后遗症。

许冬梅了解了情况后，问吴马丽的爸妈："吴马丽会不会是去了亲友家？"吴马丽的爸妈说都已经找过了，毫无吴马丽的音讯，他们已经报警了，吴马丽的爸妈不住地自责，说都怪自己平时

忙公司的事情去了，缺少对女儿的关心……

许冬梅皱了皱眉头问："该找的地方都找过了吗？她会不会去她奶奶那里了？"

"奶奶？"吴马丽的爸妈瞪大了眼睛，"她奶奶早就死了，三十年前就死了。"许冬梅十分吃惊，她将吴马丽之前讲的关于奶奶和鸡蛋的故事一一说了出来。吴马丽的爸妈听得瞠目结舌，许冬梅还说吴马丽在她奶奶的帮助下，已经快要将鸡蛋孵出小鸡了。

吴马丽的妈妈说："鸡蛋？我们从来没见过她有什么鸡蛋！"

许冬梅想了想，说："吴马丽说的奶奶，会不会是她的姥姥，或者某个亲友呢？"吴马丽的妈妈说："不会，她姥姥也早不在了。我女儿自从那次被绑架后，性格变得非常孤僻，不愿和人来往，甚至平常连话都不愿意多说一句，关于你说的'奶奶'这个人、这样的故事，我们家压根就没有！"

许冬梅听了吃惊不已，难道"奶奶和鸡蛋"的故事是吴马丽凭空编造出来的？可是以吴马丽往常的表现，她不具备这样的能力，许冬梅百思不得其解。

3. 寻找线索破案

这天傍晚，许冬梅的男朋友赵勇办案回来了，许冬梅埋怨他："怎么这么久都联系不上你？"

赵勇歉意地一笑说："在外办案，信号不好，没法联系上你，对不起啊，我的老婆大人。"

许冬梅化怒为笑，她问赵勇鸡蛋的事情，赵勇告诉她，那些鸡蛋是特地赶到村里去收购的，肯定能孵出小鸡，因为赵勇一听这些鸡蛋是用来给学生们演绎"关爱生命"的，所以很重视，没敢到菜市场去买。

许冬梅听得很感动，随后她将这些天遇到的怪事告诉了赵勇，赵勇认真听完后，沉思许久，也想不出个所以然。

许冬梅焦急地说："我很担心吴马丽，她失踪已经快一个礼拜了。"

赵勇安慰道"别急，相信我们会找到她的。"

又过了两天，还是没有吴马丽的消息。赵勇见许冬梅焦躁不安，便带着她去拜访了吴马丽的父母。到了吴马丽家，赵勇征得吴马丽父母的同意，便仔细察看了各个房间，最后，他的眼睛落在了电话线上。赵勇拿起电话线看了看，又拿起电话机，仔细看了看，问道："吴马丽是不是喜欢打电话？"

"她就是喜欢打电话，常常抱着电话一打就是好半天。"吴马丽的妈妈说，"没人知道她打给谁。"

许冬梅在一旁忍不住问："怎么会不知道她打给谁呢？难道那些号码都是她乱拨的？"

吴马丽的妈妈抬头看着许冬梅,叹息道:"你说的是,她就是乱拨的,好多时候我和她爸爸半夜醒来,就看见她坐在电话机边,一次一次地拨打……后来我们就把电话给掐了。她失踪后,我们为了不漏掉线索,才把电话线接上的。"

赵勇问:"你们都听见她跟人家说些什么吗?"吴马丽的爸妈都面面相觑,说他们从来没注意听。

走出吴马丽的家,许冬梅问赵勇是怎么看出吴马丽爱打电话的,赵勇说:"那根电话线有很明显的截断痕迹,像是有人粗暴地扯断的,而且接上的痕迹很新,肯定是刚刚才连接好

的。在电话机旁的墙壁上,有许多抓痕,这些抓痕,肯定是有人一边打电话,一边挠下的,根据抓痕位置的高度,不难看出是一个小孩,这个小孩子,必然是吴马丽,抓痕多,就证明她打电话的次数多……"

许冬梅点点头,赵勇接着分析道:"吴马丽性格孤僻,不善于和人交往,她的现实生活确实十分孤独,也许她乱拨过很多号码给人打电话,她想在电话里找到一个人来排遣心中的孤独,没准那个'奶奶'就真实存在,还给吴马丽讲了她和鸡蛋的故事,并且教吴马丽怎么孵小鸡……"

赵勇稍微理了理思绪,接着说:"吴马丽在电话中可能找到了很好的精神寄托,就算她的爸爸妈妈把电话掐断了,也阻挡不了她打电话的强烈念头,她必然千方百计地要打到电话,尤其是近期,她的鸡蛋就要孵出小鸡了,她急切地需要'奶奶'的指导,更不能离开电话了。因此,吴马丽的失踪,应该与电话有关。"

许冬梅十分赞同赵勇的推断,于是她建议赵勇把这个情况向领导汇报,以便协助破案。

接下来,赵勇根据吴马丽平常上学和放学线路,划出一个调查区域,重点对公用电话经营户进行调查。根据群众举报,在偏僻的街角有个叫刘五的老光棍开了家修车的铺子,可是这几天铺子也关了,人也不见了,十

分可疑。

赵勇来到刘五家中，果然，在刘五的床底下发现了一口大皮箱，打开一看，是一具女尸，经过辨认，正是吴马丽，随后又在刘五的另一间堆满杂物的小屋里发现了吴马丽的书包。

闻讯赶过来的许冬梅在吴马丽的书包里找到了蝈蝈笼，笼子已经空了，只剩下棉花。

在小屋角落旁边的一张小床上，许冬梅找到了一个鸡蛋壳，鸡蛋壳上写着"吴马丽"三个字，这是许冬梅当初写上去的，在鸡蛋壳内，许冬梅看见了一丝血痕和一丝羽毛……

4. 一老一小之谜

刘五没有逃脱追捕，他很快就被抓获了，对于杀害吴马丽的犯罪事实，刘五供认不讳。

原来，半年前，吴马丽在刘五的修车店玩耍，看见他的屋里有电话，提出要打电话，此后，吴马丽几乎每天都要到刘五的店里打电话，刘五便以让打电话为诱饵，骗奸了吴马丽。

刘五说他真不知道吴马丽怎么会有那么多电话要打，一拿起话筒就松不了手。这半年多来，他挣的钱全部缴了电话费，连烟都不敢抽了，但是他又不能不让吴马丽打电话，因为吴马丽说了，如果刘五不让她打电话，她就告诉别人刘五欺负她。

刘五无奈，只好任由吴马丽疯狂

地打电话。一天，他看见吴马丽很激动地捧着电话说："奶奶，我用棉花把鸡蛋包得暖暖的，小鸡可能马上就要孵出来了。"

过了一会儿，吴马丽从书包里拿出一个小热水袋，对着电话说："奶奶，我把你说的热水袋准备好了，现在该怎么做？"接着，只看到吴马丽小心地把裹着棉花的蝈蝈笼放在热水袋上，然后久久地捂在怀里……

刘五在一旁看着，像是在受煎熬，眼看吴马丽这个电话又得耗掉他那么多辛苦钱，刘五再也忍不住了，他凶狠地走过去，扯断电话线，把吴马丽活活勒死了。

吴马丽被勒死了，小鸡却在那一刻破壳而出，唧唧地叫着跑开了。在刘五入狱后，许冬梅经常会对着那个空空的鸡蛋壳出神地想着什么。

一天，许冬梅对赵勇说"我想见见'奶奶'。"

赵勇点点头说："这并不是一件太难的事情，查一查刘五电话的通话记录，看看近期哪个号码出现得最多，最多的那个肯定就是'奶奶'的电话。顺着这个电话，就可以查到'奶奶'了。"

很快，赵勇在刘五的通话记录里找到了一个频频出现的电话号码，拨打过去，电话通了却没人接，不过他已经查到了这个电话户主所在的准确位置，是一个叫秦村的地方。

第二天傍晚，许冬梅和赵勇风尘仆仆地赶到秦村，他们要找的"奶奶"是一个叫赵雅珍的人，村里人听说他俩远道而来是要找赵雅珍，都觉得很好奇："你们见不到她了，她好些天前就死了。"

从村里人的口中，许冬梅他们得知了一些关于赵雅珍的事情：赵雅珍八岁的时候，老家遭遇了一场百年不遇的旱灾，这一旱就是三年，赵雅珍的家人先后都在旱灾中饿死，她孤苦伶仃流落到秦村，生了重病，后来被一个好心的男子救回去了，好多年以后，那个男子死了，把房子留给了赵雅珍，从此，赵雅珍孤独地生活着，身边再也没有一个亲人……

在村里人的带领下，许冬梅和赵勇来到赵雅珍的住房。许冬梅掏出手机，拨打了那个号码，一阵清脆的铃声在屋子里响起。村里人告诉许冬梅和赵勇，赵雅珍是个怪人，她没什么亲人，也几乎不和村里人来往，这些年一直生病卧床，不知为什么她家的电话倒总是响个不停，就在好些天前，赵雅珍捧着电话一个劲地拨着什么，还焦急地大声喊着："孩子，孩子……"当晚，她就死了。

许冬梅知道，那天，也正是吴马丽被害的一天，赵雅珍当时正在和吴马丽通电话，小鸡马上就要孵出来了，她悉心指导着吴马丽，和她一起等待着小鸡的出生，哪知突然电话就断了，后来无论赵雅珍怎么打都打不通，因为吴马丽这边的电话线被扯断了……赵雅珍到死都还在挂念吴马丽，挂念着那个正在孵化的鸡蛋……

许冬梅走到赵雅珍昔日躺过的床前，心里轻轻说："奶奶，奶奶，我是那个孩子的老师，那个孵小鸡的孩子……"许冬梅拿出那个鸡蛋壳，放在床上，又在心里默念着："奶奶，这是鸡蛋壳，看见上面的血痕和鸡毛了吗？吴马丽她孵出小鸡了，她用生命孵化出了小鸡……"

（题图、插图：杨宏富）

编读聊天室：众手浇开故事花

新的一年又来到了，这个时候，人们总是满怀希冀、精神抖擞，整个世界似乎也因此变得神采奕奕起来。在新年的流光溢彩中，《故事会》红版在若干栏目上作了一些变化，我们用心灌注了几抹亮色、几许新颜，只为换来大家阅读时的几丝心动。

"新一千零一夜"栏目在《故事会》红版已经成功推出第一期，席先生讲的故事《不能丢掉的桶》相信大家到现在仍然记忆犹新，接踵而来的红版第二期又"请"来了席先生。

这次，席先生讲的故事就如同一壶爷爷泡的茶，有着不同的味道，用平凡生活中沉淀下来的智慧，回答了"谁最聪明"的难题。为了让"新一千零一夜"这个新栏目更贴近读者、更吸引读者，我们在形式上借用了"一千零一夜"的古典格式，在内容上赋予了它新的时代气息，希望这古典的格式能勾起回忆，这时代的气息能更新生活。

除了"新一千零一夜"，我们还推出了"中篇故事精编版"，意在用最精致的构架展现故事精华，在篇幅上比以往的中篇故事浓缩了，在内容上故事味则更浓郁了，如此一来，大家既节省了阅读的时间，又能感受到"中篇"的分量。

这一期的两个精编版中篇故事，一个是现代题材，一个是古代题材，风格尽量交错开来，这样就比以往单一的一个中篇故事更活泼、更多样性，其中《想飞的鸡蛋》是现代写实型，而另一篇《等待第十朵花开》，则有点接近古代传奇，不同的读者可以从中找到不同的兴趣点。

与新栏目相比，"百姓话题"这个老牌栏目已经伴随大家走过了十二个年头，为了让这个老栏目焕发新活力，我们决定作阶段性的调整，从本期起暂停，一旦时机成熟，"百姓话题"将梅开二度，以飨读者。

也许您看到这期《故事会》的时候，正和家人团团圆圆地偎在暖炉旁，吃着茶点唠着嗑，说着故事里的事；也许您现在是在回家的车上，和身边南来北往的朋友侃侃而谈旧事新事天下事……不管怎样，相信您对《故事会》的新老内容会有些感想或建议，所以可别忘了提起笔写下您的这份心语，寄给我们编辑部，让我们一起众手齐浇故事花。

这是一株奇异的花，等到第十朵绽放时，将是血雨腥风的争斗，还是恋恋红尘的情仇……

等待

□ 童存云

第十朵花开

1．十八岁的灾难

李家小姐李无双年方十八，长得国色天香，乖巧善良，她的眉心长着一颗朱砂痣，大家都叫她"小观音"。

这天夜里，李无双正在房中休息，突然听到屋外有打杀之声，正要出去看个究竟，她爹爹李正竟然一头撞了进来，浑身是血，看样子是受了重伤。

李无双赶紧上前扶住李正："爹！发生什么事了？"李正一把推开她，用一种很古怪的眼神盯着李无双："肖天龙来了！"

李无双脸色顿变："肖天龙？他不是咱家的仇人吗？"李无双早听说过：肖天龙是个荒淫无道的魔头，连续九年来，他每年都要抢一个十八岁的少女上山，而且这些少女被掳上山后便再也没了消息。这早已激起了公愤，官府也曾派人追捕过肖天龙，但他神秘莫测，官府拿他也没办法。肖天龙和李家有世仇，二十年前还杀害了李无双的爷爷，因此李无双从小就跟爹学了一身武艺，为的就是将来找肖天龙报仇。

李正看着女儿，突然举起刀向她砍去，彻底毁了她的容貌："无双，肖天龙现在要抢你上山做妾，可你现在远不是他的对手，所以你一定要忍辱偷生，找机会替爹报仇！"

这时，肖天龙杀了进来，当他看见满脸是血的李无双时，不由吃了一惊，而此时，李正脸上却挂着胜利的微笑："我让你抢……哈哈！"

肖天龙恼羞成怒，一掌劈在李正的胸前，李正口吐鲜血，轰然倒地，他死了，可脸上居然还挂着一种诡异的微笑。

肖天龙见李正气绝身亡，便粗暴地踢了踢他的尸体，然后将李无双点了穴，一把掠到腋下，带回了老巢。

这是一个巨大的山洞，而且是大山洞套着小山洞，地形也十分复杂，难怪官府抓不到他。在这里李无双知道了一个可怕的秘密：肖天龙掳少女上山，并不是为了女色，而是为了做一种可怕的药引。

原来肖天龙有个患了顽疾的儿子叫肖飞，小时候因为早产，身体一直很弱，长年咳血吐血，服药无数总也不见好转，后来肖天龙听信了江湖术士的话，在肖飞八岁那年，肖天龙铸造了一个巨大的药炉，每年以十八岁美丽少女的处子之身做药引，再加上其他的一些名贵药材炼成一颗"处子丹"，说是连服十年可去病根。

现在肖飞已经服用了九年的"处子丹"，但病情还是很严重。说是这最后一年的丹药最讲究，炼得好，吃了

就可以将前九年服用的药力引发出来，除去病根；炼得不好，吃了则性命难保。

肖天龙不敢将已被毁容的李无双当做药引，就让她做丫鬟，自己只得又下山去找药引了。

李无双牢记父亲临死前的交待，忍辱偷生，做着丫鬟。肖天龙手下有个叫阿里的亲信，他每天都操着公鸭嗓子调教李无双干活，两天下来他见李无双一直很温顺，便放松了警惕。

这天夜里，躺在地上假寐的李无双听到一阵嘈杂的脚步声，她悄悄睁开眼一看，是肖天龙回来了，他的腋下夹着一个美貌少女，一旁的阿里一挥手，立刻有四个黑衣人上前将少女抬走了，肖天龙和阿里也紧跟其后，匆匆地往里面走去，大家似乎都忘了李无双的存在。

李无双便悄悄地跟了过去，只见肖天龙他们七弯八拐，走了好远的一条通道，来到悬崖边的一个山洞前，山洞顶上写着：炼丹房，旁边写着一排小字：擅入者死!

李无双壮着胆子刚想跟进去，忽然有个蒙面的神秘人飞快地把她拉了出来，带着她逃开了。

李无双被神秘人带回了大厅，神秘人轻声说："不想死的，下次就不要再乱闯了。"说罢就悄然消失了。

李无双心里暗想：这真是一个好人，但不知他是谁。想不到肖天龙居

然真的这么残忍,用少女的身子炼制丹药!李无双决定杀了他为民除害!

第二天一早,李无双听到阿里跟肖天龙商量,说少爷病又重了,需要人照顾,于是李无双被派给了少爷做丫鬟。

李无双在阿里的带领下来到了肖飞的房间,说是房间,其实不过是一个单独门户的山洞罢了,阿里似乎很敬畏这位少爷,进屋后只简单地说了一下让李无双当丫鬟的事,然后就躬着身子退出去了。

李无双打量着四周,不知道自己即将面对的,是不是另一个可怕的魔鬼?

2. 山洞里的少爷

肖飞的房间里轻纱幔帐,墙壁上还挂了不少名人字画,这可能是整个山庄最雅致的地方了,本来李无双以为他一定长得像个魔鬼、痨病鬼,可没想到他却是个眉清目秀、风度翩翩的美少年。

肖飞正在观赏花架上的一盆植物,脸上表情很怪异,似喜非喜,似悲非悲,顺着他的目光,李无双看见了一株很奇怪的植物,它通体血红,茎叶厚实,顶端开着九朵很好看的小白花。

李无双心想:这定是一种很罕见很名贵的花吧,不然他肖大少爷也不至于如此痴迷地看着它。

半晌,肖飞的目光才从那盆植物上移开,转过头来面带微笑地看了看李无双,用一种研究的目光打量着她:"自毁容颜,看来你是个烈性女子,这样也好,至少暂时保住了一条命。你的眼神里,除了恐惧还有仇恨,也许肖天龙这次给自己弄来了一个克星。"

肖飞的话顿时让李无双如坠云雾,难道他不是肖天龙的儿子吗?

肖飞自顾自地将手中一本书卷随手往书桌上一放,李无双不经意地扫了一眼,顿时被那本书给吸引住了,那书皮上分明写着:云雾掌秘笈,专克天龙掌。

李无双顿时一颗心怦怦乱跳,如果自己有了这个,报仇岂不是易如反掌了?但她很快就冷静下来:他们是至亲父子,肖飞没理由故意给她看到这个,这一定又是个阴谋。

肖飞似乎看透了李无双的心思,他微笑着收回自己的书卷:"难怪你不信任我,因为我是他的儿子嘛!"

李无双不搭理他,肖飞也并不介意,继续说:"不错,我确实是他的儿子,但他却是我的杀母仇人,如果不是他这么偏激,我母亲现在还好好地活着,我也不用被逼着吃那么'处子丹',整天恶梦不断。从小我就躲着他,因为我永远猜不透他是高兴还是生气,高兴时,他可能会把我当做宝生气时，又随时会杀了我！"

肖飞越说越激动，额上的青筋都暴出来了，而后，他开始剧烈地咳嗽，看来肖天龙给他炼制的奇药也没治好他的病。

虽然不知道肖飞说的是真是假，但他手里那本秘笈却深深地吸引着李无双，现在，唯有当这是一场赌博，反正大不了就是赔上一条命，李无双想到，便伸出手将肖飞手上的秘笈拿了过来。

肖飞咳了一会，感觉稍微好些了，又说道："云雾掌一共有七重楼，你每七天练一重楼，刚好需要四十九天，跟他们炼丹的时间刚好吻合。也就是说，你还有四十九天的时间，希望你能在新一颗的丹药炼成之时，掌握云雾掌的诀窍。"

肖飞缓了一口气，说道："还有，记着不要再去炼丹房了，那里很危险！昨天若不是我救你，只怕你的一条小命早就没了！你可能不知道吧？阿里就是因为偷看那些美少女，我父亲才把他变成了太监！而且除了药引之外，那里是不准女人进去的。当年我母亲就是因为一时好奇，进去偷看炼丹，结果被肖天龙扔进了炉底当了柴火……"

说着，肖飞的眼睛湿润了，当年那一幕在他的心里成了永远的噩梦，这也是他长期不快乐的原因。

听了肖飞的话，李无双这才知道

昨天那个神秘人是他，顿时感到肖飞亲切了许多。想不到肖天龙那么恶毒，怪不得阿里说话总是那么怪！肖天龙连自己的妻子也不放过，难怪他的亲生儿子会那么恨他。

李无双忽然十分同情眼前这个可怜的肖少爷了。她被安排住在肖飞床边的榻板上，以便肖飞随时使唤。

白天，李无双低眉顺眼地像个奴仆一样服侍着肖飞，给他沐浴更衣，端茶送药，夜晚则在肖飞的指导下刻苦练功，仇恨支撑着她一天一天坚强起来。

不久，李无双脸上的伤渐渐结了

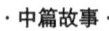

痂，留下了一条条长长的疤痕，很是难看，每当她抚摸着这些疤痕时，她的斗志就涨了几分。

3. 玉女花的秘密

呆的时间长了，李无双发现肖家父子不大交流，有事总是阿里跑进跑出传达，而肖飞整天别的事什么也不做，只知道侍弄那盆奇怪的植物，这让李无双对那盆植物也感到很好奇。

那盆植物怎么看怎么怪，它的茎叶扭曲缠绕，不经意看上去，就像一个个变形的人体在挣扎，有点像人参，可再仔细一看，那不过是一堆杂乱无章的花枝罢了，什么也不像。倒是顶端那九朵小白花，隐隐散发出缕缕幽香，十分好闻，但李无双还是搞不懂，这花有什么过人之处，让肖飞如此痴爱？

有一次，肖飞不知上哪儿去了，李无双偷偷上前看了那花一眼，看见花盆里的土有些干燥，便端来一壶水，准备给花儿浇些水。不料，却被刚好赶回来的肖飞撞见了，脾气温和的肖飞居然发火打翻了她的水壶，说这花是不能用水浇灌的。李无双被肖飞气得眼泪汪汪，觉得他真是个怪人。

李无双对肖飞越是研究，她的内心就越是痛苦，她发现自己已经爱上肖飞了，可他毕竟是仇人的儿子，他

的血管里流着跟肖天龙相同的血液，必须要恨他！

李无双强迫自己去恨肖飞，可世上没有无缘无故的爱，当然也没有无缘无故的恨，她越是这样逼自己，越是忘不了肖飞对她的好。

有一次，李无双练功心太急，第二重楼始终无法突破，她就去练第三重楼，结果急火攻心就走火入魔了，全身烫得像火。等肖飞发现的时候，李无双已经奄奄一息了，肖飞见她这般模样，一锁眉二话没说，用手封住了她的穴道，然后褪去她的衣服，用从山顶运回来的积雪给她擦身子降温。

李无双的容貌虽然被毁，可她曼妙的胴体却是美不胜收，两人又都是青春年少，这对他们无疑是很大的考验。

擦着擦着，肖飞的手停下了，他轻轻地抚摸着李无双凝脂一般的肌肤，眼里充满柔情。

李无双看着肖飞深情的样子，所有的理智差点就瓦解了，幸亏冰冷的雪花给了她意识，赶紧调整气息使自己平静下来。

自打那次以后，两人再见面时总有点尴尬，他们刻意躲着对方的目光，生怕一不小心会触及什么。

七七四十九天很快就到了，李无双已经基本掌握了云雾掌的心法和套路，但由于内力单薄，云雾掌在她手

里一直没练出什么威力，拿她现在的功力和肖天龙相比，恐怕是差距太大了，两人不由都有点急。

第四十九天，这是肖天龙他们丹药出炉的日子，整个山洞里的人都很紧张，因为丹药炼成与否，关键就在今天了。

记得有一年开炉时，肖天龙发现丹药没凝成，被化成了灰烬，当下大发雷霆，一口气杀死了四个炼丹的道士，所以每次开炉大家都很紧张，生怕出什么差池惹怒了肖天龙，招来杀身之祸。

不过很快传来消息，说今年的丹药炼得非常成功，比以往任何一年都顺利。

听到这个消息后，肖飞竟有些激动，他不停地踱着步，一次次往洞口张望着，就像一个在等花轿的新娘子。

李无双冷冷地看着他，心一寸一寸地冰凉：再傻的人都能看出，肖飞是多么期盼那颗丹药，他是魔王的儿子，肯定也继承了父亲的魔性。本来还打算等报仇以后和他一起浪迹天涯，可现在看来，一切只不过是一场空！

直到傍晚，阿里才送来一颗用黄金锦盒装着的红色丹药，说："少爷，主人说，今天这颗是最后一颗了，服下后少爷的病就会痊愈。"

奇怪的是，肖飞刚才还一脸热切地期盼着，现在却又懒懒地靠在床上，他向李无双努努嘴，于是李无双从阿里手中接过丹药递给了肖飞。

肖飞当着阿里的面，吞下了那颗"处子丹"，阿里这才放心地垂首退了出去。

肖飞见阿里退下之后，忽然一张嘴吐出了那颗丹药，并快速地把它埋进了花架上的那个花盆里。李无双吃惊地看着肖飞，他竟然把肖天龙千辛万苦给他炼制的"处子丹"做了花肥！

吐出"处子丹"的肖飞显然元气

大伤，脸色突然变得非常苍白，他一张嘴吐出一口鲜血，喷在那盆花上，奇怪的是那血并没有洒落到外面，而是在瞬间被那盆花吸收了。之后，那盆花的茎叶变得更厚实了，不一会儿顶端又冒出一个小小的花苞，这是第十朵！

看着李无双吃惊的样子，肖飞擦了擦嘴角的血迹，指了指那盆花说："这是玉女花，我给它起的名。八岁那年我还小，不敢吃那可怕的药，就偷偷地把它埋进了这个花盆，没想到它第二天就长出了这棵植物，我猜想它定是处子丹所化。十年来，它每年都开一朵，今年是十朵齐放……也不知为什么，我总觉得这花肯定有什么特别之处，你猜猜看，这花会是毒药还是奇药？"

李无双茫然地摇摇头："我哪会知道？"肖飞目不转睛地盯着玉女花，似乎想从这儿找到一些答案。

这时，那个刚长出来的小花苞渐渐地绽放开来，散发出一股子清香。肖飞忽然扭头对李无双说："拿剑来。"

李无双于是取来一把剑，肖飞接过来，用它在自己的手掌上割了一道很深的口子，鲜血一下子喷涌而出，李无双吃了一惊，不知道肖飞要做什么。

肖飞并不管手上的伤口，而是从容地摘下一朵玉女花，把它放进嘴里慢慢地咀嚼碎了，再咽下肚。李无双紧咬着嘴唇，紧张地看着肖飞，她不知道接下来会发生什么事。

过了一会儿，奇迹出现了，肖飞手上的伤竟然迅速痊愈，而且没留下一丝疤痕，就连刚才流出的血都没留下痕迹，跟原来没受伤时一模一样。肖飞又试着重重地呼吸了几下，想不到他的喉间也变得十分畅通，不再痒痒的想咳嗽了。

这是奇药！两人对视一眼，肖飞显然有些兴奋，他那苍白的容颜上也有了一丝红润，他摘下一朵花，把它捧给了李无双："我现在觉得浑身是劲，这花可能会助你快速练成云雾掌。现在，就请你服下这花，帮我却这桩心愿吧！无双，你是我这一生见过的第二个女人——活生生的女人，我见过的第一个女人就是我娘……但她却死在了我爹的手里！我一直想报仇，可他是我的亲生父亲，我又不能亲手杀了他。"

李无双犹豫了片刻，皱皱眉吃了下去，这花入嘴先苦后甜，那甜味就像小时候吃的糖葫芦，甜里又透着一丝儿酸，同时她只感到丹田之间有股真气在运走，李无双忙试着调息了一下，将那股真气归纳在丹田，顿时，她只觉得身体里充满了力量。

李无双欣喜地看了看肖飞，却发现肖飞看她的眼光变了，怔怔的，痴痴的："无双，想不到你这么美。"说完，肖飞递给她一面小铜镜。

记不清多久没照过镜子了，李无双迟疑地接过镜子仔细照着，这才发现自己的脸上已经光洁如初了，没有半点疤痕，那眉心里的朱砂痣也娇艳欲滴，李无双怅然若失地看着镜中的自己，容貌恢复了，应该是喜还是忧呢？

4. 十朵花的复仇

就在这时，李无双和肖飞都听到一阵细微的衣袂摩擦声，一道黑影闪电般地掠了进来，将花盆抢在手里。两人吃了一惊，定睛看去，来人竟是肖天龙！

肖天龙狂笑着："哈哈！我早知道这花非比寻常，但想不到有如此之奇效！感谢你，我的好儿子！"说完，他不管三七二十一，把余下的八朵花通通摘下，并快速地吞进了肚子里。

那些花一摘完，剩下的茎叶忽然化作了一摊血，打湿了花盆里的土，然后"吧嗒吧嗒"地顺着花盆流了下来，有一滴还滴在肖天龙的左腿上。肖天龙显然吃了一惊，连忙用裤腿擦拭了一下，他心里不由有些发虚，这可是十个少女的冤魂所流的血泪啊！

不过，肖天龙马上就恢复了常态，他将花盆扔在一边，挥掌试了一下掌力，只听"轰隆"一声，山洞厚厚的洞壁竟被他打穿了！

肖天龙哈哈大笑："以往我的天

龙掌练到第八层就再也上不去了，现在好了，一下子突破了！放眼江湖，谁与争锋？"原来肖天龙从一开始就知道儿子没有吞下"处子丹"！

当年肖飞第一次服药后，肖天龙有些不放心，就悄悄地藏起来观察儿子的变化。

当肖天龙看到八岁的儿子把他辛苦炼制的药丸埋进一个花盆时，正要大发雷霆，可他身边的丹药师却制止了他，说万物都有一定的道理，叫肖天龙静心等待。

果然，不久那个花盆里原来的花

枯死后，又长出了一棵奇怪的植物，更奇的是肖飞因为怕父亲知道他没吃药，为了掩饰病情，他每次吐血都会吐到花盆里，也就是说，这花是用鲜血浇灌的。不久，丹药师就向肖天龙道喜了，说这将会是一棵奇药！虽然知道是奇药，但却不知道奇在哪儿，这也是十年来肖天龙他们坚持炼丹的动力。

直到今天肖天龙才知道这玉女花是可以内服的，他看到肖飞和李无双服下玉女花所产生的奇效，就再也忍不住了，这才一下子冲了出来。现在他服下了余下的八朵花，自感内力大增，不由得意非凡。

肖天龙眼光一扫，看了看一旁的李无双，他不由一怔"哟！好一个美人！怎么有些面熟？倒正好可以做我的药引！"说罢就上来擒她。

肖飞的脸色一变，这个结果是他万万没有想到的，他忙上前护住了李无双："不是说今年是最后一次、以后不用再炼了吗？况且我病已经好了，不用再服药了。"肖天龙略一沉吟："从明天开始，我就改炼长生药了，这丫头本来就是我抢来做药引的，现在她正好恢复了容貌，可见是天助我也！"

此时李无双再也按捺不住内心的怒火，新仇旧恨一齐涌上心头，冲上前就要跟肖天龙拼命，刚好试试新练成的云雾掌。

肖天龙哪里把李无双放在眼里？他闪也不闪，一伸手就接住了李无双的第一招，只听"砰"的一声，两人骤然分离，肖天龙的身体晃了晃，而李无双则退了十几步才站稳了，并生生地咽下了一口血，她受伤了。

本来李无双在招式上胜过肖天龙，现在的她如果跟昨天的肖天龙过招，也许还有几分胜算，但刚才肖天龙吃下了八朵玉女花，功力大增。

肖天龙刚要上前抓住李无双，却被肖飞拦住了，肖飞质问他："你又要炼制什么长生药？你不是活得好好的吗？现在功力又大增，一般人又根本不是你的对手！"

肖天龙说："如果那么容易满足，我就不是肖天龙了！再说我有了长生药可以跟你分享，到时候我们父子一起长生不老岂不是更好？"肖天龙说话间就要点李无双的穴。

肖飞一急，脱口说道："爹！她已经是我的人了，不能做药引。"

肖天龙愣了一下，但很快就释然了："哈哈，我差点忘了，我儿已成人了，需要一个女人做伴！如果她已不是处子之身，那为父就下山另寻药引。"

这时，肖天龙忽然感到自己的左腿有些不听使唤，便撕破裤管往里一看，他发现自己腿上的肉竟然溃烂了一大片——正是之前玉女花的汁液滴上去的地方。肖天龙一下子慌了神，他盘膝坐下，自己运功抵御起来。

真不愧是肖天龙，很快，他的头上冒出丝丝真气，腿上的溃烂处开始缩小。

这可是个千载难逢的好机会！一旁的李无双趁人不备，悄悄地捡起了地上的剑，奋力往肖天龙刺去！习武的人都知道，在运气的时候，是不能受外界打扰的，也不能分心，这一剑下去肖天龙不死也要脱一层皮。

眼看着这一切，一旁的肖飞痛苦地闭上了眼睛，虽然只有一瞬的时间，但他脑海里的念头已经转了千百回。他一直夹在痛苦的矛盾中，一边想着这人是对他有着十八年养育之恩的父亲，一边想着杀母之恨，不共戴天……

这边，李无双是第一次杀人，她不由紧张地闭上了眼睛，听着剑"扑"的一声刺进了仇人的胸膛，这才敢睁开了眼睛……

5. 爱和恨的抉择

李无双看到自己手里的剑竟插在了肖飞的身体里！她不由一惊，赶紧扔掉剑，上前扶住了摇摇欲坠的肖飞："这是怎么回事？你不是一直想杀死他为你母亲报仇吗？为什么要替他挡这一剑？"

肖飞捂住受伤的左胸，微笑着说"爱比恨好。"一句话听得李无双泪如雨下，再也说不出话来，她只有拼命地摁着肖飞正不断往外冒着鲜血的伤

口，焦急地看看那个空花盆，这时候要是再有一朵玉女花该有多好啊！

那边正在调息的肖天龙看到了这一切，再也无法静下心来，他愤怒地看着李无双："我要杀了你为飞儿报仇！"他这一开口，整个内息顿时就乱了，腿上的溃烂之处迅速增长，刹那间体内血液狂奔，冲断了筋脉。肖天龙知道自己时间不多了，他强撑着身子在地上爬着，想要过来看看受伤的肖飞。

就在这时，阿里赶来了，他一进门看见了受伤的肖飞，忙扑上前喊道："少爷！你这是怎么了？"

阿里的声音拖着哭腔，显然他对这小主子很有感情。肖天龙看到阿里，眼睛顿时一亮"阿里，快把那臭丫头杀了给少爷报仇！"

阿里捡起了剑，当他看清恢复容貌的李无双时，不由吃了一惊，阿里把剑指向肖天龙，大叫道："肖天龙，我要杀了你！我要让你知道：随你怎么羞辱我都没关系！可你不应该伤害我儿子！"

阿里一句话出口，惊得大家都看着他，最吃惊的人莫过于肖天龙"你说什么？"

阿里再次喊道："他是我的儿子！"尖利的嗓音像破瓷的撞击声，他向大家透露了一个埋藏了十多年的秘密……

当年肖天龙有事丢下身怀六甲的肖夫人出了远门，不久，肖夫人生下了一个可爱的小女孩，但小孩生下来不久竟被人偷走了。肖夫人和阿里很害怕肖天龙回来会杀了他们，只好合计着用阿里家里早产的病歪歪的儿子顶替了，刚好阿里的妻子难产死了，孩子又没有人照料……这也是这么多年来，阿里忍辱偷生活下来的原因。

阿里的话无异于晴空霹雳，让肖天龙彻底崩溃，他怎么也想不到十八年来自己一直在替别人养育孩子："我不信！我不信！"

阿里冷笑一声："管你信不信，他确实是我的儿子！而你的女儿很好认，她的眉心有一颗朱砂痣，长得很像她娘。"

肖天龙看着李无双，她长得真的很像自己的妻子！

肖天龙忽然间明白了一切，他想起李正临死前那诡异的眼神了：是李正多次报仇不成，趁肖天龙出远门便偷走了他的孩子，并且对无双从小就开始灌输对肖天龙的仇恨，目的是想让他们亲生父女自相残杀。怪不得李正他拼死毁了无双的容貌，那是怕肖天龙认出来。这下，李正的目的达到了，肖天龙的亲生女儿果真向他举起了复仇的剑，而替他挡剑的肖飞却不是他的亲骨肉。

想到这，肖天龙凄惨地一笑，这时，阿里突然举起剑，刺进了肖天龙的胸膛！

肖天龙死了，阿里从他的腹中找出一些没消化的玉女花用水清洗干净，把它喂给了自己的儿子肖飞，有了玉女花，肖飞很快就脱离了危险，而李无双却心乱如麻。

埋葬了肖天龙之后，肖飞和李无双决定将这个罪恶的山洞毁了，然后离开这里。听了他们的话，阿里长长地叹了口气，趁他们不备，阿里一头撞死在洞壁上，是啊，阿里已经习惯了这里，他终于死在了这个带给他屈辱的地方……

（题图、插图：魏忠善）

您听说过一种奇异的两性相吸现象吗？雌雄两只壁虎的尾巴，从身上脱落后，相距一米还能逐渐靠拢，最后紧紧缠绕在一起，可更神奇的是……

相思烛

□ 苏 克

林音是个影视明星，她最近接演了一部古代爱情剧，和她演对手戏的是新人张啸风。戏里，林音和张啸风耳鬓厮磨，配合得十分默契；戏外，林音对张啸风这个帅气的大男生也动了真情，张啸风虽然对林音心存爱慕，但他害怕流言蜚语会伤害到林音，便对她敬而远之，这让林音好不苦恼。

洞房花烛

这天，只剩最后一场"洞房花烛夜"的戏了，布景弄好后，林音和张啸风进入了角色：一对火红的龙凤烛照亮着简陋的民房，林音顶着大红的盖头羞涩地坐在床边，等着张啸风来挑她的红盖头……

就在两人上床休息、红色幔帐徐徐放下之时，这张道具床却一阵猛摇，林音和张啸风吓得不敢乱动，生怕它会随时散架，他们静静地坐在床上，可等了半天也没听见导演喊停，后来张啸风忍不住把头伸出帐外，却发现摄影师、导演连同剧务竟然都不见了。

怎么回事？张啸风喊了几声也没人应，他下床走到门前，刚一推房门，就进来好多侍卫，他们都口呼皇上，

跪拜在地。

张啸风一愣"临时加戏了？"众人并没回答他，这时后面有个太后装扮的老太太威风八面地走了进来，却不是他们剧组扮演太后的那个人，而是一张完全陌生的面孔。这个"太后"入戏很快，只见她一进门便痛心疾首地指责张啸风："皇儿！你怎么能为了一个女人置江山社稷于不顾，你对得起你父皇吗？"

张啸风又问："临时加戏了？"还是没有人理他，这时，一直等在床上的林音听到外面的动静，从红帐里探出头来问："发生什么事了？"

只听太后一声怒喝："拿下她！"

旁边的侍卫便一拥而上，押着林音下了床，忽然，她感到一股寒意从颈边冒起，林音悄悄地摸了摸侍卫架在她脖子上的钢刀，是真家伙！林音毕竟是老演员，她努力使自己镇定下来，丢了个眼色给张啸风。

张啸风看到林音的眼神，心定了，他想准是导演为了取得逼真的效果，临时改戏让他们即兴发挥，于是张啸风立马进入角色，故作慌张地跪拜在地，口中高呼"母后！您就放过她吧！只要您肯接纳她，我就跟您回宫！"

太后怒斥道："你简直丢尽了我们皇家的脸！让你去民间体察民情，可你倒好——为了一个贫贱女子跟哀家作对！要想我接纳她，除非……除非……"她看到烛台上燃烧着的一对龙凤烛，便说道："除非这对蜡烛的火焰相互交合，融为一体！"

下面的台词应该接什么？张啸风是新人，从没碰到过这种临时改戏却又不和演员商量的事，他只得硬着头皮说："恳请母后给我们三天时间。"

太后沉吟了片刻，勉强点了点头："三天后，如果你做不到，我就立刻杀了她！"说完，她一甩衣袖，率领侍卫离开了。

目送这一帮人离开后，张啸风问林音："林老师，怎么导演临时改戏也不跟我们说一声？"

这时，林音看了看窗外，忧心忡

忡地说："只怕不是临时改戏那么简单！"顺着她的目光，张啸风意外发现，月光下先前一眼就能看到的摩天大楼不见了，取而代之的是一片黑漆漆的山林！四周再也听不到汽车的喧嚣声，一切都静得可怕。

张啸风大吃一惊"天哪，这是怎么回事？难道说穿越时空这回事我们也遇上了？"

林音苦笑着说："我想是吧！刚才那些侍卫的刀差点划破我的脖子！问题很可能就出在剧务买的那张床上，刚才一阵猛烈摇晃，可能就是在穿越时空……"

张啸风一屁股跌坐在地上："怎么办？那个太后说三天后要杀了你！"

林音微微一笑："没关系，只要你平安就好了。"

张啸风心里一阵感动，他走近林音，低声说道："我宁愿留在这个时空里，也许这是老天的刻意安排，让我不要错过你。"他的一番话说得林音泪雨涟涟，两人在月光下紧紧相拥。

火焰相融

现在的当务之急是解救林音。张啸风和林音看着那对燃烧的蜡烛发呆。

他们两人这一看就是三天，蜡烛烧完了一对又一对，各种办法都用尽了，也没能让蜡烛的火焰相融，两人

绝望了。太后已经率领她的人包围了小屋，再过一个时辰她就会冲进来杀死林音。林音不愿死在他们手里，她解下腰带搭上房梁，打算悬梁自尽。

张啸风一看急了，他也解下自己的腰带："你死了，丢下我一个人在这个时空里怎么活？要死我们一起死！"

腰带被扔上房顶，穿过房梁滑落下来，同时跌落下来的还有一对壁虎，它们可能正在上面谈恋爱，因为受了惊，两只壁虎一跌下来尾巴本能地就断了，它们丢下了尾巴，惊慌失措地逃开了。

就在这时，怪事发生了，那两根脱离壁虎身体的尾巴竟然自动缠绕在了一起。

张啸风好奇地捡起这两根尾巴，试图把它们拉开，可没想到它们却绕得很紧。

张啸风不由眼睛一亮："有了！我们不用死了，你等会儿，看我的！"说完他小心翼翼地分开两根壁虎尾巴，拿到厨房里忙活去了。林音觉得头疼得要命，只好上床休息休息。

也不知过了多久，张啸风摇醒了林音，让她看烛台上两根燃烧的蜡烛。

林音一看就呆住了：两根相距半尺的蜡烛火焰正在向一处慢慢倾斜、靠拢，最后相融为一体，形成了一根

火柱!

林音抱住张啸风又笑又跳:"天哪!你是怎么做到的?"

张啸风凑在她耳边轻声说:"是那对壁虎帮了我们。"

原来张啸风看到壁虎的尾巴竟能神奇地缠绕在一起,便灵机一动,他分别把两根尾巴放在火炉上烤干了,然后磨成粉末分别灌进两根挖了孔的蜡烛里,没想到还真的成功了,他还给这蜡烛起了个名字,叫相思烛。

太后和她的手下看到这两根奇怪的蜡烛后,终于接受了林音,并要把他们接进皇宫,但他们不肯去,只抱

着相思烛躲在床上不肯下来,太后没办法,只好命人把他们连同那张床一起往皇宫里抬。

大床一路晃晃悠悠的,两人躺在上面想心事,林音说:"我们就是被这张床带到这里来的,不如我们动手找找机关,说不定还能重回二十一世纪。"说完,她就起身在床上的各个角落里摸索着,却被张啸风阻止了:"不要找了,我们留在这里吧!"

林音一笑:"是不是想留在这儿当皇帝呀?"

张啸风正色道:"我想和你在一起,我爱你!如果回到二十一世纪,我怕失去你,到时候各种流言蜚语会伤害到你,那不是我所希望的!本来我还不敢接受你,可刚才那对壁虎给了我很大的震撼,它们让我们制成了相思烛,当相思烛的火焰相融时,我就下定决心,以后要好好地爱你,绝不放开你!"

林音听了张啸风这番话,早已流下了激动的眼泪,她靠在张啸风的怀里,醉了。

张啸风抱着林音,笑着说:"这几天被他们闹的,连洞房花烛夜都错过了,不如我们现在补吧?"

也不知道林音答应了没有,只见大床抬过的地方,爬出了一对没有尾巴的壁虎,目送他们消失在道路的尽头……

(题图、插图:安玉民)

让世界变绿

　　个百万富翁患了一种顽固的眼疾，他接受过多次治疗，但都无济于事。后来，他听说一位僧人专治此类疑难杂症，于是便把僧人请来看病。僧人查看了百万富翁的病情后，嘱咐说："这段时间你只能专注于看绿色的东西，千万不要看其他颜色。这样，你的病慢慢就会好起来。"僧人走后，百万富翁便叫人买来一卡车的绿色颜料，将所有他能看见的东西都涂上绿色。

　　过了些时日，僧人再次登门造访，百万富翁的仆人立刻要用一桶绿色涂料浇在他身上，因为这僧人穿的是红色衣服，仆人说百万富翁看到红颜色眼睛会痛。僧人笑笑，问百万富翁："你能把整个世界都涂成绿色吗？"

　　百万富翁叹了口气说："不能，可我又能怎么办呢，你不是叮嘱我只能看绿色的东西吗？"僧人说："其实你只需要花几个硬币便可以解决所有的问题，何必这样大费周折呢？"

　　百万富翁还是不明白，僧人不紧不慢地说："上街去买一副绿色眼镜。"

　　人生在世，你不能把整个世界改变，但起码你可以从自己开始改变，世界也会因你而变。

　　（**推荐者：王传生**）

赛马争药店

　　天，城里最大的药店里热闹非凡，因为老店主请来了他的亲朋好友，当着众人的面，老店主和两个双胞胎儿子签下了继承药店的契约：两人比赛谁的马先到，谁就算赢，药店当即就归谁继承。

　　老店主要两个儿子各自挑一匹好马，从药店出发，赶到家里去，并在家里念诵一篇祖训，然后再骑马回到药店，最后谁的马先到谁就算赢。于是，两个儿子便各自挑选了一匹好马，他

们都是加劲儿地扬鞭催马，几乎同时到达家里。

哥哥在供桌前念诵完之后，便抢先一步跑了出来，一看他自己骑的马已经明显乏力不支了，哥哥当机立断，立刻骑上弟弟的那匹马飞驰而去，弟弟念诵完跑出来时，发现只剩下哥哥的那匹马了，他只得赶忙骑上去奋力追赶。

毫无疑问，最后是哥哥先赶回药店，等了半天，弟弟终于也赶回来了，老店主当众宣布：这次比赛是后赶来的小儿子赢了，药店由他继承！这一下，大家一片哗然，做哥哥的很不服气地质问父亲，老店主平静地说道："其实很简单，契约上写得很清楚：两人比赛谁的'马'先到，谁就算赢，药店当即就归谁继承。"众人听后，无不点头称是，做哥哥的也不得不低头认可了……

正所谓勿以恶小而为之，做人还是要诚实厚道。

（推荐者：张兰生）

乒乓绅士

在一次乒乓球男单比赛中，小王和对手拼得不相上下。当比分打到四比四的时候，对手一记凶猛扣杀，小王奋力救球，回球没有落到台面上，但刚好擦到台子的下边。大概是球速太快，导致裁判员看错了，结果判小王得分。

小王的对手向裁判员示意，回球擦的是球台的下边，得分的应该是自己；小王也真诚地向裁判员示意，自己不该得分。后来，镜头反复回放，球的确是擦了台子下边，但不知为什么，裁判员依然坚持了原判，观众席上一片哗然。

接下来，是小王的对手发球，可就在此时，小王在完全可以接好发球的情况下，故意将对手发过来的球轻轻地推到了网下！他用这种"自杀"输球的方式，回赠了对手一分，维护了比赛的公平。

眼睛雪亮的观众立即对小王此举报以经久不息的掌声，他的对手也对小王连连点头致谢。电视直播解说员立即进行了简洁且精彩的评论，称小王是"乒乓绅士"！

不错，"乒乓绅士"这种绅士风度，表现在小王对对手的高度尊重，表现在他对体育公平性的无私捍卫，表现在他对人格的自觉坚守。

（推荐者：董　行）

（本栏插图：安玉民）

学写作文，可以从读故事开始

□ 孙秀利

我同学麦克在中国留学已经三年了，他学成后仍不愿离开中国，非要和我一起去贫困山区支教，说是要为中国农村教育尽点绵薄之力。

这天，麦克和我终于如愿以偿地来到了大山深处的乡村小学，我们到达的当天立即引起了小山村的轰动，乡亲们送来许多土特产，隆重的礼遇让麦克受宠若惊，他许诺：一定会教好孩子们，不辜负乡亲们的盛情。就这样，麦克和我在这个小山村，尽心尽力地教着孩子们。

一天早上，麦克突然急匆匆地闯入我的办公室，挥着激动的手势告诉我："小玲，我要给学生们开生理课！"原来麦克发觉这些纯朴可爱的

山里孩子，生理常识简直是一片空白，甚至被一些家长误导了，麦克说他一定要帮这些孩子纠正过来。

我笑了笑，问麦克打算怎样给一点不懂生理常识的孩子们讲解清楚，麦克自信地说："你到时候就知道了。"

经过麦克的认真准备，这乡村小学历史上第一堂生理课开课了，我被麦克请来旁听，他把不知从哪儿弄来的人体解剖图挂到黑板上，认真地问孩子们："你们知道自己是从哪儿来到这个世界上的吗？"孩子们听后哄堂大笑，有个叫狗娃的学生举手答道："老师，我爷爷说我是他磕烟灰时从烟袋里磕出来的。"接着二妮也忸怩着站起来说："老师，我妈说我是她上山采野菜时拣来的。"随后孩子们一个个都兴奋地抢着回答，可这些五花八门的答案中却没有一个是说从母腹

中孕育出来的。

麦克摇摇头，指着人体解剖图，详细地给孩子们讲解了半天，可孩子们还是不肯相信，最后麦克拍着他一米八的身板说："我也是从母亲的肚子里生长出来的！"孩子们望着这个身高体壮的洋老师，疑惑地问："妈妈肚子那么小，你那么高，怎么能在妈妈肚子里生长呢？"

孩子们都不相信麦克的讲解，这下麦克急得鼻尖都出汗了，他沉思了一会儿，最后一字一句向孩子们郑重宣布："我一定会证实给你们看，人类到底是从哪里来的！"

下课后，我拽住麦克，担心地问："你能用什么证明你说的是正确的

呢？还是算了，山村就这么个环境，孩子们到该明白的时候自然会明白。"麦克坚定地说："不，我一定要让孩子们相信，我讲的是正确的！"

接下来的几天，麦克就开始闷头忙乎起来，他翻山越岭去了一趟县城，回来又躲在屋里折腾了半天，终于把课备好了。

开课前，麦克找到我，请我帮助他一起完成这堂特殊的生理课。我尴尬地挠挠头："我能帮什么忙啊，何况是要证明人到底从哪儿来，这谈何容易！"麦克调皮地一笑，附在我耳边说："现在保密，不过你别怕，我只要借用你一下就好了！"我脸刷的一下绯红：麦克到底想做什么呢？

生理课就快开始了，麦克把一个不是很大的玻璃柜搬到了讲台旁，同学们顿时欢呼雀跃起来，纷纷鼓掌叫好："老师要为我们变魔术了！"麦克却一脸严肃地说："同学们，课堂无戏言，我要为我讲过的话负责，所以今天我就亲自展示给你们看，人类到底是从哪里来的！"孩子们纷纷睁大了好奇的眼睛，齐刷刷地盯着这个洋老师。只见麦克默默地脱去外衣，露出里面的紧身衣，然后他开始在讲台上伸臂展腿，做起了热身运动，我不由愣住了。

这时，只见麦克冲向我笑笑"小玲老师，请你到讲台前来，站在我身边！"学生们一阵嘻笑，我的脸又飞

宫里的形状！

见状，我由衷地佩服起来，原来麦克真的会瑜珈，而且修炼到这种层次，可算得上是瑜珈大师级的功力了，因为我曾经在电视里看到过吉尼斯世界纪录创造者的表演，他将一米九的身躯缩进只有五十多厘米高、四十多厘米宽的玻璃箱子里，箱子封口后，他又在水下呆了六分钟。瑜珈修练到此种境界，没有坚定的意志是难以办到的。

这时，我赶紧按麦克之前的吩咐，将他事先准备好的一块纸板拿了过来，等我转过纸板一看，顿时愣住了，纸板的正面画着一个夸张的孕妇肚子，并在子宫部位掏空成一个倒鸭梨状的洞，我把纸板放到玻璃柜前面，把倒鸭梨状的洞对准玻璃柜里蜷缩着的麦克，嗬，从讲台下往上一看，麦克就活灵活现地成了母体子宫呈睡眠状态的足月胎儿了。刚才还在叽叽喳喳议论的孩子们全都哑了嘴，目不转睛地盯着玻璃柜里的麦克。

大约过了两三分钟，玻璃柜里的麦克似乎恢复了知觉，先是胳膊然后是腿、头、身子，一样一样地退出了玻璃柜。麦克出来后，缓缓地吁了一口气，慢慢地睁开了眼睛，还没等他开口说话呢，教室里已经响起一片热烈的掌声，麦克冲着我激动地做了一个"OK"的手势，开心地笑了……

（题图、插图：安玉民）

红了，这麦克到底搞什么鬼！在课堂上穿着紧身衣，左伸右展的，还要我上台去站在他身边？

等我走上讲台，麦克把一张事先写好的纸条递给了我，他不再笑，也不再言语，只是静静地站在玻璃柜前，双目微闭，两手合十于胸前，正在默念着什么，麦克整个人已经进入了一种出神入化的静止状态。我展开纸条一看，顿时明白了，却也不由开始暗暗为麦克捏着一把汗。

麦克渐渐入定，他慢慢地弯下高大的身躯，先将一只腿伸进打开一面的玻璃柜里，接着躬腰缩头，此时变得柔若无骨的身子慢慢地缩进了玻璃柜内，经过缓慢地调整，玻璃柜里的麦克，竟然坐成了未出生的胎儿在子

好办法

□ 许小路

大明是个穷光蛋，他住在村里一间破茅屋里，一到夏天，就被蚊子"轰炸"得体无完肤，大明恼火至极却又无可奈何，只好狠狠地对蚊子们撂下一句话："日后等老子发财了，有你们这些家伙好看的！"于是大明南下打工去了。

几年后，大明竟成了一个腰缠万贯的包工头，发了财的大明春风满面地衣锦还乡了。

大明回到村里不多时，他就在村头村尾都贴满了这样的启事："为了让村民致富，并免受蚊咬之苦，张大明先生特向全村人购买蚊子尸体，一两一千元，希各位踊跃参与。"

这个消息顿时像一个惊雷在村里炸开了锅，村里人个个脸上都笑开了花，他们都积极汇入了这支灭蚊大军中，全村整天听到的都是"啪啪啪"的声音。

几天下来，大明看着堆在门口的两麻袋蚊子尸体，心里不禁有一种舒畅感。可几个星期下来，大明发觉村里的蚊子不但没有减少，反而越来越多了，门口的麻袋都快堆成小山。大明怎么也想不明白，这究竟是怎么回事？

一天，大明心里闷得发慌，就跑到小酒馆去，几杯酒下肚，大明想上厕所了，他赶忙奔到厕所，刚解开裤子，忽然听到隔壁间有两人拉着大嗓门在交谈："李大哥，你家的蚊子养殖搞得还不错吧？"

那个被称为李大哥的人答道："还行，日产量已经达到了半两，每天整整500元，比种田强。"

先前那个声音笑道"是啊，我家的收成也不错。多亏了大家想出这个好办法——办蚊子养殖场，要不，村里哪有那么多蚊子让我们打，钱又怎么来？哈哈哈！"大明听到这些对话，差点气昏过去。

决不减肥

□ 耿建华

大金是个超级大胖子，胖到什么程度呢？这么说吧，奥迪车的后排可以坐三个人，他一个人就全占了。大金家里人那个急啊，他不减肥，弊病太多了：胃口实在大，干活没人要，走路气直喘，老婆找不到！于是，家里人都逼大金减肥，逼着他每天跑到二十公里外的远郊去，爬山！

大金百般无奈，在家人的逼迫下只好去爬山。山很高，大金气喘吁吁地爬着，突然，他感到脚上被什么咬了一下，疼得厉害，大金低头一看，却怎么也看不到自己的脚，原来他那一层一层肉叠起来的大肚皮牢牢占据了他所有视线！

大金急了，他拼命把肚子往里缩，使劲把眼睛往下挤，可折腾了半天，还是连自己的肚脐眼都看不见，更别说脚了。没办法，脚疼就不好再爬山，大金便乘车回家休息去了。

回到家，大金吃了几盘鸡腿，觉得脚还在疼，疼得不对劲了，他忙叫家里人过来，一看，哎哟，不得了，大金的整条腿都肿了，于是家人赶紧把他送到医院。

经过检查，医生说大金是被一种致命毒蛇给咬了，一般被咬的人都活不过半个小时，因为蛇毒会迅速渗透到人体内脏。大金和家人吓得面如土色，哭喊着要医生想办法抢救，医生无能为力地摇摇头。

回到家里，大金和家人呼天抢地、一番折腾后，几个小时过去了，大金竟然安然无恙！

再到医院一检查，原来是因为大金他太胖了，蛇牙只浅浅地咬到大金脚上的脂肪层，蛇毒困在厚厚的脂肪里动弹不得，大金那一肚子肥肉又狠狠地阻挡了蛇毒向上渗透……是这身肥膘救了大金的命啊！大金高兴得跳起来，冲家人叫道："你们可再没理由逼我减肥咯！"说罢，掏出随身带着的鸡腿又开始啃起来。

房子是咋砌的

□ 张金初

从前，有个叫阿牛的人开了家米店，生意兴隆，可他为了赚更多的钱，卖米时以次充好，短斤少两……阿牛变得越来越有钱，坏事也越做越多，吃喝嫖赌样样俱全，可阿牛没想到，自己年纪轻轻就暴病而亡了。

阿牛见到阎王，扑通一声跪在地上，痛哭流涕。阎王厉声吩咐小鬼道：

"把阿牛带到他应该去的地方。"

话音一落，小鬼旋即走上来，将阿牛套上绳索，带到地狱的一座房子前，阿牛惊讶地问："我就住在这里？"小鬼说："对，以后你就天天呆在这个房间里，永世不得超生。"

阿牛站在门前，却不禁窃喜：好大的一座房子，足有一百八十多个平方米，比我生前的房子还大，真不错，没想到阎王也知道我喜欢大房子。这么大的房子，住着一定舒服，想散步就散步，想跳舞就跳舞，想打拳就打拳……总算能少受点地狱之苦了！

小鬼打开门，将阿牛推了进去，没想到，房子里面空间太小了，阿牛只能侧身站着，动弹不得，他不由惊愕万分：这房子从外面看上去挺大，可里面咋的大砖小砖乱砌一通，都快砌成实心的了，刚刚能容纳他一个人站立，想举举手踢踢腿都很困难。

阿牛一脸纳闷，扭头问小鬼："这地狱的房子是咋砌的，留这么窄小的空间，让我怎么住，这可是永生永世的事呀？"小鬼说道："这都怪你自己！人死了都要来地狱住新房子，生前每贪一次，就要在这所房子里砌一块砖。小贪小砖，大贪大砖，你太贪了，结果房子就砌成了实心。"小鬼说着说着忍不住笑了，"你想想啊，幸亏你这么早暴病而亡，再晚点来，恐怕连站的地方都没有了。"

（本栏题图、插图：顾子易）

409 2008 SEMIMONTHLY 下半月刊 2月 STORIES

欢迎登录本刊主办"故事中国网"（www.storychina.cn）

故事会
—STORIES—

2008 年 2 月
下半月刊·绿版

主 编：何承伟

常务副主编：吴 伦

副主编：姚自豪（上半月·红版）
副主编：夏一鸣（下半月·绿版）

本期责任编辑：邢 悦

电子邮箱：simyyue@126.com

绿版发稿编辑：
夏一鸣 王雅静 朱 虹 杭 帆

特约编辑：
范大宇 崔新三 申之珉

美术编辑：李宝强

电脑制作：郭瑾玮

通 联：归依玲

本社办公室电话：021-64375030
上半月刊编辑部电话：021-64332325
下半月刊编辑部电话：021-64336469
（上海市绍兴路 74 号 邮编：200020）

主管、主办 上海文艺出版总社

制作、发行总监：张 凯

电话：021-64313938

广告业务 上海故事会文化传媒有限公司

广告总监：张 淮

广告业务：021-34010383
广告投诉：021-64333738

广告经营许可证

沪工商广字 3100320050022 号

发行：中国图书进出口上海公司

特别提示：凡本刊录用的作品，即视为本刊已获得该作品与《故事会》相关的网上传播、汇编出版、电子和录音录像制品等权利。本刊向作者支付的稿酬，已包含了上述各项权利的报酬，如有特殊要求，请提前说明。

坚持到底

单位举行越野长跑比赛。刚跑出两公里，胖子小米就跑不动了，他对身边的小易说："你全力跑吧，我放弃了，别耽搁你取得好名次。"任凭小易怎么劝说，小米都不跑了。小易只好奋力向终点跑去。

跑完全程后，小易坐在草地上喝水，突然小米气喘吁吁地出现在他眼前。小易迎上前去，拍拍小米的肩膀，说："哥们儿，你终于坚持下来了。"

小米喘着粗气，说："没办法，我是不想跑，想叫出租车的，但是我今天穿的是运动背心和短裤，身上一分钱都没有，只好跑回来了。"

（叶　丹）

（本栏插图：包丰一）

养 植 物

午休时，小张坐在一株兰草前，一边抚摸着它的叶子，一边说："养植物就像养孩子一样，要经常爱抚它们，植物才能感受到你对它的感情，才能长得好。"

一旁的经理问："我家有盆植物总养不好，这种方法能行吗？"小张笑道："行啊！您就交给我吧。"

经理连忙给家里打了个电话："老婆，把我们家那盆仙人球搬过来！有人能治好它了。"（阿　鲁）

信 任

小雅刚领了结婚证。一天，她和老公外出，遇到自己的小姐妹。小雅把刚领证的消息告诉了小姐妹，然后把她拉到一旁，开玩笑地说："今后再去我家可不许和我老公眉来眼去的了，记住了吗？"

小姐妹说："放心吧，难道你还信不过我的人品？"她上下打量了一下小雅的老公，接着说，"你就是信不过我的人品，难道你还信不过我欣赏人的品位吗？"（小　鱼）

4

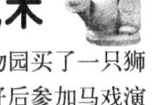

懒人有创造力

睡觉前，女儿让爸爸给她讲故事。爸爸说自己累了，只讲一个。女儿不干，一定要他讲三个。爸爸想了想，说："好吧。从前，有一只兔子和乌龟赛跑，因为兔子跑得太快，撞到树上死了，乌龟获得了冠军。刚巧一个农夫经过树下，捡到兔子很高兴，于是，他就不种地了，每天守在树下，等兔子撞上去。结果，他家的禾苗因为没人照顾，比别人家的矮了许多，他就想了个办法，把自己家的禾苗拔高了，庄稼都死了。"

讲完他拍了拍女儿，说道："这就是龟兔赛跑、守株待兔和拔苗助长的故事。三个讲完了，睡觉吧。"

（李云贵）

药量过大

有个副科长被免职后气得一头栽倒，成了植物人，家人找到医生说明病因。医生说："找那些办假证的弄个官复原职的红头文件，对着他一念就好了。"

家人想，反正是假的，干脆弄个副县级的，让他好得更快。哪知弄来一念，这小子挺身坐起，哈哈狂笑不止，竟笑死了。

医生赶来一看假文件，说"你们怎么能擅自加大药量呢？看，给治死了吧。"

（雅琴阁）

都是艺术

马戏团老板从动物园买了一只狮子，打算训练好后参加马戏演出。可这狮子怎么也钻不好铁圈。

老板威胁狮子道："你如果再练不好，我就把你送回动物园去。"

狮子听了这话很不以为意，说道："回去就回去。"老板提醒狮子："别忘了，你在这儿的身份是表演艺术家。在动物园的笼子里你只是个畜生。"

"不对，"狮子反驳道，"饲养员说了，我们在动物园里也是艺术家。"

老板冷笑道："艺术家？你们在游人面前吃肉、睡觉，这算什么艺术？"狮子理直气壮地回答："行为艺术！"

（林好 推荐）

·笑话·

没油了

一个飞行员通过对讲机和指挥塔通话："指挥塔，我是实习机2345，我的油不够了。"

指挥塔里的工作人员紧张起来，忙答复道："实习机2345，我是指挥塔，请保持冷静并立即减速，调整机身成最佳滑翔角度，一会儿会有专家来指导你迫降。你现在看得见机场吗？"

只听话筒里飞行员说道："嗯……指挥塔，我现在正停在南机坪四号道，我只是想让加油车过来一趟。" （黄伟祺）

一天，矿泉水瓶子去喝自来水，自来水龙头非常羡慕地对它说："兄弟，你的命真好，一旦把我的水喝进肚子里，便身价百倍了！"

谁知矿泉水瓶子听了后，满腹牢骚地说："身价百倍算得了什么？人家燕窝、营养液的瓶子喝了你的水，那可是身价千倍万倍呢！"

升值

（叶 子）

老同学

小林去一家饭店吃饭，吃完饭，付好了钱，留在座位上喝茶。

突然，一个西装革履的大胖子走进饭店，服务员见了，立刻站直，向他鞠了个躬，说道："经理好。"

小林认出来那个胖子就是老同学小胡，忙跑过去打招呼："小胡，你小子有出息了，当经理了！"

那个胖子看看小林，眨着眼说："您是谁呀？先生，您认错人了吧？"

"小胡，你小子发财了，就把老同学忘了。"小林对胖子态度很不满。

这时女服务员走过来，小声对那胖子说："经理，他已经埋完单了！"

胖子一拍大腿说："哎呀，我总算想起来了，你是小林，我们以前还是同桌呢，哈哈……"

小林也哈哈笑道："我也总算明白你为什么会有钱了。"（小 叶）

报 警

男友用自行车带小丽出外春游。路上小丽一直在讲一个小姐妹被人骗了的事，讲着讲着，男友回头说："报警啊！"小丽说："当然报警了，可找不到人啊……"然后继续兴致勃勃地往下讲。

男友又回头说："报警啊！"小丽不耐烦了，说："跟你说过报了，人跑了！"话音刚落，小丽就被颠了一下，从车上摔了下去。她气得骂男友："就怪你，老叫我'报警，报警'！"男友跳下车，无辜地说："我看着前面路比较颠，所以一直让你抱紧（报警）我，你怎么不听呢？"

小丽嗔怪道："谁让你讲话不清楚，前后鼻音都不分。"

（文　武）

我 是 谁

暑假，玲玲去一家糕点房打工，第一天趁师傅不在，自己做了个很大的"四不像"蛋糕。她正在自我陶醉，恰巧被回来的经理撞了个正着。经理生气地骂她："你笨啊，不让你做你还做！"玲玲愣了足足一分钟，不甘心地向经理大声嚷道："你知道我是谁吗？"

经理大吃一惊，小心翼翼地问道"你是我们老板的亲戚？"玲玲摇摇头。经理有些紧张了："那你是哪个领导的女儿？"玲玲还是轻蔑地摇摇头。

经理吓得脸色都有些变了，结结巴巴地问："那你是……"

只听玲玲答道：我是新手啊！"

（董茂臣）

金融指导

兰斯到一个新的城市旅游度假，不久就迷路了，便向一个小男孩问路："你能告诉我去最近的银行怎么走吗？"

小男孩回答道："当然可以，但你要付10美元。"

兰斯很惊讶："你要得也太多了！"小男孩认真地说："先生，您要知道，有关金融方面的指导，总是需要支付高额报酬的。"（佳　福）

价值10万的
蛋糕

□ 李荷卿　荐稿

老亨利退休后开了家糕点店，白天都和小孙子吉米一起呆在店里。

说起老亨利做糕点的手艺，那就是一个字——"绝"！他做出的蛋糕不仅味道好，而且蛋糕图案更是花样百出，只要是顾客说得出名目的东西，他都能将图案制作在蛋糕上，所以来订蛋糕的人特别多。

这天上午，老亨利正在店里制作史密斯太太定制的生日蛋糕，小孙子吉米在柜台内玩玩具。突然，一个顾客推开玻璃门，带着一阵风走进来。

来的是个高大的男人，他看到正在地上玩耍的吉米，便闯进了柜台，一把抱起孩子，猛地推开老亨利，径直往内间闯去。从老亨利身边挤过去的时候，他压低嗓门恶狠狠地说道：

"如果外面那个警察进来，将他打发走，不要说我在这儿，否则，我就要了这个孩子的小命。"声音虽低，却充满了威胁。说完，他就闯进了内间，推开里面储藏室的门，走进去后又把门关上了。

小吉米被劫持了！老亨利被突如其来的灾难惊呆了，他注意到来人身上带着枪，一时之间不知如何是好。正在此时，一位警官走了进来，老亨利认得他是这个街区的巡警汤姆。

汤姆一进门就跟老亨利打起了招呼："今天的生意好吗，亨利？"老亨利嘟嘟囔囔地敷衍了他几声，然后问他需要什么。

汤姆扬了扬手中的一叠纸，说："有一个珠宝盗窃案的通缉犯逃到我们这边来了，这是通缉令。我要在你的店里贴一张。"老亨利没有瞧那张通缉令，只是作了个请便的手势，然后就走回去，继续做蛋糕上的图案。

汤姆拿了一张通缉令，打量了店堂一眼，看准一块地方，正准备往墙上贴，突然，他像想起了什么似的，走到隔板前，隔着玻璃，将通缉令拿给老亨利看："你看一下照片，亨利，说不定他会来你店里买东西吃的。你看，通缉令上写着，提供的线索如能让警方抓到罪犯，警方会有10万元奖励的。"

老亨利没有抬头，只是"哦"了一声。

汤姆见他仍然自顾自地低头做事，就又说："亨利，你别不放在心上，什么事都是有可能发生的。如果这个通缉犯碰巧来到你店里，你将线索告诉警方，就能得到10万元奖励，那你以后就不用再做蛋糕了。"

"我做蛋糕也能赚不少钱。"

汤姆笑了："蛋糕？那可是10万块啊，你哪块蛋糕能值10万块啊？只要你能看到罪犯。"

"我赚的钱已经够用了。"

"可有了10万块钱，你和你孙子就能过上好日子了。"这时，汤姆突然想起了什么，问道，"噢，对了，小吉米呢，今天怎么没有看到他？"

老亨利抬起头看着汤姆，然后放下手中的活，打开烤箱，一阵新烤蛋

糕的香味飘了出来，立刻在满屋弥漫开来。他一边取出烤盘，一边说："吉米今天不舒服，今天没有来。"

就在这时，只听扑通一声，烤盘重重地落在了操作台上。

"哎呀，我的蛋糕……全糊在一块儿了。这可怎么办呢？史密斯太太下午两点就要来取了。"

汤姆朝老亨利正在做的蛋糕看去，几秒钟之后，他抬眼看了看老亨利。老亨利看了他一眼，又看了他手中的通缉令一眼，脑袋轻微地朝内间储藏室摆了摆。汤姆看着老亨利，沉默了一下，语气里带着无限的惋惜：

"我看，你得为史密斯太太重做一个蛋糕了！"

就在这时，汤姆的对讲机响了起来。汤姆接通之后，立刻说道："我是巡警汤姆，我正在彼得大街中段。"停了一下，又接着说道，"什么？在雅各布大街？好，我立刻去增援。完毕。"

说完，汤姆就将通缉令放在柜台上，对老亨利说："看来你拿不到这10万块了，有人在南边的雅各布大街发现了通缉犯的踪迹。我现在要立刻赶过去增援。这张东西你等会儿帮我贴一下。"然后，他又放缓语气，安慰老亨利道，"你放心吧，小吉米很快就会

没事的。"说完，他就走了出去。

透过玻璃门，老亨利看到汤姆出了门朝北走了。接着，他听到储藏室的门开了。那个粗鲁的男人放开小吉米，走了出来，从操作台前经过时，顺手拿了两个新出炉的面包，一边朝外走，一边威胁道"老家伙，不准报警，否则，我不会放过你的。"

小吉米的嘴巴被捂了这么久，这时候已经吓得哭不出声来了，老亨利急忙跑过去安慰他。

当老亨利透过玻璃门看到那个男人也朝北走去时，一直阴云密布的脸上露出了一丝不易察觉的笑容：罪犯正在一步步走向陷阱。刚才，老亨利已经把他劫持小吉米的样子裱在了蛋糕上，汤姆显然看懂了那幅图案。

当天下午两点，当史密斯太太来取蛋糕时，老亨利像往常一样，将蛋糕盒的盖子取下来，给她看蛋糕上的图案。看到图案，史密斯太太似乎有些失望，老亨利不解地问："你对这个花式不满意吗？"

史密斯太太说："不是，图案很漂亮。我只是觉得有点意外，我还以为……事实上，我想亲眼看看那个帮助警方抓住通缉犯的价值10万元的蛋糕。我听汤姆警官说，你把我的蛋糕制作成了一个男子持枪胁持一个小孩，躲在你的储藏室里的图案……"

（题图、插图：安玉民）

"玛吉针"是世界上最奇特的针法，是它，补好了一颗破损的心。

爱情针法

□ 小波 编译

安德鲁是一个年轻人，几年前父亲把一家经营多年的纺织公司交给了他，没想到，生意一落千丈，没多久就债台高筑，安德鲁沮丧极了。

安德鲁想了几天，决定一个人去山地旅游，放松一下心情。一天傍晚，雨下得很急，他正背着行李在山间徒步前行，突然，脚下一滑，整个人翻下了山坡……

醒来时，安德鲁发现自己正躺在一个温暖的小屋里，身上盖着厚厚的被子，旁边放着一身换洗的衣服，不远处有一个黑发披肩的姑娘，正一针一线仔细地缝着什么。

姑娘名叫玛吉，她在山坡下发现了摔伤的安德鲁，把他救回了家，并让他养好伤再走。

就这样，安德鲁在这间小屋里住了下来。时间一长，他开始观察起这个姑娘来，发现玛吉每天都在做衣服。凭着职业敏感，他觉得玛吉的手艺绝对不同凡响，不但针脚细密工整，而且富于变化，衣襟上的图案层次分明极有动感，简直称得上是一个纺织艺术家。

安德鲁情不自禁地说："玛吉小姐，你做的衣服真漂亮啊！"

姑娘听到安德鲁的夸奖，羞涩地笑了，对他说："这是我家祖传的一套特殊针法。"玛吉的话让安德鲁心头一动。

转眼半个多月过去了，安德鲁舍不得走，他发现自己爱上玛吉了！

终于有一天，安德鲁忍不住开了口，支支吾吾地说："玛吉，你愿意跟我走吗？我有家纺织公司，你能做我的技术总监吗？"

万万没有想到的是，玛吉竟冷冷地拒绝了他，说："不愿意！"

安德鲁的心一下凉了。这时只听玛吉大声说："如果你要我做你的妻子，我就跟你走！"

哈哈，安德鲁又惊又喜，一把搂过玛吉，喃喃地说："我就是这个意思呀！"

安德鲁赶紧打点好行李，准备第二天就回去安排婚事，玛吉则说要等父亲晚上回来才能定。

第二天一早，安德鲁就叩响了玛吉的房间，叩了好久，都没有回应。他急了，忙推门进屋，发现里面空荡荡的，桌上放着自己那件破损不堪的外套，玛吉已经把它补好，衣服上还放着一张字条："父亲不同意我和一个白人结婚，你再也不会找到玛吉了，再见！"

安德鲁手里攥着那件玛吉亲手织补好的衣服，他不敢相信自己失去了玛吉，心想：命运对自己为什么如此不公？父亲把一家好好的纺织公司交给自己，却给自己办砸了；遇到一位好姑娘，却横遭长辈阻拦……

从那之后，安德鲁四处打听玛吉父女俩的消息，可都杳无音信，他的心一点点沉了下去，心痛难忍时，就拿出玛吉补好的那件外套，轻轻抚摸细密的针脚，就像抚摸玛吉那双勤劳灵巧的双手。

这天夜晚，安德鲁又一次拿出外套，含着泪注视着玛吉织补过的痕迹。

突然，安德鲁像是发现了什么——玛吉的针脚密布在衣服的破损处，针针精巧，细致无双，可不知道为什么，夹克衫后襟上有一小块，明明没有破损却也被缝上了细密的针脚。这是什么？是图案吗？好奇的安

德鲁仔细地观察起来。

一个小时过去了，两个小时过去了，当安德鲁意识到那图案的真正含义时，他拿着衣服的双手几乎颤抖了：图案不是别的，正是一套针法，玛吉是用这种方式把自己祖传的针法教授给他！

突然，他眼前一亮，发现图案最下方隐秘地绣着几个字母，拼起来就是：安德里斯。安德里斯？这应该是一个地名，难道这是玛吉在暗示自己找寻她的线索？

安德鲁兴奋极了，立马踏上了寻找玛吉的旅程。

终于，在一个名叫安德里斯的小镇，他打听到了玛吉父女的消息。当他敲开玛吉家大门的时候，迎接他的

正是玛吉花一样的笑脸。他望着美丽如初的玛吉，嗔怪道："为什么要这样折磨我呢？"

玛吉笑了，她把安德鲁拉进屋子，拿起了桌子上的针和线，说"来，我教你最后一针！"

"什么最后一针？"安德鲁愣住了，玛吉却笑得合不拢嘴，原来，那件衣服上的针法少了最关键的一针，如果安德鲁只是贪恋针法而不是真心爱玛吉，那他得到的将不过是一套粗糙低劣的针法！

安德鲁把聪明可人的玛吉拥在怀里，会心地笑了：如果不是自己日夜思念玛吉，睹物思人，他会发现这套针法吗？如果不是他真心爱恋玛吉，他会获得那宝贵的最后一针吗？安德鲁知道隐藏在衣服上的这套针法是玛吉对他的爱，也是玛吉对他的智慧考验。

安德鲁用玛吉的针法申请了专利，挽救了公司，他把这种针法取名叫"玛吉针"，那是一套爱的针法，它补好了一颗破损的心。

（题图、插图：安玉民）

绿版编辑部各编辑邮箱：

夏一鸣：gshxym@163.com

邢　悦：simyyue@126.com

王雅静：wyjing833@sohu.com

朱　虹：zhong98305@sina.com

杭　帆：hangfan1102@126.com

童心造就成功

哈德是一个德国建筑包工头，他擅长经营，曾将一个小公司打造成拥有二千多人的大企业。但一场金融风暴严重影响了德国的经济，哈德的公司也受到了波及。

几个月下来，公司业务量锐减，更令哈德头疼的是那些闲置的大型设备：卖掉吧，也卖不出个好价钱；不

卖吧，这些东西不仅占用空间，还要花去不少的维护费用。每天望着这些无法派上用场的"鸡肋"，哈德一筹莫展。

一个星期天，哈德满腹心事地去工地上查看。看着一台大型挖土机，哈德突然来了兴致，让工人教他开机操作。不到一个上午的工夫，哈德已能熟练地操作挖土机搬石运沙了。下机之后，哈德先前的郁闷心情一扫而光，一个突如其来的灵感随之而生。

哈德当即买下一座荒山，并从附近的河道中运来大量沙土。经过一番准备之后，一家别开生面的"工地游乐园"正式开张了。哈德还大做广告说：以前只能眼睁睁看着别人操纵起重机、压路机、翻斗车、铲土机、挖土机等大型机械，如今每个人可以亲自驾驶。这种体验立即引发了市民尤其是成年人的极大兴趣。

一时间，哈德的"乐园"门庭若市。这种被誉为"成年人游戏"的娱乐项目，让一些劳心费神的上班族得到了极大的解脱和满足，受到了他们的欢迎。半年以后，哈德由建筑包工头变成了大型集团的CEO，个人资产也翻了两番。

财富启示：和儿童一样，成人也有猎奇求新的强烈兴趣。及时转变观念，利用童心赚成年人的钱，废物也就变成宝贝了。

（推荐者：吴国志）

□ 刘江波

谁能相信我

星期一刚上班，大家纷纷走进办公室，互相打着招呼。这时，只听见女秘书小陈突然叫了起来："呦！张哥，脸怎么了，让嫂子挠了？"大家纷纷望去，才发现科员张健的脸上有三道血痕。

张健红着脸，急急忙忙地解释："没有的事，你嫂子出差了，我是被小孩子抓了一把。"

其他同事一听都不相信，说张健孩子早过了挠人的年纪，一定是两口子吵架了。

张健辩解说绝对没有吵架，就是路上不小心被一个小女孩抓了一把。

见大家还是将信将疑，张健索性不说话了，跑到收发室去取报纸。谁知收发室里的人见了他，都像见到了瘟神，纷纷躲到了一边，还对着他指指点点的。张健更纳闷了，不就是脸上被抓了一把吗，有什么可大惊小怪的？

没等他想明白，主任就派人来找他了。进了主任办公室，主任上下打量了他一下，很严肃地问道："你老实跟我说，昨天晚上九点半，你在什么地方？"

张健一愣："我和一个朋友喝酒去了，怎么了，主任？"

主任越发严肃了："朋友？哪个朋友？你能找到这个人吗？"

张健答道："外地的一个朋友，今天早上就回去了，他没什么问题吧？"

主任"哼"了一声："他是没什么问题，是你有问题。昨晚，收发室的王丽丽下夜班，走到偏僻地方的时

候，碰着一个流氓，王丽丽大喊救命，黑灯瞎火的还抓了这小子的脸一把……"

张健这才反应过来是怎么回事，气愤地站了起来，说道："主任，你得相信我，这事跟我没关系，我这脸是今天上班路上，被一个小孩子抓的。"

主任一边示意他坐下，一边说道："你先别激动，谁也没说是你干的。但是昨天晚上王丽丽抓了一个流氓的脸，你今天早上脸上就出现了三道血痕，这事也太巧了。我这个当主任的，总得问问清楚？"

张健还想解释，只见小陈慌慌张张跑了进来："张哥，你躲躲吧，王丽

丽的老公来了。"张健腾的一下就站了起来："他来就来，我才不躲，我又没做亏心事。"

小陈更着急了："张哥，你说你没做亏心事，那你的脸是被谁挠的，你说得清吗？再说，她老公是业余拳击教练，万一上来就先动手，咱不得干吃亏呀？"张健感觉脑袋嗡的一下，还是主任急中生智，让他从后门走，还放了他两天假，等风头过去了再慢慢解决。

张健赶紧捂着脸，从后门走出去，刚出门，一抬头竟遇见了工会陈主席。陈主席平日里和蔼可亲，还特别讲义气，和职工关系处得最好。张健一见到他，像见着亲人一样，差点流出泪来。没想到，陈主席一见张健却笑了，把他捂在脸上的那只手拿开，仔细朝张健脸上瞅了瞅："呦，抓得还挺深。"

张健委屈极了，解释道："陈主席，我这脸让一个小孩子抓了一下，可他们都不相信我，还有人说我是耍流氓让人抓破的。"

陈主席乐了："年轻人，谁不爱淘个气，我像你这个岁数，也有过犯糊涂的时候，改了就好嘛，人也不是圣人，谁能没个错？小张，你可得记住，别管谁问，就一口咬定是小孩子抓的，千万别松口，到时候有事，我替你说好话。"

张健气得说不出话来，现在这人

都怎么了，这么点小事，就能惹出这么多麻烦来？他垂头丧气回了家，刚进家门，突然看见妻子正在梳妆镜前面化妆，他吓了一跳："你怎么回来了，不是说后天才到家吗？"

妻子回头笑了："怎么了，不想我提前回来，是不是做啥亏心事了？咦，你的脸怎么了？"

张健再也忍不住了，红着眼跟妻子说了经过，最后他眼泪都流出来了："你可得相信我，我就是在路上看到一个小孩子的玩具掉了，我帮着给捡起来，谁想到她一把就把我的脸挠坏了。"

妻子倒是大度："这么多年夫妻了，我能不相信你吗？别往心里去，早晚有水落石出的时候。"看到妻子这么善解人意，张健心里安慰极了，他这才想起来问："你不是说要出差五天吗？怎么才三天就回来了？"

妻子叹了一口气，指着自己左脸给他看："别提这倒霉劲儿，你瞧瞧我这脸，今天早上在旅馆，我逗老板娘的小孩子玩，谁想到这小家伙抽冷子咬了我一口，弄了一个小牙印。搞得同事们都笑话我，气得我提前两天就回来了。"

张健的脸色一下子就变了，妻子瞪了他一眼"告诉你别瞎想，你得相信我。"

张健观察了半天，这才笑了出来："没事，两口子再不互相信任，还能信谁？"

妻子松了一口气，进厨房做饭去了。张健偷偷拿过妻子的包，开始翻起来，他想看看有没有外地那家旅馆的线索，他得打个电话去问清楚：那个老板娘到底有没有喜欢咬人的小孩子？

（题图、插图：刘斌昆）

· 本刊信息传真 ·

故事中国网评选 2008 最佳笑话段子

新春佳节，故事中国网首先祝大家鼠年大吉！故事中国网(www.storychina.cn)和狗乐福网（www.dogwww.com）有奖征集"爱犬故事"，讲述爱犬故事，感受爱犬真情，让爱犬故事永流传！比赛起止时间：1月28日－3月14日。本次爱犬故事比赛作为狗乐福网主办的户外秀狗盛典的一部分，活动详情可登陆上述网站查看。

在新的一年里，故事中国网(www.storychina.cn)推出评选2008最佳笑话段子活动，将发布每月最新、最有趣的笑话段子，并在月底评出当月最佳，参与年底总评。凡在网上推荐精彩笑话段子的读者将有机会获得丰厚奖金和奖品！

另外，故事中国网开设"故事点评"栏目，欢迎对每期《故事会》的作品进行点评，凡入选在网站发布的故事评论将获得50到100元的稿费，优秀评论还有机会在《故事会》上发表。投稿方式：发送邮件到 tougao@storychina.cn 或直接登录故事中国网论坛发布。2008年，让故事中国网（www.storychina.cn）伴你高飞！

可怕的
一声喊

□ 叶 泊

深夜难以入睡

世界上什么事情最痛苦？有人说是失恋，有人说是缺钱花，对白领青年林娇来说，这两项都不是，而是失眠。她一直患有失眠症，别人头一沾枕头就能入睡，她却睁着眼睛老半天睡不着。

最近，林娇失眠症闹得更厉害了，人一下子瘦了好几斤。为什么？原来，一楼开了家"休闲茶庄"，说是一家茶庄，其实是个赌场，据说还有后台，居民们敢怒不敢言。林娇就住在二楼，你想，一到晚上，洗牌声"稀里哗啦"的，一般人听了都心烦意乱，更何况有失眠症的她！

这天晚上，林娇折腾来折腾去，好不容易眯上眼睛，冷不丁就听楼下传来一阵狂呼，吓得她一个激灵坐了起来，再躺下去却睡意皆无，看来下半夜再也睡不成了，她拿起手机，给男朋友石宇打电话直抱怨。石宇在电话里说"不如到我这里吧，这里还有间空房间，能让你睡个安生觉。我马上过来接你。"

石宇还给林娇出了个主意："你在外面偷偷大喊一声，包管能吓住那些打麻将的。"林娇"哼"了一声："这么喊一声管用吗？"

石宇嘿嘿笑着说："他们这些人半夜赌博，心都虚着呢，你冷不丁一喊，就能吓吓他们，没准他们下回就不敢了。再说，三更半夜的，谁也不知道是你叫的。"

林娇一听，还挺在理，决定试一试。于是她蹑手蹑脚地下了楼，然后又悄无声息地向弄堂口摸去。

弄堂口停着一辆三菱吉普车，林娇快步溜到车旁将身体藏好，深深地吸了一口气，憋足了劲，扯着嗓子尖叫一声："救命呀！抢劫杀人啦——"

尖叫声像尖刀划过夜空，让人听了不寒而栗。林娇别转头，向茶庄望去，你别说，还真灵！刚才还闹哄哄的茶庄，现在却是死一般的沉静，更不可思议的是，"茶庄"连灯也熄灭了。见此情景，林娇不由暗自好笑，掏出手机给石宇打电话。

电话通了，石宇在电话那头说："你等急了吗？这么晚了根本拦不到出租车，我现在正往这边赶呢，差不多再过五六分钟就到了。"

林娇嘻嘻一笑，然后压低嗓子说："刚才我按你说的，冷不丁喊了一嗓子'救命'。结果你猜怎么样？茶庄马上就静下来了，甚至连灯也关了。太有意思了……妈呀！救命呀！"

就在这时，林娇突然发现，不知从哪儿冒出来一个头戴黑头套的男子，正站在自己的面前。她心里一激灵，难不成自己被发现了？那个茶庄里的人来报复了？这下完了。

这里十万紧急

电话那头，石宇显然并不知道这边的情况，还在打趣呢："你怎么喊起

来没完没了？你不晓得'狼来了'的故事吗？喊多了就不灵了。小心真的把坏人招来，到时候喊破嗓子，也没人帮你了。"

林娇这时连哭带喊的："石宇！快来救我呀，他们派人来杀我了。妈呀！他手里还有刀呀……"

她顾不得和石宇再多说了，转过身撒腿便跑。而那个黑头套见状随后便追，一边追，一边威胁她不要再喊。

林娇哪里听他的，一边大声尖叫着，一边围着这辆吉普车转起了圈子。冷不防脚下一绊，摔了个嘴啃泥，情急之下，她连滚带爬钻到了车底下。可她一钻进来就有点后悔，因为这辆车底盘倒是不低，可它停的地方太缺德，车底下地势正好有些凸起，所以人钻进去就觉得里面很挤。

就在这时，只听"扑哧"一声响，林娇顿时吓了一大跳，她马上想到是黑头套在捅汽车的轮胎，轮胎没了气肯定会瘪下来，那自己岂不是要被活活压死？然而，为时已晚，林娇发现自己已经动弹不了。

突然，一辆警车鸣着警笛飞速驶来。林娇心里一阵激动，她知道，一定是石宇及时报的警。只见车门刚打开，石宇就一个箭步蹿了下来。看到林娇正压在汽车下面，大惊失色，急忙掀车，警车上也下来两位警察同志帮忙。可这辆车太重了，三个人喊着"一二三"使劲地掀，可吉普车依然纹

·中国新传说·

丝不动。

真是越忙越乱，不知何时，一辆救护车鸣着笛声也开了过来。见弄堂口给警车堵住了，救护车司机便打开车窗问："出什么事了？你们干吗要把路堵住？"

还没有等石宇讲话，警察先开口了："有人卡在车下面了，我们正在想办法救人，你们也快点过来帮一下忙吧！"一位医生说话了："不行啊！我们是来抢救茶庄里的人的，有人心脏病突发需要紧急救治。现在人就在弄堂里，麻烦你们先把路让一下！"

警察一听就火了："我们也在救

人！"说着，用命令的口气说，"你们下来一个人！"

这时石宇也说："你们就帮帮忙吧，你们可以先让一位医生到里面给病人做一下紧急救治。其他人帮我们掀车，两下都不耽误。这样不好吗？求求你们就帮帮忙吧！"

救护车上的人商量了一下，同意了。到底人多力量大，众人很快就将车子掀了起来。石宇一把将林娇从车底下拖了出来，林娇一口气还没喘匀，只见一位医生冲这边喊道："不好了，病人的情况很危急……"

救护人员们一听，赶紧回救护车拿担架，没过一会儿，就从茶庄里抬出一个人来。

原来心里更虚

救护车拉着病人开走了。林娇却看见那两位警察从茶庄里走出来，便和石宇走过去询问情况。

一个警察摇摇头说："情况不好，据说，那个人是在玩麻将时，受到突然惊吓引发心肌梗塞的。"

林娇干咳了两声："喊救命也能吓死人吗？"

另一警察说："你不用紧张，我们已经猜出是你喊这一嗓子的，不过，这属于本能反应，没什么过错。只是有一件事，我们想向你了解一下。你住在几楼？"

"二楼。"

"你不知道那茶庄是地下赌场吗？"

林娇赶紧摇头："不知道，我白天要上班，晚上回来倒头就睡，而且我这个人睡觉睡得特死，连外面打雷都听不到。"

两位警察忍不住笑了："既然你不知道那就算了。刚才那个躺在担架上的人是第一次来赌博，本来就心虚，听到有人喊救命，就犯了心脏病。我们已经向上级作了汇报，一会儿大队人马就到，今晚要把这个赌场彻底端掉！"

说话间，林娇隐约听到一阵警笛声由远及近，车一停，呼啦啦下来十多位警察，马上就将茶庄包围起来。

这时，林娇发现从一辆警车上押下一个人来，刚看了一眼，便气不打一处来，那人正是"黑头套"！

原来黑头套扎坏轮胎后，便落荒而逃，结果运气不佳，迎面碰到警察的车队。而他也是跑得昏了头，竟然忘记摘掉黑头套，引起了警察的注意，来了个当场擒获，经过简单审讯，加上正好要到这边来查地下赌场，顺便就将他押了过来，查证一下作案现场……

林娇上前两步，指着黑头套的鼻子对警察们说："就是这个人想要杀我，你们千万不要让他跑了。"

那个黑头套一听，扑通一声跪了下来，说："这位小妹妹你可千万不要乱讲！"

"谁是你的小妹妹？"林娇瞪他一眼，说，"警察同志，我说的是真的。"

"冤枉啊！我原来一直是偷自行车的，发现你们弄堂口有辆吉普车，便心里痒痒的，想把它弄到手，结果技术不精，鼓捣了大半天才把门锁撬开，进了驾驶室正想办法怎么才能打着火呢，冷不丁地被你在外面一喊，吓得我裤子都尿湿了。"

"所以你就打算杀人灭口？"

黑头套吓得连声说："天地良心，我哪敢杀人啊？"

"那你为什么要扎轮胎压死我？"

"我是怕你大喊大叫，会把人招来，所以便想把你嘴堵上。可是你跑得比兔子还要快，我根本就追不上。后来一想算了，追不上就不追了，赶紧开车跑吧。不想，你这时却突然钻到车肚子底下了。我以为这车是你的，你才钻到下面不让我开走，我一时生气，心想你不让我把车开走，那我就把你的轮胎扎破掉……"

听了黑头套这番话，林娇真是哭笑不得，原来当时他心里更虚啊！

警方当晚便将赌场彻底端掉了！那位心脏病突发的病人，虽然被救活了，可因为参与赌博被拘留了……

警方还根据那个偷车贼交待的线索，端掉了一个犯罪团伙。

（题图、插图：刘斌昆）

□ 唐雪嫣

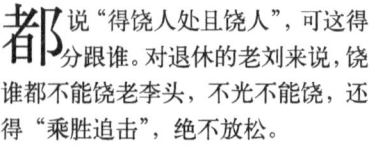

得理 不饶人

都说"得饶人处且饶人"，可这得分跟谁。对退休的老刘来说，饶谁都不能饶老李头，不光不能饶，还得"乘胜追击"，绝不放松。

老李是老刘的棋友，两人整天泡在老年人活动室里下围棋。别的人玩玩纸牌聊聊天，时间一久，处得跟朋友似的，但这老刘和老李却正相反，天天在一起下棋，可只要一提起对方，肯定一撇嘴："他呀——臭棋篓子。"

这俩老头都以为自己的棋艺比对方好，其实是半斤八两，互有胜负。可这一天，老刘如有神助，连赢了两盘，每盘都赢了三十多目，下到第三盘还把老李的一条"大龙"围在了中间。老李一张老脸憋得通红，瞪大眼睛死盯着棋盘，手里拿着棋子，迟迟不落子。老刘心中得意，一边摇扇子，一边说风凉话。

老李输了棋本来就郁闷，听了老刘的话，更火了，伸手将棋子一撸："牛什么牛，你以前也有输棋的时候。"

老刘笑眯眯地说："我可没忘，但咱不像你，输了就拿棋子撒气。"一见老李没话说，老刘更加得理不饶人，"我早就说过，你的水平不行，做我的徒弟还差不多，你偏不信，咋样？这回服了吧？"

老刘嘻皮笑脸，故意气老李，却没想到老李正在气头上，这些话如同火上浇油。只见老李一巴掌狠狠地拍在棋盘上，指着老刘的鼻子喊："你……你太狂了，我……我一定要和你好好较量较量。"

他这一喊，把活动室里的人都惊动了，全都过来看热闹。没想到老李

22

发这么大的火，老刘心里有些后悔，但众目睽睽之下，哪能示弱啊？他也大声说："比就比——就你那臭水平，我还怕你呀？"

这下老李火气更大了，他咬牙切齿地说："好你个老刘，咱俩……咱俩也别光动嘴，打个赌吧，要是我输了，从今以后，我……我管你叫师傅，要是你输了呢？"

老刘毫不含糊地说："我要是输了，我也管你叫师傅。"

看热闹的老头老太太们见事情闹大了，便过来劝他俩，这俩老头才不听呢，定好了两天之后在此决战，然后各自气呼呼地回家了。

回到家，老刘心里打起了响鼓。虽然他觉得自己比老李强，可估计也强不了多少，动真格的，他的胜率最多百分之五十……五十一，也就是说，他有近一半的机会会输。要是输了，管那个老东西叫师傅，还不让人笑死？可话都说满了，反悔是不可能的，这可怎么办呢？

晚上，儿子刘方回来了，见老爸愁眉苦脸地躺在床上，吃了一惊，忙问他是不是病了。老刘便把这件事说了一遍。

刘方一听，又好气又好笑，埋怨他不该意气用事，老刘生气了，骂道："用不着你说我，赶紧帮我出个主意才是正经。"

刘方才不理他呢，自顾自去忙自己的事情。过了好半天，老刘进了刘方的房间，小声说："儿子，你鬼点子多，帮帮老爸吧，老爸要是输了，以后可没脸见人了。"

看得出来，对老刘来讲，这次赌棋比天都大。

刘方不禁有些可怜老爸，他想了想，说："爸，我可以帮你，但你得听我的。"

老刘精神一振，只要能让他赢得这场赌赛，让他做什么他都愿意啊，连忙一迭声地答应下来。

刘方说："如果你亲自跟李叔比赛的话，谁也没办法让你包赢不输，但咱可以找一个比李叔水平高的人，让他替你出战，这样就可以无惊无险地赢得比赛。"

老刘气坏了，这是什么笨主意？老李又不是傻子，怎么可能让别人代替比赛？

他刚想发作，刘方指着电脑说："你不是在网上下过棋吗？这两天，你就通过下棋，物色一个比你们都强的棋手，到你和李叔比赛的时候，我把李叔下的每一步棋都当作是你下的，跟这个高手对局，然后把这个高手的每一步棋，通过耳机传给你。这样，事实上李叔就是跟这个高手比赛，他一定会输。"

老刘还有些疑惑："耳机传给我倒好办，把我平常下棋时听的半导体耳机换成手机耳机就行了，最多花掉

点手机费，可你咋能知道我们俩怎么下呢？"

刘方呵呵一笑："上次我去你们老年活动室找你，发现在你们棋盘边上正巧有台电脑，上面配了摄像头。你去下棋前偷偷把摄像头对着棋盘，再和我连上网，我不就能看到了吗？"

老刘恍然大悟，说道："噢，那我会，上次老年电脑班上我学过上网。"

听了儿子的方法，老刘一下子兴奋起来，网上高手如云，随便找一个都比他跟老李强，要是真有这样的高手帮忙，那这场比赛就赢定了，到时

候看他老李如何收场？正得意呢，刘方却说"爸，你可以赢了比赛，但是，比赛之后，你一定要和李叔言归于好，也不能让人家管你叫师傅，一个劲地打击人家，要是那样，我就不帮你了。"

刘方的态度很坚决，老刘犹豫再三，只好答应了。

老刘想起，在网上有一个网名叫"横扫天下"的棋手，以前跟他下过棋，棋艺高出他一个段位都不止。老刘决定就找他帮忙了。但这事不能明说，只能套关系，巧妙地利用这位"横扫天下"。

这天晚上，他跟"横扫天下"下了一盘棋，当然中盘就"投子认输"了。他装作气愤的样子打过去一行字："今天我状态不好，暂时休战，你敢不敢两天之后跟我再较量较量？"

"横扫天下"当然一口答应下来，并约好不见不散。老刘得意地笑了起来，他已经成功地将"横扫天下"诱入局中，因为，他和"横扫天下"约定再战的时间，恰好是他跟老李赌棋的时间，就让"横扫天下"帮他杀老李一个丢盔弃甲吧。

赌棋这天，老刘早早地就来到活动室，假装上网，把摄像头连上了，然后就坐在棋盘边上等老李，摆出一副必胜的架式。

老李虽然看上去满不在乎，但从他的眼神里，老刘觉察出了他有些紧

张。

老刘心里偷笑：老东西，任你发挥多好，今天也难逃输棋噩运。

比赛开始了，一切顺利，儿子刘方把老李的棋下到网上，再把"横扫天下"的棋路通知老刘，老刘则装作苦思冥想的样子，等上一会儿再把棋子摆上去。

不知不觉两人棋至中盘，盘面上老刘占优。可老刘的心思早就不在棋上了，他盘算着，一会儿老李认输的那一刹那，他应该说什么呢？就算不用老李叫自己师傅，也总得出出这口恶气吧？

这样胡思乱想着，突然，他听到老李兴奋地叫了一声，"啪"地将棋子狠狠打在棋盘上，然后得意洋洋地站起身来："老刘，你要输了。"

老刘哑然失笑，下棋的是"横扫天下"，他的水平那么高，怎么会输？他斜着眼睛打量老李，老李指着棋盘，提醒他说："老刘，你这块大龙死了，盘面差了五十目都不止，还不认输吗？"

老刘吃了一惊，仔细一看，可不是？刚才他光顾着得意了，没留神他的一条"大龙"被老李围住，眼看要被"屠"了。

他的脑袋"嗡"的一声，怎么会出现这种情况啊？他又羞又气，呆在那儿不知如何是好，这时，观战的老头老太太里有人起哄："老刘，快叫师

傅吧。"

所有的人都笑了起来。老刘涨红了老脸，霍地抬起头瞪着老李，老李却不看他，明明兴奋得意之极，偏偏摆出一副若无其事的样子，轻轻地拨弄着棋子。本来还指望着这老东西手下留情，看来是不可能了。老刘心里不是滋味，只得大声叫道："师傅——师傅——"

老李大笑起来，脸上的皱纹都堆在了一起："开个玩笑，别当真啊，老刘……"

没等他说完，老刘已经挤出人群，冲出活动室。他简直要气疯了，那个"横扫天下"，怎么偏偏在这关键时刻不争气啊？跑回家，见儿子刘方正呆呆地看着棋局，显然，他也不明白为什么会输。老刘一把推开他，敲击出一行字：你明明能赢，为什么要输？

"横扫天下"发过来一个笑嘻嘻的图片："我咋就不会输？再说，赢了你那么多盘，不好意思啊，大家下棋消遣，谁输谁赢有什么关系？"

"横扫天下"虽然没有明说，但分明这次是有意让着他。

老刘愣了好半天，颓然坐下。两天前，要不是他赢棋又赢嘴，弄得人家老李下不来台，哪有今天的输棋之辱啊？这做人啊，可不能得理不饶人。

（题图、插图：刘斌昆）

一定要报答你

□ 叶林生

乡下的董老汉真是倒霉，肚子上三年吃了两刀——前年是胆囊出了问题，被割掉了，这次是腹膜发了炎。这一来二去，人遭罪挨折腾不算，还把他半辈子的几个积蓄全扔进了医院。董老汉在病床上闹起心来，就直骂"这该死的病"。

倒是那查房的小护士，笑着上前对他说："大叔，你可运气好呢，你进来的时候血压为零，连心跳都停了，大家都以为没希望啦，幸亏我们卢主任抢救得法，还是他亲自操刀给你做的手术呢。"

"你们卢主任是……是哪个？"

"他呀，就是我们全院最有名的外科'一把刀'啊，一般情况下，想请他做手术的，得提前半个月挂号排队呢！"小护士说着又朝董老汉噘了噘嘴，"你也真赶巧哦，当时我们卢主任的爱人，正在楼下的产房里分娩，

孩子情况又不太好，可是，卢主任却舍己为人，坚持给你做完了手术……"

听这一说，董老汉才明白了自己死里逃生的经过，顿时又庆幸又感动。董老汉是个知恩图报的厚道人，从此，他把那个救自己性命的卢主任牢牢记在了心里。

不久，董老汉病愈出院了。出院后他头一件事情，就是把家里养的一头猪卖了，那天，他把卖猪的1000元钱装进一个信封里，揣在怀里去医院，轻轻敲开了卢主任办公室的门。

卢主任正在里面忙碌着，身旁还等候着许多人，他抬头看见是董老汉进来了，就马上丢下手头的事情，很和蔼地上前问他有事没？董老汉拘谨

地笑了笑，说没事儿，进城顺便来看看卢主任的。卢主任也笑了笑，关切地问他最近身体怎么样，接着，仔细查看了一下他肚上的刀口，然后又拉过椅子，让他在一旁坐下歇会儿。

坐了一会儿后，董老汉见屋子里其他的人都走了，便将那个装着钱的信封掏出来，悄悄塞上前去："卢主任，我这回生病多亏了你，也没啥好报答的，这点钱……"

"你、你这是干什么？"卢主任像被蝎子蜇了一下，"乡下攒几个钱不容易的，这次住院动手术，你又花掉了好几千。"

董老汉说"卢主任，那天你的老婆孩子也在节骨眼儿上，可你还亲自为我做了手术，要不是你，我的坟上已经长青草了。知恩图报，这是做人的规矩，你不让我谢你，我的良心怎么说得过去呀？"说着，又将钱往卢主任办公桌的抽屉里塞。

"救死扶伤，是医生的天职，这没什么恩要报，也没什么好谢的，拿回去，拿回去！"卢主任涨红着面孔，将钱从抽屉里抓出来，放在了董老汉的面前，然后从桌上抓过听诊器，说了声"我还有事"，便扔下他头也不回地走了。

恩人不肯接受自己的报答，这让董老汉觉得很不是滋味，搁着心里吃饭不香，睡觉也不甜。转眼到了秋天，董老汉家喂养的几只乌骨鸡已经长大

了。想到卢主任的爱人刚生了小孩，正需要补养，这天他捉起一只最肥最大的乌骨鸡，用线绳捆住装进竹篓子里，提着来到了医院。

见董老汉来了，卢主任又是问这问那，还给他倒了一杯茶。可当董老汉将手里的鸡篓提上前，卢主任立刻就又坐立不安，连连推开说不要，叫他拿回去自己吃。

这回董老汉倔脾气上来了，说这乌骨鸡不是偷来的也不是抢来的，是自己一把谷子一把米地喂养大的，鸡不值几个钱，但好歹是个做人的良心，要是不收，明摆着就是瞧不起他这个乡下人。

见董老汉把话说到这个分上，旁边的人也纷纷劝卢主任说，既然都已经送来了，也是人家的一片诚意，就收下吧。卢主任憋得脸上红一阵，青一阵，犹豫了一会儿说："那……我就收下，不过，得照价算钱。"说着就从身上掏出张100元的票子，往董老汉的衣兜里塞。

董老汉不要他的钱，边推边朝门外退闪着，没想脚下碰倒了那装鸡的篓子，篓子里的鸡挣脱了捆腿的线绳，扑腾腾跑到了门外的病区走廊里。董老汉忙去追着捉，那鸡惊吓得窜来飞去，引得许多病房里的人都出来看。

等董老汉捉住了鸡，满头是汗地

再去找卢主任时，卢主任那办公室的门也已被锁上，早没了他的人影儿。董老汉知道卢主任是执意不肯收自己的鸡，再说这大庭广众惹人现眼的，缠磨下去影响也不好，只得将鸡又拿回了家。可等回到了家里他才发现，卢主任那张100元的票子，竟然还在自己的衣兜里。

隔了不久，董老汉进城去办事，路过医院门前。搁着心事，他鬼使神差地又跨进医院大门，来到了自己从前住过的病区。可找了好几间屋子也没见着卢主任，董老汉怏怏地刚要回去，迎面碰见了上次照顾自己的那个小护士。小护士告诉他说，卢主任今天没来上班，他爱人乳房上生了个肿块，孩子因此也没有奶水，中药西药用了都不见效，眼下正急着呢。

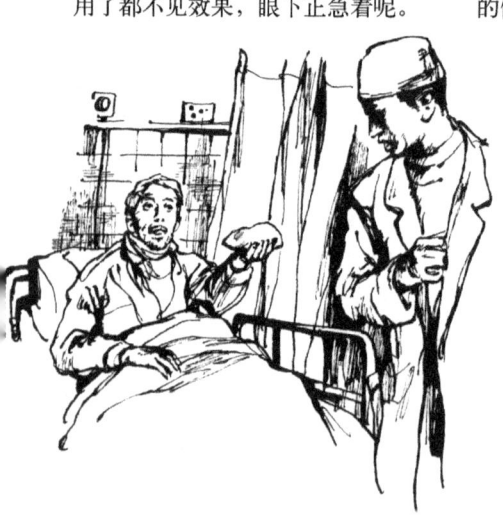

听说这事儿，董老汉忽然像想起了什么，转身就急急忙忙回到了家，然后直奔后山的老树林。他穿上雨衣，戴上手套和蒙了网罩的旧头盔，架好梯子爬上一棵老槐树，那树上挂着一个面盆大的马蜂窝。这时候，马蜂们已发现了情况，嗡嗡地向他发起了进攻。董老汉拿出一只网兜子，对着蜂窝一捞，将十几只金黄的马蜂罩在了里面。不料就在他下梯子的时候，他那旧头盔被树枝一挂掉了下来，几只马蜂猛叮过来，在他的脸脖子上一阵狠蜇。董老汉顾不上疼痛，忙回家用开水将那网兜里的十几只马蜂烫死，随后他只觉得眼前金花乱飞，接着就什么也不知道了。

董老汉又被送进那家医院，经过抢救很快苏醒了过来。正巧，卢主任的值班室就在对面，听说董老汉被马蜂蜇伤，他连忙过来看望。一见是卢主任，董老汉挣扎着爬起身，从怀里掏出一个薄膜包儿，那里面是十几只马蜂。他将那马蜂递给卢主任："我有一个偏方，是祖传的，用秋天的马蜂入药，能治你爱人的那个病，很灵的……"

"原来你是……"卢主任一下子呆在了那里，像是有了什么心事。过了好久，他突然哆嗦着扶住董老汉，说："大叔，有件事，我想跟你谈谈！"

"啥事？你说。"

编读往来：你的问题我来答

江苏读者田晓： 各位编辑新年好！每逢过年的时候，我家都要吃年糕，请问关于年糕有什么故事吗？

绿版编辑部： 首先给大家拜个年，祝大家鼠年大吉，万事如意！在春节的时候，很多地方都会吃年糕，讨个"年年高升"的"口彩"，关于年糕有一个传说：相传春秋时，吴王阖闾命令伍子胥建筑城墙。建成后，吴王召集众将欢宴庆功，独有伍子胥闷闷不乐，他悄悄嘱咐随从说："我死后，如果国家遭难，民饥无食，可到城下掘地三尺得食。"后来伍子胥遭诬陷，自刎身亡，吴国也被越国打败，百姓们都没有粮食吃。随从想起了伍子胥生前嘱咐，便带大家拆城掘地。这才发现原来下面的城砖是用糯米磨成粉所做成的。自此，大家为了铭记伍子胥爱国忧民的精神，春节时家家吃年糕，以此来纪念他。

上海作者史静： 08年1月绿版发表的《借刀杀人》给我的印象很深，特别是故事后面的发展，在我的意料之外！我没有想到最后为民除害的竟不是大侠草上飞，而是一个剃头匠。能请作者讲讲这个故事设计的思路吗？

绿版编辑部： 的确，以往同类故事的主人公往往是武功盖世的英雄，而这个故事的救世主偏偏是一个不会武功的剃头匠，我们听听作者剑气客怎么说："其实一开始我就想摒弃过去那种武功高强，救百姓于危难的大侠形象，塑造一个小人物——他出身卑微，日日忙于生计，过着和你我一样的生活。可是，一旦身负重任，便血性萌生，展现出英雄本色来。所以故事中，我就塑造了剃头匠福庆哥这样一个形象，他平凡得像尘世里的一粒沙，在乱世中只想侍养老母且偷生，可随着事态的发展他逐渐被逼得无路可退。最终他不顾生死，拿起了复仇的剃刀。而结尾，福庆哥杀死贪官全身而退的圆满结局，也表达了我对这样草根英雄的崇敬。"（详情请见"故事中国网"www.storychina.cn。）

卢主任用力捶着自己的脑袋："我对不起你，实在是不应该。"

董老汉两眼迷蒙"卢主任，我报答你还来不及呢，你咋说这话呀？"

"你认不出我了，前年你生胆囊炎的时候，就是我给你开的刀呀。"见董老汉有些茫然，卢主任低下头，"实话对你说吧，上次给你做胆囊手术的时候，有些胆汁渗出来了，术后检查才发现的。如果当初及时做手术，就没事了。但我怕再做一次手术，毁了我'一把刀'的名气，就想侥幸一下，觉得只要控制饮食就没有大事，没想到最后还是……"

"啥？我这病是因为上次……"董老汉愣怔半晌，突然两眼圆瞪，用力地朝卢主任挥起了巴掌，可接着，那巴掌又软软地垂了下来，"唉，你还算是有良心的哟。"

卢主任满脸愧色："大叔，要打你就打吧，这样我的心里反倒好受些……你每一次要谢我，要报答我，我的良心都像被刀子在挖呀。"

（题图、插图：谢　颖）

我要拿第一

□ 李东晓

我在市文化馆当音乐辅导老师，平时经常会有单位找我去当唱歌比赛的评委。没想到，前两天我却收到了一份特殊的邀请：到建筑工地的工棚里去当一次唱歌评委。

来请我的是同村的李壮财，按辈分我得叫他二叔，他在建筑工地当队长。他对我说工地上要搞个唱歌比赛，让我去帮着评判评判。乡里乡亲的，我不好意思推却，便应下了。二叔还特别关照我："我们请不起别人，就请了你一个评委，你可得一碗水端平，可不能走后门啊。"

我拍着胸脯说："放心，我保证不吹黑哨。"可心里却暗暗好笑：这工棚里的比赛，还会有人走后门？

没想到，第二天，这"走后门"的就找上门了。这天晚上，我正在办公室整理一份歌谱，突然听见有人敲门，打开一看，是我们村的柱子。

柱子也是二叔李壮财工地上的，两年前我们村里组织了一个建筑队，由二叔李壮财领着到这个城市来打工，回老家时我听母亲念叨过，说他们这些人已经两个春节没回家了，都等着攒足了钱回家造房子。

柱子见了我，不好意思地说："晓哥，我想跟你学唱歌。"

我不由感到奇怪，看来他们对这次比赛还挺重视，便问柱子："是为了这次比赛的事吧？"柱子不好意思地点点头，突然想起了什么，从口袋里掏出了两包烟，放到办公桌上，接着说，"这次比赛我想拿第一，因为那个奖……"他没再说下去。我好奇地追问他到底是什么奖，值得他跑来走后门。他红着脸吞吞吐吐不肯说，只说这个奖很大。我见也问不出什么，便告诉他："我已经答应二叔了，要一碗水端平，不能走后门。所以，我只能教你唱歌，不能包你拿第一。"柱子想了一下，说："行，我一定认真学唱歌，拿了第一，我请你喝酒。"

以后的几天，柱子果真每天晚上都来我这里学唱歌，说句实话，这柱子的嗓子还真不怎么样，声音又干又涩，可还偏要学《十五的月亮》这样的抒情歌曲。没办法，我只好勉强指导他一下，尽量不让他走调走得太远。不过，虽然声音不太好听，可柱子唱得却很投入，看上去还真有点陶醉在歌声里的意思呢。

这天晚上，柱子依旧来我这里学唱歌，他的《十五的月亮》唱得比原先有点进步了，但依我的感觉，柱子要拿第一还是没啥戏。可柱子却对自己充满了信心，依他的话说，唱到这个程度就不错了，肯定比别人强。唱了几遍后，柱子吞吞吐吐地说："哥，你一定要保证我拿个第一啊，要不，我就白学了。"我奇怪地瞅着柱子："这个第一，对你就那么重要？"柱子使劲地点了点头："俺干活是把好手，这个比赛也应该是把好手，再说……"我等着他再说下去，可他又不言语了，只抽了根烟，就闷着头告辞走了。

我怎么也想不明白，这柱子究竟

是怎么了。我听村里人说，柱子的抹灰技术是一流的，但没想到，他对唱歌也这么感兴趣。

比赛前一天的晚上，柱子在我这里练完歌刚走，我正想锁门回家，二叔李壮财就找来了。他一见我就问："柱子刚才是不是找你开后门来了？"

我说柱子只是来学歌，没别的意思。二叔接着问道："那你看，他会拿第一吗？"

"这个，我看悬，虽然他练了好几天了，但我觉得拿第一还是没啥戏。"

二叔一听这话，好像放心了许多，点着头说道："那就好，那就好，你记住千万不能让柱子拿第一，千万记住啊。"说着，一转身快步走了。

二叔走后，我糊涂了，这两个人一个非要拿第一，一个偏不让人家拿，到底是唱的哪出啊？我想了一会儿，决定明天还是"一碗水端平"，谁唱得好，谁就是第一。

第二天晚上，我准时到了工棚，工棚里住的都是二叔带出来的人，都是我们村的，见到我来了，亲热得跟什么似的。说句实话，我这还是第一次在这样简陋的地方当评委，看着他们一张张兴奋的脸，我觉得自己就像正在参加一场正式的歌唱比赛。我还发现有几个人喝了点酒，他们说酒能壮胆，喝点酒就不紧张了。

工棚里没有舞台，赛场就放在了床板上，轮到谁，谁就在自己的床板

上站起来唱，没有音响，没有伴奏，就是扯着嗓子清唱。可我却觉得他们的歌声里充满了感情，充满了生活的热情。我也第一次发现原来没有任何修饰的歌唱也这么动听。

终于轮到柱子了。柱子从床上站了起来："我给兄弟们唱个《十五的月亮》。"前面谁自己报完个名，都是一片叫好声，可柱子报完了，工棚却一下子静了下来。柱子清了清嗓子，开口唱了起来："十五的月亮，照在家乡照在李家庄，宁静的夜晚你也思念俺也思念，你孝敬公婆任劳任怨，俺在外面打工为把日子过……"

我看着深情歌唱的柱子，惊呆了！柱子把歌词改了，又改得是如此情真意切，这歌从五大三粗的柱子嘴里唱出来，更有一番别样滋味。我再也忍不住，眼泪湿润了我的眼眶，我从心里感觉到，柱子唱得是多么完美，比我所教的任何一次都要唱得好。工棚里的工友们也都湿了眼睛，他们看着声音嘶哑的柱子，轻轻地打起了拍子。柱子唱完了，我颤抖着手，激动地打出了今晚最高分，此时此刻我觉得柱子唱得比专业歌手还要好！

我打的分数使柱子得了第一名！可其他人却好像并不高兴，都转过头来奇怪地看着我，好像我做错了什么事一样。二叔也阴着脸走过来，低声对我说："你咋不听二叔的话呢？你上回不是说柱子得不了第一嘛？"我

一听，脸色也阴了下来："我是评委，你说我要一碗水端平，我是照着歌唱水平打分的，有什么错吗？"

我还想争辩几句，二叔却急忙把我拉到了工棚外说："那天也怪我走得急，没跟你说清楚，我们得第一名的奖励是让他自己独自睡工棚三天，而且还可以把自己老婆接来，老婆来的路费由其他人一起凑。"

我说："这不是挺好吗？"二叔却怒冲冲道："好个屁！今年工期紧，柱子的老婆生孩子他也没赶回去，老婆难产死了，你让他得了第一，他哪有老婆接？这不是让他伤心吗？"我一听，总算明白了，可柱子明知道没老婆了，为什么还要争这个第一呢？正疑惑着，柱子把我们叫了回去。

柱子站在工友中间，先给大伙鞠了个躬，然后才缓缓开了口："弟兄们，我知道大家的心思，知道壮财叔是为了大伙不寂寞才弄这个唱歌比赛，我也知道大伙为什么不愿意让我得这个第一，那是因为怕我伤心，可我还非得这个第一不可！因为我听我妈说，我老婆临死前有个愿望，她想陪着婆婆到我这里看看，看看我们盖的高楼，可她们都怕我花钱，说那都是血汗钱，要花在正地方！所以我就想找个机会，让她们到这里来一次。为了得个第一，我还去文化馆学了好几天。"

柱子顿了顿又说："后来，我也想通了，不管拿不拿第一都要把俺娘接来，到城里看一看我造的楼，其实我已经提前让俺娘来了，她下午到的，就住在咱工地附近的小旅馆里。"

二叔一听就急了："那还愣着做什么？快去把你娘接来，把旅馆退了，今天这第一就是你的，我们都把工棚让给你娘住。"

柱子兴奋地点了点头，转身冲了出去，不久，便把娘接到了工棚。柱子娘看着外面工地上的高楼，不住地点头："好，城里人住着咱盖的楼，咱不亏！柱子的媳妇……不亏！"

这天晚上，民工们都呆在了工棚的外面，我也没走，陪着这些乡亲。民工们都向李壮财手里塞钱，说是柱子娘大老远的来趟不容易，这钱让柱子娘好好在城里玩一玩。二叔李壮财边收着钱，边擦着眼泪。我也把兜里的钱都掏了出来给了二叔，二叔说："这怎么使的？怎么能要你的钱？"我含着泪道："我也是我们村出来的，这也是我的乡亲啊。"

工棚外点起了一团火，我们围成了一个圆圈静静地守护着工棚，都觉得心里又温暖，又踏实。不知是谁，小声哼起了柱子刚才唱的那首歌，渐渐的所有人都开始小声唱了起来："十五的月亮，照在家乡照在李家庄，宁静的夜晚你也思念俺也思念……"

（题图、插图：魏忠善）

把人和人连在一起的不仅仅是血缘，还有人与人之间相互关怀、相互扶助的情义。就如同奶奶和那个小土匪之间的故事……

藏在碗底的爱

□ 胡秀欣

奶奶年轻时，长得粗，大脚板，大脸盘，大嗓门子，走路一阵风，根本不像个女人样儿。但奶奶当时这个长相，在土匪横行的长白山腹地涝七山一带，跟别的大姑娘小媳妇比，反倒是安全了。她三十岁就死了丈夫，一个人带着儿子和婆婆一起，住在涝七山下的一个小山村里。

一个秋天的早晨，一家人还在睡觉，门就被人踹开了，进来一帮手持长枪的土匪，有二十几人。为首的是一个满脸横肉的胖男人，他用水烟袋磕着奶奶的脑门，翻着个白眼，说他是涝七山上的大当家的，路过这里，让奶奶赶紧起来给他们这帮人做饭吃。

奶奶一下子就明白了，这是涝七山上的土匪下山了，眼前这个大当家的，就是杀人不眨眼的恶魔"白眼雕"。奶奶吓坏了，忙赔着笑脸，手忙脚乱地下了地，将孩子和婆婆弄到另外一间屋子里，把热呼呼的炕头让了出来。"白眼雕"往炕头上一坐，"咕噜"了两口水烟袋，吩咐奶奶马上做饭，并让一个叫小黄毛的小土匪，给奶奶打下手。

土匪们不知从哪儿抢来了两桶鸡蛋，"白眼雕"吩咐都炒上。小黄毛边和奶奶一起敲着鸡蛋，边告诉奶奶，他们这帮人，好久没吃顿饱饭了，更别说鸡蛋了。奶奶细细打量小黄毛，瘦瘦的，也就十五六岁的样子，一头黄色的毛发，乱蓬蓬的，但那双黑黑的大眼睛里，却透着机灵。奶奶觉得这个小土匪不是很凶，就问他家是哪里的？小黄毛摇摇头说自己从小爹娘就死了，早就没有家了。

奶奶把大半桶搅好的鸡蛋倒进锅里炒，小黄毛蹲在灶前烧火。因为鸡蛋太多，奶奶使足了力气，快速地翻炒着，突然，咔嚓一声，锅铲的头和把之间断开了，奶奶猛觉得手中一轻，下意识地脱口而出："糟糕，头儿掉了……"

奶奶的话还没有说完，一只干瘦的手一下子捂住了她的嘴。扭头一看，是小黄毛。他脸色苍白，一边把手收回来，一边惊恐地四下张望。接着他迅速抓起断开的铲头和铲把，抬手扔进了旁边的猪食缸里，就手拿起缸里一个用来搅猪食的破锅铲，也不管干净埋汰，就塞到了半锅鸡蛋下面，示意奶奶继续炒蛋。也就在这时，他们身后传来"白眼雕"的声音："小黄毛，刚才她说什么掉了？"

奶奶和小黄毛回头一看，见"白眼雕"从里间屋里走了出来，一双往外鼓的蛤蟆眼，流露出凶狠的目光。小黄毛慌忙起身，结结巴巴地解释说："大，大当家，什么也没掉，只是这、这锅太小，她说别把鸡蛋炒掉了……"

"哦！""白眼雕"半信半疑地朝锅里看了一眼，见奶奶正两手握铲，用力翻炒着鸡蛋，点了点头，说了句"快点炒"，便又回了里间屋。

"好险呀！"小黄毛擦了把额头上的汗水，告诉奶奶说，如果让大当家的看到铲头掉了，非杀了奶奶不可，他们大当家最忌讳的就是人家说"头儿掉了"。他们这次下山，是去和大青山上的土匪开战，在这个节骨眼上，铲头儿掉了，在他们看来，预示着他们这次会出师不利，是不祥之兆呀！

奶奶听了，倒吸了一口冷气。她感激地看着小黄毛，小声说："孩子，你心眼这么好，为什么要当土匪

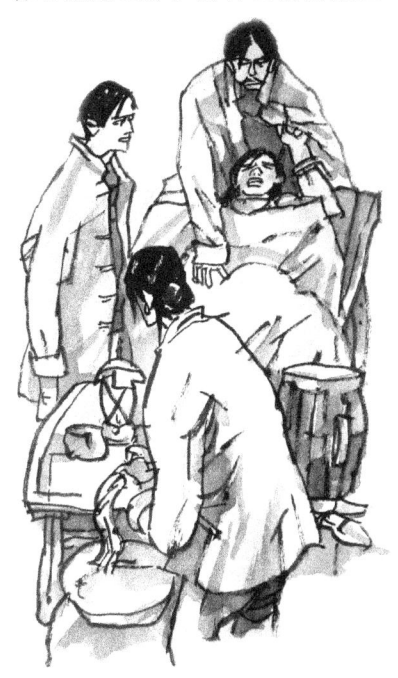

呀？"小黄毛眼圈有些发红，叹了口气，说他也是被逼无奈，为了有口饭吃。

饭做好了，土匪们一个个甩开腮帮子，狼吞虎咽，正吃着，从外面飞奔进来一个土匪，一进门就急急地喊道："大、大当家的，夫人她肚子疼、疼得厉害，她说是要、要生小当家的了……"

"白眼雕"一听，脸上顿显喜色，他放下了手中的碗筷，略一思索，把小黄毛喊到了跟前，指着在一旁忙碌的奶奶，说道："你马上带这个女人上山，伺候夫人生崽，告诉夫人，我晚上回去。"

奶奶一听，土匪要带她上山，吓坏了，"扑通"一声跪在地上，哀求说，她家老的老，小的小，她实在走不开，求大爷高抬贵手，千万放过她吧……

见奶奶不去，"白眼雕"的眉头拧成了一个疙瘩，他蛤蟆眼一瞪，眼露凶光，刚想发威，小黄毛忙抢前一步，一把抓住奶奶的胳膊，冲她使了个眼色，对"白眼雕"说："大当家的，我这就带她走，夫人那里，你放心好了!"说完，也不管奶奶乐不乐意，扯着奶奶就往外拽。

直到走到院子里，小黄毛才松开了奶奶的胳膊，告诉她，"白眼雕"从来说一不二，心狠手辣，如她再哀求下去，"白眼雕"会杀她全家的。眼下，她得赶紧跟自己进山，如果夫人有个三长两短，"白眼雕"也会迁怒于她，那后果不堪设想。

奶奶心里虽然有一百个不愿意，但也只好跟着小黄毛上山了。上山路上，小黄毛告诉奶奶，"白眼雕"这个夫人，是从山下抢的农家女子，心眼还不坏，让奶奶过后求求夫人，让夫人在"白眼雕"面前给说几句好话，"白眼雕"也许会放奶奶下山的……

奶奶听小黄毛这么一说，心里稍稍平静了些，她觉得小黄毛虽然是个土匪，但心眼还挺好，便打心底感激小黄毛。

奶奶随着小黄毛进了土匪的老巢，七拐八绕地来到"白眼雕"住的山洞，在松明油灯光里，见一个女人正在板铺上痛苦地呻吟，几个小土匪不知所措地站在一旁。奶奶近前一看，是孩子快生了，她忙吩咐烧开水，准备接生，她虽然不懂医术，但眼下，也只好硬着头皮上了。

还好，生产过程还算顺利，听到孩子出生后的第一声啼哭，奶奶长舒了一口气。

傍晚，"白眼雕"回来了，虽然丢盔弃甲地损失了几个弟兄，但看到夫人给自己生的儿子，还是笑得合不拢嘴。

小黄毛忙凑上去说多亏了奶奶，要不然，夫人可就危险了。"白眼雕"挺高兴，就把一对抢来的银镯子赏给了奶奶和小黄毛每人一只。

就这样，奶奶在山上呆了十多天，可心里一直惦记着家里的老小，因为小黄毛和夫人不停为奶奶说好话，"白眼雕"终于同意奶奶下山了，并派小黄毛送奶奶下去。小黄毛见"白眼雕"心情不错，就试探着说"大当家的，刚才弟兄们打的那只野猪，正在外面架着大锅要煮肉，你看是不是让她吃了野猪肉再下山？""白眼雕"瞪了小黄毛一眼，有点不耐烦地挥挥手，说："这点小事，你自己看着办吧。"

小黄毛拉着奶奶，来到煮肉的大锅旁边，非让她等肉熟了吃了肉再走，说他们也快一年没吃着点肉了。奶奶见小黄毛瞅着煮肉锅直流口水，也觉得让小黄毛吃了肉再下山才好，等小黄毛送她回来，这肉恐怕早被吃没了。见奶奶同意了，小黄毛让奶奶先等着，说他去多找点儿干柴，让肉快点煮熟。

奶奶虽然归心似箭，但野猪肉的香味实在太诱人了。奶奶眼巴巴地等着，就在这时，突然，南面枪声响起，紧接着有人喊道："不好，有部队打过来了……"随着喊声，土匪营顿时乱了，一个个什么也顾不得了，随着"白眼雕"往北面窜去……

奶奶傻愣愣地呆住了，一时不知该怎么办。这时，小黄毛跑了回来，到了大锅前，瞅了瞅锅里的野猪肉，咽了下口水。枪声、喊杀声越来越近，小

黄毛把一个纸包交到奶奶手里，说了几句话，一弯腰钻进了山林中。

很快，一支剿匪的队伍冲了过来。他们找到了奶奶，问明了情况，没有为难她，放她下了山，临走时还特意让奶奶带上了块野猪肉。

一晃，几年过去了，奶奶再也没有见到小黄毛。直到解放军大规模的剿匪开始。那日，一场激战后，"白眼

雕"被剿灭。解放军战士押着一群俘虏来到了村子里，将他们反锁在奶奶家的柴房里。一个解放军战士拿来了一些玉米面，让奶奶帮着煮熟，给这些俘虏吃。

奶奶拎着一桶煮好的玉米粥来到柴房门前，一碗碗往里面递。这帮土匪看样子也是饿坏了，一个个把手伸得老长，等轮到最后一个土匪时，奶奶一眼就瞅见那土匪干瘦的胳膊上戴了一个银镯子。她不由得一愣，从柴门缝里打量这个土匪，天哪！真的是小黄毛。只是他比以前长高了，也长大了。

"小黄毛，是你！"奶奶惊喜地叫道。听奶奶叫他，小黄毛先是一愣，随即也认出了奶奶，眼里顿时露出一丝惊喜，但很快就黯淡了下来，他怯怯地看了奶奶一眼，不安地低下了头。

奶奶看了看自己端在手里的饭碗，略一思索，扭身回了自己的屋里，很快，奶奶又走了出来，把一碗玉米粥递给小黄毛，关切地说："饿坏了，快吃吧！"

奶奶分完了饭，刚想拎桶离开，突然，柴房里传出了喊叫声和厮打声。奶奶回头一看，几个土匪把小黄毛压在了身下，你争我夺地抢着什么。直到负责看押的战士打开柴门，端枪冲了进去，土匪们才住了手。

众人一看，土匪们争夺的是一块野猪肉，说是藏在小黄毛碗底的。部队干部问奶奶这是怎么回事。奶奶点头说是她放进小黄毛碗里的，接着对众人讲了几年前的往事……

当奶奶说起这块野猪肉的来历时，奶奶说道：那天，土匪们逃命的时候，小黄毛把一个纸包塞给了她，说这是"白眼雕"临逃跑时给他的一包毒药，让他撒到肉锅里。这药是慢性的，三日后发作。一想到要毒死很多人，小黄毛有些不忍心，所以他把药交给了奶奶，让奶奶帮他丢得远远的，不要再害人了。下山后，奶奶总也忘不了小黄毛瞅着野猪肉流口水的样子，她把带回来的那块肉做成了肉干，一直给小黄毛留着。

听了奶奶的讲述，部队干部把小黄毛放了出来。一出柴门，小黄毛一下子跪在了奶奶面前，捧着那块野猪肉干，流着泪叫道："妈，你就是我亲妈！"奶奶爱怜地扶起小黄毛，一下子把他紧紧地搂在怀里……

后来，小黄毛改邪归正，参加了解放军，屡立战功，再后来，全国解放了，他参加了抗美援朝，牺牲在朝鲜战场上。临死前，他把手上的镯子撸了下来，让战友日后交给他的妈妈，也就是我的奶奶。奶奶的这副镯子我见过，一家人都知道，那是奶奶的宝贝。奶奶一直不相信小黄毛死了，她说，等胜利了，小黄毛会回来看她的，她要等！

（题图、插图：谭海彦）

不要欺负小孩子

小孩子 不要欺负

□ 楚横声

山虎救主

从前，有个十四岁的男孩儿叫石娃，聪明伶俐，心灵手巧，编竹筐的手艺比大人还好。他有个比他大三岁的姐姐叫淑芳，长相秀美，擅长刺绣。可怜两个孩子从小没娘，爹石老大不久前又出意外死了，从此姐弟俩相依为命，就靠手艺活儿养活自己。石娃更是在爹坟前发誓，自己是个男子汉，会好好保护姐姐，不让任何人欺负她。

可偏偏村里有个二赖子游手好闲，色胆包天，是个人见人厌的混蛋。半年前，二赖子找个媒人来向石老大提亲，要娶淑芳当老婆，石老大把媒婆骂了个狗血淋头，告诉她让二赖子死了这条心。二赖子气坏了，一次趁淑芳进城回来，堵在路上想把生米做成熟饭，幸亏有人经过救了淑芳，二赖子没能得手。石老大听说此事暴跳如雷，抓住二赖子把他揍了个半死，二赖子被打酥了骨头，经过石家门前都远远地绕开走。

如今见石老大死了，二赖子当然幸灾乐祸，有事没事地就往石娃家探头探脑，想打淑芳的主意。

这天，石娃让姐姐自己小心，他揣上银子，来到村头四秃子家。他站在院外不敢进去，因为四秃子家有条大狗叫山虎，据说是狗跟狼交配后生的。这狗极凶，只听四秃子一个人的话，它曾经咬死一头闯入村里寻食的

野猪，还咬伤过好几个村民，村里的人见了这条狗都躲着走。

石娃在门外大喊"四叔——"四秃子正一个人喝得痛快，闻声慢吞吞地出来，剔着牙缝问石娃有什么事。石娃说："四叔，求您件事，把山虎卖给我行吗？"

四秃子眼睛睁得老大，打着酒嗝问他为啥要买山虎。石娃回答说，要用山虎看家护院。四秃子连连挥手："不行不行，村里人都知道山虎是我的命根子，我不卖。"

石娃也不说话，从怀里掏出一堆

碎银子："这些都给你，卖不卖？"

四秃子是个穷酒鬼，挣点钱都喝进肚子里了，见到这么多的银子，眼睛立刻就亮了，乐不可支地说："卖卖卖，它就是我亲爹，我都卖给你。"说着拍拍山虎的头，"山虎，从今天起，石娃就是你的主人了，跟他去吧。"

石娃取出早就准备好的肉，送到山虎嘴边，山虎大口吃了。山虎通人性，只听四秃子的话，四秃子让它跟石娃走，它就把石娃当主人，于是轻吠了两声，恋恋不舍地跟着石娃走了。

石娃带着山虎急匆匆地往家赶。快到家的时候，借着清亮的月光，他看到一个人正在翻越自家的院墙。他快走几步，认出那人正是二赖子。

二赖子惦记淑芳不是一天两天了，淑芳那漂亮的脸蛋，简直把他的魂都勾走了，他发誓要把淑芳弄到手。可是石老大那顿劈头盖脸的老拳，打得他七魂丢了六魄，实在不敢造次，但如今石老大死了，他还有什么顾忌？这天晚上他喝得醉醺醺的，趁着夜色，摸到石娃家，只是喝多了酒，爬了半天才爬上院墙。

石娃暗叫来得好，他一拍山虎脑袋，低喝一声："咬死他。"山虎得令，也不吠叫，一支箭般无声无息地射了过去，直扑到二赖子脚下，二赖子才蓦然惊觉，吓得手一松，却恰好掉进院里，躲过了山虎的血盆大口。山虎转了个圈，径直爬上墙又扑了进去。二赖子酒也吓醒了，一头钻进旁边的柴房不敢出来，只一个劲地喊："石娃，饶了我吧，我再也不敢了。"

这一喊，村民们纷纷赶过来，得知发生了什么事，都骂二赖子不是人。石娃说："你还敢不敢欺负我们姐弟俩？今天你不发个毒誓，我就让山虎咬死你。"

二赖子赌咒发誓，说再起坏心，天打五雷轰，生个孩子没屁眼，石娃这才放他走。

调狗离山

二赖子气坏了，想不到石娃这小孩儿竟然想出这么绝的办法。他不甘心，决心弄死山虎，只要山虎死了，石娃和淑芳还不随他摆弄？

二赖子去了趟县城，找了家药店买了砒霜，把牛肉煮得喷香，然后把砒霜下到里面。当晚他悄悄来到石家，院子里静悄悄的，他小心翼翼地探头一看，山虎不在。屋子里的窗纸上，烛光映出淑芳的影子，淑芳正在刺绣，一手执绣盘，另一只手飞快地扯动绣线，动作曼妙，看得二赖子直流口水，突然屋里传来石娃的喝声："山虎，趴在那。"

原来，石娃把山虎藏在屋里。二赖子恨得牙痒痒，只好等白天找机会下手了。

但是几天之后，二赖子灰了心，

因为山虎跟淑芳寸步不离，就像是淑芳的贴身保镖一样，他根本找不到下手的机会。二赖子当然不会就这么罢休，他又想出了一条妙计。

他提着两斤酒，一只小鸡，来到四秃子家，四秃子大喜，把小鸡炖好，两人喝了起来。酒过三巡，见四秃子喝得差不多了，二赖子说："四秃子，今天我不光给你带了酒菜，还给你带来一条财路，只可惜呀，你小子没这财命。"

四秃子精神一振，就问他什么财

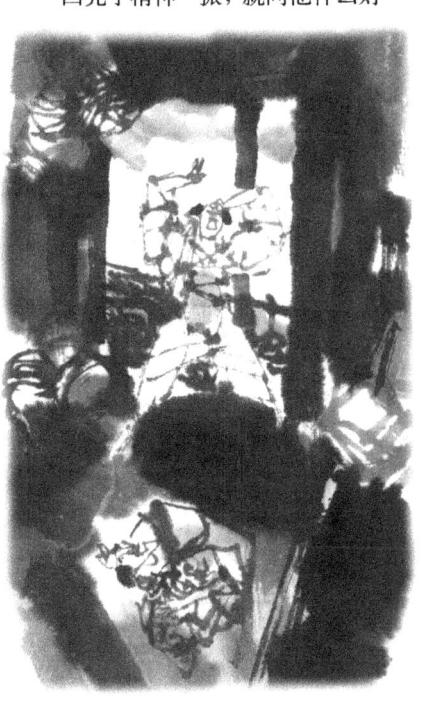

路。二赖子故作神秘地说："今天我去县城，县城正举行斗狗比赛，准备选出狗状元，狗状元的赏金一百两纹银，一百两啊。我看了一会儿，他们的狗跟猪一样笨，比你的山虎差远了，山虎如果参赛的话肯定拿状元，不然我二赖子名字倒着写。"二赖子拍着胸脯，又长叹一口气，继续说道，"谁知道你咋那么傻，把一条好好的狗给卖了，现在啊，你没机会了，这一百两银子你没福气得喽。"

四秃子眼睛都直了，后悔得一个劲地打自己嘴巴。二赖子见火候差不多了，凑上去神秘地说："要想得到这银子，其实也很简单，你把山虎借来，不就可以去参加比赛了吗？到时候赢了钱，可别忘记请我喝酒啊。"

四秃子借着酒意，来到石娃家。石娃听他说明来意后，坚决不肯，说四秃子既然已经把山虎卖给自己了，就跟他再没关系了，再说他也不能让山虎冒险。四秃子死皮赖脸地说，只是借山虎一用，用完了就还给他，但说破了嘴皮，石娃也不同意。四秃子恼羞成怒，呼哨一声，转身就走，山虎爬起来跟了出去。

石娃大怒，叫山虎回来，可山虎回头看了看他，轻吠一声，径直跟旧主人走了。

躲在暗处的二赖子，把这一切都看在眼里，他得意地笑了，他的计策

得逞了。根本没有什么斗狗比赛，他只是想四秃子把山虎弄走，剩下石娃、淑芳，他就可以为所欲为了。如今目的达到，但天色尚早，二赖子找个地方一边喝酒，一边眼巴巴地盼着天黑。

恶有恶报

终于天色黑透了，二赖子喷着酒气，摇摇晃晃来到石家，跳进院墙，从他一双醉眼看去，淑芳窗前刺绣的影子朦朦胧胧，仿佛云端仙女一般。他心头痒痒大步上前，突然，一个影子跃上窗子，二赖子一惊，努力睁大眼睛——妈呀，那是一只狗。

山虎不是被四秃子带走了吗？什么时候又回来了？二赖子吓得几乎不会动了，眼睁睁地看着山虎趴在桌上，晃动着脑袋，伸头去咬淑芳的绣盘，还伸出长长的舌头去舔淑芳，逗得淑芳咯咯直笑。

好半天，二赖子才回过神来，现在借他个胆子，他也不敢动手了，先逃命要紧。他一步步往后退，正在这时，只听石娃说："姐，外面好像有人。"

山虎的脑袋蓦地转向窗外，警觉地一动不动。石娃大喝："山虎，去看看。"山虎的影子倏地不见了。

糟了，山虎要冲出来。二赖子吓得两脚发软，院门锁着，翻墙逃是来

不及了，只有上次躲闪的柴房还能救他一命，他一把拉开柴房门冲了进去，却惊叫一声："啊……"

他掉进了柴房里的一个大洞，一块石头从房顶落下来，狠狠地砸在他的肩上，他痛得差点晕了过去，还没忘了大喊救命。

石娃冲了过来，骂道："你这个王八蛋，四秃子带走了山虎，是你搞的鬼吧？我早就想到了，挖了坑等你呢。那石头咋没砸死你？不过，你没死也完蛋了。"说着，拿起一个袋子塞进他的怀里。二赖子不明所以，掏出一看，袋子里竟然是一堆白花花的碎银子。他晕头转向地问："你为啥给我钱呀？"

石娃笑了，却不说话。见山虎没过来，二赖子心下稍定，把银子揣进怀里想往坑上爬，石娃却拿了根棍子戳他，二赖子被戳了几下，不敢爬了。只见石娃抓起块石头，冲二赖子笑了笑，二赖子以为石娃要用石头打他，急忙抱住脑袋，没想到，石娃突然把石头砸在自己头上，鲜血哗哗地流了下来。二赖子愣了："莫非这小子疯了？"

这时，一些邻居被惊醒赶来了，石老大的老朋友老锤子也赶到了，石娃捂着脑袋说："锤子叔，你们都给我做证，二赖子到我家抢钱，还打伤了我，逃跑时掉进了坑里。锤子叔，你帮我去报官吧。"

老锤子气得指着二赖子破口大骂，骂够了连夜赶去县城。村里的人早就对二赖子恨之入骨，七手八脚地把二赖子拉上来，五花大绑。

二赖子吓坏了，抢劫就是大罪，再加上打伤人的罪名，他可惨了，落到那些官差手里，不死都得扒层皮。他大喊："别报官，别报官，我没抢劫，我哪里敢干这种事啊？"

"你抢了。"石娃大声说，"银子就在你怀里呢，口袋上绣着我爸的名字呢。你还打了我，我脑袋上的伤就是证据。"

二赖子这才知道石娃塞给他银子的用意，众目睽睽之下，现在就算他拿出来还给石娃，也没人会相信啊，而且石娃头上的伤更没法解释，谁能相信石娃自己打自己啊？他绝望了。就在这时，只听得有人问："咦，石娃，怎么不见你的山虎？"

石娃一边任姐姐淑芳给他包扎伤口，一边若无其事地说："四秃子把山虎带走了，今天山虎不在家，要不二赖子哪敢来？"

二赖子叫了起来："山虎不在家？我明明在窗子上看到山虎了，要不是怕他吃了我，我怎么会逃到这儿？怎么会掉进坑里？"

石娃笑了："是你编的什么斗狗故事，让四秃子把山虎弄走的吧？我就知道是你搞的鬼。知道你在窗纸上看到的是什么吗？"石娃让人把二赖子抬到院子里，然后进了屋。此时夜色正浓，屋子里的烛火把窗纸映出温暖的光亮，石娃进屋后，一只狗的影子灵巧地跃上桌子，摇摇脑袋，忽而张大了嘴，忽而伸出舌头舔自己的爪子，就像刚才二赖子看到的一样。大伙都不懂，这不明明就是山虎吗？

可又过了一会儿，大伙明白了——那只狗晃了一会儿，慢慢地竟然变成了两只手掌。

原来，这一切都是石娃用两只手，利用烛光在窗纸上映出影子，做出狗的形状。石娃的手从小就巧，没事的时候借光线变化，在墙上用手掌比划出各种小动物的形象，惟妙惟肖，令人叹为观止，没想到他就用这个小游戏，竟然骗过了二赖子。

石娃说明这一切，大家不禁啧啧赞叹，直夸石娃聪明。天亮之后，官差来了，如狼似虎地给二赖子戴上镣铐。石娃对二赖子说："我早就打听过了，你抢了我家这么多钱，又打伤了我，最少要在牢里呆上三年，这三年你死不了的话，出来的时候我就十七了，我就是大人了，那时候你再敢欺负我们，我就像我爹一样狠狠地揍你。"

（题图、插图：黄全昌）

（本栏目欢迎来稿。来稿可从邮局寄发，也可从网上传递。如为电子邮件，请发以下信箱：simyyue@126.com）

人生如画

有一个艺术品收藏家，名字叫皮亚。他跟别人不同，专门收藏残缺品：一幅画错了的废画，一篇失败文章的手稿……奇怪的是，他的生意居然很好。

有个叫巴捷的年轻人，因为自己的画作卖不出去而苦恼不已。他找到皮亚，说愿意将自己的一些画作卖给皮亚。皮亚将巴捷的画作仔细打量了一番后，说："您的画作都是完整的呀，可我专收残缺品。"

巴捷在画作上涂了几个墨点，说："这不就是残缺品了吗？"

皮亚再次仔细地看了看巴捷的画，点了点头说："不错。只是，我还想问，您一幅完整的画在市面上值多少钱呢？"巴捷叹了口气说："卖一美元也没人要。"

皮亚当即将巴捷赶出了门："对不起，您的画不值钱，您还是到别处去吧。"巴捷终于明白了，那些残缺的作品，其实都是艺术家无意中丢失的。一个真正的艺术家，怎么肯将自己的残缺之作拿出来示人呢。正因为这样，所以残缺之作的价值才高过了完整的作品……

20年后，巴捷成了著名画家，皮亚找上门来，想买巴捷的残缺画作，巴捷当即从垃圾桶里捡起一幅画递给他说："请您出个价吧。"皮亚从10美元开到了10万美元，巴捷依然只是微笑却不点头。而那时，巴捷一幅完整的作品最高才卖到10万美元。

最后，巴捷将那幅画从皮亚手里拿过来撕了个粉碎："我这里从来就没有残缺的作品！"

由于对艺术近乎完美的追求，巴捷终于成为著名的画家。他的一幅画作后来被炒到100万美元。巴捷一生都没有出售过一幅残缺的画作。他说："如果当初我将那幅残缺的作品卖给了皮亚，获得了10万美元，那么我的作品也永远只值那个价了。"

人生就是一幅画，有的人还没完成，便匆匆出售而获得了不少利益，可也留下了缺憾。可有的人追求完美，却最终画出了完整且无憾的画卷。

（作者：沈岳明；推荐者：冯国伟）

从容用功

一位禅门弟子日夜参禅却收效甚微，便向师父请教。师父交给他一个葫芦、一把粗盐，说："你去把葫芦装满水，再把盐倒进去让它很快溶解。"

弟子拿去照办了。过了很久，弟子满头大汗地抱着葫芦跑回来，说"水太满，摇不得，葫芦口太小，筷子也无法伸进去把盐搅化。"

师父说："从里面倒掉一些水，再摇一摇吧！"于是，弟子倒掉一些水，只摇了一会儿，盐块在水里碰撞的声音就消失了，盐全都溶解了。

师父对弟子说："用功是好的，但也需要从容。不然就像装满水的葫芦，既不能摇又摆不得，该消解的东西又如何消解呢？"

（作者：佚　名；推荐者：秦国贞）

真正的差距

有两个划艇队——红队和绿队，他们每年都要举行一次划艇比赛。

第一年比赛，绿队以1英里的优势取得了胜利。红队教练试图找出他们与绿队的差距。经过几周的观察和数据搜集后，他发现绿队有7个划手和1个队长。而他们却有4个队长和4个划手。思索之后，教练决定将人员职位按照绿队的方法来安排。

第二年，绿队依然取胜了。红队教练有些不解，再次观察之后，他发现绿队的划艇是用上等的木材制成，而且形状犹如一条奔腾的龙。于是，教练立刻请来划艇设计大师照着绿队的划艇设计了一只。

可第三年，胜利的仍然是绿队。红队教练陷入了苦恼之中，他不明白为什么和绿队的差距依然这么大。一天，副教练告诉他："我好像知道了我们和绿队真正的差距。"

"是什么？"教练急急地问道。

"您没发现我们的行动始终落在绿队后面吗？"教练恍然大悟，与副教练商议之后，有了一个新的方案。

第四年，红队终于取得了首次冠军。原来，红队在划桨上设计了一个桨鼓，每当队员划桨时，鼓声便"咚咚"作响，队员的士气一浪高过一浪。

按照对手的步伐前进，可以让我们有所进步、缩短差距，可这也只能缩短差距；若仅限于此，我们会陷在对手的影子里，永远无法超越对手。

（编译：陈　胜；推荐者：卜黎飞）

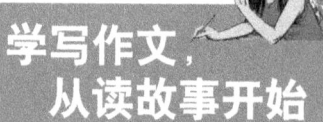

学写作文，从读故事开始

根据美国作家霍克同名小说改编

列车上的
逃犯

□木　木　改编

杀人犯跑了

费希小姐坐火车去苏格兰的爱丁堡看望自己的父母。晚上，大多数乘客进入了梦乡，车厢里渐渐安静下来，费希也闭上眼睛，打算小睡一会儿。突然，她感觉到自己的肩头被人轻轻拍了一下，忙睁开眼睛，发现自己面前站着两个年轻男子。

其中一个人很有礼貌地向她打招呼："你好，小姐，我是钱警官。这是列车上的列车员罗宾。"说着他向费希小姐出示了自己的警徽和警官证。费希小姐看到警官证是爱丁堡警察局签发的，表面被塑封起来，上面的照片比本人更加年轻。

钱警官告诉费希小姐他正在火车上找一个年轻的苏格兰人，那个人有一头深色头发，左边脸上靠近耳朵的地方还有个深红色的胎记。钱警官一边说，一边用手在自己的脸上比划了一下："看到谁长得像他吗？"

费希小姐摇摇头"没有，他怎么啦？"钱警官答道："这是个杀人犯，我正押送他到苏格兰接受审讯。刚才他去上厕所，趁我不注意就溜了。现在火车的速度是每小时一百公里，他肯定不会跳下去的，一定躲在火车的什么地方。我已经让其他列车员从火车头部开始找。我想请你帮个忙，跟我一起从火车尾部开始搜查。可能有些地方需要你的帮助。"

费希小姐高兴地答应了，她知道火车到终点站还要7个小时，抓捕逃

犯这种刺激的事能让枯燥的旅程变得有趣一些。

在前往车尾的路上，钱警官向费希小姐简单说明了逃犯的情况。犯人名叫安格斯，在爱丁堡杀了人，后来逃到欧洲大陆，不久前在法国被抓住。钱警官到英格兰来，是到多佛的海关引渡他，然后押往苏格兰受审。刚才上厕所的时候，他趁钱警官不注意，便消失了。费希小姐好奇地问："你们押解犯人不是要戴手铐吗？"

钱警官摇摇头："我们上火车的时候，有人护送，那边有人接。只要车在开，罪犯就逃不了。所以只有上车或者下车的时候，才用手铐把我们铐在一起。"

三个人从车尾开始，查看了半列

火车，可是毫无线索。有列车员跑来告诉他们，火车上有四名乘客见过一个脸上有胎记的人，但是都不知道那人现在在哪儿。然后他们一起走到罪犯逃走的地方。座位附近的几个乘客认出了钱警官，其中一个中年妇女说道："我认识你，和你在一起的还有个有深红色胎记的小伙子。"

钱警官解释道："他是个犯人，我要押送他到苏格兰，他去上厕所，然后好像就消失了。你们见过他一个人离开吗？"几位乘客都摇摇头。

"他可能已经跳车逃跑了。"费希小姐猜道。

"不会的，安格斯不是那种自寻死路的人。"钱警官否定了她的猜测，"他是个极端聪明的罪犯。我们动用了欧洲所有的监查系统，才发现了他的踪迹。"

费希小姐猜测着那个年轻罪犯的生活："也许是因为他的那块胎记，使他受到周围人的排斥，他才走上了犯罪之路。"钱警官摆摆手："我认为这个理由不成立。很多人的残疾比他还要厉害。而且现在那些东西可以用激光治疗。"他一边说一边把外套的袖子往上拉了拉，这时费希小姐注意到他的右腕上有个小小的文身，刻着"taureau"。费希小姐想，作为警察应该把这样的文身去掉，不过她转念一想，这不是她该管的事情，在现在的年轻人中，这种事情并不罕见。

他会在哪儿

他们走到厕所那里，敲了敲门，里面传来一个女人的声音："有人。"

钱警官冲着里面大声说道："对不起，女士，我是警察，正在查找一个逃犯，你能开开门，让我身边的女士看看里面吗？"门开了一道小缝，里面的人要求看一看警察的证件。钱警官朝着门缝出示了一下自己的警官证，门开得大了一点，费希小姐朝里面望了望，除了一个女士，没有任何人。费希小姐回过头，朝着钱警官耸了耸肩。

这时，列车员手中的对讲机响了，他听了一会儿，然后告诉钱警官整列车的人都已经排查过了。只有一个戴着面罩的修女和一个头上缠着绷带的少年有可能遮住脸上的胎记，但经过检查他们都不是。

费希小姐突然想起了什么，问列车员："这列火车有行李车厢吗？"

列车员告诉她火车头后面的车厢里有邮件包，然后强调说："可那个车厢是锁着的，没有人能进去。"

"如果有紧急情况呢？你应该有钥匙吧！"

列车员承认确实准备了钥匙，但不在自己身上，而是锁在小推车里，一般人也不允许进入这节车厢。

钱警官再次拿出了他的警徽和警官证，照片的一个角开始有点卷了。"有这个警徽，在调查案件时，我有权进入任何地方，包括那个邮包车厢。我不会碰你的邮包，我只是想看看有没有地方可以藏身。"

列车员只好问别的列车员要来了钥匙，带着费希小姐和钱警官穿过头等车厢，来到那扇锁着的门前。列车员打开金属门。车厢里放满了褐色的编织袋，每个袋子上都有粗体的"皇家邮政"字样，袋子顶端都封了口。虽然每个袋子都有一米来高，但恐怕连体格最小的成年人都不可能藏在里面，逃犯安格斯当然不在里面。

钱警官显然对这个结果有些失望，离开邮包车厢时，他问列车员下一站是什么地方，列车员告诉他火车早晨直达爱丁堡，中间不停靠车站。

钱警官有些着急了："你们可以在纽卡斯尔停一下。"

列车员严肃地摇摇头："除非是紧急情况，这可是爱丁堡特快。"

"这就是紧急情况！"钱警官愤怒地嚷道，"我必须联系局里，让他们在轨道周围地区搜索，我觉得我的小伙子大概还是跳了车。"

列车员面无表情地说："如果他在列车高速行驶的时候跳了车，那你也不用担心他跑了。他肯定还躺在那儿等您呢。您可以用我们车上的电话联系警察局。"

钱警官拒绝了他的建议："不，不可以，只要有个设备，任何人都可以窃听移动电话，包括车载电话。安格

斯在犯罪圈子里有很多朋友，他们会帮助他的。我需要一条安全的地面路线，联系爱丁堡和伦敦警察局。如果他跳了车，而且还没有死，我们就必须抢在他朋友们之前找到他。"

列车员想了一会儿，接通了对讲机，和列车长通话，说车上有个犯人逃跑了，可能是跳了车，押送犯人的钱警官要求在纽卡斯尔停车，要用最安全的电话线路向上司汇报。

列车员一边听列车长说话，一边看了看表。接着他放下对讲机，转过头对钱警官说道："警官先生，我们会在34分钟后经过纽卡斯尔，您做好下车准备，只能停几秒钟。"

"那就够了，谢谢。"钱警官的心情似乎平静了一些，走到靠近门的座位上坐下。他朝着费希小姐耸耸肩膀"我们尽力了，车上所有可能的地方都看过了，他肯定不在车上了。"费

希小姐转过头，盯着外面漆黑的夜色问道："你是在爱丁堡长大的吗？"

"是啊，不太离家的孩子。以前最远就去过伦敦，这次到多佛是离家最远的。看来我倒真应该呆在家里。"接着，钱警官沉默了。

逃犯在这里

列车在黑夜里疾驰，当靠近纽卡斯尔郊区时，车窗外才开始亮起来。列车慢了下来，准备在纽卡斯尔做短暂停留。

列车员走上来开门的时候，钱警官伸出手来与费希小姐握手："我要下车了，谢谢你的帮助。"

"钱警官……"费希小姐一边握住他的手，一边说道，"我还有一个解决的办法。"

"不是到驾驶室去看看吧？"钱警官冲她笑着，"那里根本不可能。"

"不是，还有个地方我一直没想到。"火车已经停了下来，列车员开始催促警官下车了。

钱警官问："什么地方？"

费希小姐坚定地望着他："就在这儿，就在我眼前，你就是安格斯，被扔下火车的是钱警官。"

这次，她面前的这个男人并没有继续嘲笑她，而是惊慌失措起来，他一把把她从过道

里推开，然后朝车门冲过去。列车员试图抓住他，结果只是让这个想逃跑的家伙摔了一跤，跌倒在站台上。站台上一个穿着制服的工作人员赶紧上来扶他。

"我是钱警官。"倒在站台上的人最后一次举起了警徽和有照片的警官证。

费希小姐这次不会放过他了，大声说道："他在撒谎，他是个逃犯，叫安格斯。"她冲过去，一把夺过警官证，从上面撕下一张照片，下面还有一张完全不同的照片，那个人年纪要稍大一些，脸上有个胎记。工作人员的表情变得严厉起来，他紧紧抓住他刚刚扶起的那个人："先生，你最好跟我来，冒充警察是很严重的行为。还有你，小姐。"

当他们到达纽卡斯尔的警察局时，已经是凌晨3点了。负责询问的警察向费希小姐了解当时的情况："你是什么时候开始怀疑这个人的，费希小姐？"

"哦，他把证件给别人看，我发现照片一个角开始卷起来，可是证件是塑封的，你明白了吗？照片应该在塑胶层的里面，而不是在外面。我想他是趁着周围的人睡着的时候，在厕所打晕了钱警官，偷了他的警徽和警官证，然后把警察丢下了火车，再把随身携带的多余的护照照片裁剪到合适大小，粘贴在警官证上。"

"用什么粘贴呢？"

"随便什么黏的东西都可以，比如太妃糖。他拿到证件后只有一个问题要解决，就是必须让火车在到达爱丁堡之前停下来，因为警察在爱丁堡车站等着他，肯定能认出他来。"警察点了点头，继续问："可是为什么会找到你呢？"

"或许，他认为我这样的年轻女人更容易同情一个失意的警察吧。首先，他让我相信他的身份，然后把钱警官的胎记说成是犯人安格斯的主要特征。然后带着我和列车员一起在车上找了一个小时，这样就很容易让人相信他的确丢了罪犯，也就有借口要求停车下去求助了。"

"这些都是从一张卷了角的照片看出来的？"警察好奇地问。

"还有一件事情，"费希小姐笑了笑，"我看到他的右手有个文身，是'taureau'，这是法语。可是他说最远只去过多佛。安格斯刚从法国来，这个词在法语的意思是'公牛'，我刚巧懂一点法语……"

"公牛？"

费希小姐点点头："他的名字叫安格斯，就是'安格斯牛'的安格斯。我猜他在法国做了这个文身，大概是想获得法国女人的好感，可他却逃不过英国女人的眼睛。"说着，她又笑了起来。

（题图、插图：佐　夫）

武库传说

□ 薛 猛

锁匠出山

这天，北平城里贴出了一张告示，上面画了把奇怪的大锁。这把锁一共有九个锁眼，分上中下三排，每排三个。告示上说，如果谁能帮日本人打开这把锁，赏五十大洋。

这锁是打哪儿来的呢？原来，日本人进入中国后，就听说四十多年前有人从紫禁城里面运出了一批兵器，这些兵器都是宫中藏品，件件价值连城，它们都被藏在京郊一座地下武库里。

为了搜寻这批兵器，日本派出了一支由忍者训练出来的特种部队。为首的是一个叫上杉信二的人，他对中国古代冷兵器十分着迷，亲自要求带队找兵器。这些人在北平附近找了两个月，终于找到了武库的入口。可这入口被一扇大铁门封住，门上嵌着一把奇怪的九孔大锁，谁都打不开。有人提议用炸药把门炸开，可是上杉信

二怕这样会触动里面的机关，毁了珍贵的兵器，最后没办法，只好贴出告示，征人开锁。

但告示贴出了三天，根本没人理这茬。为啥？一是因为没人愿意帮日本人做事，二是也没人认识这把锁。

上杉一怒之下，开始派人到处抓锁匠。每抓到一个，就带他去开锁，打不开的就地活埋。三天之内，他们埋了十二名锁匠。

就在这时，消息传来，有一位老人揭了告示，要去开这把锁了！上杉一听说有人揭告示，立即亲自接见。但见这位老人，穿着一件洗得发白的青布长衫，身材笔挺，须发皆白，站在那里自有一番风流气度。上杉冲老

人点点头："老先生，你识得这把锁？"

老人说："识得，这叫九子连心锁，一串九把，按九宫之形排列，彼此相生相克，除我之外，世上再没有第二人能打开。"

上杉一怔："为什么只有你能开？"

老人微微一笑："因为这把锁，它就是我做的！"

老人告诉上杉，他名叫鲁忠，四十年前是个有名的锁匠。当时皇帝要修武库，就把他找了去，为武库造锁。鲁忠心知此去凶多吉少，处处留着小心，武库完成后，朝廷想要杀人灭口，可鲁忠早就逃走了。他在京郊隐姓埋名了四十年，现在为了救自己的同行，才再次出山。

天坑乍现

俗话说难者不会，会者不难，鲁忠跟着这队日本兵来到武库门口，取出一堆工具，一袋烟的工夫就打开了这把九子连心锁。

铁门一开，里面出现一个大厅，大厅的尽头有一条狭长的走道。鲁忠带着上杉和十几个日本兵走了进去。日本兵们全都亮着手电筒，一边做着记号，一边跟着鲁忠七扭八拐地往里走。

在走道尽头立着一扇门，但鲁忠没费什么力就打开了。

当门在日本人面前缓缓打开时，所有人都睁大了眼睛。门里面是一间小小的厅堂，在厅堂的正中，排列着十余个兵器架，琳琅满目地插着上百件兵器，刀枪剑戟俱全，件件发着寒光，即使外行人也能看出，这些都是难得的宝物。

奇怪的是，这些兵器摆放得很紧，全都挤在厅堂中心仅一丈五尺见方的地方。

鲁忠用手在岩壁上摸了一会儿，指着个小凸起，回头对上杉说："这里，有一个机关。"

上杉听完一愣，还没反应过来，鲁忠一下子开启了机关。众人只听头顶哗哗声响，厅堂顶部的泥土，竟然一块块地剥落下来，埋住了那上百件兵器。

日本兵看到这个情景，纷纷向后退出厅门，站在门口往里面张望。

这些泥土落了大约有十来分钟，只听砰的一声，厅里一下子亮堂了起来。原来是头顶最后一块泥土落完，厅堂和地面已经连通，有阳光照了进来。这个地方离地面竟然只有不到十米！

又过了一会儿，上杉看看没了动静，重新走近厅内，第一件事就是把长刀架在了鲁忠的脖子上："老家伙，你既然不想让我们得到兵器，为什么又要来开这把锁呢？"

鲁忠笑了："因为我太了解这座

武库了。我知道就算把那门炸了，这些兵器也能保全，还不如把它们埋了更好。你们日本人侵我国土，杀我同胞，我如果让这批宝物落入你们手里，一定会抱憾终生！"

上杉听鲁忠这样说，又把刀收了回来："那我就让你看着，亲眼看到我们拿到兵器，等拿到这些兵器，再杀你不迟！"心想，只要刨开这层泥土，拿到这些兵器还不容易？

可是他话未说完，只听又是轰隆一声巨响，眼前刚刚堆起的泥土，像是被怪兽吞没一般，忽然向地下沉去。那上百件的兵器也随之沉了下

去。上杉看到眼前已出现了一个黑漆漆的坑洞。

上杉脸上的笑容僵住了，他走了两步来到坑洞的边缘，向下看了看，发现这是个天然大坑。原来，当年武库的修建者们早就知道这里有一处大坑，就因地制宜，把存放兵器的厅堂建在了坑的上方。如遇意外，即刻发动门边的机关，让头顶的泥土落下，用泥土的重力把这些武器压入坑底。

上杉让士兵把鲁忠押回了地面，带着他来到刚才露出的那个洞口。这洞口直径大约有一丈五尺，一眼望下去，深不见底。上杉朝鲁忠冷笑了一声："别以为这样一个坑洞，就能难住我们日本的忍者！"

日本兵取来绳子，系在一个人的身上，将他送了下去。绳子很长，大约放了有二百多米，眼看绳子快放完了，上面拉绳的人只觉手里忽然一轻，接着下面传来一声惊叫。上面的人面面相觑，不知道发生了什么事。

一个小时过去了，下面没有一点动静。上杉让人把绳子先拉上来看看。等绳子上来，所有人都傻了眼。绳子断处的切口整齐，看上去是被利器割断的。莫非下面有人？

玄铁长枪

上杉当然不相信下面有人。他随即命令第二个人下洞探宝。这个人是一个教官，整个队里身手最好的一

个，入伍之前是一名真正的忍者。教官穿好了防护服，和上面的人定了各种应急方案，就带着防毒面罩和电筒，拉着绳索往下攀援。

过了很久，他上来了，说这是一个深不见底的洞。洞壁上有几件锋利的兵器，可能是刚才兵器下落时彼此撞击，飞过去扎上的，绳子在下落的途中会不停晃动，如果靠近洞壁，就可能会被割断。刚才下去的士兵，就是这样送了命。

上杉想了想，命令手下："去，弄上一千米的钢丝绳回来，我看看还会不会割断！"

三天后，日本人开着军用大卡车来到了洞口，卡车上有一个特制的大铁轴，上面一圈一圈缠绕着粗粗的钢丝绳。

日本兵搭起一个牢固的架子，把这个大铁轴固定在大坑边上，然后把钢丝绳往下放。还是那位教练，艺高人胆大，拽着绳头就下去了。大约放到三百米的时候，地面上接到信号，到底了。

洞边上的人们，又足足等了几个小时，才等到教官重新爬回地面。在他的手里，拎着一条寒光闪闪的丈八长枪。这条长枪周身黝黑透亮，通体是用金属打造而成，可拿到手里一掂量，分量并不重。

上杉接过铁枪仔细看了看，又在手中掂量了一下，不禁叫出了声："玄铁！"原来这枪，竟然是用玄铁打造的。传说中的玄铁，硬度极高，而重量却轻，而且永不锈蚀。因为储量极少，开采困难，在铸造兵器时加入一点已经是相当难得。而这样一条通身玄铁的长枪，可算得上是无价之宝！

上杉兴奋地向那个教官打听洞底的情况。教官汇报说这个深坑大概有三百米深，大部分的兵器都已经落到了坑底，被泥土埋住了。要把全部的兵器弄上来，得多派几个人下去，因为扒开那些泥土要费些工夫。

上杉听完，抬头看看天"我们全都下去，能拿得多少是多少。现在是夏天，要是下起了雨，地下水道相通，恐怕会把这个坑淹了。"

这些日本士兵听上杉如此吩咐，个个欣喜若狂。他们这些人都爱武成狂，尤其痴迷冷兵器，现在看到这样一条神奇的长枪，心里早就痒了。上杉命令全体就地休息一下，养足精神，一会儿下坑。

呼唤天道

过了一会儿，上杉看了看天色，估计雨暂时还下不来。他派人把鲁忠带到了坑边，对他说："我们这就下去取兵器，我让你亲眼看着我们把兵器统统取走。"

上杉命令士兵们把所有的刀剑枪械都留在上面，留了一名干练士兵看守，其他人只带爬绳和挖土的工具，轻装下坑。

日本兵下去了，鲁忠低着头，坐在地上，看守他的士兵拿着枪在他面前晃来晃去。这士兵根本没把鲁忠放在眼里，一个七十多的老头，还能干什么？他哪里知道，鲁忠是练过武的。当年修武库的时候，他能全身而退，除去机警之外靠的就是这点功夫。鲁忠摆出一副无精打采的样子，心里却盘算着要想办法出击，可是很长时间过去了，一直没有找到合适的

机会。

天色渐渐暗了下来，鲁忠抬头看看天，天上不知何时已经布满了乌云。鲁忠心里想，老天爷，你赶紧下场雨吧，越大越好，最好能把这个坑淹了，让那些小鬼子和兵器都见鬼去。可不管他怎么求，这雨就是不下来。

突然，从洞口下面发出了些响动，那个士兵听到动静，走过去往下望去。鲁忠瞅准士兵分神的机会，飞身扑过去就是一掌！

要说这士兵的反应也真快，听得风声响动，回头就是一枪，子弹打中了鲁忠的肩膀。鲁忠毕竟年纪太大，挨了一枪，当时就又坐在地上了。这时就听一声惊叫，原来士兵离坑太近了，虽然打中了鲁忠，却被鲁忠掌风推动，脚下打滑，"啊"的一声掉进了大坑！

鲁忠捂着伤口，挣扎着来到坑边，往下看去，天！一连串的日本兵趴在钢丝绳上，正往上爬呢。每个人身上都带着一两把上好的兵器，上杉带的那把古剑，一瞅就是好东西。

鲁忠回过身找家伙，一看，一堆枪都在坑边上堆着呢，便拿了一把最大号的，往坑边一站，就往下边瞄准。底下的上杉抬头一看，妈呀，吓得差点松手摔下去。老人拿的是一把最新式的冲锋枪，里面上满了子弹！

可是过了一会，发现没动静，上杉再一看，鲁忠把冲锋枪又给扔了。

闹了半天这位造锁行家，不会开保险栓！

鲁忠只好想办法弄断那根钢丝绳。可钢丝绳太结实了，一时也找不着合适的利器。外面只有地上的那把玄铁长枪。鲁忠想，要不我拿着这条长枪等着，上来一个我扎死一个？可又一想，不行，这些人个个武艺高强，自己这么大年纪又受了伤，别扎不死人家，先把自己搭上了。眼看着下面的人越来越近，把个鲁忠急得团团转。

就在这时候，天上一道闪电，又打起了一个惊雷。鲁忠心里一亮，有办法了！他拎着那条长枪，就爬到那卷钢丝绳上了。

钢丝绳绕在一个铁轴上，放下去三百米，剩下的六百多米都缠在上面，像个大线轴。

鲁忠往那上面一站，单手举起了那根长枪，另一只手抓住了钢丝绳，冲着天上大喊了一声："雷啊，来劈我吧！"鲁忠为了除掉这一队日本兵，真是不要命了。鲁忠心想，举着这条长枪容易引来雷电，只要这电沿着钢丝绳传下去，这些日本兵，一个也跑不了。

永葬天坑

这时候，爬在最前面的上杉信二，抬头看见了鲁忠举着长枪的身影。他暗叫了一声不好，赶紧传下命令："全都离开钢丝绳！"

这队日本兵果然个个身手不凡，听到命令，就在身边找临时的存身之处。教官第一个做出了示范，只见他身子一弹，飞到边上，抽出长剑直直地插进了洞壁，整个人挂在那里了！后面的日本兵也一一效仿，有的抱住洞壁里突出的岩石，有的用兵器把自己挂在了那里。这三十多人，竟然没有一个掉下去！

洞口的鲁忠一看，这招不行啊。他收回了长枪，看着洞里，接着想办法。上杉看见长枪收了，又传下命令："回来，接着往上爬！"这一队日本兵很快又回到钢丝绳上。

鲁忠在上面看得明白，赶紧又把长枪举了起来。日本兵没有办法，又重新躲到洞壁上。这一来一往，日本兵已经离洞口更近了一点。鲁忠心说这下可坏了！这些日本兵的身手太好，再多几个来回，他们就上来了！于是他举着长枪，再也不肯放松。

此时，洞里挂在墙壁上的日本兵和洞口的鲁忠，开始了奇怪的对峙。鲁忠就等这队日本兵挂不住了摔死。这队日本兵就等鲁忠招来雷把自己劈死。双方谁都不敢乱动，时间一分一秒地过去，雨已经开始下起来了。

突然，天空中亮起了一道闪电！与此同时，挂在洞里的上杉看见鲁忠和他手中的长枪，都亮了起来。那个亮光，不是外面照过来的，倒像是鲁忠自己发出来的。他真的被雷劈中了!

上杉想笑,可是还没有笑出来,就听到"刷"的一声,他插在洞壁上的玄铁长剑,自己竟然从土里钻了出来!可是上杉没有往下掉,反倒是被那柄长剑牵着,直往上飞。不光他在飞,洞中所有的兵器铁器,也一件件在往上飞。抓住兵器不放的士兵们,也都跟着往上飞。

上杉突然反应过来,一个大铁轴

绕满了线圈,再通上电,那就是一个巨大的电磁铁,强大的磁力把洞里的兵器全都吸了上来。可是,一切都已经晚了,上杉一头撞在那一大轴钢丝绳上,当时就没了气。接着那些不肯放开兵器的日本兵,也都纷纷撞上了大铁轴,连坑边上堆着的那些日本士兵的枪械,也都飞向这个大线轴。所有的兵器全都粘在这个大铁轴上,一时间,铁轴越来越大,变成了一个由兵器堆起来的大铁球!

这时,原来的支架再也无法承受大铁球的重量,咔嚓一声断了。大铁球一下子掉进了天坑。此时的鲁忠,已经被雷电烤成了焦炭,他就那样站着,高举着那条玄铁长枪,跟着大铁球一起落了下去!

这一队的日本兵,全都葬身坑底,没有一个活下来。那些绝世的兵器从此再也没人看到过。

(题图、插图:魏忠善)

您手中有没有得意之作?本刊辟有二十多个原创性栏目,如中国新传说、我的故事、情感故事、16岁故事、海外故事和中篇故事等;您读到或听到什么有趣事可以和大家一起分享吗?3分钟典藏故事、外国文学故事鉴赏和快乐辞典等都是本刊推荐性栏目。热忱欢迎来稿,可从邮局寄发,也可从网上传递。邮寄地址:上海绍兴路74号《故事会》杂志社,邮编:200020;如为电子邮件,本期责任编辑信箱:simyyue@126.com。

"风水转运"仅仅是一种传说，有或无都只在人的一念之间，而真正能改变命运的是人自己，以及人与人之间的那份感情……

□ 赖文婷

沼泽地里的秘密

葬　父

清朝，有个神童，名叫叶大钦。他天资聪明，从小就能吟诗作对。可奇怪的是，这神童考了几年乡试，每次大家都认为他能中，可每次都名落孙山。几年过去，连个秀才都没有中。这可愁坏了他爹叶农城，叶农城想起十年前一个风水先生跟他说过："要想光宗耀祖，就得选一块风水宝地作为你自己的坟地，不然即使你的儿子再聪明，也考不取功名。"如今看来，真给这个人说中了。

这天，叶农城去赶集，在街上远远就见到一个人歪着脑袋，摇着折扇，很面熟，仔细一打量，竟然就是十年前那位风水先生。叶农城赶紧跑过去，一把拉住风水先生，求他给儿子指条出路。风水先生摇着折扇慢慢地说："还是那个老办法，只要你找块风水宝地当坟地，你儿子就能出人头地。"

叶农城一听，忙追问："哪里是风水宝地呢？"

风水先生笑了笑，向着叶农城吟了一首诗，说完一转身，便消失在熙熙攘攘的人群中。

叶农城不知道风水先生到底指的是哪块地方，生怕把这些话忘了，便一边反复念着诗中几句话，一边往家赶。回到家里，他把这些话跟儿子叶大钦一说，儿子就明白了："爹，风水先生指的是黄富户家山后的那片沼泽地啊。"

叶农城一听觉得有道理，心想，

自己这辈子是没啥指望了，只能希望儿子将来能有出息，自己也算对得起祖宗了。可是，这黄富户在当地没啥好名声，不能指望他发善心，把他们家的地留给自己当坟地，这可怎么办呢？

一天，叶大钦正在家里看书，突然邻居慌慌张张跑来，让他到黄富户家的地里去看看，他爹出事了。叶大钦赶到那里，看到他爹倒在田埂边上，已经奄奄一息。旁边有人告诉叶大钦，是他爹赶的牛跑到黄富户家的地里，吃了地里的庄稼，被黄富户家的家丁看到，叫来了人，毒打了他爹一顿。

叶大钦跑过去，一把抱起爹，眼泪一下子涌了出来。叶农城倒在儿子的怀里，挣扎着说："孩子，我们家一辈子没出息过，儿子，你一定……一定要给爹争气啊。别忘记了，让我葬在那个沼泽地里，这样，你就能、能光宗耀祖了……"说完就断了气。

听到爹的遗言，叶大钦终于明白，是爹故意让牛去吃黄家的庄稼，引黄家来人把自己打死。这样黄家理亏，爹就能葬在沼泽地里了。爹这样做完全是为了自己啊，想到这里叶大钦不由放声大哭。

第二天，叶大钦抱着父亲的尸体，跪在黄富户家门口，要讨回一个公道，引来不少人围观，纷纷指责黄家打死了人。人越围越多，黄富户也

坐不住了，便打发管家来问叶大钦想怎么办。

叶大钦说："我不求别的，你们打死了我爹，我就指望能将他好好安葬，我爹没死的时候，就喜欢到有白鹭的那块沼泽地去，能不能把我爹葬在那里。"管家回去把叶大钦的话跟黄富户一说，黄富户也觉得奇怪，从来没听过这样的要求，竟然要把自己的爹葬在沼泽地里。但他转念一想，反正是块没用的沼泽地，给他就给他了，只要他不再跑到自家门前闹事就行，于是便答应了。

叶大钦也没问黄富户要棺材，就拿了一领草席，将自己父亲的尸首一卷，扛着走到那片沼泽地，一边哭着默默发誓要混出个人样来，一边把那卷草席抛入沼泽地。说来也怪，那卷草席刚落地，便马上沉入沼泽地中，在陷进去的地方，还出现一个漩涡，从地下发出一阵闷闷的"隆、隆"的声音，叶大钦觉得这块地的确有些蹊跷。

阴 谋

草草埋葬了父亲，叶大钦更加发奋用功了，他知道父亲是为自己而死的，如果不能考取功名，不是白白搭上了父亲的一条命吗？他白天到地里干活，晚上勤读诗书，学问比以前大有长进。接下去的几年，叶大钦连考连中，最后一举中了状元，还成了皇上眼前的红人，叶家也终于可以光宗

耀祖了。

再说那个黄富户听说叶大钦中了状元，想起叶农城是被自己的家人活活打死的，心里不免有些害怕。但他也觉得奇怪，为什么屡试不中的叶大钦，在爹死了之后，却一路高中，得了状元呢？突然，他想起叶大钦当年向他要沼泽地，埋葬亲爹的事情，这里面是不是有什么关联呢？

黄富户忙找来当地一个风水大师，到那块地去查看。没想到，那个大师用罗盘一测那块地，就叫了起来："这是块风水宝地啊！"黄富户追问缘由，风水大师解说道："这块地是百年一遇的风水宝地，但很难有人能发现这个地方！"

黄富户问道："那要是把我们家的祖坟迁到这里，会不会有用？"大师摇了摇头："这块地已经葬了人，这里庇佑的只能是他的子孙，后面的人再来也无济于事啊。"

黄富户这才明白，叶农城当年竟然用一招"苦肉计"把自己给骗了。想到这里，黄富户心里生恨，便向风水大师讨教如何破坏这里的风水，心想自己得不到的东西，也不能让叶大钦这个小子得到，更不能让他当了大官找自己给他爹报仇。风水大师收了黄富户的重金，便出了一条破坏风水的诡计。

这天，黄富户在路上遇见了叶大钦的舅舅，叫许昆。这个人是个痞子，整日里好吃懒做，总做些偷鸡摸狗的坏事，所以和叶家早就断绝了往来。平日里，黄富户看到这种人向来是不理不睬，可今天他出奇的热情，走到许昆跟前向他打招呼："老兄，近来在哪儿发财啊？"。

许昆抬头一看，吓了一跳，忙受宠若惊地答道："呦，这不是黄老爷吗？我哪有财好发啊，不过是混日子呗！爷！您有好事可得让着点小的，让我也混口饭吃。"

黄富户冲他笑了笑："哪能啊？

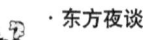

你家外甥不是当今的状元吗？你可以去投靠他啊！"

许昆一听这话，撇了撇嘴："别提那狗崽子了，狗眼看人低，他家的人早就不跟我往来了。想找他混口饭吃那比登天还难。"

黄富户奸笑几声，说道："官做大了，当然有了官腔。哪能同富贵啊？不如你跟着我，保证你有好处，怎么样啊？"

许昆当然求之不得，忙问是什么差事。于是黄富户如此这般地把自己的诡计说了一遍，许昆一听，便应了下来。

第二天，许昆拿着黄富户给的钱去了京城。一到京城，他便到处散播谣言，说状元叶大钦的爹是个大赌棍，吃喝嫖赌无恶不做，因为欠人钱给人打死了，死的时候连棺材都没有，是用席子包着丢进沼泽地里的。

这话不久便传到了叶大钦的耳朵里。叶大钦心想，自己中了状元，已经算是出人头地了，而自己的爹却埋在沼泽地里，还要受人诋毁，实在是于心不忍，不如趁这个机会衣锦还乡，为父亲补办一个风风光光的丧事，也能让自己在乡亲们面前好好长长脸。想到这些，他便向皇上告假，回乡葬父。

归 乡

新科状元回乡，又是皇帝眼前的红人，这可惊动了当地的大小官员。从府台到县令谁都想拍拍叶大钦的马屁。听说，这次状元回乡是要给父亲补办一个风光大葬，官员们更加起劲了，纷纷说新状元孝心有加，自己一定要大力协同。

叶大钦定了丧礼的日子，便开始考虑如何把沼泽地里的尸骨给捞出来。可是要从这沼泽地里捞尸骨，并不是件容易的事，县衙里的人整整捞了十天，连一块骨头都没捞着。眼看离定下的日子越来越近了，就有县衙里的人给叶大钦出主意，找县城里有名的风水大师讨教对策。

那个大师装模作样地到沼泽地里走了一圈，然后就对叶大钦说，只要在沼泽地上撒上一层石灰粉，就可以让沼泽地结块，那时就能挖出尸骨了。

叶大钦听了风水大师的话，觉得有道理，于是吩咐下去，让人准备石灰粉。第二天一大早，叶大钦就和官衙里的人一起，拉着一板车石灰粉来到了沼泽地。不少乡亲听到这个消息，也都跑过去看热闹，一时间，沼泽地边上挤满了人。叶大钦站在沼泽地边上，想起了当年埋葬父亲时的惨景，不由心里难过，俯身跪下去，对着沼泽地拜了三拜，然后起身下令把石灰粉倒入沼泽。

谁知道，差役们才把石灰粉撒进沼泽地，刚才还是好好的天一下子变得阴云密布、电闪雷鸣，整个沼泽地也翻腾起来，从下往上不停地冒泡，整个沼泽像开了锅一样。

突然，叶大钦看到有个东西从沼泽地里一点一点地浮了起来，仔细一看，竟然是口棺材，心里不禁有些纳闷，父亲下葬时，自己明明是用席子包着的，为什么现在却出现了一口棺材。他忙命人把棺材打开，棺材板刚一开启，就见里面发出一阵阵金光。叶大钦探头往里望去，棺材里并没有父亲的尸骨，心里一惊，再仔细一看，只见在棺材的角上有九条金光闪闪的死泥鳅。更加让人奇怪的是，这些金色的泥鳅中只有一条泥鳅有一只眼睛，其他八条都没有眼睛。

周围的乡亲们看到这个情景，都交头接耳议论起来，有人小声地感叹道："九目一开啊，可惜啊，可惜……"

这时候，人群中走出一个手摇折扇的人，他走到叶大钦身边，贴着他的耳朵说道："大人，借一步说话。"

叶大钦和他走到一边，那个摇折扇的人轻声说道："大人，你有所不知啊，这沼泽乃是百年难遇的好地方。这九条泥鳅，每条都代表一个人才，只要泥鳅开目，人才就会出现，如果这些泥鳅不死，你们叶家后世还能出八个状元！可如今都被这石灰烧死了，恐怕你们叶家将来也不会有人才出来了。"

叶大钦听了这些话才明白，原来这撒石灰的主意正是为了破坏这块地的风水。他忙追问道："请问有什么可以补救的吗？"

《故事会》三大工程正式启动

一、为鼓励多出优秀作品,《故事会》杂志社决定继续举办2008年《〈故事会〉最有影响力的故事》征文大赛,并对优秀作品实行四大奖励措施:

1.入选作品除在杂志上发表外,还将收入2008年《〈故事会〉最有影响力的故事》一书。2.入选作品可得两笔稿酬:在《故事会》杂志发表的作品,首发稿酬每千字400元;获《最有影响力的故事》优秀作品奖,每千字再追加1000元。3.入选作品均颁发奖励证书。4.本刊将邀请有关作者参加5月在上海举办的第十三届"故事创作研讨班"、10月在外地举办的优秀作品改稿会以及年底的颁奖大会,所有费用均由编辑部承担。

征稿范围:1.具有现实感、新鲜感且可读性强的中短篇及超短篇原创作品;2.故事性强、有口传性、能引起读者兴趣的推荐作品。

来稿方法:1.从邮局寄发,请在信封上注明"征文大赛"字样,本刊地址:上海市绍兴路74号《故事会》杂志社,邮编:200020。2.从网上传递,可寄各个责任编辑的电子信箱,并请在主题上注明"征文大赛"字样。

本期责任编辑电子信箱:simyyue@126.com。

二、为培养故事创作的骨干力量,《故事会》杂志社将于2008年5月在上海举办"第十三届故事创作研讨班",按原定计划将邀请30—40位有培养潜力的新作者来沪学习。凡录取者,差旅食宿等费用均由编辑部承担。报名时间至2008年4月15日结束。

来稿方法:1.从邮局寄发,请在信封上注明"参加研讨班"字样,本刊地址:上海市绍兴路74号《故事会》杂志社,邮编:200020。2.从网上传递,可寄各个责任编辑的电子信箱,并请在主题上注明"参加研讨班"字样。

三、2008年《故事会》杂志社还将在各地举办小型笔会,邀请当地的作者参加。有基础的地区请及时与杂志社红版、绿版编辑部联系。

那个人哈哈一笑,说道:"大人,其实让你高中状元的只怕不是这些风水,而是你的父亲。他为了你的前程,不惜搭上自己的性命。大人,你好好把握你自己的前程吧,这可是你爹用命换来的!至于其他八条泥鳅,有与无都在人的一念之间,你也别挂心了,以后要做好自己的本分啊,别忘了你爹!"说完一转身,消失在了人群之中。

事后,叶大钦查明是黄富户主谋设局,利用了他。由于黄富户平时欺压乡亲,刮取民脂民膏,民怨很大,将其收监了。而其他两人虽然是帮凶,但受人利用,他都没再追究。

从此以后,叶大钦牢记那个人的话,清廉为官,宽厚待人,受到人们的爱戴。他的后代也都勤奋读书,宽厚为人,后来竟出了不少为官清正的大官,叶家也一直受到当地百姓的敬仰。

(题图、插图:黄全昌)

有个年轻干部到基层挂职，可迎接他的不是鲜花和鞭炮，而是一些出乎他意料的人和事……

有一条路叫幸福

□钱　岩

1. 进村遇险

江春水是县文化馆的年轻干部，为了建设新农村，县委抽调一批干部去农村，江春水被下派到本县龙洼村挂职当村支书，带领乡亲们脱贫致富。

组织研究决定了的事，江春水欣然服从。他觉得就三年，一眨眼的事，就算是体验生活，说不定对以后创作有用呢。

江春水担心老婆徐梅梅不乐意。回家跟老婆一说，没想到老婆只是发了两句牢骚，然后叹口气道："既然组织已经决定了，我反也反对不了。只是你得答应我，不管分到哪旮旯儿，你都得给我早出晚归。让你住在乡下和妇女主任们鬼混在一起，我实在不放心。"

江春水一听咧嘴一笑："拜托了老婆，我江春水怎么会看上别人呢？你不说，我也想早出晚归呀。你想，我老婆可是一朵漂亮的玫瑰，我不守在跟前，被人偷偷掐去了怎么办？"一句话把老婆逗得笑骂一句："贫嘴！"

很快，江春水便走马上任。龙洼村位于县东南，隶属龙头乡，是龙头乡最偏僻的一个村。江春水拿出县地图量了量，估计从县城到龙洼只有三

十来公里，骑摩托也就一个来小时，早出晚归完全可以。

江春水第一次去龙洼，本来是由乡上秘书陪同的。可路上秘书突然身体不舒服，江春水想那么大一个村子，还怕找不到？于是他就让秘书回家休息，他一个人去。

从龙头乡到龙洼村，是碎石子路，越往里走，路就越不成样了，高低不平，跟搓衣板差不多，破损严重，大坑连着小坑。

一路上，江春水给龙洼村的村主任老周打了两次电话，但都没人接。江春水只得小心翼翼驾着车，躲过大坑躲小坑。

可是，就在快要进村时，突然从路旁草丛中蹿出一头小猪崽，看样子大约三四十斤，一身毛乌黑发亮，小家伙先是瞪着一对小眼睛直愣愣地盯着江春水的摩托车，接着撒开四蹄，跟在车后狂追不舍，追着追着，竟与小江的摩托并驾齐驱。开始，江春水觉得有趣，嘴里"噜噜"唤着，逗它，不料小猪奔跑奇快，眨眼间居然超过了摩托，在小江车前晃来晃去，弄得小江一时间手忙脚乱起来。

就在小江想刹车时，不知从哪儿又突然冒出一个壮汉大吼一声，小猪顿时"嗷"地叫着一转身，朝摩托撞去。

小江大惊，急忙一拐车头避让，这么一让，车子顿时失去平衡，急速往一旁的一个大水塘冲去。只听"轰"一声，车倒人翻，直朝水塘滚去。

那水塘很大很深，小江可是个旱鸭子，若是滚到水塘里那可就完了。情急之下，小江双手死死抠住堤坎，也顾不得斯文，拉开嗓门，大喊："救命，救命！"

让人气恼的是，在这人命关天之际，那个肇事壮汉，不但没来拉江春水一把，反而站在一边，望着拼命挣扎的小江，竟然拍手跺脚，哈哈大笑！

就在这紧张时刻，只见从附近一个小诊所里飞奔出一个人来，边跑边冲着壮汉大声喝道："孙三宝，你又惹事了！"喊着急步上前，把江春水拉上堤岸。

那个叫孙三宝的一见来人，顿时蔫了，抱着脑瓜，蹲在地上嘟囔道："真倒霉，刚玩得开心，又碰上你这个多管闲事的老周头，你咋到现在还不下台呀？"

老周给小江掸去身上的泥土，然后走到孙三宝身边，笑着拍了拍他的肩膀："起来，去帮人家把车扶好，马上回屋去，以后不许这么做了，知道不？你不是盼着我下台吗？告诉你快了，县里马上就要给我们村派个新支书来，以后你胡来，就由别人来收拾你了。呵呵……"

江春水一听，忙惊喜地问道：

66

"你，你就是龙洼村主任老周？"

老周笑道："我就是。呵呵，刚才吓坏了吧，伤着了吗？请你原谅，这个孙三宝本人还本分，三年前的一个夜晚，因为喝多了点酒，在路上被车子撞了，那肇事司机驾车逃逸了。孙三宝后来被人发现送到医院，人救了过来，可脑子从此就不灵光了。他现在一见到开车子的就恨，不管是开汽车的，还是开摩托的，他就捉弄人家，那头小猪也是他调教的。其实他只是出于本能出出气，不是真要人命。今天，要是你真的掉水里了，他也会跳下去救你的。不过他这么一来有好几次吓得人家都尿了裤子。"说着老周哈哈大笑，同时，两眼还往江春水的裤裆瞟。

江春水笑道："你老周是不是想看看我有没有尿裤子？"

江春水这么一说，老周倒显得有点不好意思了，忙岔开话题："哪里哪里，我说小伙子，你怎么跑到我们龙洼这鸟不生蛋的地方来了？是来走亲戚，还是……"

江春水从包里取出自己的下派函，递给老周，笑着说："我叫江春水，你就叫我小江好了，以后工作还得靠老主任多多指教。"

老周接过一看，惊喜道"你就是县里派到我们村的小江书记？欢迎！欢迎！热烈欢迎！我接到乡上的通知了，以为你还有几天才会下来，想不到你这么快就来上任了。怎么不提前给我打个电话？"

"刚才我就给你打了两个电话，"江春水开玩笑地说，"可你都没接，我以为你生气，恨我夺权来了！"

老周一拍脑袋，笑道："呵呵，我早就盼着你来夺权呢！这不夜里想你想着了凉，早上起来脑瓜痛得不行，就到这诊所来吊水。可刚吊上不久，就听见你在外面喊'救命'，于是拔掉针头就冲出来了。不好意思，电话丢在家里，所以没能接到。现在，我就带你到村部去。告诉你，你的办公室我们早就收拾好了，还特意在里面摆了

一张床，我们妇女主任还把她结婚时用的被子拿来给你盖了！"

听老周这么一说，江春水既感动又不好意思，于是说道："谢谢周主任，我有车子，晚上可以赶回去的，不过有张床中午休息休息也好，只是怎好意思用人家结婚时的被子？"

老周笑道："这有什么不好意思的？你能用，她妇女主任脸上可有光彩呢！"

江春水见老周要陪自己上村部，忙道："你还要吊水呢！"

老周把手一扬，不在乎地说："见到你，我的病立马就好了，还吊什么水？"

来到村部，老周打开门，把江春水领进他们为他准备的办公室。说道："你先在这坐一会儿，我这就去把民兵营长、妇女主任喊来，大家先认识一下。"说完，老周就风风火火喊人去了。

江春水仔细打量他的办公室，桌椅虽然都是旧的，但都简朴干净。再看床上的被子，江春水差点笑出声来，那条大花红被子，又老又土，简直就是文物了，还说是人家妇女主任结婚时用的，当我是三岁小孩子？这老周，拿我开心了。

这时，门外传来叽叽喳喳的说话声，江春水估计是民兵营长、妇女主任等村干部来了，于是忙跨出门外，

可一抬头，顿时傻眼了。

2. "六〇""六一"

江春水一抬头，见老周领来一个老头子和一个老奶奶。他疑惑地想：老周说去喊民兵营长和妇女主任，怎么叫来老头老奶奶？难道他们就是？没等江春水开口，老周开口一介绍，还真是民兵营长和妇女主任，这可让江春水大跌眼镜，再想到老周说妇女主任把她结婚时用的被子拿来了，看来他没说假话。

老周见江春水一副吃惊的样子，早已心知肚明，忙解释道："小江书记，这老王头，你别看他今年六十六，可身手一点也不比小青年差，三十多年前就是民兵营长了，经验丰富得很呢！我们这位妇女主任，你别看她看上去像个七八十岁的老太太，那是乡下女人不注意保养，其实只有五十五岁，我们三个人中她最年轻，你以后喊她郑大姐得了。"

老周这一番话可把几个人都说笑了。这时民兵营长老王头说话了："小江书记，实话跟你说吧，我们村男女老少加起来一共有九百三十六口，可除了几个懒汉和一个脑子不灵的，年轻力壮的姑娘小伙子们都到外面打工去了。留在村子里的只有老人和孩子。告诉你，你到我们村来当书记，主要就是和我们这儿六〇六一部队打交道。六〇指的是六十岁以上的老人，

六一指的是孩子……"

"是呀是呀，"妇女主任郑大姐接过话头说，"我和老王也知道自己岁数大了，不适合当妇女主任和民兵营长，可年轻的都外出打工去了。村上干部琐事多，工资少，竟没有一个愿意留下来接手干，只好我们撑着。这下好了，小江书记你来了，从此我们有了新鲜血液了。"

龙洼这么一个现状倒是江春水没想到的。一了解，龙洼真的穷啊，村上没有一点儿资产。龙洼老百姓靠种植水稻为生，由于地势低洼，经常遭水灾，所以，老百姓很穷，只好争相出去打工。整个村子留下的都是老人孩子，一点活力也没有。

江春水问老周他们："那你们村干部现在主要工作是做什么呢？对龙洼的发展有什么规划？"

"做什么？"老周苦笑道，"宣传党的政策，调解邻里纠纷，防火防盗。其他事我们想做也做不了。规划倒有，比如说修路。我们也知道，要想富，先修路。可就是没钱！"

说到修路，江春水这次来，已经深知龙洼这条破路的危害，于是说道："龙洼村这条路真的要好好修修。这路要修好，估计要多少钱？"

老周说："我们几个村干部测算过好多次了，这七公里长的路，修水泥路，那要好几十万！我们想都不敢想。可就是简单用石料填实窟窿，整

平路面，老百姓自己出工不算，单材料和运费也要五万多。"

江春水说："那我们就先填实窟窿，整平路面，没钱我们发动群众集资，五万多不是一个大数字，分摊到九百村民的头上，一个人也就几十块钱。"

老周感慨道："唉，说起来容易做起来难啊！我们曾经集过一次资，修出了这条简易碎石子路，当年我们集资，说破了嘴皮，可就是有人不愿集。上面又不许强行摊派，结果钱不够，路修得简单了些，这不，没几年时间，又破损得这么严重。"

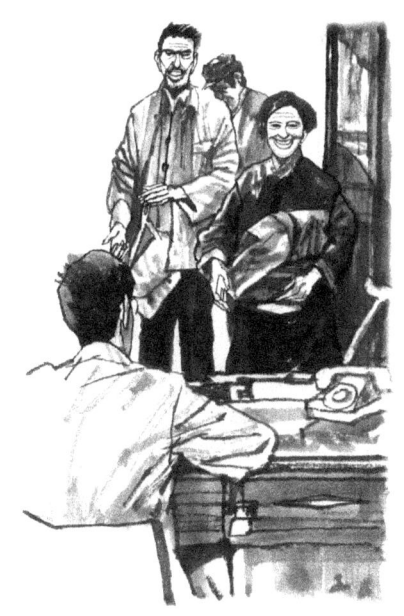

听老周这么一说，江春水不解了："大家自己修路自己受益，为什么有人就不愿意呢？是不是真的家里困难，拿不出钱？"

老周说："那倒不全是。第一个不愿集资的范老头，却是村上最有钱的。他儿子在城里做生意，家产上千万！可我们修路，他就是不肯出一分钱！"

这就让江春水更不明白了："为什么呀？照讲村上路修好了，他家最受益啊，他儿子回来能坐车，多方便，多有面子！"

一了解，原来这范老头的父亲解放前是大地主，龙洼大半土地都是他家的。解放后被打倒了，地也分了。特别是在"文化大革命"中，范老头的父亲经常被挂牌子批斗，后来不堪忍受上吊自杀了。那时老王已经是民兵营长了，经常押着他父亲。他父亲死后，村上没地主了，大家就斗他小地主。所以他恨死龙洼的人了。

老周说："唉，那个时代，全国都一样，又不是只龙洼斗地主，我们也道歉了，可他就是记恨，修路不肯拿一分钱。"

江春水说："他这么恨龙洼，那他还住在龙洼做什么？既然他儿子发达了，干脆跟着儿子到城里享福去得了。"

老周说："他不愿意！因为他祖坟在龙洼啊！他认为有他老祖宗保佑，他儿子才能发达。所以，他一个人坚持要在这守护着祖坟。要是想儿子孙子了，就走到乡上坐车去城里。这老家伙今年七十八了，身体好着呢，越活越滋润。"

江春水他们几个人商量了很长时间，得出一个结论，现在讲和谐，如果再修路，不能集资，最好的办法是小江书记从上面争取来资金。

郑大姐动情地说："小江书记，这次你要是能帮着我们从上面争取来资金，把龙洼这条路给修出来，你就是龙洼的大恩人啊。我们给你烧高香。"

江春水笑着说："找领导要钱，不是一件容易的事。我努力就是。今天我回去，就以龙洼村的名义打个修路报告，然后一个部门一个部门去跑。要不到五万、六万，最少也得要个两三万。我想，我到龙洼来干的第一件事应该就是修路。龙洼不能没有一条像样的路。"

江春水这么一说，大家都很激动。不知不觉太阳就西沉了。江春水说："趁热打铁，今天我回去，晚上就把报告弄出来，明天开始跑。"

江春水出门正要发动自己的摩托，却发现车后轮被人加了一把锁。江春水想问这是谁干的，又一想，难道有村民要用这种特别方式留下我？晚上避着村干部单独向我反映情况？

这么一想，江春水就装着一拍脑袋说："想起来了，我这报告写好后还要盖村部的公章呢！这么说，我今晚就不回去了，就在这写。"

江春水谢绝了老周他们的盛情邀请，没上他们家吃饭，还特意提醒他们晚上不要来了，他要安心写报告。待老周他们走后，他给老婆打了个电话，就从附近小店买了两袋方便面，简单泡泡填饱了肚子。然后就在房间里，边写报告边等着神秘客人的到来。

天黑后，真的响起了敲门声。

3. 黑夜来客

江春水打开门，看到的是一个跛脚老婆婆牵着一个瞎眼老大爷。江春水忙把两位老人让进屋，请他们坐到椅子上。

老人们小心地问："你就是城里派来的书记？"

江春水忙应道："是的，你们叫我小江好了。"

两位老人一听，就互相扶着站了起来："小江书记，你要为我们做主啊！"说着就要下跪。

江春水一见吓得赶忙上前阻止："老人家，你们千万别这样，否则折煞小辈了！二老有什么情况就直接跟我说。你们放心，只要我能做到，一定不会让你们失望的。"

于是，老两口便说开了，他俩说停停，哭哭说说，从老两口的哭诉中，江春水知道了事情的缘由。原来这老汉姓卜，他们只有一个儿子，几年前儿子带着媳妇进城打工，从此就没了消息。老两口是七十多岁的人了，老婆婆腿跛，老汉两年前眼睛瞎了，农活做不了，生活过不下去了。因为他们有儿子，又不符合农村"五保"条件。他们想，儿子在城里打工，小江书记也是城里的人，所以就来求小江书记帮他们找儿子。要儿子养他们，他们要求不高，只要每月寄上五十块钱就行。

老人的遭遇让江春水感到心酸。他为难地说："我是住在城里，可不见得和你儿子他们在一个城市啊！你有没有他们的地址，或者电话？否则不好找呢。"

"电话没有，可我们有儿子的信。"说着老婆婆从怀里掏出一个皱巴巴的信封来，"这是我儿子刚到城里时给我们写的信，他就给我们写过一封信，上面有地址的。"

江春水接过信一看，信寄自省城某工地，但邮戳却是几年前的，那工地应该早已不是工地了。唉，这就不好找了。

卜老汉急了："老周他们也这么说，可我们一定要找到儿子，养儿防老啊。江书记你是城里人，你应该比老周他们有办法！"

江春水不忍看到老人们绝望的样

子，于是安慰道："你们别急，给我一些时间。我想，只要他没跑到国外去，我一定帮你们找到儿子，要他给你寄钱。"

江春水想起自己的口袋里还有一百五十块钱，于是就全掏了出来，塞到卜老汉手中："大爷，我身上只有这一百来块钱，你先拿去救救急。"

老两口拉扯着不好意思要。江春水就真诚地说："大爷大婶，这有什么不好意思的？要不你们先收着，等你们的儿子找到了，寄钱回来再还我也行呀。"

老两口千恩万谢地收下了钱，这时已经黑灯瞎火，江春水不放心，就一直把两个老人送到家。

在回来的路上，江春水觉得，这卜老汉肯定不是锁自己摩托车的人，那谁锁了我的摩托车？他究竟想要干什么呢？

江春水走着走着，忽然发觉身后有一个人在跟着自己，你走快他也走快，你走慢他也走慢。江春水感到好笑，你想跟你就跟呗，我小江又不是什么大人物。

江春水回到村部，拧亮灯，这才发现停在屋檐下的摩托车不见了。他想这么旧的摩托车，难道还有人偷？但这车虽不值钱，可它是自己的腿呀，一刻也少不了。这么一想，他急了，于是掏出手机，要给老周他们打电话。哪知他刚掏出手机，就见那跟着他的黑影飞一般地冲了上来，一把拉住江春水的手，哭着喊："叔叔，求求您了，千万不能给派出所打电话呀！"

江春水大吃一惊，借着灯光，看清拉他手的是一个瘦弱的小男孩。江春水问："我的摩托车被人偷了，你为什么不让我给派出所打电话？还有，刚才你为什么一直跟着我？是不是在替人放哨？"

小男孩泪流满面，哽咽道："叔叔，您的摩托车让我爸偷了，可我绝不是替他放哨。我跟踪您，是想告诉您……"

江春水一听乐了：老子偷车，儿子告密！真新鲜。江春水忙安慰小男孩别急，慢慢说，他不给派出所打电话。

原来这小男孩的父亲叫王强，几年前不顾老婆反对，借了一大笔钱在村上养了几亩牛蛙，本想发家致富，没想到牛蛙发病，不到一个星期死个精光，倾家荡产了。老婆一气之下，离家出走，从此杳无音信。王强遭受这个打击也就破罐子破摔了，日子不当日子过，还经常干些偷鸡摸狗的勾当，只是苦了他的儿子王小强。

王小强哭着说，他爸爸偷鸡摸狗，常常让村干部抓了送到派出所，关一天，关两天，最多关过一星期。

今天小强看到他爸偷偷把江春水的车锁上了，知道爸爸"看"上这辆车了，晚上肯定瞅空要偷车，他就悄悄跟着爸爸。小强说，他知道摩托车很贵，如果一报警，警察抓了爸爸肯定要判刑。这样，他就没爸爸了……

听了王小强的哭诉，江春水心里酸酸的，唉，多可怜多懂事的孩子呀！江春水长叹一声，一时真不知怎么办好了。

王小强看着江春水，说道："叔叔，你别急，我知道我爸把你的摩托车就藏在前面那草堆洞里。我这就带你去把它找回来。"

"什么？"江春水惊喜地问，"你爸爸没骑走我的车？"

王小强得意地咧嘴一笑："他骑不走。我事先把你摩托车的气放

了！"

江春水怜爱地一把抱起王小强："好孩子。你这就带我去找你爸爸，我要好好和他谈谈……"

江春水和王强谈了一个晚上，从王强家出来时，天都快亮了。

让江春水感到欣慰的是，他的努力没有白费。经过一夜长谈，王强痛哭流涕，发誓要痛改前非。他接受了江春水的建议，在哪跌倒从哪爬起，重新养牛蛙，资金和技术由江春水来帮忙解决。

江春水也很激动啊，他突然觉得自己为龙洼人找到了一条致富路了，那就是养牛蛙。龙洼地势低，种农作物经常遭水淹，养牛蛙那条件可是得天独厚了。

江春水决定就以王强为试点，成功后再推广到全村。龙洼村要是变成牛蛙村，那老百姓就真的脱贫致富了。

早上，江春水见到老周，就把他想帮王强重新养牛蛙，成功后再带动全村致富的想法跟老周说了。

老周叹道"这想法是不错，可平整养殖场，购种苗，买饲料什么的起码要两三万，他王强哪来这么多钱？现在谁还敢把钱借给他？如果又失败了怎么办？小江书记，我认为我们现在重中之重的工作就是尽快把村上的路修好。昨晚你的报告是不是写好了？写好了，盖上章，你这两天就百

事不管，骑上你那摩托，就上县里乡里跑！昨天我和老王忙活了一宿，钓了两斤黄鳝，你带回去，烧给你老婆孩子吃。我知道你们城里人就喜欢吃这野生的呢。"说着老周递过来一只蠕动的塑料袋。

江春水觉得现在和老周讲客套，拉拉扯扯肯定不管用，于是笑着接下了，说道："老周，你放心，我会尽最大努力的，其实，现在龙洼的事也是我小江的事，你老周以后不要再把我当外人。"说罢，充满期望地跨上摩托，"嘟嘟嘟嘟"往县城飞驰而去。

4. 路在何方

这几天，江春水拿着报告，跑县里，跑乡上，跑了多少部门，连他自己也记不清了，可让他没想到的是，却处处碰壁，没争取到一分钱。接待他的人，都是先对江春水的修路报告

给予肯定，对他的工作态度给予赞赏，然后就大叹苦经，一个词 没钱！报告可以留下来，但明年也不见得能纳入计划。

江春水好不失落，好不烦恼，他甚至都不好意思回龙洼面对老周他们了。

他垂头丧气回到家，晚上躺在床上，翻来覆去烙烙饼。老婆担心地搂着他追问缘故，江春水就把想为龙洼修路的事如此这般跟老婆说了。徐梅梅吃了村民"贿赂"的野生黄鳝，不能袖手旁观，就帮他出主意："没钱就赊账呀，石料赊、运费也赊，这样路不也能修出来吗？呵呵，反正是为公家修路，怕个啥？"

江春水觉得老婆说的有道理。以后龙洼富了，还愁还不了这三五万块钱？

他一打听，龙头山下就有好几个私人石料厂，他认识其中一个叫韩林的老板。这韩林，和他同龄，原来是乡文化站的干事，江春水还指导他编过小品呢。后来韩林嫌在乡文化站干工资少，就辞职包山采石去了，这几年，钞票应该没少挣。

韩林没想到县文化馆的江老师来看他，特别高兴，立马拉上江春

水上饭店喝酒，说有什么事酒桌上谈。

江春水想：酒桌上谈就酒桌上谈，说不定几杯酒下肚，谈的效果更好呢！

韩林现在已经不是当年那个乡文化站的小干事了。面对江春水，他趾高气扬，眉飞色舞，海吹开来："我现在挣钱，老了没事干了，就写小品，写出来后就让赵本山演。他赵本山算老几呀，我有钱，让他怎么演，他就得怎么演……"

江春水听了，嘴上没说，心里说土包子一个！你有钱，你还能比赵本山有钱？于是笑道："只怕你老了，他赵本山已经更老了，想演也演不了。不过，你韩老板能写小品，不要忘记我江某人呀！"

韩林笑道："那是，你是我老师，我怎么可能忘记你呢？你说说，你今天来找我有什么事？"

江春水见时机成熟，就说明来意。韩林一听是笔大生意，顿时来精神了，但听说是赊账，就有点犹豫了，只是碍着江春水的面子，又不好意思拒绝，于是就来个哼哼哈哈。

江春水装着不高兴的样子，说："我是上面下派的干部，建设新农村是中央的号召。其实我是有一大笔配套经费的，只是还没有下拨下来。你想，我是你老师，会赖你这两个小钱？再说，我家住在哪里，你也是知道的，想赖也赖不了呀？"

江春水这么一说，韩林哈哈一阵大笑说："我会不相信你江老师？我是爽快的人，我知道你江老师也是爽快的人。"说着韩林起身走到外面，一会儿又拿来一瓶白酒，分别倒在两只玻璃杯里，笑眯眯地看着江春水说："江老师，你喝一杯，我赊你两万块钱石料，喝两杯，我就赊你四万块钱石料……"

江春水一下惊得目瞪口呆。他忙打断韩林的话，苦笑道："兄弟，我说你是不是电视看多了？这电视上胡扯蛋的情节，你还真学着来？你应该知道我是啥酒量，这一斤酒要是喝下去，我还不醉死？"

韩林斜靠在椅背上，皮笑肉不笑地说道："江老师，不，江书记，你要是舍不得身体，那我也舍不得石料了。"

江春水心一横，掏出纸笔，拟出合同，递到韩林眼前："好，那就这么定了，不过，你韩老板得先在这合同上签上字。我知道我喝了这酒肯定就会趴下，但为了给龙洼修路，我愿意。"说着江春水端起了酒，临喝之前还不忘叮嘱一句："韩老板，我真的倒下了，你得记住给我打120，我不想女儿年幼丧父，老婆年轻守寡……"

5. 酒不醉人

江春水说罢话，就悲壮地一仰脖

子,一大杯酒就灌到了肚子里。但是喝下去觉得不对劲,可他想都没想,又迅速灌下另一大杯。

这时,在一旁的韩林乐了:"江书记,没想到你酒量不大,胆子可大着呢!"

江春水回过神来,亲热地擂了韩林一拳:"韩林兄弟,够哥们,真没想到你只是让我喝两杯矿泉水!"

韩林感慨道:"你一个城里人,派到龙洼这么个穷村来做支书,也够难为你了。我刚才这么做,只是想试探你,是不是真的诚心诚意想为龙洼做实事!"

江春水回到龙洼,把他这几天跑县里乡里的经过跟老周他们一说,老周他们见江春水奔波了几天,没争取来一分钱,一个个都心灰意冷,长吁短叹。

就在这时,江春水突然来个峰回路转,说石厂韩老板愿赊给他修路的全部石料,大家一听高兴哈哈大笑。要知道龙洼是穷村,以前谁都不愿和他们打交道,更别说赊账了。大伙佩服小江书记有魄力,对他更加刮目相看了。

紧接着,江春水又联系了几辆拖拉机运石料,人家相信他江书记,运费可以欠着,但得先支付五千块油钱。

江春水觉得现在油价这么贵,人家说的条件在理呀。可是,这五千块钱哪来呢?江春水和老周他们一商量,决定发动干部党员捐款。江春水说:"我是支书,工资也比你们高,这样,我一人捐两千!"老周等党员干部感动了,他们说小江书记不是龙洼人,却几乎捐了一半的钱,于是,他们你一百他两百,很快就把剩下的三千块钱认捐了。

接下来,全村老老少少齐动手,热火朝天开始修路,就连当初那个捉弄小江的孙三宝也来凑热闹,他朝江春水竖竖大拇指,就抢着干了起来。真是人心齐,泰山移,只用了一个多月,路就修好了。

江春水望着一条平整光亮的大路,长长吁了一口气,啊,终于为龙洼的乡亲们做了一件实事。

然而,由于江春水一心扑在修路上,这一个月几乎没回过家,他老婆可不放心了,于是就特意下来监督考察。

江春水一见老婆,对她的来意便心知肚明,于是就把老婆拉到一边,指着村妇女主任对她说:"你看到了吧,那个像老太太的妇女就是村妇女主任,她比你妈还大几岁,请夫人你放心,龙洼年轻人都跑到外面打工去了,村上留下来的只有老人和孩子,我就是想腐化也没有机会啊!"老婆一听,脸一红,嘴一撇,娇嗔道:"人家来关心你,不成吗?"

大家都没想到，路修好后，第一个享受的竟是不愿集资修路，一直袖手旁观的范老头。

范老头平时身体硬朗，也注意保养，没想到红光满面的他说倒就倒了。江春水和老周发现后，一面打120把他送往医院抢救，一面给他在城里做生意的儿子打电话。因为老头患的是脑溢血，等儿子孙子们赶来，他已经升天了。

范老头的儿子有钱啊，把老父亲的葬礼搞得热闹隆重，叮叮当当，噼哩啪啦闹腾了整整三天，花钱如流水，让江春水和老周他们看了直摇头。江春水好心劝他不要这么浪费，可人家不高兴了，傲然地说：自己的钱，高兴咋花就咋花。

范老头儿子这态度让江春水很生气，心里说：哼，有两个钱，就臭显摆了！这不，范老头刚一下葬，村上就有言语流传开来，说范老头坟里的骨灰盒是纯银镀金的！真是有钱烧得慌，一个装骨灰的盒子竟花了好几万块钱！这不招贼惦记嘛？估计范老头的坟要不了多久，就会被人扒了，骨灰还不撒到沟里喂鱼？

这些话传到范老头的儿子耳里，他慌了，急忙找到村部，赌咒发誓对江春水他们说，他父亲的骨灰盒就是普通的骨灰盒，根本不是什么纯银镀金的，要村上出面跟村民解释解释，因为他说的话别人根本不相信！要是

他一走，父亲的坟被人扒了，那他就要遭万人唾骂了。

江春水笑道："我相信你说的是真的，可村民传言也不是没有道理，你有钱，给父亲买个几万块的骨灰盒不算什么。唉，现在又不能扒开老爷子的坟，让大伙看看。可是你又要做生意，不可能一直呆在村里，这事是有些麻烦。"

范老头的儿子没想到会发生这样的事，急得焦头烂额。江春水说："这样吧，干脆你就在你父亲坟前建一小屋，请人帮你看着，反正你又不在乎这两个小钱。"

范老头的儿子一听，来了精神，说道："这倒是一个法子，可、可谁愿意为我看守祖坟？"

江春水说："的确，一般人肯定不会干的，这不是一件光彩事！不过我们村上老卜两口子倒有这个可能。你答应一个月给他们三两百块钱看护费，这事就包在我身上了。"

一个月三两百块对范老头的儿子来说是小钱，他当然愿意，于是对江春水千谢万谢后，说他马上请人建屋，后面的事就得麻烦江书记帮忙了。

范老头的儿子走后，老周说："这下卜老汉两口子日子有着落了，只是他俩一瘸一瞎，能看住别人挖范老头的坟吗？"

江春水听了抿嘴直乐，说道："看

什么看，你还真以为别人会挖范老头的坟？"

老周不解道："怎么不会？不都在传言范老头的骨灰盒是纯银镀金的，值好几万？"

江春水见四下无人，便凑到老周的耳边说："范老头的骨灰盒纯银镀金，是我让王强说的谣言！我早就想好了这主意，知道范老头的儿子一定会来找我！嘿嘿，果然不出我的所料……"说着，顿了顿笑道，"我根本就没打算让卜老汉去那房子长住，我在考虑那坟左边是一大片沙土坡，适合种西瓜；右侧有个大水塘，而且连着龙头溪，是活水，能养鱼虾，那房子夏天就是看瓜棚，冬天卜老汉两口子睡在那儿看鱼，绝对不会冻着。"

老周听了忙竖起大拇指，高兴地连声说："小江书记，你不愧是搞小品的，想的这主意，高，那实在就是高！"

这一天，江春水越想越高兴，回到家，又忍不住对老婆绘声绘色一说，听得老婆笑弯了腰，连声说江春水"狡猾狡猾的"。趁着老婆高兴的时候，江春水说，他今天遇见高中时一个同学了，这小子今年炒股赚了十多万！老婆也知道今年有不少人炒股炒基金发财了，可她不懂，加上胆小，不敢涉足。现在听江春水这么一说，心就痒痒了。江春水又趁机要老婆拿两万块出来，给他同学帮着炒炒。老婆

想都没想就答应了。江春水这下心里可美啦！什么炒股炒基金呀，这是他想的点子，目的是从老婆那"骗"出钱来，他要帮王强养牛蛙！他本以为会费一番口舌，呵呵，现在看来他太低估了自己的智商了！

晚上，江春水做了一个梦，梦见自己来到王强的牛蛙养殖场，"呱——呱——"老远就听见蛙声一片……王强看见他来了，忙奔了过来，拉他去喝酒，说没有江书记，就没有他王强的今天！江春水笑着拒绝，说不要客气，你再怎么拉，我今天也不会在你这儿喝酒……

突然，江春水的脑瓜上挨了一巴掌，惊醒一看，只见老婆气呼呼地说"你睡得好好的，学什么蛙叫！我搞你，你竟叫我不要客气，说再怎么拉，也不会在我这儿喝酒！我什么时候拉你喝酒了？做梦想得美！"

江春水醒了，越想越乐，好长时间睡不着。第二天天一亮他就起床，怀揣两万块钱，骑着他的破摩托，迎着朝阳奔驰在去龙洼的路上。江春水信心满怀，他坚信，要不了多久，龙洼村就会走上脱贫致富的大道。年轻人就会争相回来创业，龙洼村就会变成远近闻名的"牛蛙村"……

（题图、插图：杨宏富）

（本栏目欢迎来稿。来稿可从邮局寄发，也可从网上传递。如为电子邮件，请发以下信箱：simyyue@126.com）

守卫马铃薯

法德两国大战时，法国农学家巴蒙蒂埃成了德国的俘虏。德国监狱里老是煮马铃薯给犯人吃。一开始，巴蒙蒂埃也心存顾虑，但久而久之，他觉得马铃薯味道还不错，而且还能填饱肚子。于是，被释放那天，他特地背了一袋马铃薯带回法国。

一踏上故乡的土地，他马上就开辟了一块园地，翻耕、治草、施肥，一阵忙碌后，一个个马铃薯落种入地。很快，青蓬蓬的叶子钻出地面长大了，马铃薯也在地下越结越大。巴蒙蒂埃在各种场合不失时机地推广宣

传：马铃薯可以吃的，我在德国监狱吃过好多呢，种点吧！人们不相信，还讽刺他："巴蒙蒂埃，坐德国监狱坐昏了头吧，这东西也能吃？大家都说这东西有毒。"巴蒙蒂埃气得吹胡子瞪眼走了。后来他想出了一个妙计。

这天，他拜见了法国国王，恳求道："国王陛下，我目前正在着手进行一项有益于法国人的工程，希望您派兵在白天保护我实验的地方。"国王见他说得言词恳切，便同意了。

从此以后，法国士兵便虎视眈眈地守卫着巴蒙蒂埃的马铃薯地。士兵们白天站岗，晚上就悄悄撤走。

这事像长了翅膀一样传开了。别说一般民众，即使法国的牧师们也悄悄议论着：莫非，这马铃薯是专为国王食用种植的？那它肯定没毒。

人们好奇心越来越重，最后终于按捺不住，趁暮色降临之际，人们蹑手蹑脚靠近了马铃薯地，偷偷挖出马铃薯带走，再悄悄地移植到自己的菜园里。站在远处的巴蒙蒂埃目睹着这一切，暗暗地笑了。

就这样，曾经被误认为是"魔鬼的苹果"的马铃薯，堂而皇之地登上了法国人的餐桌。

（推荐者：王传生）

关键词：马铃薯

华尔街铜牛

华尔街位于美国纽约曼哈顿区南端，虽然只有短短500米，却是闻名世界的金融中心。不过，在1987年10月19日，华尔街却成了一种不祥的象征。

这天，纽约股市遭受重创，被称为华尔街"黑色星期一"。

从此，华尔街上空笼罩着一层厚厚的愁云。有个叫迪莫迪卡的艺术家，目睹此情此景，心里十分难过，他决定要用自己的双手，为年轻的美国人创作一件美丽的艺术品。他想好了，这个艺术构思，名字就叫"华尔街铜牛"！

他用了两年时间，才完成了这件长5米，重约6300公斤的艺术雕塑。

借着蒙蒙夜色，在朋友们的帮助下，迪莫迪卡将这个庞然大物装到重型卡车上，然后，缓缓运往华尔街纽约证券交易所门前的人行道上。

第二天早上，在华尔街行走的人们，突然之间，被这个巨型雕塑惊呆了。可警察认为铜牛占了人行道，就商量着要把它拖走。偏偏那几天纽约股票"牛气冲天"，当警察要把铜牛拖走时，华尔街的"精英们"却极力抵抗，并要挟说，警察如果一定要拖走的话，那他们就要游行示威！

最后，双方达成协议：铜牛要挪到华尔街一个合适的位置，但为了保证铜牛的安全，警察则每晚8时进行巡逻查看。

如今，"华尔街铜牛"已经成为纽约人不可缺少的精神支柱，似乎只要铜牛在，股市就能永保"牛"市。不仅如此，几乎每一位慕名而来的游客来到华尔街，不但要在铜牛前留影纪念，而且还喜欢亲手摸摸它，希望从铜牛身上沾点好运气。

（推荐者：开　心）

关键词：华尔街铜牛

艺术效果

□ 赵守玉

著名的金萨克斯乐团到外地举行专场音乐会。

演出之前，团长史密斯找到剧院的院长，一再表示，乐团将把新创作的《天籁之音》作为压轴曲目，这首曲子在演奏中将会有个特殊环节，因此希望能保证会场的秩序，以免演奏中受到干扰。

院长一听，二话没说，当场就拍了胸脯：放心吧，我肯定让现场保持绝对的安静，全力保证演出，特别是那个特殊环节达到最佳的艺术效果！

得到院长的保证，史密斯还是不太放心，临演出前，他专门又去观众席实地考察了一番，发现现场增派了不少保安，个个神情严肃，如临大敌，好像一有动静就马上会扑过去，史密斯这才安下心，回到后台嘱咐乐队拿出最好的状态，把最精彩的演出献给当地观众。

演出进行得很顺利，除了曲目间的掌声，现场没有出现一点点杂音。史密斯深受感动，在《天籁之音》即将开始时，他激动地走到幕前，热情洋溢地向大家介绍："请各位屏心静气，用心灵去体会那个来自天堂的声音吧！"

乐曲开始，随着乐章一个个地推进，音乐由急变缓，由浓变淡，由强变弱，最后，竟然全部消失。

音乐突然出现了长时间的空白，正听得如醉如痴的听众们一愣，刚要交头接耳，音乐声突然乍起，直冲云霄。

众人一愣，这才反应过来：这就是那个特殊环节，这才是真正的艺术效果。观众席顿时爆发出了热烈的掌

声。

如此三次，每一次音乐中断，都会赢得听众雷鸣般的掌声，有几个观众还不停地赞扬：真是了不起，用长时间的停顿来表现天籁之声，太有内涵了。

演出圆满结束，院长满面笑容地走上前，准备和史密斯握手庆贺，谁知史密斯脸色发白："实在对不起，《天籁之音》我们没有演奏好，我感到很惭愧。"

院长一愣："很好呀，大家听得如痴如醉，已经达到了最佳的艺术效果。"

史密斯摇了摇头："不，那个最关键的小号声，从天际传来的小号

声没有出现。乐曲中那三次中断，就是小号声该出现的地方，这是我们新乐曲中的特殊环节，也是整个乐曲的精华。可我们的那个小号手却不知道出了什么问题，竟然一次都没有吹。这实在是一场不完整、不完美的音乐会。"

"团长，我在这儿！"突然，一个人衣衫不整地从外面跑了进来，正是那个小号手。

史密斯见到他，勃然大怒"我把你安排在观众席的角落里，让你到最关键的时刻吹响小号，就是要营造出号音从天际来的艺术效果，你为什么跑到外面去了？"

那个小号手刚想回答，几个保安模样的人冲了过来，一把抓住小号手，其中一个人手里还拿着一把被砸坏的小号，一边跑一边叫："我看你往哪儿跑？"

"干什么？"院长怒吼一声。

保安一愣，看到是院长，急忙满脸堆笑："院长，按照你的安排，为了保证音乐会的秩序，在演奏中没一点杂音，我们加大了清查力度，乐队演奏中我们正好在观众席的角落里发现了这个小子，他当时拿把小号想捣乱，我们立即采取紧急措施，悄悄把他制服并带出了会场。刚才我们没注意，让他冲了回来，不过好在演出已经结束，他已经无法影响音乐会的艺术效果了。"

这账怎么结

□ 李大勇

小赵请了单位里一条线上的几个主管——高组长、张科长、钱总一起吃饭，想借机会联络一下感情。

这几个领导都喜欢喝酒。小赵清楚他们的酒量，就先点了三瓶本地烧酒。

领导们也都知道小赵不喝酒，所以也没跟他客气，三个人之间你一杯我一杯地喝了起来。没半个小时，三瓶酒就空了。

高组长借着酒劲说："小赵，我看钱总高兴，你就破费点，给钱总来瓶精装的小烧酒吧。"

小赵心想坏了，这一瓶可就是一百多，但在座的都是领导，不能驳了他们的面子，只好点了。

又喝了一会儿，张科长说"菜不够了，给钱总点两个清淡点的菜吧。"

见钱总点了头，张科长问道："那点个海鲜苦瓜羹和清蒸鲟鱼怎么样？小赵，你说呢？"

小赵只好点头答应，心里却在暗暗叫苦，这两道菜加起来就得二百多，今天带的钱恐怕要不够了。

眼看三个领导喝得差不多了，张科长接了个电话，去搓麻将了。小赵见高组长也是直打晃，便搀到外面打了辆出租送了回去。

等小赵把他们一一送走，回来却找不到钱总了，等了半天也没见人影，打手机还关机。没办法，小赵只好先去结账。

一边往账台走，小赵一边盘算，今天这钱恐怕要不够，寻思着打电话让老婆送点钱来，可家里电话总占线。

没办法，小赵只好硬着头皮去结账。

没想到，小赵还没开口，老板就说话了："今天有个大款喝多了，把今

不用自带餐具 （文：叶 丹；图：包丰一）

1. 小刚和妻子逛街时，给乡下老父亲买了把斧子。

2. 回家时他们路过一家牛排店，妻子乐呵呵地说：："老公，今天中午我们吃牛排吧。"

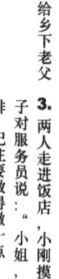

3. 两人走进饭店，小刚摸着那把斧子对服务员说："小姐，要两斤牛排，记住要做得嫩一点。"

4. 服务员看了一眼他的斧子诙谐地说："我们牛排的老嫩程度肯定会符合您的要求，用不着自带餐具的！"

天所有客人的单全埋了。说不收，就打电话找人，让我们明天生意做不成，你说人家来头咱也不知道，做生意的，有些人是不能得罪的，你看我们不收都不行。"

还有这便宜的事情？小赵不相信，问道："开玩笑吧？哪有这种事情？"

老板笑着说："啥事情都有可能，但今天这样的事情我也是第一次碰到。我说所有的单子七千多块钱，人家连眉头都没皱一下，从包里拿出一沓钱让我们自己点。点完后，我跟人家说一共七千五百八十六元，收个整数就行了。他还不干，非要按原价付

钱，你说人喝多了有意思不？"就这样，小赵带着侥幸回家了。

第二天，小赵正在办公室里忙着，高组长、张科长、钱总进来了。

高组长来到办公桌前说："昨天喝多了，回家的时候竟然给老婆买束玫瑰，花了七十六。"

张科长端着杯茶，喝了口后说："昨天喝多了，打麻将犯瞌睡，稀里糊涂地输了五百八。"

钱总一屁股坐到沙发上说："昨天喝多了，得了健忘症，老婆回家一查钱包，说我把钱给丢了，你说这钱都丢得邪乎，有零有整，一共七千五百八十六。"

谁是精神病

□ 马凤文

员查理去医院看病，罗伯特医生开了一张病情诊断书，清楚地写着"精神病"几个字，大家都不相信这是真的，可接下来就出了怪事。

第二天，本市一家珠宝店发生了一起特大抢劫案，警方很快就把所有劫匪擒获了。头目奥德华由查理负责开车押解。

可当警车回到警局的时候，大家发现奥德华竟然不翼而飞了。

警长十分震惊，大声问查理："你这个委靡不振的家伙，奥德华哪去了？"

查理看了看空空如也的车，迷茫地摇摇头。

警长大声训斥："难道你真的得了精神病？一个大活人在你车上跑了竟没发现？"

经过检查，奥德华是打开车窗逃走的，可查理竟然毫不知情。众警员都开始骂查理是精神病，警长最后宣布查理停职反省。

查理沮丧地回到家。第二天一大早，他就匆匆赶去医院，决定找罗伯特医生，让他给自己重新诊断一次。

查理忐忑不安地走进诊疗室，让罗伯特再给他诊断一下，是不是真的患上了精神病。

罗伯特问他最近是否出现了不正常的反应。

查理哀声叹气地说："昨天，我本

来抓住了一个劫匪，可一路上我一直想着自己到底有没有精神病，车速便慢了下来，落在了别人后面。更糟糕的是，车上的劫匪竟趁着我想得入神时跳车窗逃跑了。"

罗伯特点点头，问："于是很多人就说你得了精神病，对吗？"查理也点点头。

罗伯特有点亢奋地说："他们的

判断是正确的。当所有人说你是精神病时，你就已经是精神病。而你却想方设法到医生这里证明自己不是精神病，这恰恰从另一方面说明你病得不轻。"

查理听罢，几乎绝望，他觉得罗伯特说得太有道理了，看来自己真的要好好治疗一下了。

就在查理准备进一步询问罗伯特如何治疗时，院长带着几个医生闯了进来，冲上去把罗伯特绑了起来。

查理被这突如其来的变故吓呆了。

院长歉疚地说："这位先生，实在对不起，我们怀疑罗伯特医生患了精神病，他本来是胃肠科医生，可却给患者开出精神病诊断书，让不少来看胃肠病的患者背上了患精神病的心理

包袱。"

院长说完，就把罗伯特带走了。

可查理却迈不开步子，他不禁悲从中来，罗伯特这家伙不但让查理背上了精神病的罪名，还几乎让查理失去了工作。

正在查理伤心欲绝之时，一个中年男人急匆匆走了进来。

那个中年人低着头，慌慌张张地问道："罗伯特医生，请你再给我详细复查一遍，我是不是真的患上了精神病？"

查理看了看中年男人，突然瞳孔放大，便说："我们做个小小的实验就知道了，你愿意配合吗？"

中年男人表示同意。查理拿过一卷绷带，让男人背过身去，然后一圈圈地给他缠了起来。

等查理缠完了，中年男人问："这样做就能证明我是不是患了精神病吗？"

查理高兴地说："亲爱的奥德华先生，事实证明你是精神病，否则绝不会自投罗网。"

原来这就是在查理眼皮底下跑掉的奥德华。

不久前，罗伯特说奥德华患上了精神病，让他郁郁寡欢。昨天成功逃脱后，他就想让罗伯特再给他检查一下，哪知查理换了便装，他没认出来。这正好成全了查理，他很快就能立功赎罪恢复原职了。

别给我压力

□ 西 瓜

这天早上，小玲叫老公小王到饭厅吃早饭，可叫了半天都没反应，走到里屋一看，小王正对着镜子左看右看，还不时在头上比划着什么。见小玲来了，小王就问："小玲，你看我这头发，怎么缺了一块？"

小玲这才发现，小王的鬓角上缺了好大一块头发，油光光的头皮露在外面，真难看。小玲一下慌了："呦，你掉头发了，这是咋回事？"

见小王愁眉苦脸的样子，小玲忙让他先上班，自己找人打听打听。

小王刚到单位，手机就响了，是小玲打来的。小玲说："老公，我打听过了，你这个叫斑秃，也叫鬼剃头，是精神压力大，休息不好闹的。"

小王一听这个，心里乐了。原来，小玲整天唠唠叨叨，总说别人好，搞得小王压力很大。小王突发奇想，用剃须刀剃掉一块头发，假装斑秃，打算吓吓老婆，没想到老婆真上当了。

只听小玲在电话中说："你现在请个假，跟我一起去医院看看吧？"小王心想，我这斑秃是冒牌的，去医院看，不是往枪口上撞吗？忙说"不行不行，我正忙着呢，钱要靠工作赚来的，挣不来钱，咱们喝西北风啊！"

小玲在电话那头愣了一会儿，说"老公，是不是我给你的压力太大了？"小王说了句"没有，没有"，就挂了电话。

晚上下班回家，小玲给小王做了一桌好菜，全是他最爱吃的。整个晚上，小玲对小王体贴备至，说话也是小心翼翼、客客气气的。倒是小王故意说："听说你有个同学，刚买了一幢大房子？有钱人就是不一样啊！"

小玲听了忙摆手说："有啥好的，住多大房，就遭多大的罪，光个装修，就够把他累死！"

"听说你还有个同学，刚买了一辆越野车，可够气派的！"

小玲忙说："那叫有病。买个车，还得自己掏油钱，找停车位，坏了得修，停下怕偷，撞了人得赔，摔了自己还没地方哭……"

那一夜，小王睡得特香，做了一晚上美梦。第二天一早，他被小玲推醒了。"你来，你来看看！"小玲兴奋地把他拉到镜子面前，"你看，长出一点毛毛来。老公，果然有用啊，我再也不给你增加压力了。"

可是一转天，小王鬓角上刚长出来那点小毛毛又没了。怎么回事？他自己又重新剃了呗！享受老婆的温情多好啊，少一小块头发，有什么大不了的！

小玲看他那点头发又没了，担心极了，而且对他更关心了。小王享受着老婆的体贴关怀，心里特得意。他再也不敢粗心大意。每天半夜，都趁

老婆睡熟了，偷偷起来剃掉一块头发。小玲见他头发一直没长，急坏了，一定要拉他去医院。小王只好硬起头皮，跟着去了，心里想，要是被揭穿了，还不知道小玲会发多大脾气呢。

两个人一起排队、挂号，终于到了医生面前。医生问："您是什么问题？"看小王不吭气，小玲代答："医生您给看看吧，可能是斑秃。"

医生盯着小玲的头发看了看，说："这是斑秃，我给你开点药。"小王连忙拦着："等等，看斑秃的是我，不是她啊。她怎么会得斑秃呢？"医生指着小玲的鬓角："头发都掉成这样了，你自己看吧。"

果然，小玲的鬓角，掉了一大片头发。看得人直心疼。小玲才明白过来，慌了："我怎么会秃，不可能啊！"

原来，小玲每天担心小王的头发，心情紧张，倒成了真正的斑秃！小王知道了原委，觉得自己真对不起小玲，轻声细语地对她说："你坐一会儿，我去给你拿药。"

小玲却一把抓住了他："等会儿，你的斑秃还没看呢。"

小王一摇头："我不用看，我没事！"医生看了看小王的头发，说："你怎么会没事，你这也是斑秃啊！"

原来，小王每天半夜起来剃头发，休息不好，又怕老婆发现斑秃是假的，精神压力大，假秃竟然变成了真秃。这下，小两口全变秃了！

· 幽默世界 ·

我的地盘
我做主

□ 裴文兵

李主任是青山村新当选的村干部，一上任，就着手忙起了修路的事。可是修路款还差十来万，怎么办呢？李主任想，这些年很多人都出去做生意发了财，动员他们给村里捐个十万元还不容易？

哪知真的去筹款，李主任才发现确实不容易。他带着一队人马，嘴皮都磨破了，却只募来了九千多元。其中最气人的是在县城里开酒楼的马三不，不但一分钱不捐，还指着李主任说："我家早就搬到城里来了，你们村的路我几年才走一回，凭什么让我出钱你们享福？不捐！"

眼看筹不到钱，李主任急得嘴上直长泡。他在外地上大学的儿子李敢想，听父亲在电话里说起这事，就出了一个主意。

李主任想反正也没别的法子了，就试试儿子的方法。于是他命人起草了一封信、一份合同书，又找人画了一张全村道路分布图，复印了几十份，

寄给那些在外面发了财的青山村人。

哪想，信发出后没两天，就有人给李主任打电话，主动要求捐款，接下来几天，李主任的手机都要被打爆了，由于要求捐款的人太多，李主任只得对后面无法捐款的人说：先订先得，不好意思啊！

十天后，所有的捐款都到了账，李主任立即组织人马，准备开工。

再说那个马三不，因为他上次拒绝得特别坚决，所以李主任压根就没给他寄信。没想到，开工那天，马三不却不请自到，气呼呼地责问李主任为何不一碗水端平，不给他提供为家乡做贡献的机会？说完从包里掏出一大叠百元大钞，硬塞到李主任手里。

李主任连忙往外推，说："钱早够了，再说那事早就安排完了，总不能把已订给别人的让给你吧，咱得按合同办事啊！"马三不急了："我的好主任，你就给想想办法吧。你今天不答

应，我就不走了！"

李主任抓了好一会儿头皮，才很勉强地说道："就收你两千吧，再多我也没办法了。"马三不一听，高兴地数了两千元，这才走。

两个月后，道路终于竣工了。所有的捐款人都被邀请回了青山村，李主任领着他们一边参观，一边介绍："这是主干道——二羊大道，这是支路——大牛路，这边这个是小翠桥……"原来，李敢想的主意就是：将青山村的大路、小路的冠名权，一一明码标价，谁出钱就冠谁的名，让那些富了的青山村人自由选购。

捐款的人很快就在村中的大大小小的道路边，找到了刻着自己名字的路牌。只有马三不把全村都找遍了，

也没找到自己的名字，他脸上挂不住了，气冲冲地去问李主任。

李主任一脸委屈："马老板，这你可错怪我了，你来之前所有的路、桥的冠名权都被别人买走了，我可是想破了脑壳才为你想出了一个法子，你来看……"说着跳下了二羊大道，指着路下的一个圆圆的洞口道："这是我们专门为你增加的一道排水用的水泥管！"马三不很不满："李主任，你们把我埋在这下面，谁能看得到啊？我的钱不白出了吗？"李主任手又一指："我们在这给你竖着牌子呢！"

马三不顺势望去，果然看见洞口旁边立着一块牌子，上面写着三个大字：三不管。

（本栏题图、插图：顾子易　包丰一）